LYNSAY SANDS

Vampire sind die beste Medizin

Roman

*Ins Deutsche übertragen
von Ralph Sander*

Die amerikanische Originalausgabe erschien 2008
unter dem Titel *Vampires Interrupted* bei AVON BOOKS,
an Imprint of HarperCollins Publishers, New York

Deutschsprachige Erstausgabe Oktober 2010 bei LYX
verlegt durch EGMONT Verlagsgesellschaften mbH,
Gertrudenstraße 30–36, 50667 Köln
Copyright © 2008 by Lynsay Sands
Published by Arrangement with Sandra Ramage
Dieses Werk wurde vermittelt durch die Literarische Agentur
Thomas Schlück GmbH, 30827 Garbsen
Copyright © der deutschsprachigen Ausgabe 2010 bei
EGMONT Verlagsgesellschaften mbH
Alle Rechte vorbehalten.

1. Auflage
Redaktion: Karina Schwarz
Satz: Greiner & Reichel, Köln
Druck: CPI – Clausen & Bosse, Leck
ISBN 978-3-8025-8373-5

www.egmont-lyx.de

Für Dave. Danke für all deine Hilfe, Mr Spice.
Ein besonderes Dankeschön geht an Daniela Brodner,
die mir geholfen hat, einen Namen für Lissiannas
Baby zu finden.

1

Marguerite wusste nicht genau, was sie geweckt hatte. Vielleicht ein Geräusch. Vielleicht auch, dass der aus dem Bad ins Zimmer fallende Lichtschein für einen Moment unterbrochen worden war. Möglicherweise aber auch schlicht ihr Überlebensinstinkt. So oder so war sie von einer Sekunde auf die nächste hellwach, riss die Augen auf und bemerkte eine dunkle Gestalt, die sich über sie beugte. Jemand stand neben ihrem Bett, so düster und unheilvoll wie der Tod. Sie hatte den Gedanken noch nicht zu Ende gedacht, als sie sah, wie die Gestalt mit beiden Händen etwas in die Höhe hob. Sie erkannte die Geste aus ihrer Jugend wieder, als der Umgang mit Schwertern und ähnlichen Waffen noch an der Tagesordnung gewesen war. Instinktiv rollte sie sich zur Seite, während der Angreifer zum tödlichen Schlag ausholte.

Als Marguerite auf den Boden plumpste, hörte sie, wie die schwere Klinge die Matratze traf. Aus ihrem erschrockenen Aufschrei wurde ein frustrierter Fluch, weil sie sich im Bettzeug verheddert hatte. Da der Unbekannte mit seinem Schwert aufs Bett gestiegen war und erneut ausholte, gab sie den Kampf mit dem Laken auf und griff stattdessen nach der Nachttischlampe, um den Hieb zu blockieren.

Der Aufprall ließ einen dumpfen Schmerz durch ihren Arm schießen, und ein weiterer Schrei kam ihr über die Lippen. Sie wandte den Kopf ab von den Funken, die durch den Kontakt von Metall auf Metall durch die Dunkelheit sprühten, und dankte insgeheim dafür, dass das *Dorchester* ein Fünf-Sterne-Hotel mit hochwertigen Nachttischlampen war, die einem Schwerthieb standhielten.

„Marguerite?" Dem Ruf folgte ein Klopfen an die Verbindungstür zum Rest der Suite. Sie und ihr Angreifer hielten gleichzeitig inne und sahen zur Tür. Ihr Angreifer musste sich in dem Moment entschieden haben, es nicht mit zweien ihrer Art aufzunehmen, also sprang er vom Bett und eilte zur Balkontür.

„So nicht, Freundchen", murmelte sie, ließ die Lampe los und rappelte sich auf. Sie würde ihren Angreifer nicht davonkommen lassen, nur damit der später zurückkehren und einen erneuten Anschlag auf ihr Leben verüben konnte. Dummerweise hatte sie in ihrem Eifer aber das um ihre Beine gewickelte Bettlaken vergessen, sodass sie noch keinen Schritt getan hatte, als sie der Länge nach hinschlug.

Sie biss die Zähne zusammen, um den Schmerz zu unterdrücken, und schaute zur Balkontür, wo soeben die Vorhänge aufgerissen wurden. Sonnenschein fiel durchs Fenster in den Raum, und Marguerite sah, dass ihr Angreifer komplett in Schwarz gekleidet war. Stiefel, Hose, langärmeliges Hemd – alles in Schwarz. Und dazu auch noch ein schwarzes Cape und schwarze Handschuhe. Plötzlich drehte er sich zu ihr um und ließ sie erkennen, dass sein Gesicht hinter einer schwarzen Maske verborgen war. Dann trat er hinaus auf den Balkon und ließ die Vorhänge genau in dem Moment zufallen, als die Schlafzimmertür aufflog.

„Marguerite?" Mit sorgenvoller Miene kam Tiny zu ihr gelaufen.

Sie fuchtelte wild mit den Händen herum und zeigte auf die Balkontür. „Er entwischt uns!"

Tiny stellte keine Fragen, sondern änderte prompt seine Richtung und eilte zum Balkon. Marguerite schaute ihm verdutzt nach, da ihr bewusst geworden war, dass der Mann nichts weiter trug als eine Boxershorts aus goldfarbener Seide, auf deren Rückseite ein großes rotes Herz prangte. Vor Erstaunen bekam sie den Mund nicht mehr zu, aber als Tiny zwischen den wallenden Vorhängen verschwand, stockte ihr vor Sorge auf einmal der Atem. Sie hatte einen unbewaffneten und fast nackten Mann auf ihren fliehenden Angreifer gehetzt – der ein Schwert besaß!

Fluchend konzentrierte sie sich darauf, ihre Beine aus dem Laken zu befreien. Jetzt, da ihr Leben nicht länger in Gefahr war, stellte das natürlich überhaupt kein Problem mehr dar. Aufgebracht lief sie ums Bett herum, stürmte zwischen den Vorhängen hindurch und … stieß mit Tiny zusammen, der soeben ins Zimmer zurückkam.

„Vorsicht, es ist helllichter Tag!", ermahnte er sie, umfasste ihre Oberarme und schob sie vor sich her ins Zimmer.

„Hast du ihn gesehen? Wo ist er hin?", fragte Marguerite aufgeregt und versuchte, um den breitschultrigen Oberkörper herumzusehen, während Tiny die Balkontür schloss und die Vorhänge zuzog. Durch seine Position wurde der größte Teil des Sonnenlichts von ihr abgehalten, gleichzeitig konnte sie aber auch so gut wie nichts erkennen.

„Ich habe niemanden gesehen. Bist du dir sicher, dass du nicht bloß geträu…?" Mitten im Satz brach er ab, da er sie im Schein des wenigen Sonnenlichts betrachten konnte, das sich zwischen den Vorhängen hindurch den Weg ins Zimmer bahnte.

Marguerite stutzte angesichts seines seltsamen Blicks, den er über ihr kurzes rosa Nachthemd und dann weiter bis zu ihren rot lackierten Zehennägeln wandern ließ. Und der dann genauso langsam wieder nach oben zurückkehrte und ihre wohlgeformten nackten Beine ebenso erfasste wie ihre Brüste, von denen wegen des großzügigen Ausschnitts zu viel zu sehen war. Dort blieb er schließlich auch hängen, wobei seine Miene einen sorgenvollen Ausdruck annahm.

„Du bist verletzt", sagte Tiny, nahm ihr Kinn und drückte es sanft nach oben, um ihren Hals besser betrachten zu können. Leise fluchend zog er seine Hand zurück.

„Was ist?", fragte sie, als er sie am Arm fasste und mit ihr durch den Raum hastete.

Sie sah an sich herab. Blut lief auf ihren Busen und wurde dort vom Stoff ihres Nachthemds aufgesogen. Verwundert tastete sie ihren Hals ab, bis sie eine Schnittwunde entdeckte. Offenbar hatte das Schwert sie doch noch erwischt, als sie zur Seite aus dem Bett gerollt war.

„Sag mir, was passiert ist!", forderte Tiny sie auf und ging mit ihr ins Badezimmer.

„Ich bin aufgewacht, und da stand neben meinem Bett ein Mann mit einem Schwert in der Hand. Er wollte damit nach mir schlagen, und ich habe mich weggedreht, um mich auf den Fußboden zu schmeißen." Sie warf einen Blick zurück ins Schlafzimmer, während Tiny einen Waschlappen nahm und ihn unter den Wasserhahn hielt. Das Adrenalin jagte noch immer durch ihren Körper, und mit einem Mal wurde sie von großer Unruhe erfasst. Sie wollte den Mann verfolgen, der sie im Schlaf angegriffen hatte.

„Nächstes Mal solltest du dich schneller wegdrehen", meinte Tiny und lenkte ihre Aufmerksamkeit wieder auf sich, als er damit begann, das Blut wegzuwischen. Mit finsterer Miene ging er dieser Tätigkeit nach und wurde erst ruhiger, als er das wahre Ausmaß ihrer Verletzung feststellen konnte. „Ganz so schlimm ist es nicht. Sieht nicht nach einem tiefen Schnitt aus. Die Haut wurde wohl nur angeritzt."

„Das wird schnell verheilen", erwiderte sie beiläufig und kehrte an Tiny vorbei zurück ins Schlafzimmer. Sie war nicht daran gewöhnt, dass sich jemand um sie kümmerte, und es behagte ihr auch nicht.

Sie teilte die Vorhänge und schaute nach draußen auf den sonnenüberfluteten Balkon. Niemand hielt sich mehr dort auf, und sie konnte am Geländer auch kein Seil oder etwas anderes entdecken, was erklärt hätte, wie der Angreifer es bis hier oben schaffen konnte.

Mürrisch betrachtete sie die Skyline. Sie waren im siebten und damit obersten Stockwerk, also musste der Unbekannte vom Dach auf den Balkon gestiegen sein.

„Er wollte dir den Kopf abschlagen."

Bei dieser Bemerkung ließ Marguerite die Vorhänge los und drehte sich um. Tiny stand über ihr Bett gebeugt und begutachtete den Schnitt in der Matratze.

Allmählich kam wieder Ordnung in ihre Gedanken. Der Angreifer hatte ein Schwert benutzt, also handelte es sich bei ihm eindeutig um einen Unsterblichen. Sterbliche töteten sich gegenseitig für gewöhnlich mit Schusswaffen oder Messern. Wenn sie es auf einen Unsterblichen abgesehen hatten, griffen sie zur klassischen Methode: dem Pflock. Eine Enthauptung mittels Schwerthieb deutete dagegen so gut wie sicher auf einen Unsterblichen als Täter hin.

„Hast du hier in England irgendwelche Feinde, von denen ich nichts weiß?", fragte Tiny plötzlich und richtete sich auf.

„Das muss mit dem Fall zusammenhängen", entgegnete sie kopfschüttelnd.

Zweifelnd zog er eine Augenbraue hoch. „Wieso? Wir haben bislang noch gar nichts herausgefunden."

Marguerite verzog den Mund. Dass sie bislang nicht die kleinste Information über ihren Fall zutage gefördert hatte, gefiel ihr gar nicht. Sie war hergekommen, um Christian Notte zu helfen, einem fünfhundert Jahre alten Unsterblichen, der die Identität seiner verstorbenen leiblichen Mutter in Erfahrung bringen wollte. Anfangs hatte sich das nach einem leichten

Auftrag angehört, doch inzwischen war das Gegenteil eingetreten. Seit Christians Geburt war viel geschehen, und er hatte ihnen nur wenige Informationen liefern können. Sie wussten, er war in England zur Welt gekommen, und sein Vater war mit ihm zwei Tage nach seiner Geburt ins heimische Italien zurückgekehrt.

Tiny und Marguerite hatten mit ihrer Suche in England begonnen und die letzten drei Wochen damit zugebracht, staubige Kirchenarchive zu durchsuchen, ob irgendwo seine Geburt verzeichnet war und ob zumindest der Name Notte auftauchte. Sie begannen im südlichsten Zipfel des Landes und arbeiteten sich in Richtung Norden durch, bis sie nach Berwick-upon-Tweed gelangt waren. Dort kam Tiny schließlich auf die Idee, Christian erst noch einmal gründlich zu befragen, ob er nicht irgendeinen Hinweis liefern konnte, der es ihnen ermöglichte, ihre Suche zumindest ein klein wenig einzugrenzen, wenigstens auf eine Hälfte des Landes.

Mit diesem Vorschlag war Marguerite sofort einverstanden gewesen. Eigentlich hatte sie Detektivarbeit für eine interessante Beschäftigung gehalten, doch inzwischen zweifelte sie daran, ob ihre Entscheidung wirklich so gute Karriereaussichten mit sich brachte. Es änderte nichts an ihrer Zusage, Christian zu helfen und die Identität seiner Mutter in Erfahrung zu bringen. Marguerite würde ihr Bestes tun, um diesen Auftrag zu erledigen.

Tiny hatte Christian in Italien angerufen und ein Treffen in London vereinbart. Anstatt bis zum folgenden Morgen zu warten, um mit dem nächsten Zug am helllichten Tag nach London zu fahren, hatte Marguerite noch in der Nacht einen Mietwagen genommen und war vor Sonnenaufgang in London eingetroffen. Christian war mit seinen Cousins Dante und Tommaso bereits angekommen und hatte im Hotel eingecheckt.

Sie hatten sich nur kurz unterhalten und ein ausführliches

Treffen für den nächsten Abend vereinbart, dann war jeder von ihnen auf sein Zimmer gegangen.

„Nein, wir haben tatsächlich bislang nichts herausgefunden", stimmte sie Tiny zu, schürzte die Lippen und fügte hinzu: „Aber ich wüsste keinen anderen Grund, warum mich jemand umbringen sollte. Vielleicht gefällt es jemanden ja nicht, dass wir überhaupt Nachforschungen anstellen."

Tiny schien das nicht zu überzeugen, von daher erstaunte es sie nicht, als er sorgenvoll vorschlug: „Vielleicht sollten wir die Zimmer tauschen. Oder ein anderes Hotel nehmen."

Ihr gefiel der Gedanke nicht, sich anziehen, die Koffer packen und umziehen zu müssen. Plötzlich fragte er: „Das *war* doch ein Unsterblicher, oder nicht?"

Erschrocken sah sie ihm ins Gesicht, obwohl sie seine Schlussfolgerung nicht hätte überraschen dürfen. Sie selbst war noch ein Neuling in der Detektivbranche, aber Tiny war ein alter Hase. Dass er den Zusammenhang erkennen würde, war nur eine Frage der Zeit gewesen.

Seufzend fuhr sie sich durchs Haar und nickte: „Ja, davon bin ich überzeugt. Und wir sollten tatsächlich in ein anderes Hotel umziehen und einen anderen Namen benutzen. Aber nicht heute Morgen", fügte sie entschieden hinzu. „Heute wird er ganz sicher nicht noch einen Versuch wagen, und ich bin hundemüde."

Tiny nickte. „Sag mal, hattest du die Balkontür offen gelassen?"

„Nein."

„War sie verschlossen gewesen?"

Nach kurzem Zögern zuckte sie mit den Schultern. „Ich habe sie nicht aufgemacht, als ich reinkam. Also kann ich dazu überhaupt nichts sagen."

Bei ihrer Antwort runzelte er nachdenklich die Stirn. „Du wirst aber nicht weiter hier schlafen. Du kannst mein Bett haben."

„*Du* wirst aber auch nicht hier schlafen", stellte sie klar.

„Richtig", stimmte er ihr zu. „Ich werde in deiner Nähe bleiben, bis wir umgezogen sind. Jackie und Vincent würden mir das nie verzeihen, wenn ich nicht verhindere, dass dich jemand umbringt."

Sie lächelte flüchtig, als er ihren Neffen Vincent Argeneau und dessen Lebensgefährtin Jackie Morrisey erwähnte. Ihr gehörte die Morrisey Detective Agency, womit sie Tinys Boss war ... und damit nun wohl auch Marguerites Boss.

„Ich werde auf der Bank am Fenster ein Nickerchen machen, und du schläfst in meinem Bett", entschied er.

„Da wirst du kein Auge zumachen", widersprach sie und ging zur Verbindungstür ins Nebenzimmer. „Du kannst dich zu mir ins Bett legen."

Schnaubend folgte er ihr nach nebenan. „Als ob ich da Schlaf finden würde."

Grinsend warf Marguerite einen Blick über die Schulter und ertappte ihn dabei, wie er sie anstarrte, als sie vor ihm her ins zweite Schlafzimmer ging. Sie musste nicht erst seine Gedanken lesen, um zu wissen, dass er sie für attraktiv hielt. Das war ihr schon seit dem Beginn ihrer Freundschaft klar gewesen, außerdem fand sie ihn auch attraktiv. Er war groß, gut aussehend, er besaß die Statur eines Linebackers und hatte eine breite Brust, mit der sich eine Frau stundenlang beschäftigen konnte. Und als würde das alles nicht genügen, konnte er ganz im Gegensatz zu Marguerite auch noch kochen. Der Mann war so gut wie perfekt, allerdings eben nur so gut wie. Es gab ein Problem, und das war eins von der besonders großen Art: Sie konnte ihn lesen und ihn kontrollieren. Nach siebenhundert Jahren Ehe mit einem Mann, der in der Lage war, sie zu lesen und zu kontrollieren – was er auch bei jeder Gelegenheit schamlos ausgenutzt hatte –, wollte sie so etwas keinem anderen Menschen antun.

„Du bist vor mir sicher", versprach sie ernst, während sie auf sein Bett zusteuerte.

„Marguerite, Schatz, kein Mann ist vor einer Frau sicher, die so aussieht wie du", gab er zurück und schloss die Tür hinter sich. Er sah ihr zu, wie sie sich hinlegte, und fügte hinzu: „Vor allem, wenn diese Frau auch noch ein solches Nachthemd trägt. Aus was besteht das eigentlich? Einem Taschentuch und einem Stück Spitze?"

Marguerite sah an sich herab. Dieses Nachthemd war gar nicht so freizügig. Oder zumindest nicht so freizügig wie einige andere in ihrem Wäscheschrank. Sie mochte hübsche Dessous, weil sie sich darin sexy fühlte. Singles wie sie mussten schließlich irgendwas dafür tun, damit sie sich sexy fühlen konnten. Und abgesehen davon hatte sie nicht damit gerechnet, dass es jemand zu sehen bekommen würde.

Sie blickte zu Tiny, der tatsächlich versuchte, sich auf die Sitzbank am Fenster zu quetschen. Da er sich dort aber nicht ausstrecken konnte, blieb ihm nichts anderes übrig, als zu sitzen. Er lehnte sich gegen die Wand an einer Seite, verschränkte die Arme vor der Brust und machte eine finstere Miene, während er ihrem Blick auswich.

„So wirst du überhaupt nicht schlafen können", seufzte Marguerite.

„Na ja, so viel Schlaf brauche ich auch nicht", brummte er, sah sie kurz an und schaute gleich wieder weg.

Marguerite musterte ihn einen Moment lang, schüttelte den Kopf und machte es sich auf dem riesigen Bett bequem. Sie schloss die Augen, um einzuschlafen, doch Sekunden später schlug sie sie wieder auf, starrte an die Decke und ließ ihren Blick zu Tiny wandern. Das war ja albern. Auf diesem Platz konnte er nicht schlafen, und sie würde ebenfalls keinen Schlaf finden, weil sie wusste, dass *er* kein Auge zubekommen konnte. Außerdem war das Bett wirklich groß genug für sie beide, ohne dass sie sich ins Gehege kommen mussten.

Die Augen leicht zusammengekniffen, gab Marguerite der Versuchung nach und drang in seine Gedanken ein. Es bedeutete für sie keine Anstrengung, den Mann zu kontrollieren und ihn dazu zu veranlassen aufzustehen, zum Bett zu kommen und sich zu ihr zu legen. Dann ließ sie ihn einschlafen und zog sich leise seufzend aus seinem Geist zurück.

Eine Zeit lang betrachtete sie ihn, wie er neben ihr lag, dann machte sie die Nachttischlampe aus, zog die Bettdecke über sich und schloss die Augen ... um sie ein paar Sekunden später wieder aufzureißen. Mit ernster Miene stierte sie auf die Umrisse des Mannes, da ihr soeben klar geworden war, was sie da eigentlich getan hatte. Es war genau das, was ihr so zuwider gewesen war, wenn ihr Ehemann ihr das antat. Sie hatte ihn so handeln lassen, wie sie es für das Beste hielt, ohne zu respektieren, was er eigentlich wollte.

Sie versuchte, sich damit zu rechtfertigen, dass es bereits spät war und sie beide müde waren. Im Bett würde er natürlich besser schlafen, doch diese Einsicht änderte nichts an ihren Schuldgefühlen. Tiny war nicht der erste Sterbliche, den sie in siebenhundert Jahren kontrolliert hatte, und für gewöhnlich zerbrach sie sich darüber auch nicht den Kopf. Aber Tiny war ein Freund, und unter Freunden tat man so etwas nicht ... ganz so wie ihr Ehemann Jean Claude sie niemals hätte kontrollieren sollen.

Marguerite verzog den Mund und setzte sich auf, schaltete das Licht ein und stieß Tiny an, um ihn aufzuwecken. Im nächsten Moment war er wach.

„Wa...was ist passiert?" Aufgebracht sah er sich um, dann erkannte er, dass er neben ihr im Bett lag. „Was denn?", fragte er verwirrt.

„Ich habe dich ins Bett kommen lassen, damit du bequemer schlafen kannst, aber dann ist mir klar geworden, dass es nicht richtig von mir war, dich zu kontrollieren. Also … wenn du lieber am Fenster schlafen möchtest …" Sie ließ den Satz unvollendet und zuckte die Schultern.

Zuerst war er nur verwirrt, aber dann zeichnete sich Verärgerung auf seinem Gesicht ab. „Du hast mich kontrolliert?"

Sie biss sich auf die Lippe und nickte beschämt. „Es tut mir leid. Ich habe eingesehen, dass es falsch war, deshalb habe ich dich ja auch geweckt."

Tinys Wut verrauchte gleich wieder. Als er zum Fenster sah, machte er nicht den Eindruck, als sei er besonders versessen darauf, dorthin zurückzukehren. Trotzdem setzte er sich hin, um aufzustehen, als er bemerkte, dass er unter der Tagesdecke, aber auf der Bettdecke lag.

„Ich dachte mir, wenn du vor mir aufwachst, fühlst du dich besser, wenn du siehst, dass ich unter der Decke liege und du darauf geschlafen hast", erklärte sie vorsichtig.

„Das tue ich allerdings", bestätigte er und entspannte sich ein wenig. „Ich schätze, wenn wir so schlafen, ist es okay. Aber kontrollier mich nicht noch einmal! Wir sind Partner, Marguerite. Wir sind gleichberechtigt. Ich muss dir vertrauen können, und das geht nicht, wenn du mich kontrollierst, sobald ich nicht deiner Meinung bin."

„Das werde ich nicht tun", versprach sie ihm.

Tiny nickte und legte sich wieder hin, und Marguerite schaltete die Nachttischlampe aus. Dann lagen sie eine Weile im Dunkeln, bis Tiny einen Seufzer ausstieß und sagte: „Jetzt bin ich hellwach. Meinst du, du könntest mich einschlafen lassen?"

Überrascht drehte sie sich zu ihm um. „Du *willst*, dass ich dich kontrolliere?"

„Nur, damit ich schlafen kann."

Ihre Schuldgefühle lösten sich in Wohlgefallen auf, und sie drang in seinen Geist ein, damit er wieder einschlief. Schließlich ließ sie lächelnd ihren Kopf aufs Kissen sinken. Sie konnte Tiny leiden. Er war ein guter Mann. Wirklich zu schade, dass sie ihn lesen und kontrollieren konnte. Als Lebensgefährte hätte er eine Frau glücklich machen können.

Vielleicht sollte ich für ihn eine Lebensgefährtin suchen, überlegte Marguerite. Es wäre sicher schön für Jackie, die Ehefrau von Marguerites Neffen, wenn ihr guter Freund auch in Zukunft bei ihr sein würde. Sie wusste, die Frau würde am Boden zerstört sein, wenn er starb – ob das nun nächste Woche geschah oder irgendwann in vielen Jahren, wenn er ein alter Mann war.

Marguerite schloss die Augen und ließ eine Unsterbliche nach der anderen im Geiste vorbeiziehen, von denen sie wusste, sie könnten zu Tiny passen. Er war ein großer, liebevoller Mann, ein sanftmütiger Riese. Er verdiente eine genauso liebevolle Frau, die ihn zu schätzen wusste. Mitten in ihren Überlegungen schlief sie schließlich ein.

Julius Notte betrachtete verwundert das leere Bett. Es war noch nicht mal fünf Uhr, also mindestens eine Stunde bis zum Sonnenuntergang. Marguerite Argeneau hätte in diesem Bett liegen sollen, doch sie war nicht da. Er wusste, er war im richtigen Zimmer. Der Parfümduft – ein süßliches, intensives Aroma wie Obst zur Erntezeit – verriet ihm, dass es ihr Zimmer war. Und irgendwann in den letzten Stunden hatte sie das Bett benutzt, das konnte man nicht übersehen, dennoch war das Zimmer jetzt verlassen.

Grübelnd schaute er sich um und nahm das herrschende Durcheinander in sich auf. Bettlaken und Tagesdecke lagen auf dem Boden, daneben eine demolierte Tischlampe, außerdem Scherben eines Glases, das vermutlich auf dem Nachttisch gestanden hatte.

Sorge verdrängte seine Verärgerung, sein Instinkt dirigierte ihn zu der Tür, die zum zweiten Schlafzimmer der Suite führte. Dort sollte eigentlich der Privatdetektiv Tiny McGraw schlafen, doch als er sich der Tür näherte und tief durch die Nase einatmete, nahm er wieder ihr Parfüm wahr. Marguerite war nebenan, oder zumindest hatte sie sich dort eine Zeit lang aufgehalten.

Julius öffnete die Tür und trat ein, ohne ein Geräusch zu verursachen.

2

Erstickte Laute rissen Marguerite aus dem Schlaf. Obwohl sie sofort hellwach war, benötigte sie einen Moment, ehe ihr Verstand begriff, was ihre Augen wahrnahmen. Tiny hing in der Luft, ein Mann hatte ihn am Hals gepackt und hielt ihn hoch. War das ... Christian Notte? Ohne den Blick von den beiden Männern abzuwenden, tastete sie blindlings umher und stieß mit der Hand gegen die Nachttischlampe. Sie schaltete sie ein und musste blinzeln, so grell war das Licht im ersten Moment.

„Guten Abend, Marguerite."

Unwillkürlich versteifte sie sich und starrte den Mann an, der Tiny in seiner Gewalt hatte. Nein, das war nicht Christian Notte. Dieser Mann war über eins achtzig groß, hatte breite Schultern, attraktive Gesichtszüge und silberschwarze Augen. Das alles hätte auch auf Christian gepasst, doch der Mann hier hatte kurz geschnittenes schwarzes Haar und trug einen Anzug. Christians Haar war länger und kastanienfarben, und bislang hatte sie ihn stets nur in schwarzem Leder oder in schwarzer Jeanskluft gesehen.

„Wer sind Sie?", fragte sie und sah besorgt zu Tinys Gesicht, das zu ihrem Schrecken bläulich anlief. Auch strampelte und zappelte der Sterbliche bereits deutlich schwächer, je länger er sich in dieser Lage befand. Sie warf dem anderen Mann einen wütenden Blick zu. „Hören Sie auf, sich so rüpelhaft zu benehmen, und lassen Sie gefälligst meinen Kollegen los. Wir sind Freunde von Christian, und es wird ihm nicht gefallen, wenn Sie Tiny umbringen."

„Kollege?" Er ließ Tiny zu Boden fallen und stemmte die Hände in die Hüften. „Nennt man das jetzt so?"

Marguerite entgegnete nichts, da ihre ganze Sorge Tiny galt. Der Detektiv röchelte und hustete, während er sich hinzuknien versuchte. Wenigstens lebte er noch. Das war zumindest etwas, befand sie, und wandte sich wieder dem Fremden zu, der sie wütend musterte.

Er war ganz offensichtlich irgendwie mit Christian verwandt, der wiederum ihr Auftraggeber war, aber … wenn sie ehrlich sein sollte, dann überstieg diese Situation ihren Verstand. Das war ihr erster Auftrag, und sie hatte keine Ahnung, wie sie sich verhalten sollte. Am liebsten hätte sie den Kerl zur Schnecke gemacht und aus ihrem Zimmer geworfen, auch wenn das eigentlich Tinys Zimmer war. Doch ob das der professionellste Ansatz war, vermochte sie nicht zu beurteilen. Vielleicht erwartete man von ihr strikte Höflichkeit.

Sie warf Tiny einen kurzen Blick zu und überlegte, ob er sich von diesem Überfall wohl genügend erholt hatte, um sie bei dieser Angelegenheit zu unterstützen. Ungläubig musste sie dann aber mitansehen, wie Tiny aufsprang und noch immer nach Luft ringend auf den Besucher losging.

Diese Gegenattacke war für sie ein deutliches Zeichen, dass sie wohl doch nicht höflich sein musste, entschied sie zufrieden. Sie zuckte unwillkürlich zusammen, als sie sah, wie der Fremde die Attacke mit einem Fingerschnippen abwehrte und Tiny gegen die Wand geschleudert wurde.

„He!", brüllte sie und sah zwischen den beiden Männern hin und her, bis sie erkennen konnte, dass sich der Sterbliche wieder rührte und es ihm anscheinend gut ging. Sein Gesichtsausdruck wirkte eher wütend als schmerzverzerrt, während er sich langsam aufrichtete.

Marguerite wandte sich erneut dem Angreifer zu und setzte zu einer Schimpfkanonade an, hielt jedoch inne, als sie feststellte, dass er sie gar nicht mehr beachtete. Sie folgte seinem Blick, weil sie wissen wollte, was ihn so faszinierte.

Seine Aufmerksamkeit galt dem Bett, genauer gesagt, der Bettdecke. Die Tagesdecke war auf den Boden gerutscht, und während Marguerite ihre Hälfte schützend vor sich hielt, lag die andere Hälfte glatt auf der Matratze. Sie war ein wenig zerknittert, aber man konnte deutlich erkennen, dass der Detektiv darauf geschlafen hatte, nicht jedoch darunter. Diese Tatsache schien den Fremden zu begeistern, doch den Grund dafür konnte sie nicht nachvollziehen. Bevor sie sich aber weiter Gedanken darüber machen konnte, wurde sie von Tiny abgelenkt, der einen neuen Anlauf wagte.

Marguerite schnaubte ungehalten über so viel Dummheit von Tinys Seite, musste der Eindringling doch nur die Geste von gerade eben wiederholen, um den Sterblichen abermals gegen die Wand krachen zu lassen. Der dumpfe Knall ließ sie zusammenzucken, und sie kam zu dem Entschluss, dass es jetzt reichte. Sie musste einschreiten, bevor der reizende, aber wohl nicht ganz so schlaue Detektiv noch ernsthafte Verletzungen davontrug.

Kurz entschlossen griff Marguerite nach der Nachttischlampe und holte mit ihr aus, wobei sie davon ausging, dass der Stecker genauso aus der Steckdose gerissen wurde wie zuvor, als sie sich in ihrem Zimmer gegen das Schwert zur Wehr gesetzt hatte. Ihr Plan sah vor, den Fremden mit der Lampe an der Brust zu treffen. Etwas an dem Winkel und daran, dass der Nachttisch so dicht an der Wand stand, machte ihr einen Strich durch ihre Rechnung. Kaum war das Kabel straff gezogen, hielt es die Lampe zurück, und anstatt den Eindringling zu treffen, landete das verdammte Ding beinah auf ihrem Schoß.

Aufgebracht drehte sie sich um und zerrte am Kabel, damit sich der Stecker irgendwie lockerte. Hätte sie das gleiche Problem mit dem Schwertkämpfer gehabt, dann wäre sie jetzt längst tot, überlegte sie bestürzt. Plötzlich wurde sie von hinten gepackt, und noch während sie vor Schreck aufschrie, spürte sie, wie sie gegen eine harte, muskulöse Brust gedrückt wurde.

Natürlich musste der Stecker ausgerechnet jetzt seine Gegenwehr aufgeben, und so traf die ihr entgegenschießende Lampe sie am Auge. Sie ignorierte den stechenden Schmerz und streckte rasch die Hand aus, mit der sie die Lampe gepackt hatte, weil der Eindringling danach greifen wollte.

Der veränderte sofort seinen Griff um sie, hielt sie mit der rechten Hand fest, um die linke freizubekommen. Die hatte zuvor um Marguerites Taille gelegen, während die rechte sich nun auf Brusthöhe befand.

Sie stieß einen entsetzten Schrei aus, als sich seine rechte Hand um ihren Busen schloss. Bestimmt war ihm diese Tatsache gar nicht bewusst, doch *sie* nahm das nur allzu deutlich wahr, und es gefiel ihr gar nicht, von einem Unbekannten begrapscht zu werden, auch wenn es noch so unabsichtlich geschah und auch wenn er irgendwie mit ihrem Auftraggeber verwandt war. Genau an diesem Punkt war ihre Geduld am Ende.

Sie presste die Lippen aufeinander, holte mit der Lampe aus und schlug über ihre Schulter hinweg nach ihm. Wo sie ihn getroffen hatte, konnte sie gar nicht sagen, doch auf jeden Fall zeigte ihre Aktion die gewünschte Wirkung. Der Mann fluchte und lockerte überraschend seinen Griff um sie, sodass sie sich aus seiner Umarmung befreien und vom Bett springen konnte. Mit einem Fuß berührte sie bereits den Boden, mit dem anderen stützte sie sich auf dem Bett ab, als der Fremde auf einmal diesen Knöchel zu fassen bekam und sie festhielt.

Aus dem Gleichgewicht gebracht, verlor Marguerite den Halt und schlug hart auf dem Boden auf. Sie rollte sich zur Seite, um sich hinsetzen zu können. Im gleichen Moment wollte er vom Bett steigen, verhedderte sich aber im Bettlaken, verlor die Balance und landete mit seinem ganzen Gewicht auf Marguerite, der die Luft aus den Lungen gepresst wurde.

In diesem Augenblick ging die Tür zum Schlafzimmer auf. Als der Stecker der Nachttischlampe aus der Steckdose gerissen worden war, wurde der Raum in Dunkelheit getaucht. Jetzt, da die Tür aufging, fiel das Licht aus dem Flur ins Zimmer. Dann schaltete jemand die Deckenbeleuchtung ein, und es wurde richtig hell.

„Tiny?"

Da sie Christians Stimme wiedererkannte, befreite sich Marguerite von dem Fremden, der auf ihr gelandet war und sich seitdem nicht mehr rührte. Als sie sich wieder bewegen konnte, setzte sie sich auf und sah über das Bett hinweg zur Tür.

Als Erstes erkannte sie Christians Cousin Marcus Notte und machte vor Erstaunen große Augen. Marcus war nicht mit dabei gewesen, als sie sich am Morgen vor Sonnenaufgang mit Christian getroffen hatten. Aber jetzt war er mitgekommen, und bei ihm befand sich ein Zimmermädchen. Nach Marcus' konzentrierter Miene und dem ausdruckslosen Gesicht der jungen Frau zu urteilen, löschte der soeben all ihre Erinnerungen an das, was hier geschah.

Marguerite sah sich weiter um und entdeckte Christian. Der Unsterbliche kniete neben Tiny und versorgte ihn, so gut es ging. Plötzlich sah er sich um und reagierte mit Erstaunen, als er sie sah.

„Marguerite?" Er stand auf und wollte um das Bett herumgehen, doch dann hielt er abrupt inne und bekam den Mund fast nicht mehr zu, als sich ihr Angreifer ebenfalls aufrichtete und in sein Blickfeld geriet. „Vater?

„*Vater?*", wiederholte Marguerite und betrachtete erstaunt den Mann, von dem sie nun wusste, dass es sich bei ihm um Julius Notte handelte.

„Ja", sagte Christian, dessen Gesichtszüge sich missbilligend verhärteten, während er zu Marguerite geeilt kam, um ihr aufzuhelfen. Als sie neben ihm stand, griff er nach Tinys Morgenmantel und legte ihn ihr um.

Marcus war mit dem Dienstmädchen fertig und schloss die Tür, dann ging er zu Christians Vater, der sich langsam wieder aufrappelte. Marguerite beobachtete, wie Marcus ihm etwas ins Ohr flüsterte. Was es war, konnte sie nicht verstehen, aber sie hörte Julius fauchen: „Was? Bist du dir sicher?"

„Ja, und du wärst es auch, wenn du dir die Zeit genommen hättest, seine Gedanken zu lesen", erwiderte Marcus ein wenig ungeduldig. „Ich habe doch gesagt, du sollst warten, bis ..."

„Ich weiß, ich weiß", unterbrach Julius ihn leise. „Aber ich konnte nicht anders."

„Fertig." Christians Stimme veranlasste sie, ihn anzusehen. Als sie an sich herabblickte, stellte sie fest, dass er für sie den Gürtel des Morgenmantels zugeschnürt hatte. Sie lächelte ihn dankbar an und musterte neugierig die beiden älteren Unsterblichen. Christian dagegen machte einen verärgerten Eindruck.

„Was hast du hier bitte gemacht, Vater?", fragte er schroff.

Der alte Notte sah seinen Sohn kurz an, wich dann aber schnell dessen Blick aus, indem er sich auffällig damit beschäftigte, die Ärmel seines Anzugs glatt zu ziehen. „Nichts. Ich bin nur vorbeigekommen, um mit deinem Detektiv zu reden."

„Zu *reden?*", warf Marguerite fassungslos ein. „Sie haben Tiny angegriffen!"

Er zuckte mit den Schultern. „Ich dachte, er hätte Ihnen etwas antun wollen."

Während sie angesichts dieser absurden Behauptung aufgebracht schnaubte, fragte Christian: „Was hat dich denn auf diesen Gedanken gebracht?"

„Ihr Zimmer war völlig verwüstet", erklärte er seelenruhig. „Da liegt eine demolierte Lampe, überall ist Glas verstreut, und das Bettzeug wurde im Zimmer verteilt. Bei dem Anblick musste ich doch schließlich davon ausgehen, dass sie gegen ihren Willen hierher gebracht worden war."

Christian sah sie an. „Stimmt das?"

„Was er gesehen hat, ja, aber nicht der Schluss, den er daraus zieht", antwortete sie, dann stutzte sie und drehte sich zum Vater um. „Wie sind Sie eigentlich reingekommen?"

„Das Zimmermädchen", erwiderte er prompt, womit er ihrem Gefühl nach zum ersten Mal die Wahrheit sagte. „Ich habe geklopft, aber es hat niemand aufgemacht. Da wusste ich, dass irgendetwas nicht stimmt. Die Sonne war noch nicht untergegangen, also hätte sie in ihrem Zimmer sein müssen. Da habe ich mir vom Zimmermädchen die Tür aufschließen lassen."

„So bin ich auch eben reingekommen", sagte Christian. „Mein Schlafzimmer grenzt an dieses hier, und von dem ganzen Lärm bin ich wach geworden. Ich wollte nachsehen, ob alles in Ordnung ist, und dabei bin ich im Flur Marcus über den Weg gelaufen. Als niemand öffnete, haben wir uns vom Zimmermädchen die Tür aufmachen lassen." Dann schaute er zwischen seinem Vater und Marcus hin und her und schüttelte fragend den Kopf. „Wenn ihr beide hier seid, wer kümmert sich um die Firma?"

Marguerite sah zu Julius. Notte Construction war ein sehr erfolgreiches Familienunternehmen, das auf internationaler Ebene operierte und auf Baustellen in ganz Europa sowie in Nordamerika im Einsatz war. Sie wusste, Julius führte das Unternehmen, und Marcus war sein Stellvertreter.

„Deine Tante Vita", murmelte Julius kleinlaut. Bevor Christian darauf aber etwas entgegnen konnte, ging der Mann rasch zum

Gegenangriff über und fragte an Marguerite gewandt: „Und was genau haben Sie nun da drinnen getrieben? Haben Sie und dieser Tiny …?" Mitten im Satz verstummte er. „Auf Ihrem Nachthemd ist Blut."

Sie sah nach unten und stellte fest, dass der Morgenmantel sich ein wenig geöffnet hatte und die Blutflecken auf ihrem Nachthemd zum Vorschein gekommen waren. Seufzend schlug sie die Revers um. „Jemand hat bei mir eingebrochen und versucht, mich zu enthaupten."

„Was?", riefen die drei Unsterblichen wie aus einem Mund.

„Und deshalb bin ich jetzt hier", fuhr sie fort und nickte bekräftigend. „Tiny wollte nicht, dass ich allein in meinem Zimmer bleibe, weil dieser unbekannte Angreifer es noch mal versuchen könnte. Und ich wollte aus dem gleichen Grund nicht, dass er stattdessen nebenan schläft. Also …" Sie zuckte mit den Schultern. „Er bot an, auf der Sitzbank am Fenster zu schlafen, aber die ist für ihn zu klein. Also haben wir uns das Bett geteilt."

Ein längeres Schweigen entstand, während alle drei Nottes sich zu Tiny umdrehten. Sie verdrehte die Augen, da sie wusste, dass jeder von ihnen in seinen Gedanken nachforschte, ob sie tatsächlich nur dagelegen und geschlafen hatten. Ein solches Verhalten empfand sie als äußerst unverschämt, zumal das keinen von den dreien etwas anging. Sie konnte in ihrer Suite eine Orgie feiern, wenn sie wollte, und es hatte die Nottes nicht zu kümmern.

Tiny stöhnte auf, Marguerite lief zu ihm und kniete sich vor ihm hin. Es gelang ihm, sich aufzusetzen und sich gegen die Wand zu lehnen, während er vor Schmerzen die Augen zukniff.

„Wie geht es dir?", fragte sie besorgt.

„Ich werd's überleben", brachte er heraus.

Marguerite lächelte angesichts seines mürrischen Tonfalls, dann richtete sie sich auf und griff Tiny unter den Arm, um ihn hochzuziehen.

„Hoppla", murmelte er, während er sich an der Wand abstützte. Er verzog den Mund und fügte hinzu: „Hör auf mit solchen Aktionen, Marguerite, sonst bekommt jemand wie ich noch Komplexe."

„Was für Aktionen?", wollte ein amüsierter Christian wissen.

„Aktionen, die beweisen, dass sie stärker ist als ich", räumte er ironisch grinsend ein. „Ich bin es nicht gewöhnt, dass ein Mädchen mehr Gewichte stemmen kann als ich."

„Du übertreibst", wehrte sie glucksend ab und dirigierte ihn zum Bett. Nachdem er sich hingesetzt hatte, drückte sie seine Beine auseinander, nahm seinen Kopf in beide Hände und drückte ihn nach vorn, um ihn sich genauer anzusehen.

„Was tun Sie da?"

Marguerite schaute zur Seite und erschrak, als sie Julius gleich neben sich entdeckte, der ihr Verhalten kritisch beäugte.

„Ich untersuche ihn auf Kopfverletzungen", erklärte sie gereizt. „Sie haben ihn wie eine Frisbeescheibe gegen die Wand geschleudert, und ich will mich vergewissern, dass Sie ihn dabei nicht ernsthaft verletzt haben."

„Mir geht's gut, Marguerite", beteuerte Tiny und hob den Kopf. „Mein Rücken hat das meiste abbekommen."

„Es geht ihm gut", plapperte Julius nach und packte Marguerites Arm, um sie von Tiny wegzuziehen. „Lassen Sie den Sterblichen in Ruhe. Sterbliche sind schwach, aber nicht so zerbrechlich."

„Tiny ist weder schwach noch zerbrechlich", herrschte sie Julius Notte an und befreite sich aus seinem Griff.

„Ganz richtig", pflichtete Tiny ihr bei und erhob sich vom Bett, während er die Brust rausdrückte. Es hätte Marguerite nicht verwundert, wenn er auf die Idee gekommen wäre, sich auf die Brust zu trommeln, doch so sehr hatten Julius Nottes Bemerkungen sein Ego nun auch wieder nicht verletzt.

„Dann habe ich wohl nebenan gehört, wie Sie ein paarmal gegen die Wand geworfen wurden", bemerkte Christian, während der Sterbliche begann, zwischen den Laken nach irgendetwas zu suchen.

„Ja, als ich aufwachte, hatte Ihr Vater mich am Hals gepackt und hochgehoben", murmelte er beiläufig. „Verdammt, wo ist denn mein Morgenmantel?"

„Oh, tut mir leid, Tiny, den habe ich an. Hier, du kannst ihn zurückhaben." Sie öffnete den Gürtel, doch bevor sie den Morgenmantel ganz abgelegt hatte, hörte sie, wie Julius abrupt nach Luft schnappte.

Sie erstarrte mitten in der Bewegung, als ihr auffiel, wie gierig sein Blick über ihr rosa Nachthemd und all das wanderte, was es nicht bedeckte. Tiny hatte sie zuvor ganz genauso angesehen, und da war sie sich attraktiv und auch ein wenig sexy vorgekommen. Jetzt dagegen war das völlig anders. Silberne Flammen loderten in den schwarzen Augen des Unsterblichen, und Marguerite konnte praktisch die sengende Hitze fühlen, die sie auf ihrer Haut hinterließen. Ein Schaudern folgte diesem Gefühl, und als sein Blick an ihren Brüsten hängen blieb, da richteten sich ihre Nippel so steil auf, als habe er sie mit seiner Zunge liebkost. Als sein Blick dann zu ihrem Bauch wanderte, erbebten ihre Muskeln wie bei einer hauchzarten Berührung. Und als er schließlich auf das Dreieck ihrer Schenkel schaute, da war es so, als könne er durch die zarte Seide blicken und den darunter verborgenen Schatz sehen, an dem sich schnell so viel Hitze zu sammeln begann, dass Marguerite ein Stöhnen unterdrücken musste.

So hatte sie noch nie zuvor auf einen Mann reagiert, und dass es jetzt bei einem völlig fremden Mann geschah, war mehr als verwirrend und beunruhigend.

„Nein, nein." Tiny stand plötzlich neben ihr und zog den Frotteestoff hoch, was sie von ihrer Reaktion auf Julius ablenkte.

„Schon okay. Behalt du ihn ruhig an. Ich ziehe einfach eine Hose über." Während er ihre Schulter tätschelte, warf er Julius einen verärgerten Blick zu, dann nahm er seine Jeans von der Stuhllehne, über die er sie wohl vor dem Zubettgehen gehängt hatte.

Julius Notte räusperte sich und lenkte ihre Aufmerksamkeit wieder auf sich. „Was hatte es mit diesem Angriff auf sich? Konnten Sie sehen, wer es war?"

Margueritamos Verlegenheit verwandelte sich in Ärger, als sie sich die Geschehnisse des Abends wieder ins Gedächtnis rief. Ihre Augen wurden schmal, als sie mit süßlicher Stimme fragte: „Welcher Angriff? Ihrer oder der erste?"

Eigentlich hatte sie ihn damit beleidigen wollen, doch der Mann verzog angesichts ihrer Frage nur amüsiert die Mundwinkel. Im Gegenzug setzte sie eine finstere Miene auf, bis auf einmal an die Tür geklopft wurde.

„Das wird mein Frühstück sein. Ich hab's heute ganz früh bestellt", murmelte Tiny und zog den Reißverschluss der Hose zu, während er zur Tür eilte. Keiner sprach ein Wort, während ein Page einen Servierwagen ins Zimmer schob. Der Mann musterte erstaunt die vielen Leute im Raum und die herrschende Unordnung. Marguerite konnte sich gut vorstellen, wie seltsam das wirken musste. Drei vollständig bekleidete Männer, Tiny, der nur seine Jeans trug, und dazu sie in einem viel zu großen Morgenmantel. Tausend Fragen mussten dem Mann durch den Kopf gehen, aber seine Ausbildung untersagte es ihm, auch nur eine davon auszusprechen.

„Gut so, danke", sagte Tiny, als der Mann den Wagen an Marguerite vorbeischob. Sofort blieb er stehen und lächelte sie nervös an, dann kehrte er schnell zur Tür zurück, die Tiny ihm nach wie vor aufhielt.

Obwohl das Tablett mit einer silbernen Haube abgedeckt war, breiteten sich die köstlichen Gerüche der Speisen darunter im

Zimmer aus. Marguerite drehte sich um und nahm die Haube ab. Offenbar servierte die Hotelküche zu jeder Tageszeit Frühstück, wenn ein Gast das wünschte. Es war ein komplettes englisches Frühstück. Eier, Speck, Würstchen, gebackene Bohnen, gebackene Tomaten, Champignons, Blutwurst, Kartoffelpuffer und Toast.

Wenn Tiny immer so reichhaltig aß, würde er noch einen Herzinfarkt bekommen, bevor sich eine Gelegenheit dazu ergab, ihn zu wandeln, überlegte Marguerite und nahm ein Würstchen, ehe sie das Tablett wieder zudeckte. Sie biss ein Stück ab, erst dann wurde ihr bewusst, was sie da eigentlich tat. Schuldbewusst sah sie sich um, aber alle waren ganz auf den jungen Mann konzentriert, dem Tiny ein Trinkgeld in die Hand drückte, ehe er die Tür hinter ihm schloss.

Kopfschüttelnd steckte sie auch den Rest des Würstchens in den Mund und kaute hastig. Dabei überlegte sie, dass sie wohl zu viel Zeit in Tinys Gesellschaft verbrachte. Unsterbliche – oder Vampire, wie sie zu Marguerites Verärgerung von den Sterblichen genannt wurden – hörten meist nach rund hundert Jahren damit auf, herkömmliche Nahrung zu sich zu nehmen, weil es einfach nur langweilig und zeitraubend war. Doch in den letzten drei Wochen hatte sie Tiny regelmäßig bei den verschiedenen Mahlzeiten Gesellschaft geleistet, und auch wenn sie bis dahin nie in Versuchung gekommen war, musste es dennoch auf irgendeine Weise abgefärbt haben, wenn sie jetzt damit anfing, Essen von seinem Teller zu stibitzen.

„Ich schätze, ich sollte wohl mal alle miteinander bekannt machen", sagte Christian.

Marguerite schluckte den letzten Bissen hinunter und drehte sich um, wobei sie hoffte, dass sie sich den anderen mit Unschuldsmiene präsentierte. „Vater, Marguerite Argeneau. Marguerite, mein Vater Julius Notte."

„Julius?", warf Tiny ein. „Wieso kommt mir der Name so bekannt vor?"

Verwundert beobachtete sie ihn, während er sein Hemd überstreifte. Sie wusste, er kannte den Namen des Mannes längst, immerhin hatten sie seit Wochen in den Archiven danach gesucht.

„Ah, ich hab's!", rief er plötzlich und schnippte mit den Fingern. „Heißt dein Hund nicht auch Julius?"

Unwillkürlich musste Marguerite grinsen. „Ja, das stimmt."

„Er ist ein richtig großer Hund", ließ Tiny die anderen wissen, ohne dabei den Blick von Julius zu nehmen. „Sein Fell ist so schwarz wie Ihr Haar. Ein neapolitanischer Mastiff. Das ist eine italienische Rasse, nicht wahr?" Dann fügte er noch vielsagend hinzu: „Der sabbert in einer Tour."

Marguerite wandte sich ab und hielt die Hand vor den Mund, scheinbar, um zu husten, obwohl sie in Wahrheit nur nicht ernst bleiben konnte. Es wunderte sie nicht, dass Julius Notte so erstickt klang, als er fragte: „Sie haben Ihren Hund Julius genannt?"

Mit ausdrucksloser Miene räumte sie ein: „Ich habe jeden meiner Hunde Julius genannt. Den ersten hatte ich vor einigen Hundert Jahren. Viele Juliusse haben über die Jahre hinweg gelernt, Stöckchen zu holen und Sitz zu machen."

Ein erstickter Laut entwich Christians Kehle, der verdächtig nach einem unterdrückten Lachen klang. Tiny grinste breit und nickte ihr zustimmend zu, während sich Marcus auf die Unterlippe biss, den Kopf wegdrehte und zu husten begann. Allerdings machte Julius Notte gar nicht den verärgerten Eindruck, den sie von ihm erwartet hätte, sondern wirkte vielmehr sehr erheitert.

Sie kam zu dem Schluss, dass sie Männer wohl nie verstehen würde. Kopfschüttelnd ging sie zu der Tür, die zum Rest der Suite führte. „Ich nehme jetzt ein Bad."

„Augenblick mal", protestierte Julius. „Sie haben uns noch immer nichts zu dem anderen Überfall gesagt."

„Das kann Tiny erledigen", gab Marguerite ruhig zurück. „Ich nehme jetzt ein Bad." Auf weiteren Widerspruch wartete sie gar nicht erst, sondern verließ das Zimmer.

Julius sah ihr lächelnd nach und betrachtete fasziniert ihr langes, gewelltes kastanienfarbenes Haar, das einen Stich ins Rot hatte, den Morgenmantel, der so weit war, dass er ihr von den Schultern zu rutschen drohte, ihre wohlgeformten Beine und entzückenden kleinen Füße. Sie war einfach großartig. Wunderschön, intelligent, verdammt sexy und mindestens ebenso frech, dachte er bewundernd, wurde aber jäh auf den Boden der Tatsachen zurückgeholt, als Christian ihn anfuhr: „Hör auf, ihr auf den Hintern zu starren, Vater! Sie ist *meine* Detektivin."

Die gute Laune war prompt dahin, Julius drehte sich zu seinem Sohn um und konterte im gleichen Tonfall: „Sie mag deine Detektivin sein, aber sie ist meine ..."

„Deine *was* ist sie?", hakte Christian interessiert nach, als sein Vater mitten im Satz abbrach.

„Meine Verantwortung", entgegnete er schließlich. „Als Familienoberhaupt steht jeder in meiner Verantwortung, auch du und jeder, der für dich arbeitet."

Christian wollte darauf etwas erwidern, doch Julius wandte sich bereits an Tiny und forderte ihn auf: „Sagen Sie uns, was es mit dem ersten Angriff auf sich hatte."

Das genügte, um Christian vom Thema abzulenken. Er blickte den Sterblichen erwartungsvoll an.

Tiny zögerte kurz, dann murmelte er: „Ich brauche erst mal einen Kaffee."

Julius trat ungeduldig von einem Fuß auf den anderen, dennoch wartete er ab, bis Tiny sich eine Tasse eingeschenkt hatte.

„Also? Der erste Angriff?", hakte er dann sofort nach.

Zwar gab Tiny mit einem Nicken zu verstehen, dass er die Frage gehört hatte, trotzdem schob er mit der freien Hand die Haube vom Tablett und nahm sich ein Stück Frühstücksspeck. Erst als er den Bissen verspeist hatte, antwortete er: „Jemand ist eingebrochen und hat versucht, Marguerite zu enthaupten."

Mit geschlossenen Augen stand Julius da und betete, er möge nicht die Geduld verlieren.

„Äh ... Tiny ... das ist ziemlich genau das, was uns Marguerite auch gesagt hat", machte Christian ihm klar.

„Und genau das ist auch passiert", erwiderte der Detektiv achselzuckend und griff nach einem weiteren Stück Speck.

Als Julius ein kehliges Grollen ausstieß, stellte sich Christian ganz automatisch schützend vor den Sterblichen. „Gut, aber Sie werden uns doch sicherlich ein paar Einzelheiten nennen können."

„War der Angreifer sterblich oder unsterblich?", platzte Julius heraus. „Wie sah er aus? Wie ist er ins Zimmer gekommen? War er bewaffnet? Was es überhaupt ein *Er*?" Aufgebracht kniff er die Augen zusammen. „Sie sind ein Detektiv, Sterblicher. Sie werden ja wohl irgendwelche Details bemerkt haben, die uns weiterhelfen können!"

Tiny musterte den Mann ruhig, während nach wie vor der Ansatz eines Lächelns seine Mundwinkel umspielte. Es war offensichtlich, dass er sich für den vorangegangenen Angriff rächen wollte. Als Julius kurz davor war, ihm an die Kehle zu gehen, damit er endlich mit den Antworten auf ihre Fragen herausrückte, da begann er zu reden.

„Ich vermute, er war ein Unsterblicher, aber mit Sicherheit kann ich das nicht sagen. Und beschreiben kann ich ihn schon gar nicht, weil ich ihn nicht gesehen habe. Selbstverständlich war er bewaffnet, schließlich hätte er Marguerite nicht mit bloßen Händen enthaupten können. Er hatte ein Schwert. Sie meint, es müsste sich um einen Mann gehandelt haben, aber ich kann dazu nichts sagen, immerhin habe ich ihn gar nicht zu Gesicht bekommen."

Während der Mann weiterredete, atmete Julius langsam aus.

„Als ich ins Zimmer kam, war er bereits über den Balkon entwischt. Marguerite hatte sich in ihrem Bettlaken verheddert und lag auf dem Boden. So wie sie es schildert, war sie plötzlich aufgewacht, hat das Schwert herabsausen sehen und sich aus dem Bett gerollt. Am Hals hatte sie eine Schnittwunde, ihr Nachthemd war blutverschmiert, und sie zeigte auf die Balkontür. Ich bin rausgelaufen, aber da war von dem Eindringling schon nichts mehr zu sehen. Er muss über das Dach gekommen sein, und vermutlich ist er auf dem gleichen Weg auch wieder entwischt."

Julius kniff die Lippen zusammen. Um ein Haar wäre Marguerite Argeneau ermordet worden. Jemand hatte versucht, sie zu töten, bevor er – Julius – zu ihr ins Zimmer hatte kommen können.

„Marguerite meint, es hätte etwas mit dem Fall zu tun", ergänzte Tiny noch.

„Was?", fragte Julius verblüfft.

Der Detektiv nickte. „Sie sagt, sie hat keine Feinde, aber sie hat zu recht erklärt, dass es jemanden gibt, der nicht will, dass Christian die Identität seiner Mutter herausfindet."

Julius zuckte innerlich zusammen. Dieser Mann versuchte nicht mal, seine absurden Verdächtigungen für sich zu behalten. Zugegeben, ganz so absurd waren sie nicht, denn immerhin hatte er selbst tatsächlich alles in seiner Macht Stehende unternommen, damit Christian nichts über seine Mutter erfuhr. Kein Wunder, dass Tiny und erst recht Marguerite glaubten, er könne deshalb auch hinter diesem ersten Überfall stecken. *Verdammt!*

„Warst du es?", fragte Christian.

Entrüstet legte Julius den Kopf in den Nacken. „Nein!"

„Tu nicht so empört, Vater", raunte Christian ihm ungehalten zu. „Du willst nicht, dass ich etwas über meine Mutter herausfinde, und bislang hast du es auch geschafft, jeden Detektiv abzuwimmeln, den ich darauf angesetzt habe. Aber Marguerite und Tiny sind nicht aus Europa, und Marguerite gehört zu einer mächtigen Familie. Die beiden kannst du nicht mit irgendwelchen Drohungen verjagen."

„Du weißt davon?" Julius schaute ihn verwundert an.

„Natürlich weiß ich davon", erwiderte er voller Abscheu. „Die meisten unsterblichen Detektive waren jünger als ich, daher konnte ich sie lesen. Ich bekam zwar von ihnen zu hören, dass sie keine Spur finden können und dass sie die Suche für reine Zeitverschwendung halten oder dass sie Wichtigeres zu tun haben und meinen Fall nicht übernehmen können. Aber ihr Verstand schrie fast regelmäßig: *‚Oh verdammt, ich muss mich irgendwie aus der Affäre ziehen, sonst zerquetscht mich Julius Notte, als wäre ich nur eine kleine Fliege!'*"

Julius warf Marcus einen finsteren Blick zu, als dieser sich ein lautes Lachen nicht verkneifen konnte.

„Also? Hast du Marguerite angegriffen?", bohrte Christian nach und fügte dann entgegenkommend hinzu: „Vielleicht nicht mit der Absicht, sie zu töten, sondern um ihr Angst zu machen, damit sie den Auftrag doch noch ablehnt?"

„Nein", wiederholte Julius mit Nachdruck.

„Ich würde dir ja gern glauben, aber ..."

„Können Sie ihn nicht lesen?", warf Tiny ein. „Ich dachte, ihr könnt euch gegenseitig lesen, solange es sich nicht um einen Lebensgefährten handelt. Ich weiß, dass Marguerite in Kalifornien Vincent gelesen hat."

„Marguerite ist älter als Vincent", erklärte Christian. „Ich kann meinen Vater nur lesen, wenn er seinen Geist für mich öffnet."

„Na, dann soll er das doch einfach machen", schlug Tiny vor.

Julius erstarrte, als sein Sohn sich zu ihm umdrehte und ihn fragend ansah.

„Bist du bereit, mir deinen Geist zu öffnen, damit ich ihn lesen kann?", wollte Christian wissen.

Sein Vater machte sich nicht mal die Mühe, darauf etwas zu entgegnen, sondern verzog nur den Mund.

„Das hatte ich mir gedacht", murmelte Christian. „Du bist hergekommen, um …"

„Vielleicht sollten wir das woanders diskutieren", gab Marcus zu bedenken und brachte sich bei den beiden erst jetzt wieder in Erinnerung. Als sie sich zu ihm umwandten, deutete er mit dem Kopf auf Tiny, der den Servierwagen vor einen der Sessel am Fenster gerollt hatte und es sich gemütlich machte, um zu frühstücken.

„Achten Sie gar nicht auf mich", rief der Detektiv ihnen amüsiert zu. „Während Sie sich unterhalten, werde ich etwas essen."

„Wir gehen lieber und lassen Sie in Ruhe", entschied Christian und bedachte seinen Vater mit einem wütenden Blick. „Wir können uns in meinem Zimmer unterhalten."

Als Julius zustimmend nickte, ging sein Sohn vor ihm zur Tür.

Julius zögerte einen Moment lang. Er hatte diesem Tiny den Hals umdrehen wollen, als er ihn zusammen mit Marguerite im Bett vorfand, und von diesem dringenden Wunsch war er erst abgekommen, nachdem Marcus ihm etwas zugeflüstert hatte. Seit dem Moment wusste er, die beiden hatten sich tatsächlich nur das Bett geteilt, und die zwei verband auch kein Verhältnis in der Art, von der er ausgegangen war.

Natürlich hätte er das auch selbst herausfinden können, wie Marcus ihm ganz richtig vorgehalten hatte. Er hätte nur den Mann lesen müssen, anstatt gleich das Schlimmste anzunehmen. Jetzt fühlte er sich mies. Dem Detektiv war es nur darum gegangen, für Marguerites Sicherheit zu sorgen. Einen Augenblick lang spielte er mit dem Gedanken, sich bei Tiny zu entschuldigen, doch dann fiel ihm ein, dass der Mann seine große Klappe hatte aufreißen müssen, er solle seinen Geist für Christian öffnen. Hätte Tiny den Mund gehalten, wäre sein Sohn jetzt nicht noch wütender auf ihn. Diese beiden Dinge hoben sich gegenseitig auf, und Julius kam zu dem Schluss, dass er sich nicht entschuldigen musste.

Nach einem letzten finsteren Blick auf den Sterblichen machte Julius auf dem Absatz kehrt und folgte seinem Sohn nach draußen.

3

Marguerite ließ ihren Blick über das Durcheinander in ihrem Zimmer schweifen, als sie hineinging, um ihren Koffer zu holen. Sie öffnete den Deckel, nahm heraus, was sie für ihr Bad benötigte, dann suchte sie sich frische Kleidung zusammen. Zum Glück hatte sie bei ihrer Ankunft im Hotel an diesem Morgen nicht alles ausgepackt, sodass sie später einfach nur ihren Koffer schnappen musste, wenn sie auschecken.

Im Badezimmer legte sie ihre Sachen auf den Tresen aus glänzendem Marmor, dann ging sie zur riesigen Wanne und gab eine großzügige Portion Schaumbad hinein. Sie drehte den Wasserhahn auf und ließ sich mit einem erschöpften leisen Seufzer auf dem Wannenrand nieder.

Sie war müde und hätte noch gern ein paar Stunden geschlafen. Die Fahrt von Berwick-upon-Tweed war nicht schlimm gewesen, doch die vorausgegangene dreiwöchige Suche hatte sich als anstrengend und ermüdend entpuppt.

Ihre Mundwinkel zuckten verärgert, wenn sie nur daran dachte, wie viele Stunden sie damit zugebracht hatten, ein uraltes Buch nach dem anderen zu durchsuchen, Zeile um Zeile mit dünnem Federkiel geschrieben, die Tinte mittlerweile verblasst, nur um irgendwo auf den Namen Notte zu stoßen.

So viel verschwendete Zeit, grübelte sie. *Und alles nur, weil sich dieser starrsinnige Kerl weigert, seinem Sohn den Namen der Frau zu nennen, die seine Mutter war.*

Verständnislos schüttelte sie den Kopf. Julius Notte war ein attraktiver, ja eigentlich sogar ein viel zu attraktiver Mann. Vermutlich hatte er im Lauf seines Lebens mit so vielen Frauen geschlafen – sterblichen wie unsterblichen –, dass er ihnen längst nicht mehr den jeweiligen Namen zuordnen konnte. Es war anzunehmen, dass er auch keine Ahnung hatte, wer die Mutter seines Sohnes war. Bestimmt hatte sie den Jungen einfach in einem Weidenkörbchen bei ihm vor der Tür abgestellt, als er gerade nicht zu Hause war.

Sie rümpfte die Nase angesichts ihrer boshaften Überlegungen und beugte sich über die Wanne, um das Wasser abzustellen. Ganz offensichtlich war sie im Moment sehr schlecht gelaunt, und sie konnte nur hoffen, dass ein ausgiebiges, entspannendes Bad Abhilfe schaffen würde. Sie zog sich aus und stieg in die Wanne, um sich von dem wohltuend warmen Wasser umschließen zu lassen.

Sie liebte Schaumbäder über alles und hatte nie verstanden, wie jemand es vorziehen konnte zu duschen. Wie viel schöner war es doch, den ganzen Körper einweichen zu lassen, so wie sie es jetzt tat. Auf diese Weise fand sie Zeit, um zu entspannen und nachzudenken. Und derzeit hatte sie über einiges nachzudenken.

Als Christian ihnen den Auftrag gab, hatte er sie bereits wissen lassen, dass Julius Notte sich beharrlich weigerte, ihm den Namen seiner Mutter zu nennen oder überhaupt nur über sie zu sprechen. Genau genommen machte sogar die ganze Familie einen Bogen um das Thema. Er bekam lediglich zu hören, sie sei tot und er sei ohne sie besser dran.

Die wenigen Dinge, die er über sie wusste, waren ihm im Verlauf von Jahrhunderten zu Ohren gekommen. Doch nichts davon war konkret genug gewesen, um ihm einen Hinweis zu liefern, wo er mit der Suche nach ihr beginnen sollte. Bis zu dem Tag, an dem eine seiner Tanten ein Porträt betrachtet hatte, das ihn als kleines Kind zeigte. Lächelnd hatte sie erklärt: „Da warst du erst wenige Wochen alt. Dein Vater hat es malen lassen, gleich nachdem er mit dir im selben Jahr aus England zurückgekehrt war."

Da er nun endlich etwas in der Hand hatte, heuerte Christian sofort Privatdetektive an, die der Identität seiner Mutter auf die Spur kommen sollten. Das Problem bestand allerdings darin, dass man für einen solchen Auftrag einen unsterblichen Detektiv benötigte, doch diejenigen, die in Europa dieser Tätigkeit nachgingen, ließen sich nur zu schnell durch Julius Notte ins Bockshorn jagen, da der Mann über sehr viel Macht verfügte. Er brauchte lediglich zum Telefon zu greifen, und schon ließ jeder Detektiv die Finger von dem Fall.

Bis jetzt, dachte Marguerite grimmig. Sie konnte Christian gut leiden, und ihrer Meinung nach verdiente er es zu erfahren, wer seine Mutter war. Und sie fürchtete sich nicht vor Julius Notte und seiner Macht. Sie würde die Suche so lange fortsetzen, wie Christian es wünschte. Natürlich wäre es alles viel einfacher gewesen, wenn Julius Notte den Mund aufgemacht hätte. Dann wäre es ihr und Tiny erspart geblieben, ein verstaubtes Archiv nach dem anderen aufzusuchen und muffige Bücher zu wälzen.

Marguerite verzog den Mund. Bislang fiel ihr Urteil über diesen neuen Job sehr enttäuschend aus. Das Recherchieren empfand sie als äußerst langweilig, und sie spielte schon jetzt ernsthaft mit dem Gedanken, nach dem Abschluss dieses Falls eine andere Karriere anzustreben.

Mit dem seifigen Waschlappen rieb sie über ihre Beine, während ihre Gedanken zu Julius Notte zurückkehrten. Warum der Mann seinem Sohn nicht den Namen der Mutter nennen wollte, war für sie unbegreiflich. Möglicherweise hatte diese Frau Julius sehr wehgetan, und er wollte nichts mehr von ihr wissen. Oder aber er hatte niemals ihren Tod verwinden können. Wie ihr zu Ohren gekommen war, stellte der Verlust des Lebensgefährten für einen Unsterblichen einen schweren Schlag dar. Sie selbst hatte nie einen Lebensgefährten gehabt und konnte diese Behauptung nicht bestätigen. Dennoch wusste sie, dass manche Unsterbliche Jahrhunderte brauchten, um den Schmerz zu verarbeiten ... sofern sie sich überhaupt davon erholten.

Aber selbst wenn das erklärte, warum Julius nicht über diese Frau reden wollte, hatte Christian ein Recht darauf, die Identität seiner Mutter zu erfahren.

Sie lehnte sich zurück und fuhr mit dem Waschlappen über ihre Arme. Als sie danach ihre Brüste einseifte, wurde ihre Hand auf einmal langsamer, da sie an ihre sonderbare Reaktion denken musste, als Julius sie in Tinys Zimmer so eindringlich angestarrt hatte. Die bloße Erinnerung daran ließ ihren Körper abermals reagieren, und Marguerite nahm mit Erstaunen zur Kenntnis, dass sich ihre Nippel schon wieder aufrichteten, als sei Julius dort und würde sie ansehen.

Sie biss sich auf die Lippe und legte den Waschlappen auf den Wannenrand, während sie sich zur Ruhe zwang. Ein Gefühl der Erregung hatte ihren Körper erfasst, und sie konnte nur hoffen, dass es schnell wieder vorbei sein würde. In den mehr als siebenhundert Jahren ihres Lebens war es noch nie vorgekommen, dass ein Mann sie nur anschauen musste, um sie so reagieren zu lassen. Und dann widerfuhr ihr so etwas ausgerechnet bei einem Wildfremden, bei dem sie sich nicht mal sicher war, ob sie ihn überhaupt leiden konnte!

Was für ein Barbar musste man sein, wenn man einfach in ein fremdes Schlafzimmer eindrang und einen Sterblichen würgte und gegen die Wand schleuderte, nur weil er sich gerade dort aufhielt? Er behauptete, er habe geglaubt, Tiny würde sie angreifen. Doch wie sollte das möglich sein, wenn sie beide fest geschlafen hatten? Sie jedenfalls hatte fest geschlafen, und sie nahm nicht an, dass Tiny wach gewesen war. Außerdem war Tiny ein Sterblicher, sie eine Unsterbliche. Er *konnte* sie also ohnehin zu nichts zwingen, was sie nicht wollte.

Julius dagegen mochte dazu in der Lage sein, musste sie sich eingestehen. So wie sie selbst war er unsterblich, und von dem vorangegangenen Kampf wusste sie, dass er auch stärker war als sie. *Er* hätte sie also zwingen können, ihr Zimmer zu verlassen und sich in dieses Bett zu legen.

Aus einem unerfindlichen Grund löste diese Erkenntnis einen erneuten wohligen Schauer in ihr aus, was sie stutzig werden ließ. Sie hatte gerade erst siebenhundert Jahre Ehe mit einem schrecklichen Ehemann hinter sich, und sie verspürte beim besten Willen nicht den Wunsch, sich derzeit auf eine Beziehung zu *irgendeinem* Mann einzulassen. Sie wollte ihre Freiheit genießen, sich eine Karriere aufbauen, das Leben leben …

Auch wenn sie über siebenhundert Jahre alt war, fühlte sie sich, als habe sie die ganze Zeit in einer Tiefkühlkammer verbracht und dabei ihre Emotionen fest im Griff gehabt, um die rasende Wut darüber zu bändigen, dass sie von ihrem Ehemann kontrolliert worden war. Ihre Kinder waren der einzige Aspekt ihres Lebens gewesen, bei dem sie sich gestattet hatte, etwas zu empfinden. Daher hatte sie auch all ihre Fürsorge und Leidenschaft darauf verwandt, ihnen ein glückliches Leben zu ermöglichen.

Deshalb war sie völlig unvorbereitet gewesen, als Julius Notte sie mit seinen Blicken gestreichelt hatte. Marguerite konnte Überraschungen gleich welcher Art nicht ausstehen, und sie verspürte auch kein Interesse, sich näher mit der Reaktion zu befassen, die dieser Mann bei ihr ausgelöst hatte. Genau genommen wäre es das Beste gewesen, wenn Julius Notte mitsamt seiner seltsamen Wirkung auf sie gleich wieder das Weite gesucht hätte.

Am einfachsten ließ sich das natürlich bewerkstelligen, indem sie umgehend den Fall löste und nach Kanada heimkehrte. Sie fragte sich, ob sie den Mann wohl lesen konnte. Falls ja, würde sie womöglich mehr über Christians Mutter erfahren und den Auftrag schnell und zur Zufriedenheit ihres Klienten lösen können.

Sie schürzte die Lippen und fragte sich, wie alt Julius sein mochte. Christian war erst fünfhundert Jahre alt, und sie wusste, er war Julius' einziger Sohn. Es war also durchaus denkbar, dass er jünger war als sie. In dem Fall würde sie ihn womöglich lesen können.

Dummerweise sagte ihr Instinkt ihr aber, dass er viel älter war. Warum sie das annahm, konnte sie nicht erklären, doch auf ihren Instinkt war üblicherweise Verlass. Und wenn der richtiglag und Julius tatsächlich älter war als sie, bedeutete das, sie konnte ihn nur mit viel Mühe lesen ... oder vielleicht sogar überhaupt nicht. Es sei denn, er wurde durch etwas abgelenkt und merkte nicht, dass ein anderer ihn las.

Für den Augenblick konnte sie nicht viel mehr tun, als abzuwarten, was geschehen würde. Aber vielleicht hatte sie ja auch Glück, und es gelang Christian in diesen Minuten, seinen Vater zu überreden, ihm den Namen seiner Mutter zu verraten. Oder er brachte Julius dazu, abzureisen und ihn in Ruhe zu lassen. So oder so wäre sie den Mann dann wieder los, und sie verbrachte lieber nochmals drei Wochen in staubigen Archiven als auch nur eine weitere Minute in der Gegenwart von Julius Notte.

Sollte er aber noch im Hotel sein, wenn sie mit ihrem Bad fertig war, würde sie auf jeden Fall versuchen, ihn zu lesen. Wenn sie damit keinen Erfolg hatte, musste sie eben irgendwie mit der Wirkung zurechtkommen, die er auf sie ausübte. Schließlich war sie alt genug, um derartige Situationen mit Anstand und Würde zu überstehen.

„Oh ja, ganz sicher", murmelte sie sarkastisch, schüttelte den Kopf und schloss die Augen, um wenigstens für einen Moment ganz entspannt im Wasser zu liegen und an gar nichts zu denken.

„Würdest du mir jetzt endlich verraten, was hier wirklich gespielt wird?", fragte Christian, als er vor den anderen her zu seinem Hotelzimmer ging.

Julius zögerte und warf Marcus einen Hilfe suchenden Blick zu. Bevor Marcus jedoch etwas sagen konnte, fügte Christian hinzu: „Versuch gar nicht erst, mir eine Lüge aufzutischen. Ich weiß, was los ist. Du hast davon Wind bekommen, dass ich die Morrisey Agency beauftragt habe, meine Mutter zu finden, und du bist jetzt hier, um auf sie einzuwirken, damit sie den Fall ablehnen, nicht wahr?"

Ungläubig riss Julius die Augen auf. „Ich …"

„Das brauchst du gar nicht zu leugnen", unterbrach Christian ihn. „Du musst wissen, dass Marguerite eine Argeneau ist, und sie lässt sich von dir nicht so leicht Angst einjagen. Vermutlich hattest du vor, sie abreisen zu lassen. Während sie schlief, wärst du in ihre Gedanken eingedrungen und hättest ihr das Argument eingegeben, das sie am ehesten zum Aufgeben veranlasst hätte."

„Äh …" Julius sah zu Marcus, der den Mund verzog und sich gegen das Sideboard lehnte.

„Aber dieser erste Überfall auf Marguerite hat dir einen Strich durch die Rechnung gemacht", fuhr Christian fort. „Du bist zuerst in ihr Zimmer gegangen, doch da war sie nicht. Dann hast du im Nebenzimmer nachgeschaut und sie zusammen mit Tiny im Bett gesehen und …" Er hielt kurz inne und führte den Satz nachdenklich zu Ende. „… und aus irgendeinem Grund bist du ausgerastet. Wieso, frage ich mich."

Sein Vater stand stocksteif da und gab keinen Ton von sich.

Es war auch egal, denn plötzlich hellte sich Christians Miene auf, da ihm etwas klar geworden war. „Obwohl sie geschlafen hat und sich nicht vor dir schützen konnte, warst du nicht in der Lage, in ihren Geist einzudringen, richtig?"

„Das ist ja albern", gab Julius zurück. „Sie ist viel jünger als ich, einige Jahrhunderte jünger ... und sie hat geschlafen."

„Eben, und genau deshalb hätte es für dich eine Leichtigkeit sein müssen, in ihre Gedanken einzudringen. Aber es ging nicht!" Christian war absolut auf der richtigen Spur! „Darum hast du dich auf Tiny gestürzt. Du warst eifersüchtig! Unglaublich", redete er kopfschüttelnd weiter. „Seit ich dich kenne, bist du immer ein kalter, harter und gefühlloser Mistkerl gewesen. Aber als dir klar wurde, dass du Marguerite nicht lesen kannst, und als du dann auch noch Tiny bei ihr im Bett entdeckt hast, da konntest du dich nicht länger beherrschen."

„Ich dachte, er würde sie angreifen", beharrte Julius auf seiner Darstellung der Situation, doch in seinem Hinterkopf regte sich längst die Frage, ob er tatsächlich über Jahrhunderte hinweg so kalt und gefühllos gewesen war. Er wusste, er war ein bisschen mürrisch gewesen, aber Christians Wortwahl erschien ihm doch überzogen.

„Er würde sie angreifen?", wiederholte Christian und schnaubte abfällig. „Das glaubst du doch selbst nicht. Die beiden haben geschlafen, als du ins Zimmer kamst. Du bist ausgerastet, weil Tiny mit der Frau im Bett lag, die für dich eine echte Lebensgefährtin ist!"

Julius ließ die Schultern sinken und ging an Marcus vorbei, um sich an den kleinen Tisch am Fenster zu setzen. Dann sah er seinen Sohn an, der ihn breit angrinste. Julius runzelte die Stirn. „Was gibt es da zu grinsen?"

„Ich freue mich für dich", erklärte Christian geradeheraus.

„Tja ... schön ..." Er rutschte unbehaglich auf dem Sessel umher.

„Und jetzt brauchst du mich", ergänzte sein Sohn triumphierend. „Ich habe ein As im Ärmel."

„Wie meinst du das?", fragte Julius skeptisch.

Christian schien den Moment zu genießen und auszukosten, dann aber wurde er ernster und begann zu berichten: „Als ich in Kalifornien war, habe ich herausgefunden, dass Marguerite in ihrer Ehe mit Jean Claude Argeneau schrecklich gelitten hat. Sie ist daher in keiner Weise daran interessiert, sich auf eine neue Beziehung einzulassen, die womöglich genauso verheerend wird." Mit sorgenvoller Miene fügte er hinzu: „Ich schätze, wenn sie auch nur zu ahnen beginnt, du könntest ihr Lebensgefährte sein, wird sie ihre Sachen packen und so schnell nach Kanada zurückkehren, dass du gar nicht weißt, wie dir geschieht."

Julius stieß einen schweren Seufzer aus. Immerhin hatte er von Marcus etwas ganz Ähnliches zu hören bekommen.

„Das Schöne daran ist", redete Christian gut gelaunt weiter, „du bist darauf angewiesen, dass ich ihr kein Wort davon sage, dass du sie nicht lesen kannst. Und du benötigst einen Vorwand, damit du in ihrer Nähe bleiben kannst, ohne dich als ihr Lebensgefährte erkennen zu geben."

„Du willst mich erpressen, Sohn?", fragte er ruhig.

„Wer redet denn von Erpressung? Ich schlage dir einen Handel vor", beteuerte Christian und betonte: „Du musst ja nicht darauf eingehen. Du kannst Marguerite ja genauso gut sagen, du hältst sie für deine Lebensgefährtin, und dann soll sie versuchen, dich zu lesen. Wenn sie merkt, das geht nicht, wirst du ja sehen, wie sie darauf reagiert."

„Auch wenn ich sie nicht lesen kann, heißt das nicht automatisch, dass sie mich ebenfalls nicht lesen kann", betonte Julius und bemühte sich um ein lässiges Auftreten, indem er aus der Obstschale auf dem Tisch eine Traube herausfischte und sich in den Mund steckte. „Vielleicht ist sie gar nicht meine Lebensgefährtin."

Christian schüttelte den Kopf und erwiderte: „Ihr esst beide."

Verblüfft hörte Julius auf zu kauen, als ihm bewusst wurde,

dass er etwas aß. Und im nächsten Augenblick verstand er, was sein Sohn genau gesagt hatte: „Ihr esst *beide*." Hastig schluckte er die Traube herunter. „Marguerite hat auch etwas gegessen?"

„Als sie dachte, es würde sie niemand beobachten, da hat sie sich ein Würstchen vom Frühstückstablett genommen", ließ er seinen Vater amüsiert wissen.

Julius lehnte sich zurück und begann schwach zu lächeln. Er hatte das alles schon einmal mitgemacht, inzwischen aber vergessen, dass der Appetit eines Unsterblichen auf normales Essen wieder zum Leben erwachte, wenn er seiner Lebensgefährtin begegnete. Der Grund dafür war ihm nicht klar, und als er mit Marcus einmal darüber gesprochen hatte, waren sie nur zu dem Schluss gekommen, dass das Wiedererwachen des Appetits auf normale Speisen auch alle anderen Gelüste weckte. Sex war wieder fantastisch, das Leben machte Spaß, und Speisen schmeckten auf einmal viel intensiver. War Essen bis dahin langweilig gewesen und reine Zeitverschwendung, schmeckte mit einem Mal alles wieder köstlich.

„Es ist mir ein Vergnügen, dir zu helfen", erklärte Christian und lenkte die Aufmerksamkeit erneut auf sich, dann fügte er hinzu: „Aber dafür möchte ich wissen, wer meine Mutter ist."

Schweigend ließ Julius sich den Vorschlag durch den Kopf gehen, schließlich entgegnete er: „Also gut. Vorausgesetzt …", fügte er sofort hinzu, bevor sein Sohn etwas sagen konnte. „Vorausgesetzt wir einigen uns darauf, dass du den Mund hältst und mir bei einem Vorwand hilfst, warum ich in Marguerites Nähe bleiben muss, und zwar so lange, bis mit ihr alles geklärt ist, und erst dann werde ich dir von deiner Mutter erzählen."

Christian kniff die Augen zusammen und legte den Kopf schräg. „Hm … fünfhundert Jahre lang weigerst du dich, überhaupt nur ein Wort über meine Mutter zu verlieren, und jetzt willst du mir alles über sie sagen, damit du Marguerite kriegen kannst", sagte er nachdenklich. „Bedeutet das, du bist über meine Mutter hinweg?"

Nach kurzem Zögern erwiderte Julius schroff: „Über deine Mutter werde ich niemals hinwegkommen, Christian. Aber ich will Marguerite."

Die Worte schienen seinen Sohn nicht zu überraschen, da er sie mit ernstem Nicken zur Kenntnis nahm. „Also gut, dann sind wir uns einig."

Als der junge Mann zu ihm kam, um die Abmachung per Handschlag zu besiegeln, zog Julius ihn an sich und nahm ihn in seine Arme.

„Ich freue mich wirklich für dich, Vater", sagte Christian und klopfte ihm kameradschaftlich auf den Rücken. „Ich mag Marguerite."

„Danke", entgegnete Julius leise.

„Und nachdem wir nun unsere Vereinbarung getroffen haben", fügte Christian hinzu, „kann ich dir ja verraten, dass ich dir so oder so geholfen hätte, auch wenn du dich nicht zu meiner Mutter hättest äußern wollen." Als sein Vater ihn darauf verwundert ansah, erklärte er: „Ich würde mich niemals zwischen dich und eine Frau stellen, die dir helfen könnte, meine Mutter zu vergessen und wieder glücklich zu sein."

Mit diesen Worten löste sich Christian aus der Umarmung und ging um den Tisch herum, wo er sich in den zweiten Sessel setzte. „Da Marguerite zurzeit ein Bad nimmt, bleibt uns mindestens eine Stunde Zeit, um uns eine gute Ausrede auszudenken, warum du in ihrer Nähe bleiben musst. In Kalifornien hat sie es genossen, ausgiebig zu baden, und ich schätze, daran hat sich nichts geändert." Während er redete, legte er den Block mit dem Briefkopf des Hotels vor sich auf den Tisch.

Julius setzte sich zu ihm, und Marcus brachte den Sessel vom Sideboard mit, um sich zu den beiden zu gesellen.

„Am besten wird es sein, wenn wir etwas erzählen, was der Wahrheit so nah wie möglich kommt", schlug Christian vor. „Und sinnvollerweise sollte es etwas mit diesem Anschlag auf ihr Leben zu tun haben."

Julius musterte ihn skeptisch, sprach aber kein Wort.

„Wir können ihr sagen, dass du vermutest, der Überfall könne von der Familie meiner Mutter verübt worden sein. Da die Morrisey Agency den Fall übernommen und ihre Leute nach England geschickt hat, sind die vielleicht nervös geworden und werden mit allen Mitteln versuchen, Marguerite aufzuhalten."

Julius machte große Augen. „Woher weißt du ...?"

„Ich bin ja kein Idiot, Vater", unterbrach Christian ihn. „Der Überfall hat mit der Sache zu tun, und da ich weiß, dass du niemals so tief sinken würdest, bleibt nur die Familie meiner Mutter. Offenbar gibt es außer dir noch jemanden, der nicht möchte, dass ich die Wahrheit über meine Herkunft herausfinde. Außerdem wüsste ich nur einen guten Grund, warum du mir diese Dinge verschweigst: Du willst mich beschützen."

„Deine Mutter befahl, dich gleich nach deiner Geburt zu töten", mischte sich plötzlich Marcus ein.

Julius warf dem Mann einen zornigen Blick zu, dass er das enthüllt hatte, sah dann aber wieder seinen Sohn an. Wut und Schmerz regten sich in seinem eigenen Herzen, als er dessen betroffenen Gesichtsausdruck sah. Plötzlich blickte Christian nach unten auf den Block, auf den er die ganze Zeit irgendetwas kritzelte, und räusperte sich.

„Okay, also steckt vermutlich ihre Familie hinter dem Anschlag auf Marguerite. Falls meine Mutter immer noch leben sollte, würde ich davon ausgehen, dass sie diejenige ist."

Als sein Sohn ihn fragend ansah, rang Julius einen Moment lang mit sich, schwieg letztlich aber, da er sich dazu nicht äußern wollte.

„Jedenfalls", redete Christian mit einem leisen Seufzer weiter, da sein Vater beharrlich schwieg, „werde ich Marguerite sagen, du hättest aus Angst um mein Leben endlich enthüllt, dass meine Mutter mich bei der Geburt töten wollte und dass du jetzt ihre Familie hinter dem Anschlag vermutest. Da ich weiter nach ihr suchen lassen will und du dich weigerst, mehr preiszugeben, hast du dich entschlossen, uns zu begleiten und für unsere Sicherheit zu sorgen, bis wir aufgeben, oder zur Stelle zu sein, sollten wir den Fall lösen."

Christian ließ sich den Plan durch den Kopf gehen, schließlich nickte er. „Das sollte genügen, damit sie dich nicht länger für einen Sturkopf hält, nur weil du mir nicht sagst, wer meine Mutter ist."

Als Julius diese Worte hörte, versteifte er sich, doch sein Sohn war noch nicht fertig: „Damit rücken wir dich in ein besseres Licht, und es gibt einen guten Grund, warum du in ihrer Nähe bleiben musst." Nach einer kurzen Pause sagte er dann: „Alles Weitere hängt bedauerlicherweise von dir ab."

„Bedauerlicherweise?"

„Nun ja, Vater", erwiderte Christian. „Ich weiß nicht, wie du in jungen Jahren warst, aber heutzutage gibst du nicht gerade den Romeo, stimmt's? Ich meine, die Dienstmädchen zu Hause und die Sekretärinnen im Büro haben alle schreckliche Angst vor dir, und ich …"

„Ich weiß, wie man um eine Frau wirbt", fiel Julius ihm ironisch ins Wort. Als Christian aus seinen Zweifeln kein Hehl machte, beteuerte er mürrisch: „Doch, das weiß ich."

„Hmm", machte sein Sohn.

„Ich habe Erfahrung mit dem anderen Geschlecht", erklärte Julius herablassend. „Ich habe nicht mein ganzes Leben wie ein Mönch zugebracht. Aber ein richtiger Draufgänger bin ich zu keiner Zeit gewesen."

„Das glaube ich dir aufs Wort", beschwichtigte Christian ihn. „Aber deine Zeit ist schon eine Ewigkeit her, Vater. Die Zeiten haben sich geändert, die Frauen sind nicht mehr so wie früher ..." Er zuckte mit den Schultern. „Ich will damit nur sagen, dass du vielleicht ein wenig Hilfe brauchen könntest."

Julius runzelte die Stirn, da die Ausführungen seines Sohns ihn verunsicherten. Es war tatsächlich schon lange her, seit er das letzte Mal um eine Frau geworben hatte. Genau genommen war das seit Christians Geburt nicht mehr der Fall gewesen. Stattdessen hatte er sich ganz darauf konzentriert, den Jungen zu beschützen, für ihn ein guter Vater zu sein und daneben auch noch ein Familienunternehmen zu führen. Aber so große Veränderungen waren sicherlich nicht eingetreten ... oder doch?

„Keine Sorge, Vater, ich werde dir helfen", versuchte Christian ihm Mut zu machen. „Und ich werde dich bei Marguerite in ein gutes Licht rücken. Ich bin sicher, es wird alles gut werden."

„Ich werde auch helfen."

Julius drehte sich überrascht um und sah, wie sich Dante vom Rahmen der Tür abstieß, die zum Rest der Suite führte. Anscheinend hatte er schon länger zugehört, was in Julius Ärger aufsteigen ließ, zumal er sah, dass Dante sich auch noch in Begleitung seines Zwillingsbruders Tommaso befand.

„Wie lange steht ihr zwei denn schon da?", brummte er, während sich Dante aufs Bett fallen ließ und sich gegen das Kopfende lehnte.

„Ich denke, wir haben so ziemlich alles gehört", gab Tommaso unumwunden zu und ließ sich auf der anderen Seite des Betts nieder. Er schlug die Beine übereinander, verschränkte die Hände vor dem Bauch und wiederholte: „Marguerite ist deine Lebensgefährtin, Christians Mutter hat versucht ihn umzubringen und steckt wahrscheinlich hinter dem Anschlag auf Marguerite, den wir wohl verpasst haben. Und du brauchst Hilfe, damit du um Marguerite werben kannst. Ich glaube, uns ist eigentlich nichts weiter entgangen."

„Nein, tatsächlich nicht", bestätigte Christian amüsiert, dann sah er Julius lächelnd an. „Siehst du? Wir stehen alle hinter dir. Du hast jede Menge Helfer, die dich beim Werben um Marguerite unterstützen."

„Gott steh mir bei", flüsterte Julius und fuhr sich durchs Haar.

Marguerite schlug die Augen auf und verzog missmutig das Gesicht, als sie merkte, dass das Badewasser unangenehm kühl geworden war. Sie war eingenickt, und nach der Wassertemperatur zu urteilen und danach, dass vom Schaum nichts mehr übrig war, musste sie längere Zeit geschlafen haben. Sie schätzte, es musste eine halbe Stunde vergangen sein, aber sie hatte keine Uhr zur Hand, um das nachzuprüfen.

Wenigstens hatte sie ein bisschen von dem Schlaf nachholen können, um den sie die beiden Überfälle gebracht hatten.

Sie summte leise vor sich hin, während sie den Heißwasserhahn aufdrehte, damit es in der Wanne wieder etwas wärmer wurde. Dann wusch sie sich die Haare und seifte mit dem Waschlappen alle Stellen ein, die sie zuvor ausgelassen hatte. Schließlich stieg sie aus der Wanne, trocknete sich ab und zog sich an.

Von ein wenig Lippenstift abgesehen, machte sie sich nicht die Mühe, Make-up aufzulegen. Dann sammelte sie ihre Sachen ein, um sie in den Koffer zu packen. Als sie Tinys Morgenmantel hochhob, überlegte sie, ob sie ihn ihm bringen sollte, fand aber, dass sie ihm den Mantel genauso gut zurückgeben konnte, wenn sie in einem anderen Hotel untergekommen waren. Nach einer letzten Kontrolle, ob sie tatsächlich alles eingepackt hatte, zog sie den Reißverschluss ihres Koffers beruhigt zu. Etwas in ihr drängte darauf, das Zimmer so schnell wie möglich zu verlassen, weil es ihr auf einmal eine Gänsehaut bereitete.

Wie seltsam, überlegte sie. *So habe ich das gar nicht empfunden, als ich vorhin hier war, um meine Sachen fürs Bad zu holen.* Jetzt kam es ihr so vor, als würde jemand sie beobachten.

Marguerite warf einen Blick zu den geschlossenen Vorhängen vor den Fenstern zum Balkon, schaute dann aber rasch zur Seite. Mit einem Mal war sie davon überzeugt, dass sich dort drüben auf dem Balkon jemand aufhielt, der sie durch den Spalt zwischen den nicht vollständig geschlossenen Vorhängen beobachtete. Wer immer es war, er sollte nicht wissen, dass sie ihn entdeckt hatte.

Sie ließ den Koffer zurück und ging zu dem Tisch, der neben einer Seite der Balkontür stand, nahm aber in keinem der Sessel Platz, sondern beugte sich über den Tisch und kritzelte kreuz und quer auf einem Notizblock, um ihrem ungebetenen Besucher das Gefühl zu geben, dass sie weiterhin nichts ahnte. Einen Moment später richtete sie sich wieder auf, als wollte sie ihren Koffer holen, doch dann machte sie einen Satz in Richtung Fenster und riss den Vorhang auf.

Obwohl sie fest damit gerechnet hatte, dass jemand da draußen stand, machte sie dennoch einen erschrockenen Satz nach hinten, als sie die düstere Gestalt entdeckte, die durchs Fenster nach drinnen sah.

Marguerite war jedoch nicht die Einzige, die einen Schreck bekam, denn als das Licht aus dem Hotelzimmer durchs Fenster nach draußen fiel, wich die Gestalt auf dem Balkon ruckartig zurück, als habe sie sich verbrannt. Dabei stieß der Unbekannte einen Stuhl um, und obwohl er sich zunächst bückte, als wolle er den Stuhl aufheben, rannte er dann auf einmal nach rechts davon. Marguerite sah ihm verblüfft nach, bis der Vorhang ihr die Sicht nahm – und bis ihr klar wurde, dass er die Flucht ergriff. Sie machte einen Satz in Richtung Balkontür.

4

„Marguerite?" Tinys Stimme ließ sie einen Blick über die Schulter werfen. Der Sterbliche kam soeben ins Zimmer gelaufen, wurde dabei aber von Christian, Marcus und Julius überholt.

„Da draußen war jemand", erklärte sie. Gerade wollte sie die Flügeltüren öffnen, da wurde sie an den Oberarmen gepackt und hochgehoben. Als sie in sicherer Entfernung zur Balkontür wieder abgesetzt wurde, sah sie, dass Julius Notte dafür verantwortlich war.

„Passt auf sie auf!", rief er.

Verdutzt, wem diese Aufforderung galt, schaute sie ihm nach, wie er den drei anderen Männern nach draußen folgte. Ein Geräusch an der Schlafzimmertür ließ Marguerite herumfahren, dann sah sie, wie Dante Notte und sein Zwillingsbruder Tommaso zu ihr gelaufen kamen. Offenbar hatte sie so lange in der Badewanne gelegen, dass die Männer alle ihre Koffer hatten packen können, um sich im Salon nebenan zu treffen.

Sie fragte aber nicht bei den zweien nach, ob sie mit ihrer Annahme richtiglag, sondern lief zu den anderen nach draußen auf den Balkon.

„Hier ist niemand", sagte Christian, als sie sich in der warmen Abendluft zu ihnen stellte.

Marguerite sah sich um und ignorierte die beiden Riesen namens Dante und Tommaso, die ihr gefolgt waren und sich rechts und links von ihr aufbauten.

„Könnte es nicht sein, dass Sie vielleicht nur einen Schatten gesehen haben?", fragte Julius.

Gereizt schnalzte sie mit der Zunge. Zuerst hatte Tiny ihr einreden wollen, dass sie sich den Angreifer nur eingebildet hatte, bis er dann das Blut an ihrem Hals bemerkte. Und jetzt stellte Julius auch noch infrage, was sie gesehen hatte und was nicht. *Also bitte!* Warum glaubten Männer bloß, dass sämtliche Frauen ständig hysterische Anfälle bekamen? Oder lag das nur an ihr?

„Als ich den Vorhang aufgerissen habe, hat er vor Schreck den Terrassenstuhl umgerissen", erwiderte sie und zeigte auf den umgestürzten Stuhl. „Ich habe mir nichts eingebildet."

Alle sechs Männer sahen daraufhin zu dem Stuhl, aber nur Tiny machte sich die Mühe, ihn wieder richtig an den Tisch zu stellen. „Der lag nicht auf der Seite, als ich heute Morgen hier draußen war, um nach dem ersten Angreifer zu suchen", erklärte er den anderen.

Sofort schwärmten die Männer aus, sahen über die Brüstung nach unten oder spähten nach oben, um einen Blick aufs Dach zu werfen. Da Marguerite längst wusste, dass sie nichts mehr finden würden, kehrte sie kopfschüttelnd ins Zimmer zurück. Es ärgerte sie über alle Maßen, dass erst Tinys Bemerkung über den umgeworfenen Stuhl die anderen davon überzeugen konnte, dass sie tatsächlich jemanden gesehen und sich nicht bloß etwas eingebildet hatte.

Zornig griff sie nach ihrer Handtasche und hängte sie sich über die Schulter, dann zog sie den Koffer hinter sich her in den Salon und stellte ihn zu dem übrigen Gepäck. So wie es aussah, hatten die anderen tatsächlich alle ihre Sachen gepackt und sämtliche Koffer und Taschen in die Suite gebracht, die sie sich mit Tiny teilte. Dann waren sie beide also nicht die Einzigen, die in ein anderes Hotel umziehen wollten. Sie konnte nur hoffen, dass lediglich Christian und die Zwillinge mitkamen, nicht aber Julius und Marcus. Die beiden konnten gern nach Hause zurückkehren und sich aus dem Fall heraushalten, wenn sie schon nichts dazu sagen wollten, wer Christians Mutter war.

Während sie weitergrübelte, wer wohl diese Frau sein mochte, schlenderte sie zum Kühlschrank und warf einen Blick hinein. Als sie sah, dass er mit Snacks und Alkohol für Sterbliche gefüllt war, verzog sie den Mund.

Auf dem Tisch stand eine kleine rote Kühltasche, doch die musste sie gar nicht erst aufmachen. Den letzten Beutel Blut hatte sie getrunken, unmittelbar bevor sie nach London abgefahren waren. Zuvor hatte sie mit Bastien telefoniert, zum einen, weil sie ihn fragen wollte, wie es ihrer Tochter Lissianna ging, zum anderen, um Blut zu bestellen, das ins Hotel nach London geliefert werden sollte. Diese Lieferung war natürlich bislang nicht eingetroffen, da sie für acht Uhr abends terminiert worden war, damit Marguerite auch ganz sicher auf war, um die Kühltasche entgegenzunehmen.

Ein Blick auf die Armbanduhr verriet ihr, dass es erst kurz nach sieben war. Damit würde die Lieferung wohl erst dann eintreffen, wenn sie bereits ausgecheckt hatte, überlegte sie mürrisch. Es war wohl einer von diesen Tagen, an denen nichts so lief, wie es sollte.

„Da sind Sie ja."

Marguerite drehte sich um und entdeckte Julius, der die anderen Männer in den Salon führte.

„Irgendwas gefunden?", fragte sie fast desinteressiert, da sie die Antwort längst kannte. Daher überraschte es sie auch nicht, als er den Kopf schüttelte.

„Tiny sprach davon, dass Sie noch heute in ein anderes Hotel umziehen wollen. Ich halte das für eine gute Idee", ließ Julius sie wissen, während er den Salon durchquerte. „Marcus sagt, das *Claridge's* ist ein schönes Haus, also habe ich für uns alle dort Zimmer reserviert."

„Für uns alle?", wiederholte sie verhalten.

Julius bemerkte ihren Gesichtsausdruck und sah ihr in die Augen. „Ja, für uns alle. Ich kann Ihre Besorgnis gut verstehen, und ich versichere Ihnen, ich habe mit den Zwischenfällen von heute Morgen und gerade eben nichts zu tun."

Sie wollte in seinen Geist eindringen, um festzustellen, ob er die Wahrheit sagte. Bei gleicher Gelegenheit wollte sie sich auch umsehen, ob sie irgendwo auf den Namen von Christians Mutter stieß. Aber ihr Versuch endete an einem Schutzwall um seinen Geist herum, durch den sie nicht weiter vordringen konnte. Diese Erkenntnis war keine allzu große Überraschung, hatte ihr Instinkt sie doch bereits gewarnt, dass dieser Mann um einiges älter war als sie.

Natürlich konnte sich ihr Instinkt auch irren, und die Tatsache, dass sie Julius nicht lesen konnte, bedeutete etwas ganz anderes. Wäre er ein Sterblicher oder ein jüngerer Unsterblicher gewesen, hätte sie damit ihren Lebensgefährten vor sich gehabt. Aber Julius war kein Sterblicher, und Unsterbliche zu lesen war stets eine knifflige Angelegenheit. Auch wenn sie ihn nicht lesen konnte, sagte das nichts darüber aus, inwieweit es ihm möglich war, sie zu lesen oder zu kontrollieren. An dieses Thema wollte sie jedoch auf keinen Fall rühren, und das bedeutete, dass sie eben auf die schwierige Tour nach Christians Mutter suchen mussten.

Julius wartete einen Moment lang, und als sie nichts erwiderte, fragte er: „Sollen wir denn?"

Marguerite wollte entgegnen, dass es ihr lieber war, wenn er hierblieb, während sie mit Tiny in ein anderes Hotel umzog, doch sie griff nur wieder nach der Handtasche, hängte sie sich abermals über die Schulter und begab sich zur Tür.

„Dante wird sich um Ihr Gepäck kümmern", erklärte Julius leise und fasste nach ihrem Arm, um sie davon abzuhalten, ihren Koffer an sich zu nehmen.

Bei seiner Berührung hielt sie inne und zuckte innerlich leicht zusammen. Sie atmete tief durch, um sich zu beruhigen, dann nickte sie und wandte sich der Tür zu, als er sie in diese Richtung dirigierte. Er hielt ihr die Tür auf und ging mit ihr durch den Flur, während die anderen ihnen beiden folgen mussten.

Schweigend und zügig legten sie den Weg zu den Aufzügen zurück, doch Marguerite blieb abrupt stehen, als Julius abermals versuchte, sie in eine bestimmte Richtung zu dirigieren.

„Wir nehmen den Personalaufzug", bestimmte er und schob sie vor sich her.

„Warum?", gab sie misstrauisch zurück.

„Weil in der Lobby jemand warten könnte, der uns beschatten soll. Wenn wir an demjenigen vorbeigehen, können wir uns den Umzug auch gleich sparen, da sie dann sofort wissen, wo sie uns finden", erläuterte er geduldig.

Verärgert presste sie die Lippen zusammen ... verärgert über sich selbst. An so etwas Simples hätte sie auch selbst denken müssen. Und sie wollte Detektivin sein? Genauso gut hätte sie behaupten können, Konzertpianistin zu sein, und trotzdem würde sie einem Klavier keinen vernünftigen Ton entlocken. Vielleicht hätte sie eine Ausbildung zur Detektivin absolvieren sollen, bevor sie ihren ersten Fall übernahm. *Gibt es überhaupt so was wie eine Detektivschule?*, überlegte sie.

„Wir sind mit dem Auto hier", wandte Tiny ein und riss sie aus ihren Gedanken.

„Das werden sie wahrscheinlich auch beobachten", sagte Julius. „Wo haben Sie es gemietet? Ich werde dafür sorgen, dass der Wagen abgeholt wird, sobald wir im *Claridge's* eingetroffen sind."

Während Tiny die Frage beantwortete, reagierte Marguerite ungehalten darauf, dass sie auf ihr Transportmittel verzichten sollten.

Julius bemerkte ihren finsteren Blick und fuhr sich anscheinend frustriert durchs Haar. Allerdings schien sie diese Geste falsch gedeutet zu haben, da er im nächsten Moment ganz ruhig erklärte: „Sie können ja woanders einen neuen Wagen mieten."

Sie nickte und zwang sich zur Ruhe, als sie den Personalaufzug erreichten. Als sich die Türen hinter ihnen schlossen, fragte Tiny in die Runde: „Und was ist, wenn sie den Personaleingang ebenfalls bewachen?"

Daraufhin runzelte Julius die Stirn und begann mit den Fingerspitzen gegen seinen Oberschenkel zu trommeln. Vermutlich war das eine unbewusste Angewohnheit, die einsetzte, wenn er intensiv nachdachte, denn Sekunden später hörte er damit wieder auf und sagte: „Geben Sie Dante die Schlüssel für den Mietwagen. Er und Tommaso können eine Weile durch die Stadt fahren, und hoffentlich locken wir sie damit auf eine falsche Fährte, während wir uns unbemerkt aus dem Haus schleichen."

Dante hielt Tiny erwartungsvoll die Hand hin, doch zu seinem Erstaunen war es Marguerite, die ihm den Wagenschlüssel gab.

„Sie hat einen Jaguar gemietet", murmelte Tiny verlegen. Es schien ihm peinlich zu sein, dass sie diejenige war, die den Wagen gefahren hatte. „Er hat eine Gangschaltung, aber ich kann nur Automatik fahren."

„Ich kann mit einer Gangschaltung umgehen", meinte Dante strahlend, wurde jedoch gleich wieder ernst, als er hörte, was Julius ihm zu sagen hatte.

„Ihr müsst das Gepäck mitnehmen", machte der ihm klar. „Ich möchte, dass wir alle zusammen ein einziges Taxi nehmen, aber mit den Koffern geht das nicht. Und außerdem, wenn sie euch sehen, wie ihr das Gepäck im Wagen verstaut, werden sie glauben, dass ihr alles in ein anderes Hotel bringt. Wir dagegen wollen vielleicht nur gemeinsam ausgehen. Mit etwas Glück werden sie euch folgen und uns in Ruhe lassen."

Dante und Tommaso stöhnten auf, protestierten aber nicht, sondern nahmen den anderen die Koffer und Taschen ab.

„Ruft mich an, wenn ihr bemerkt, dass ihr verfolgt werdet, sobald ihr das Hotel verlassen habt", ergänzte Julius. „Wir werden hier warten, bis wir etwas von euch gehört haben."

Nach einem knappen Nicken konzentrierte sich Dante auf die Fahrstuhlanzeige, und als der Lift anhielt und die Türen aufgingen, stiegen sie aus und machten sich schwer beladen auf den Weg zum Parkhaus. Marguerite sah den beiden mitfühlend nach.

„Den beiden passiert schon nichts", sagte Julius und dirigierte sie ebenfalls aus dem Aufzug.

Schweigend gingen sie bis zum Personaleingang und warteten auf den Anruf der Zwillinge. In dem beengten Flur begannen alle vier Männer – Tiny, Julius, Christian und Marcus – nach und nach ungeduldig auf und ab zu gehen. Marguerite stand nur gegen die Wand gelehnt da und tippte mit der Schuhspitze auf den Boden, während sie vor allem Julius im Auge behielt, der sie an einen Tiger im Käfig erinnerte.

Als sein Telefon endlich klingelte, blieben sie alle wie angewurzelt stehen. Er zog es aus der Tasche, klappte es auf und hörte sekundenlang aufmerksam zu. Dann sagte er: „Notiert das Kennzeichen und fahrt noch zehn Minuten durch die Stadt! Danach stellt ihr den Wagen hier ab und nehmt ein Taxi zum *Claridge's*. Benutzt den Personaleingang, wenn ihr das Haus verlasst."

„Hat man sie verfolgt?", fragte Marguerite neugierig.

„Ja, genau."

Sie nickte, sagte aber weiter nichts, während sie nach draußen gingen.

Julius blieb kurz stehen und beobachtete aufmerksam seine Umgebung. Marguerite stellte fest, dass sie ihn schon wieder anstarrte. Er hatte eine finstere Miene aufgesetzt, seine Augen hielten Ausschau nach jeder Art von möglicher Gefahr, und bei diesem Anblick wusste sie zweifelsfrei, dass er ein Krieger der alten Schule war. Sie konnte sich vorstellen, wie er auf einem Pferd saß und ein Schwert in der Hand hielt und dabei die Umgebung auf die gleiche Weise im Auge behielt. Ganz sicher war er ein exzellenter Kämpfer gewesen.

„Warten Sie, ich hole ein Taxi."

Verdutzt sah sie ihn an, als er sie zur Seite lotste. Ihr war gar nicht aufgefallen, dass er sie mit der ganzen Gruppe vom Personaleingang weggeführt hatte. Sie standen nun ein Stück vom Hotel entfernt auf dem Fußweg, gleich vor ihnen wartete eine ganze Reihe von Taxis.

Irritiert darüber, dass dieser Mann eine solche Faszination auf sie ausübte, verzog sie das Gesicht und fragte etwas ungehalten: „Brauchen wir denn unbedingt ein Taxi? Das Hotel kann doch zu Fuß höchstens zehn Minuten entfernt sein."

Auf dem Weg zum *Dorchester* waren sie am Morgen am *Claridge's* vorbeigekommen, von daher wusste sie, wie dicht beide Hotels beieinanderlagen. Es kam ihr unsinnig vor, ein Taxi zu nehmen, wenn sie genauso gut einen Spaziergang unternehmen konnten, zumal es so ein schöner Abend war, der sich noch etwas von der Wärme des Tages bewahrt hatte.

„Zehn Minuten zu Fuß, zwei Minuten mit dem Taxi", räumte er ein. „Aber je länger wir uns auf offener Straße aufhalten, umso größer ist das Risiko, dass wir gesehen werden. Und genau das möchte ich lieber vermeiden." Mit diesen Worten drehte er sich um und ging auf das erste Taxi in der Schlange zu. Marcus war dicht hinter ihm.

„Vater hatte mit dem Überfall auf Sie nichts zu tun", erklärte Christian plötzlich und lenkte ihre Aufmerksamkeit auf sich. „Ich meine den ersten Überfall, als jemand versucht hat, Sie zu enthaupten. Und das gilt auch für den Typ, der sich vorhin auf dem Balkon aufgehalten hat", fügte er hinzu, dann verzog er den Mund. „Was Tiny zugestoßen ist ... dass er aus dem Bett geholt worden ist ... na ja, das war ein Missverständnis."

Marguerite betrachtete den jüngeren Unsterblichen skeptisch. Es schien ihm daran gelegen zu sein, seinen Vater in ein gutes Licht zu rücken, doch sie konnte sich nicht erklären, warum er sich auf einmal solche Mühe gab.

„Natürlich kann ich es Ihnen nicht verübeln, wenn Sie so denken. Ich war mir anfangs auch nicht sicher, aber ..." Er zog die Augenbrauen zusammen und schüttelte bedächtig den Kopf. „Mein Vater ist nicht der Typ für Attacken aus dem Hinterhalt. Dafür ist ihm seine Ehre viel zu wichtig. Seine erste Taktik hätte darin bestanden, Ihnen gegenüberzutreten und Sie zu bedrohen, damit Sie freiwillig das Feld räumen. Genau genommen war das auch seine Absicht, als er in Ihrem Zimmer nach Ihnen gesucht hat."

Sie nickte ernst und akzeptierte seine Ausführungen. Ob sie seine Meinung teilte, wusste sie nicht so recht, doch sie wollte jetzt auch nicht mit ihm darüber diskutieren. „Warum kommt er mit?"

„Der Überfall auf Sie hat ihn wachgerüttelt", erwiderte er in ruhigem Tonfall. „Er hat ihn veranlasst, einige Dinge in einem neuen Licht zu sehen. Wenn wir in unserem neuen Hotel sind, werde ich Ihnen alles erklären. Die gute Neuigkeit ist die, dass wir weiter nach meiner Mutter suchen können, ohne dass er uns dazwischenfunkt. Ich weiß, Sie werden das schon schaffen."

Marguerite zog die Nase kraus. Offenbar hatte Christian mehr Vertrauen in ihre Fähigkeiten als sie selbst. Seufzend gestand sie ihm daraufhin: „Christian, ich bin mir gar nicht so sicher, dass wir mehr erreichen werden als die Privatdetektive, die es vor uns versucht haben ... es sei denn, Sie wissen noch irgendetwas anderes, das uns auf eine Spur führen könnte."

Voller Bedauern zuckte er mit den Schultern. „Ich habe Ihnen alles gesagt, was ich weiß. Ich wurde 1491 in England geboren. Das ist alles."

„Das ist alles, was Sie zu wissen glauben", schaltete sich Tiny in die Unterhaltung ein. „Sie werden es nicht für möglich halten, aber Sie könnten in Wahrheit noch viel mehr wissen, was für uns von Nutzen sein wird." Er ließ den Mann das erst einmal verarbeiten, dann fügte er hinzu: „Wir werden uns ausführlich unterhalten, wenn wir erst einmal im *Claridge's* sind."

Christian nickte und fragte interessiert: „Was hat Sie eigentlich in die Detektivbranche verschlagen?"

Marguerite hörte nur am Rande hin, als Tiny mit seiner tiefen, polternden Stimme zu erzählen begann. Sie kannte die Antwort auf diese Frage längst, und so kehrte ihre Aufmerksamkeit unweigerlich zu Julius zurück, der mit dem Fahrer des ersten Taxis sprach. Als ihr bewusst wurde, dass ihr Blick auf seinem formvollendeten Hintern ruhte, der von seiner Anzughose umschmeichelt wurde, zwang sie sich, sofort woanders hinzusehen. Dieses Woanders entpuppte sich als die Auslage eines Schuhgeschäfts, die alles andere als interessant war.

Um nicht weiter in Versuchung zu geraten, ging sie einfach weiter zum nächsten Schaufenster. Ihre Miene hellte sich auf, als sie mitten in der Auslage ein besonders reizendes Outfit entdeckte.

Fast siebenhundert Jahre lang hatte Marguerite immer nur Kleider getragen. Während der meisten Zeit ihres Lebens war es Frauen nicht gestattet gewesen, etwas anderes als Kleider zu tragen, die üblicherweise auch noch bis fast auf den Boden reichen mussten. Aber in den letzten hundert Jahren hatte sich die Mode doch deutlich gewandelt, und jetzt trugen Frauen bei jeder Gelegenheit Hosen.

Nicht aber Marguerite. Sie neigte zu etwas moderneren Sachen oder zu Kombinationen aus Rock und Bluse, zumal Jean Claude darauf bestanden hatte. Nachdem ihr Mann aber nun tot war, spielte sie mit dem Gedanken, daran etwas zu ändern. Sie war zwar schon bis zu dem Punkt gelangt, dass sie in einer Boutique mal einige Hosen anprobiert hatte, doch im Vergleich zu ihren Kleidern wirkten die alle beengend und unbequem. Sie war es gewohnt, unter einem Kleid nichts an den Beinen zu tragen, sodass sie die abendliche Brise auf ihrer Haut spüren konnte. Der Gedanke, sie in dicken Stoff zu hüllen, erinnerte sie eher an eine Wurstpelle.

Diese Hose jedoch machte auf sie den Eindruck, als könne sie bequemer sein. Die Beine hatten einen weiten Schlag, was Marguerite vermuten ließ, dass das Ganze beim Tragen eher wie ein langer Rock wirkte. Auf jeden Fall konnte das nicht so beengend sein wie die Jeans und die Stoffhosen.

Sie nickte entschlossen. Ja, bevor sie England wieder verließ, würde sie herkommen und diese Hose anprobieren. Und wenn sie tatsächlich so bequem war, wie sie aussah, dann würde sie vielleicht sogar so weit gehen, eine zu kaufen. Unwillkürlich musste Marguerite lächeln, da sie genau wusste, wie lange sie immer brauchte, um sich zu einer Veränderung durchzuringen. Selbst wenn sie diese Hose kaufen sollte, würde es bestimmt ein Jahr oder länger dauern, bis sie sich darin wohlfühlte – zumindest in der Öffentlichkeit. Wenn sie sie erst eine Weile in den eigenen vier Wänden trug, bevor sie …

„Marguerite!"

Überrascht drehte sie sich um, als sie Julius ihren Namen brüllen hörte. Sie folgte seinem beunruhigten Blick, und dann entdeckte sie das Motorrad, das auf dem Gehweg auf sie zugerast kam.

Instinktiv drückte sie sich flach an die Hauswand, um dem Gefährt keine Angriffsfläche zu bieten, doch sie war nicht darauf gefasst, dass der Mitfahrer auf dem Motorrad den Arm ausstreckte und ihr im Vorbeirasen die Handtasche von der Schulter riss.

Im nächsten Moment war das Motorrad schon zurück auf der Straße, und als sich Julius ihm in den Weg stellte, machte der Fahrer einen Schlenker, touchierte den Unsterblichen und riss ihn zu Boden. Christian setzte noch zur Verfolgung an, doch nicht mal er hätte ein Motorrad einholen können.

„Alles in Ordnung?", fragte Marguerite, nachdem sie zu Julius geeilt war, der sich eben wieder aufgerappelt hatte.

„Ja, ja", murmelte er ungeduldig und wischte sich den Schmutz von seinem Designeranzug, dessen Hose bei dem Sturz aufgerissen war.

„Tut mir leid, Marguerite, aber sie sind mir entwischt", erklärte Christian, der die Verfolgungsjagd nach wenigen Metern abgebrochen hatte.

„Das ist nicht so schlimm. Es war ja nur eine Handtasche, und alles, was da drin war, lässt sich neu beschaffen", sagte sie und blickte zu Tiny. „Dein Telefon werde ich dir auch ersetzen."

„Ach, *da* war das", erwiderte er. „Mir war ganz entfallen, dass du es eingesteckt hattest. Während du gebadet hast, wollte ich nämlich im Büro anrufen und konnte es nirgendwo finden." Seufzend zuckte er die Schultern. „Na, wenigstens ist dir nichts passiert. Ein Telefon kann man ersetzen, und niemand wird in Panik geraten, wenn er ein, zwei Tage lang keinen Anruf von mir bekommt."

Marguerite lächelte schuldbewusst. Am Tag bevor sie nach London abgefahren waren, hatte sie sich Tinys Mobiltelefon ausgeliehen, da ihr Akku leer war und sie vergessen hatte, ihn aufzuladen. Nach dem Telefonat jedoch hatte sie es gewohnheitsmäßig in ihre Handtasche gesteckt.

„Meint ihr, das hatte etwas mit den Überfällen zu tun?", fragte Christian.

Sie sah ihn an und bemerkte, wie er sich besorgt umsah. Als Julius nur ratlos den Kopf schüttelte, warf Tiny ein: „Ich glaube nicht. In letzter Zeit gab es in London einige Diebstähle, die nach dieser Masche abliefen."

„Tatsächlich?", wunderte sich Marguerite. „Woher weißt du das?"

„Das habe ich im Frühstücksfernsehen mitbekommen", erklärte er. „Es war ein langer Bericht zu dem Thema. Gestern ist eine Frau schwer verletzt worden, weil das Motorrad sie ein ganzes Stück weit mitgeschleift hat, nachdem sich der Schultergurt verheddert hatte. Die Polizei will alles daransetzen, diese Kerle zu erwischen."

„Dann hat ja wohl das Pech zugeschlagen", meinte Julius, nahm sie am Arm und führte sie zum wartenden Taxi. „Es scheint Sie in letzter Zeit öfter heimzusuchen."

„Oder es war Glück", hielt sie dagegen. „Immerhin bin ich heute Morgen noch gerade rechtzeitig aufgewacht, um nicht enthauptet zu werden. Und jetzt wurde mir die Tasche entrissen, ohne dass ich meterweit über den Asphalt mitgeschleift wurde. Das klingt für mich eher nach Glück als nach Pech. Zumindest aber nach Glück im Unglück."

Julius lächelte schwach und wirkte mit einem Mal ganz entspannt, während sie zum Taxi gingen.

Marguerite sah sich verwundert um, als sie in den Wagen stieg. Er war mit einem amerikanischen oder einem kanadischen Taxi überhaupt nicht zu vergleichen. Der Innenraum hatte eine hohe Decke und wirkte unglaublich geräumig, vor dem Rückfenster befand sich eine breite, bequem gepolsterte Sitzbank, ihr gegenüber konnte man aus der Trennwand zum Fahrer zwei weitere Sitze ausklappen.

In gebückter Haltung ging sie ein paar Schritte und setzte sich in die entlegene Ecke, Julius nahm gleich neben ihr Platz.

Sie musste unwillkürlich schlucken, da er so dicht neben ihr saß. Christian und Marcus entschieden sich für die zwei Klappsitze, sodass Tiny gezwungen war, sich auf die verbliebene Sitzfläche der Bank zu quetschen. Das wiederum veranlasste Julius, noch näher an sie heranzurücken. Marguerite atmete tief durch die Nase ein, um gegen die plötzliche Erregung anzukämpfen, stieß den Atem aber gleich wieder aus, da sie nichts anderes roch als den würzigen Duft seines Rasierwassers.

Da sie nicht wusste, was sie sonst machen sollte, sah sie aus dem Fenster und stellte sich vor, dass sie eigentlich an einem ganz anderen Ort war. Wenn sie so darüber nachdachte, war es wirklich gut, dass sie nicht das Gepäck mitgenommen hatten. Zu fünft in diesem Wagen, und dazu noch Koffer und Taschen – das wäre schlicht unmöglich gewesen. Jetzt konnte sie verstehen, warum Julius diese Aufgabe auf die Zwillinge abgewälzt hatte.

Wie vorhergesagt, dauerte die Fahrt gerade mal zwei Minuten, und das auch nur, weil auf der Straße dichter Verkehr herrschte. Schon stiegen sie vor dem anderen Hotel wieder aus.

„Wollen Sie den Fahrer nicht bezahlen?", wunderte sich Marguerite, als Julius sie abermals am Arm fasste, um sie in die Lobby zu führen.

„Ich hatte ihn bereits großzügig bezahlt, kurz bevor Ihre Handtasche geraubt wurde. Was glauben Sie, weshalb er gewartet hat?"

„Oh", murmelte sie und ließ ihren Blick durch die vornehme Lobby schweifen. Sie betrachtete den prachtvollen Kristallleuchter, die breite, elegante Treppe und den in Schwarz und Weiß gefliesten Fußboden.

„Viel los", meinte Marcus.

Dieser Kommentar machte den Rest der Gruppe darauf aufmerksam, dass sich an der Rezeption eine lange Schlange gebildet hatte.

„Es ist nicht nötig, dass wir uns alle anstellen", betonte Christian. „Warum setzt ihr euch nicht ins Foyer, während ich uns alle anmelde?"

„Jemand muss vor der Tür auf Dante und Tommaso warten", gab Julius zu bedenken.

„Das kann Marcus erledigen", entschied Christian, und nachdem der zustimmend genickt hatte, wanderte sein Blick weiter zu Tiny. Marguerite konnte sich des Eindrucks nicht erwehren, dass er krampfhaft überlegte, welche Aufgabe er Tiny übertragen sollte. Sein Grübeln wurde aber jäh unterbrochen, als Julius ihm seine Kreditkarte hinhielt. „Ich habe die Zimmer auf meinen Namen reserviert", erklärte er. „Achte darauf, dass wir mindestens drei Zimmer mit je zwei Einzelbetten bekommen, so wie es mir zugesagt worden ist."

Christian nickte, nahm die Karte und ging zur Rezeption.

„Darf ich bitten?", wandte er sich an Marguerite und Tiny und bedeutete ihnen, sie mögen vorgehen.

Im Erdgeschoss wurde das ganze Foyer von einem Restaurant mit Beschlag belegt. Am Eingang blieb Marguerite stehen und bewunderte den Saal. Die Decke war mindestens fünfeinhalb Meter hoch, in der Mitte hing ein Kronleuchter aus Silber und Glas, der eher die Bezeichnung Kunstwerk verdient hatte. Das Dekor des Restaurants wurde von der Farbe Weiß, von Glas und von mattem Silber beherrscht. Auf allen Tischen lagen silberfarbene Decken sowie passende Servietten. Das Ganze wirkte sehr schön und elegant, und es sah eindeutig nach einem Ort aus, an dem erwartet wurde, dass die Gäste „angemessen" gekleidet waren.

Das dunkelblaue Kleid, das sie nach dem Bad angezogen hatte, wäre dafür genau richtig gewesen, aber …

„Ich glaube, ich leiste Marcus ein bisschen Gesellschaft, bis Dante und Tommaso eintreffen", meinte Tiny auf einmal und sah dabei an sich herab. Es war deutlich zu erkennen, dass er sich in Jeans und T-Shirt in dieser Umgebung nicht wohlfühlte.

„Ach, das ist bestimmt nicht nötig", versuchte Marguerite hastig, ihn zurückzuhalten, doch er war bereits auf dem Weg zum Eingangsbereich. Beunruhigt sah sie ihm nach, während Julius ihren Arm nahm und bei sich unterhakte.

„Er wird sich wieder zu uns gesellen, sobald Dante und Tommaso eintreffen. Das wird nicht lange dauern", versicherte er ihr und ging weiter.

Kaum hatten sie die Tür zum Restaurant durchschritten, kam auch schon der Maître d'hôtel zu ihnen. Er begrüßte sie und führte sie zu einem Tisch, an dem sie alle sieben Platz finden würden, sobald die anderen zu ihnen stießen. Bis dahin nahmen sie mit zwei Personen den riesigen Tisch in Beschlag. Dass sich Julius auf den Stuhl gleich neben ihr setzte, überraschte sie keineswegs.

Marguerite nahm die Speisekarte entgegen und war froh über diese Art der Ablenkung. Minutenlang tat sie so, als lese sie intensiv die Karte, dann aber musste sie sie weglegen, da Julius sonst gemerkt hätte, dass sie sich in Wahrheit nur nicht mit ihm unterhalten wollte.

Kaum lag die Speisekarte auf dem Tisch, tauchte der Maître d'hôtel auf, um die Bestellung aufzunehmen.

„Nur einen Tee, bitte", sagte sie leise und brachte ein angestrengtes Lächeln zustande.

Julius nahm einen Kaffee, und als er dann eine Platte mit einer Auswahl Sandwiches bestellte, konnte Marguerite ihr Erstaunen nicht verbergen.

„Sie essen?"

„Eine Angewohnheit, die sich seit Kurzem wieder bei mir eingeschlichen hat", antwortete er. „Und Sie?"

Sie schüttelte prompt den Kopf und sagte sich, dass das nicht gelogen war. Das Würstchen, das sie von Tinys Frühstücksbüfett stibitzt hatte, musste ein Ausrutscher gewesen sein. Sekundenlang herrschte verlegenes Schweigen, während sie krampfhaft nach einem Gesprächsthema suchte. Ihr wollte jedoch nichts anderes in den Sinn kommen als der Fall, mit dem sie aktuell beschäftigt war. Das ließ sie innehalten, und als sie feststellte, dass Julius sich in aller Ruhe die Einrichtung des Restaurants ansah, unternahm sie einen weiteren Versuch, ihn zu lesen. Aber wie zuvor landete sie auch diesmal an einem Schutzwall, der sich nicht überwinden ließ.

Mit einem frustrierten Seufzer ließ sie von ihrem Unterfangen ab und befasste sich ebenfalls eingehender mit der Einrichtung.

„Jean Claude Argeneau war Ihr Ehemann und Lebensgefährte."

Marguerite drehte sich zu Julius um und musterte ihn skeptisch. Es war keine Frage gewesen, mehr eine Feststellung, dennoch reagierte sie auf die Bemerkung wie auf eine Frage und antwortete: „Nein."

„Nein?", wiederholte er verdutzt. „Nein *was*? Sie sind doch die Witwe von Jean Claude Argeneau."

„Ja, die bin ich", bestätigte sie. „Aber wir waren keine Lebensgefährten, sondern nur Ehemann und Ehefrau."

Er lehnte sich zurück und setzte eine unergründliche Miene auf. Nach kurzem Schweigen sagte er zögernd: „Ich habe noch nie davon gehört, dass zwei Unsterbliche geheiratet und eine glückliche Ehe geführt hätten, die keine Lebensgefährten waren."

„Ich auch nicht", pflichtete sie ihm bei.

„Dann war es also eine unglückliche Verbindung?", fragte er zurückhaltend.

Anstatt zu antworten, wich Marguerite seinem Blick aus und sah zu den anderen Gästen im Restaurant hinüber. Normalerweise redete sie nicht gern über Jean Claude oder ihre Ehe oder irgendetwas anderes, was die letzten siebenhundert Jahre ihres Lebens betraf. Ihre Kinder bildeten für gewöhnlich die einzige Ausnahme, aber jetzt lagen ihr Worte auf der Zunge, von denen sie nie geglaubt hatte, dass sie sie aussprechen könnte. Doch sie musste feststellen, dass es für sie schmerzhafter war, diese Dinge für sich zu behalten, und schließlich platzte sie heraus: „Es waren siebenhundert Jahre in der Hölle."

Sie wartete ein paar Sekunden, dann sah sie Julius wieder an, um herauszufinden, wie er ihre Enthüllung aufnahm. Seine Miene verriet nichts. „Sie machen keinen besonders überraschten Eindruck", fügte sie ironisch hinzu.

Julius zuckte die Schultern. „Wie gesagt, ich habe nie davon gehört, dass zwei Unsterbliche eine glückliche Ehe geführt haben, die keine Lebensgefährten waren."

Sie nickte und schaute abermals weg. Dann ging ihr etwas durch den Kopf, und sie fragte: „Waren Sie und Christians Mutter Lebensgefährten?"

„Ja", lautete die düstere Antwort.

„Oh!" Aus einem unerfindlichen Grund empfand sie diese Enthüllung als deprimierend, aber sie unterdrückte ihre Gefühle. „Ich kann mir vorstellen, dass es schmerzhaft sein muss, wenn man seinen Lebensgefährten verliert, und vermutlich fällt es Ihnen schwer, darüber zu reden. Aber Christian hat ein Recht zu erfahren ..."

„Dann hatten Sie auch einen Lebensgefährten?"

Die jähe Unterbrechung brachte sie aus dem Konzept, und sie konnte nur erwidern: „Also ... ich ... nein, es ist ..."

„Nicht ein einziges Mal in siebenhundert Jahren?", hakte er nach.

Mit verkniffener Miene antwortete sie: „Ich fürchte, mein Leben war sehr ... eingeengt."

Wieder machte sich Schweigen breit, bis Julius schließlich sagte: „Sie sind in England geboren."

„Ja", bestätigte sie überrascht. „Als Tochter eines Dienstmädchens in einer Burg, die nicht weit von London entfernt *war*."

„*War*?"

„Sie existiert nicht mehr", machte sie ihm schulterzuckend klar. „Es dürften nur noch ein paar Trümmer übrig sein."

„Und dort sind Sie Jean Claude begegnet?"

Sie runzelte die Stirn. „Ich möchte lieber nicht über mein Leben mit Jean Claude reden. Genau genommen möchte ich gar nicht über mich reden. Ich bin hier in England, um die Mutter Ihres Sohns zu finden. *Sie* könnten mir dabei behilflich sein."

„Nein, das kann ich nicht. Ich schlage vor, wir einigen uns darauf, beide Themen zu übergehen. Ich werde Ihnen keine Fragen über Ihren Ehemann stellen, wenn Sie mich nicht über Christians Mutter ausfragen."

Marguerite musste darauf nicht reagieren, da der Kellner dazwischenkam und ein Tablett mit Sandwiches auf den Tisch stellte. Mit ungewohntem Interesse musterte sie die Auswahl. Jedes einzelne Brot sah köstlich aus und duftete verlockend und ... und dabei nahm sie keine Nahrung zu sich. Obwohl sie es eigentlich machen sollte, weil es für ihren Bluthaushalt förderlich war, solange sie nicht mit Bastien Kontakt aufnehmen und ihn bitten konnte, die Lieferung Blut ins *Claridge's* umzuleiten.

„Möchten Sie auch etwas?", fragte Julius und hielt ihr das Tablett hin, während der Kellner ihm eine Tasse Kaffee servierte.

Reflexartig hob Marguerite die Hand, um sich ein Sandwich zu nehmen, doch dann bemerkte sie, mit welch erwartungsvollem Leuchten in den Augen Julius ihre Reaktion verfolgte. Dieses Leuchten gefiel ihr nicht, und sie ließ die Hand wieder sinken und lehnte sich zurück.

„Ich esse nicht", wiederholte sie. Das eine Würstchen zählte nicht. Zugegeben, unter normalen Umständen hätte sie nicht mal das gegessen. Sie konnte sich überhaupt nicht daran erinnern, wann sie vor dem Würstchen zum letzten Mal herkömmliche Nahrung zu sich genommen hatte. Allerdings wusste sie auch nicht, wann sie das letzte Mal so lange ohne Blut hatte auskommen müssen, weshalb sie vermutete, dass ihr Appetit wohl ein wenig durcheinandergeraten war.

Marguerite sah ihm schweigend zu, wie er ein Sandwich von der Platte nahm und abbiss. Sofort lief ihr das Wasser im Mund zusammen, und sie überlegte, sich später etwas zu essen auf ihr Zimmer bringen zu lassen, damit sie die Zeit überbrücken konnte, bis die Lieferung Blut eintraf.

„Die sind wirklich köstlich", urteilte Julius. „Sie sollten auch mal eins probieren."

„Ich ... nein, ich esse wirklich nicht", beharrte sie.

„Wir haben einen hervorragenden Kuchen, wenn Ihnen eher nach etwas Süßem ist", schlug der Kellner vor, der in diesem Moment eine kleine Teekanne und eine Tasse vor ihr auf den Tisch stellte.

„Nein, nein, danke", murmelte sie.

Der Kellner nickte und wandte sich ab, blieb aber abrupt stehen, da Tommaso und Dante eingetroffen waren und zu ihnen an den Tisch kamen. Unwillkürlich musste sich Marguerite ein Grinsen verkneifen, als sie sah, wie der Kellner vor Schreck große Augen machte. Die Zwillinge boten allerdings auch einen beeindruckenden Anblick. Nebeneinander stehend wirkten sie wie eine bedrohliche Wand aus schwarzem Leder.

„Äh ...", brachte der Kellner nur heraus.

„Die gehören zu uns", erklärte Marguerite aus Mitleid mit dem Mann.

Der nickte knapp und trat hastig zur Seite, um den beiden Platz zu machen, dann zog er sich schnell zurück.

Kopfschüttelnd schaute sie dem Kellner nach, ehe sie sich den Zwillingen zuwandte. Kennengelernt hatte sie die zwei in Kalifornien, als sie alle im Haus ihres Neffen einquartiert gewesen waren. Daher war Marguerite erfreut gewesen, die beiden wiederzusehen, als sie sich mit Christian im *Dorchester* traf und er in Begleitung der Zwillinge auftauchte.

Das Paar konnte schon einen erschreckenden Anblick abgeben, dabei waren die zwei in Wahrheit völlig harmlos. Sie waren noch jung und hatten gerade mal etwas mehr als hundert Jahre auf dem Buckel, und sie aßen noch … jede Menge. So viel wie diese beiden konnten sonst nur Tiny und ihr eigener Sohn Lucern verdrücken.

„Wo sind die anderen?", wollte Julius wissen.

„Gegenüber im Pub. Sie warten da auf uns", antwortete Tommaso und beäugte Julius' Sandwiches.

„Tiny hat uns gewarnt, dass wir fürs Foyer elegant angezogen sein müssen", erklärte Dante, während Julius den beiden ihren Hunger ansah und daraufhin das Tablett hochhielt. Beide nahmen je ein kleines Sandwich, dann ergänzte Dante: „Wir sind nur hergekommen, um Bescheid zu sagen, dass wir jetzt da sind."

Julius nickte, stellte das Tablett hin und fragte: „Habt ihr eure Verfolger abgehängt?"

Tommaso nickte, während Dante das Sandwich zwischen die Zähne nahm, damit er die Hände frei hatte. Aus der Jackentasche zog er einen Notizblock, riss ein Blatt ab und hielt es Julius hin. Dann nahm er das Sandwich aus dem Mund und sagte: „Das ist das Kennzeichen. Ich glaube, es war ein Mietwagen, aber vielleicht kannst du ja herausfinden, wer ihn gemietet hat."

Mit einem flüchtigen Nicken nahm Julius den Zettel an sich und steckte ihn ein, was Marguerite stutzig machte. Sie und Tiny waren hier die Privatdetektive. Also streckte sie die Hand aus und verkündete: „Wenn Sie mir den Zettel geben, werde ich mich darum kümmern."

Er schüttelte den Kopf. „Darum kümmere ich mich schon selbst. Sie haben bereits einen Auftrag."

Grübelnd saß Marguerite da und musterte den Mann. Er klang kein bisschen verärgert, als er den Auftrag erwähnte, obwohl es doch darum ging, die Mutter seines Sohns ausfindig zu machen. Angesichts der Tatsache, dass er dieses Geheimnis schon so lange wahrte und dass er hergekommen war, um ihr den Auftrag auszureden, gab er sich erstaunlich umgänglich. So umgänglich, dass es ihr Misstrauen weckte.

„Die schmecken gut", urteilte Tommaso.

Marguerite sah gerade noch, wie er den letzten Bissen in den Mund steckte. Dann fiel ihr Blick auf das Tablett, und völlig überrascht stellte sie fest, dass nur noch ein Sandwich übrig war. Sie musste sich zwingen, es nicht länger anzustarren. Es war zu verlockend.

„Christian sagt, ich soll euch das hier geben." Damit reichte Dante den beiden je eine Codekarte und nannte ihnen die jeweilige Zimmernummer.

„Das Gepäck haben wir bereits auf die Zimmer gebracht", fügte Tommaso hinzu und ließ sich nicht zweimal bitten, als Julius ihm das letzte Sandwich anbot.

Neidisch beobachtete sie, wie er von dem Brot die Hälfte abbiss. Das hielt sie nicht länger aus.

„Ich werde mich auf mein Zimmer zurückziehen", erklärte sie.

„Ja, natürlich", erwiderte Julius und erhob sich von seinem Platz. „Ich werde Sie nach oben begleiten."

„Nein, nein", winkte sie ab. „Ich kenne meine Zimmernummer, ich finde den Weg schon. Gehen Sie ruhig mit den Jungs in den Pub. Ich bin mir sicher, Dante und Tommaso haben noch mehr zu berichten."

Sie verließ den Tisch, blieb aber abrupt stehen, als sie Julius sagen hörte: „Wir teilen uns eine Suite."

Langsam drehte sie sich um und zog eine Augenbraue hoch.

„Ich habe zwei Suiten gleich nebeneinander gebucht", erklärte er. „Ich dachte mir, die Jungs nehmen die beiden Schlafzimmer der einen Suite, und Marcus und ich teilen uns ein Schlafzimmer in der anderen Suite, während Sie das zweite Zimmer bekommen."

Es sah so aus, als erwarte er, dass sie sich über diese Neuigkeit aufregte, doch das war nicht der Fall. Tatsache war, dass sie als Einzige ihr eigenes Zimmer hatte, und sie wollte jetzt nichts anderes, als nach oben gehen und etwas zu essen bestellen.

„Gut", entgegnete sie rasch und wandte sich an Tommaso und Dante. „Ich werde meinen Koffer auspacken und mich dann noch eine Weile ausruhen. Aber Sie können Tiny und Christian ausrichten, dass sie sich in einer Stunde mit mir treffen sollen, damit wir alles Weitere besprechen können, okay?"

Sie wartete, bis beide genickt hatten, erst danach verließ sie das Restaurant und machte sich auf die Suche nach ihrem Zimmer.

5

Mit ihrer Codekarte öffnete Marguerite die Tür der Suite und blieb nach dem Eintreten erst einmal stehen. Sie hatte die Tür benutzt, die direkt in ihr Schlafzimmer führte, doch es gab noch zwei weitere Türen, die beide offen standen. Hinter der einen befand sich das Badezimmer, durch die andere gelangte man in den Salon, von dem aus es weiterging in das Schlafzimmer, das sich Julius und Marcus teilen würden. Die Einrichtung war durchweg im Art-déco-Stil gehalten, gegen den grundsätzlich nichts einzuwenden war. Dennoch hatte ihr das Dekor im *Dorchester* besser gefallen.

Sie schloss die Verbindungstür zum Salon und nahm die Mappe zur Hand, in der das gesamte Angebot des Hotels aufgelistet war. Sie blätterte darin, bis sie die Speisekarte des Zimmerservice gefunden hatte, dann griff sie nach dem Haustelefon und bat darum, eine Bestellung aufgeben zu können.

Während sie darauf wartete, dass der Zimmerservice zurückrief, sah sie sich im Schlafzimmer um. Ihr Gepäck stand vor dem Bett. Dante und Tommaso hatten ihren Auftrag ordnungsgemäß ausgeführt, aber zweifellos in der Form, dass sie sämtliches Gepäck am Empfang abgegeben und Anweisungen erteilt hatten, welcher Koffer in welchen Raum gehörte, damit sie sich in aller Ruhe in den Pub begeben konnten.

Der Zimmerservice rief zurück, sie gab ihre Bestellung auf und bat ausdrücklich darum, dass das Essen direkt zu ihrer Tür gebracht wurde, nicht erst in den Salon. Dann stellte sie sich ans Fenster und zog den Vorhang auf, um einen Blick auf die Stadt zu werfen. Dabei fiel ihr auf, dass es zwar einen Balkon gab, das Zimmer aber nicht im obersten Stock lag. Wahrscheinlich hatte Julius das so arrangiert, weil Suiten im vierten Stock sicherer vor Eindringlingen waren als ein Penthouse. Der Mann war offenbar daran gewöhnt, Dinge selbst in die Hand zu nehmen und dabei die Details nicht aus den Augen zu verlieren. Ganz so wie ihr Sohn Bastien.

Der Gedanke veranlasste sie, zum Telefon zurückzukehren. Sie musste Bastien anrufen und ihm mitteilen, in welches Hotel das Blut mittlerweile geliefert werden sollte. Und sie wollte sich nach ihrer Tochter erkundigen. Lissianna befand sich in den letzten Wochen ihrer ersten Schwangerschaft, und die Wehen konnten praktisch stündlich einsetzen. Marguerite war fast genauso aufgeregt und nervös wie ihre Tochter selbst.

Vor der Abreise nach England hatte sie sich von ihren Söhnen, Nichten und Neffen hoch und heilig versprechen lassen, sie sofort zu informieren, sobald Lissianna in den Wehen lag. Sollte diese Situation eintreten, bevor der Fall gelöst war, dann würde sie hier alles stehen und liegen lassen und sofort nach Hause fliegen. Christian hatte fünfhundert Jahre lang gewartet, ehe er sich auf die Suche nach seiner Mutter begab, da kam es auf eine Woche mehr sicher auch nicht mehr an. Hoffentlich. Es wäre eine Schande, sollte er etwas dagegen haben, denn nichts und niemand konnte sie davon abhalten, an der Seite ihrer Tochter zu sein, wenn die sie dringender brauchte als je zuvor.

Die Verbindung war gerade zustande gekommen, da fiel Marguerites Blick auf den Digitalwecker auf dem Nachttisch. Es war erst kurz vor neun am Abend, also war es daheim erst kurz vor vier am Nachmittag. Bastien schlief um diese Zeit noch. Schnell legte sie wieder auf und hoffte, dass das kurze Klingeln ihn nicht geweckt hatte. Sie würde einige Stunden warten müssen, ehe sie es erneut versuchen konnte. Während sie leicht frustriert seufzte, kam ihr der Gedanke, dass sie in der britischen Zweigstelle von Argeneau Enterprises anrufen konnte, um die Blutlieferung abzustimmen. Von Bastien hatte sie eine Telefonnummer erhalten, damit sie in Fällen wie diesem einen Ansprechpartner hatte.

Die Nummer stand in ihrem Adressbuch, das sich in der Handtasche befand. Sie musste bloß ...

Ihr Gedanke wurde jäh unterbrochen, als es an der Tür klopfte. Sie ging hin und öffnete, und dann konnte sie sich ein strahlendes Lächeln nicht verkneifen, als der Page den Servierwagen ins Zimmer schob.

Auf dem Wagen standen drei Teller, die mit polierten silbernen Hauben abgedeckt waren. Unter einem befand sich Erbsensuppe mit Minze, unter dem nächsten ein blutiges Steak mit Salat, unter dem dritten ein *English Trifle*, eine süße Nachspeise. Zugegeben, das war mehr als nur ein kleiner Snack, aber sie hatte sich einfach nicht entscheiden können. Allerdings hatte sie ja auch nicht vor, das alles zu essen. Nur hier ein Häppchen und da einen Bissen ...

Eine halbe Stunde später hatte sie fast alles verspeist und widmete sich soeben den Resten des Trifle, als an die Tür geklopft wurde. Marguerite zuckte zusammen und sah schuldbewusst zum Servierwagen. Nachdem sie den Teller mit dem Trifle weggestellt hatte, öffnete sie die Tür und entspannte sich ein wenig, als sie Tiny im Flur stehen sah.

„Hi", sagte er grinsend und kam herein. „Christian wird jeden Moment hier sein. Wir ..." Mitten im Satz verstummte er und betrachtete ungläubig den Servierwagen, der mitten im Zimmer stand. Verwirrt fragte er: „Du isst? Aber du isst doch nicht!"

Sie seufzte leise und schob Tiny zur Seite, damit sie die Tür schließen konnte. Himmel! Es war nun wirklich nicht nötig, dass das gesamte Hotel davon erfuhr.

„Setz dich", wies sie ihn an und kehrte zum Tisch zurück.

„Marguerite, du isst nie. Seit ich mit dir unterwegs bin, erst in Kalifornien und die letzten drei Wochen hier in England, habe ich dich nicht einen Bissen essen sehen. Was ist hier los?" Er blieb vor ihr stehen, und auf einmal wusste er die Antwort auf seine Frage: „Du bist deinem Lebensgefährten begegnet!"

„Red keinen Blödsinn!", fauchte sie und gab ihm einen Schubs, damit er sich endlich hinsetzte. Sie bedachte ihn mit einem verärgerten Blick, dass er es gewagt hatte, einen solchen Gedanken überhaupt auszusprechen. Sie sollte ihrem Lebensgefährten begegnet sein? Niemals! Sie war einmal verheiratet gewesen, und auch wenn es sich bei Jean Claude nicht um einen echten Lebensgefährten gehandelt hatte, war er doch ein exzellenter Lehrer gewesen – und sie hatte ihre Lektion gelernt. Nie wieder würde sie aus freien Stücken heiraten. Und selbst wenn ihr ein wirklicher Lebensgefährte über den Weg laufen sollte, war es ihr fester Vorsatz, dass kein Mann je wieder irgendwelche Macht auf sie ausüben würde.

„Und warum isst du?", hakte Tiny nach und musterte sie aufmerksam.

„Seit wir gestern aus Berwick-upon-Tweed abgereist sind, habe ich kein Blut mehr getrunken", erklärte sie.

Tiny stutzte. „Hast du nicht gesagt, du hättest Bastien angerufen, damit eine Lieferung ins Hotel gebracht wird?"

„Wir haben das Hotel gewechselt, bevor sie eingetroffen ist." Als sie seinen besorgten Gesichtsausdruck bemerkte, winkte sie beschwichtigend ab. „Mir geht's gut. Ich wollte Bastien anrufen, damit das Blut hierher gebracht wird, aber zu Hause ist es jetzt erst Nachmittag, und ich möchte ihn nicht unbedingt aus dem Schlaf reißen. Stattdessen wollte ich eigentlich im Londoner Büro von Argeneau Enterprises anrufen, allerdings kam dann der Zimmerservice dazwischen, und daraufhin habe ich das völlig vergessen."

„Dann ruf jetzt an!", drängte er.

Sie nickte, stand auf und ging zum Telefon. Dort fiel ihr ein, dass sie ja ihr Adressenverzeichnis benötigte, woraufhin sie sich im Zimmer umschaute.

„Suchst du was?"

„Mein Adressbüchlein. Da steht die Nummer drin, die mir Bastien gegeben hat. Es ist in meiner ..." In diesem Moment fiel ihr ein, dass man ihr ja die Handtasche geraubt hatte. Beunruhigt sah sie Tiny an. „Es ist in meiner Handtasche. Zusammen mit meinem Mobiltelefon, in dem die Nummern aller Kinder gespeichert sind!"

Tiny zog eine nachdenkliche Miene. „Kennst du die Nummern nicht auswendig?"

„Ja ... nein ... verdammt!", fluchte sie. „Ich kenne die Nummern von Bastien und Etienne, aber Lissianna ist wegen des Babys umgezogen, und die Nummer habe ich mir noch nicht eingeprägt. Lucerns Hausanschluss habe ich auch im Kopf, nur wie ich ihn mobil erreichen kann, weiß ich nicht. Und er ist mit Kate auf Reisen."

„Na, mach dir mal keine Sorgen. Bastien kann dir alle Telefonnummern durchgeben, wenn du ihn anrufst", beruhigte Tiny sie.

„Ja, stimmt. Du hast völlig recht", sagte Marguerite und schaute auf die Uhr. Kurz vor zehn. Zu Hause also kurz vor fünf. Immer noch zu früh. „Ich werde es gegen Mitternacht versuchen. Und bei der Gelegenheit werde ich ihn auch bitten, meine Kreditkarten sperren zu lassen und mir neue zu schicken."

„Hmm", meinte Tiny und nickte zustimmend. „Das ist bestimmt sinnvoller, als es von hier aus zu versuchen. Und schneller geht es so vermutlich auch. Bastien ist in solchen Sachen ein richtiger Zauberer."

Sie lächelte und dachte daran zurück, dass die Morrisey Detective Agency schon seit Jahren für Bastien tätig war. Tinys

Geschäftspartnerin Jackie Morrisey war die Lebensgefährtin von Marguerites Neffen, und es war Jackies Vater gewesen, der die Detektei gegründet hatte. Argeneau Enterprises hatte als einer der ersten Kunden die Dienste ihres Vaters in Anspruch genommen, und auch jetzt, da Jackie das Geschäft führte und Tiny als ihre rechte Hand agierte, nahm man gern Aufträge von Bastien an.

„Das dürfte Christian sein", sagte Tiny, stand auf und ging zur Tür.

Er ließ Christian herein und führte ihn zu Marguerite an den Tisch.

Der jüngere Unsterbliche lächelte ihr zu, bemerkte den Servierwagen und sah zu Tiny. „Deshalb sind Sie früher gegangen! Sie wollten gar nicht Ihren Koffer auspacken, sondern den Zimmerservice testen." Lachend fügte er hinzu: „Nicht zu fassen, dass Sie immer noch was verdrücken können. Sie sind ja so schlimm wie die Zwillinge."

Tiny schaute zu Marguerite, doch als die ihn stumm anflehte, behielt er die Wahrheit für sich und schob lediglich den Servierwagen aus dem Weg.

„Ich habe mir das Gehirn zermartert, ob ich Ihnen noch etwas berichten kann, das Ihnen bei Ihrer Suche behilflich sein könnte, aber mir ist nicht Konkretes eingefallen. Jedenfalls keine echten Hinweise." Christian zog den Stuhl vom Schminktisch zu sich und setzte sich hin. „Allerdings hatte ich bereits erwähnt, dass Vater und ich uns unterhalten haben. Der Überfall auf Sie hat ihn sehr betroffen gemacht ... so sehr, dass er jetzt ein wenig Entgegenkommen zeigt."

„Hat er Ihnen etwa gesagt, wer Ihre Mutter ist?", fragte Tiny interessiert.

„Nein, dazu reicht es noch nicht", antwortete er.

„Und was genau hat er verraten?", wollte Marguerite wissen.

Christian zögerte kurz, dann jedoch erklärte er: „Dass meine Mutter nach meiner Geburt versucht hat, mich umzubringen."

„Jesus Christus!", hauchte Tiny.

Marguerite schwieg vor Entsetzen. Sie selbst hatte vier Kinder und wusste keine Erklärung, wie eine Mutter etwas so Abscheuliches auch nur in Erwägung ziehen konnte. Großer Gott, Kinder waren so klein und wehrlos, so niedlich und so wunderschön ... Wie konnte nur irgendjemand ein Kind töten? Warum sollte er das wollen? Was konnte ein Kind schon getan haben, dass man es in den ersten Minuten seines Lebens enthauptete?

„Darf ich annehmen, dass er das erzählt hat, um Ihnen das Interesse an der Suche zu verderben?", fuhr Tiny düster fort.

„Eigentlich hat Marcus das gesagt. Allerdings verstehen die beiden sich so prächtig, dass er es durchaus auf Betreiben meines Vaters hin erwähnt haben könnte. Aber ..." Er zuckte hilflos mit den Schultern.

„Dann hat Ihr Vater Ihnen die Identität Ihrer Mutter stets verschwiegen, weil Sie nicht dahinterkommen sollten, dass sie Sie hatte töten wollen?", fragte Marguerite bedächtig. Der Mann stieg in ihrer Achtung ganz erheblich.

Christian nickte.

„Und was wird er nun unternehmen, nachdem er gemerkt hat, dass Sie dennoch weitersuchen?", hakte Tiny nach.

„Nichts", versicherte er ihm. „Jedenfalls wird er nicht weiter versuchen, mich aufzuhalten oder mich zu behindern. Ich glaube, er hat eingesehen, dass er mich einfach gewähren lassen muss."

Marguerite legte ihre Hand auf seine und drückte sie mitfühlend, als sie in seinen Augen den Sturm der Gefühle sah, von dem er überrannt wurde. Sie konnte sich nicht vorstellen, dass es irgendeine Mutter geben sollte, die ihn nicht zum Sohn haben wollte. Er sah gut aus, er war groß, stark und intelligent, und wenn er mal nicht mürrisch dreinschaute, konnte man ihn sogar als charmant bezeichnen. Nur neigte er bedauerlicherweise dazu, sich von seiner verdrießlichen Seite zu zeigen. Aufgefallen war ihr das schon in Kalifornien, aber erst nachdem sie seinen Vater kennengelernt hatte, verstand sie, nach wem Christian kam. Julius Notte war genauso kühl und griesgrämig wie ihr Schwager Lucian Argeneau. Vermutlich war das eine Eigenart bei älteren Unsterblichen, die in ihrem Leben so vieles erlebt und gesehen hatten. Irgendwann wogen die schlechten Dinge im Leben schwerer als die guten, was erst recht dann der Fall war, wenn man keine Lebensgefährtin an seiner Seite hatte.

„Wollen Sie die Suche wirklich weiter fortsetzen?", fragte sie leise, da ihr klar wurde, dass es für ihn möglicherweise gar keine Chance auf ein Happy End gab. Wenn die Mutter ihn schon nach der Geburt hatte töten wollen, weil sie ihr Kind loswerden wollte, würde sie ihn wohl nicht mit offenen Armen empfangen, wenn er jetzt plötzlich vor ihr stand. Und selbst wenn doch, stellte sich die Frage, ob Christian ihr tatsächlich vergeben konnte, was sie ihm hatte antun wollen.

„Es geht mir nicht darum, ein Verhältnis zu meiner Mutter aufzubauen", machte er ihr klar. „Ich werde mich niemandem aufdrängen, der mich nicht haben will. Aber ich muss es wissen. Mir genügt zu wissen, wer sie ist und von wem ich einige Charakterzüge habe, die nicht von meinem Vater stammen."

Marguerite drückte seine Hand und nickte verstehend. „Dann werden wir die Suche fortsetzen."

„Und Ihr Vater wird ganz bestimmt nicht wieder versuchen, uns aufzuhalten?", fragte Tiny skeptisch.

„Ja, ganz sicher nicht", bekräftigte Christian. „Genau genommen hat er sogar beschlossen, uns auf seine Art zu helfen, indem er bleibt und dafür sorgt, dass niemandem von uns etwas zustößt. Und er will mich moralisch unterstützen, falls wir meine Mutter finden."

„Das überrascht mich", räumte Marguerite ein.

Schulterzuckend antwortete er: „Ihn hat überrascht, mit welcher Brutalität der Überfall auf Sie durchgeführt worden ist. Das war nicht bloß ein Gewaltakt, um uns einzuschüchtern, sondern eindeutig ein versuchter Mord. Ich glaube, nach so vielen Jahren hatte er nicht mit einer derart brutalen Reaktion gerechnet. Er ist der Ansicht, dass das Attentat eindeutig gegen Sie gerichtet war, daher will er in Ihrer Nähe bleiben."

„Meint er denn, es war das Werk Ihrer Mutter?", wollte Tiny wissen, um die Zusammenhänge zu verstehen.

„Ich würde sagen, es war jemand aus ihrem Umfeld", erklärte der Unsterbliche.

„Aber er ist fest davon überzeugt, dass der Anschlag darauf abzielt, die Suche einzustellen?"

„Ja", bestätigte Christian und sah dann zu Marguerite. „Wobei ich eines nicht verstehe."

„Und zwar?", fragte sie neugierig.

„Na ja, ich habe zuvor ja schon andere Detektive beauftragt, und da ist so etwas nie vorgekommen. Natürlich hat Vater jeden von ihnen ziemlich schnell vergrault, aber ..." Er legte den Kopf schief. „Warum Sie? Warum nicht Tiny?"

Insgeheim stellte sie sich die gleiche Frage.

„Ich habe bereits überlegt, ob Sie möglicherweise meine Mutter kannten. Oder ob Sie bessere Chancen haben, sie zu finden."

Tiny schüttelte prompt den Kopf. „Das war mir anfangs auch in den Sinn gekommen, Christian. Aber Marguerites Ehe ..."

Als er sich unterbrach und mit schuldbewusster Miene zu Marguerite schaute, reagierte sie mit Verärgerung, da er fast eine vertrauliche Information preisgegeben hätte. Sie brauchte einen Moment, um ihre Worte abzuwägen, dann räumte sie ein: „Während meiner Ehe hatte ich nur wenig Kontakt mit anderen.

Hin und wieder war ich zu Besuch bei Lucian, Martine, Victor und so weiter, aber darüber hinaus hatte ich mit anderen unserer Art nichts zu tun. Ich kannte nur den Klatsch, den ich von Martine oder den anderen zu hören bekam."

„Dann kannten Martine und die anderen tatsächlich weitere Unsterbliche?", fragte Christian.

„Ja", bestätigte Marguerite und sah zu Tiny, als der daraufhin zu fluchen begann.

„Warum habe ich daran nicht gedacht?", murmelte er und erklärte: „Das könnte der Grund sein, wieso der Anschlag auf dich verübt worden ist. Du kennst Christians Mutter nicht, aber Martine oder sonst jemand aus deiner Familie kennt sie möglicherweise schon."

„Du könntest recht haben", überlegte sie und begann zu lächeln. „Oder besser gesagt: Wahrscheinlich hast du sogar recht. Martine kennt jeden, und zwar buchstäblich. Sie ist hier Ratsmitglied, und in Nordamerika sitzt sie ebenfalls im Rat. Sie dürfte unsere beste Informationsquelle sein."

Marguerite lachte erfreut auf, da sie zum ersten Mal einen Hoffnungsschimmer am Horizont sah, dass sich dieser Fall doch noch lösen lassen konnte. „Das heißt, ich kann mich hier mit ihr und den Mädchen treffen, und ich kann es mit meiner Arbeit verbinden. Es war wirklich schade, dass wir sie in York verpasst hatten." Ungläubig schüttelte sie den Kopf und lachte leise. „Es kommt mir vor, als sei es erst gestern gewesen, dass die zwei auf Lissiannas Geburtstag noch kichernde, herumalbernde Teenies waren. Wie schnell die Zeit vergeht."

„Für manche schneller als für andere", meinte Tiny ironisch und fügte hinzu: „Ich schätze, wenn wir mit dieser Martine reden wollen, werden wir wohl noch mal nach York fahren müssen, wie?"

„Ja." Dieser Gedanke entlockte ihr ein breites Lächeln.

„Vielleicht bekommst du ja diesmal Gelegenheit, dir die Stadt anzusehen."

Tiny war von York begeistert gewesen, von der römischen Stadtmauer, den mittelalterlichen Gebäuden, dem Kopfsteinpflaster und den schmalen Gassen. Beim letzten Besuch hatte er sich ganz auf die Arbeit konzentriert, aber diesmal standen die Chancen gut, dass er für eine Weile Tourist spielen konnte. Schließlich musste er nicht dabei sein, wenn sie mit Martine redete. Das konnte sie auch allein erledigen.

Julius sah von seinen Karten auf, als er hörte, wie die Tür geöffnet wurde. Er und die anderen hatten über eine Stunde in Christians Zimmer gewartet, während der zu Marguerite und Tiny ging, um den Plan in die Tat umzusetzen, den er und sein Sohn sich zurechtgelegt hatten. Auf Dantes Vorschlag hin hatten sie eine Pokerpartie begonnen, aber vermutlich wusste der jüngere Mann, wie sehr Julius abgelenkt war, und betrachtete ihn als leicht auszunehmendes Opfer. Sie spielten um Geld, und abwechselnd erleichterten Dante und Tommaso ihn immer wieder um ein paar Scheine. Wenn das so weiterging, würde er zum nächsten Geldautomaten gehen und ein paar Pfundnoten abheben müssen, damit er nicht nur noch Euro und Kreditkarten in der Tasche hatte.

„Und?", fragte er an Christian gewandt und legte sein Blatt verdeckt auf den Tisch. „Was ist passiert? Wie ist es gelaufen?"

„Ich glaube, es ist ganz gut gelaufen", antwortete sein Sohn, nachdem er die Tür hinter sich geschlossen hatte. „Sie scheinen beide zu akzeptieren, was ich ihnen erzählt habe. Und Marguerite hält dich jetzt nicht mehr so sehr für ein Arschloch wie zuvor. Sie glaubt, du wolltest und willst mich auch weiterhin nur beschützen."

„Natürlich habe ich dich beschützen wollen", knurrte Julius.

„Oder meinst du, ich habe zum Spaß deine ständigen Vorhaltungen ertragen, weil es dir nicht gelingen wollte, aus mir irgendwelche Antworten herauszuholen?"

Als Christian ihm daraufhin nur einen finsteren Blick zuwarf, fuhr Julius fort: „Und wie sehen die weiteren Planungen aus? Haben sie sich schon überlegt, was sie als Nächstes tun wollen?"

Christian nickte. „Wir haben über unseren nächsten Schritt beraten. Tiny und Marguerite halten es für sinnvoll, mit Leuten zu reden, die bereits zur Zeit meiner Geburt gelebt haben. Sie wollen sich mit der Schwester von Marguerites Ehemann unterhalten."

„Martine", seufzte Julius.

„Woher weißt du das?", fragte Christian verdutzt.

„Er hatte nur diese eine Schwester. Jeder weiß das. Die Argeneaus hatten nur Jungs und ein Mädchen. So wie meine Eltern außer mir nur Mädchen hatten", antwortete er gedankenverloren, während er über Martine nachdachte und überlegte, welche Informationen Marguerite wohl aus ihr herausholen würde.

„Hmm", machte Christian, schüttelte dann aber den Kopf. „Wir machen uns morgen Abend auf den Weg nach York. Da es in der Zwischenzeit hier nichts zu recherchieren gibt, haben wir beschlossen, heute Abend noch eine Weile auszugehen. Vielleicht in den einen oder anderen Club, um zu tanzen."

„Ihr wollt ausgehen?", gab Julius energisch zurück. „Seid ihr verrückt? Jemand versucht Marguerite umzubringen! Sie ist da draußen völlig ungeschützt! Nein, wir bleiben alle hier."

6

Rastlos bewegte Marguerite ihren Fuß im Takt zur lauten, schnellen Musik und beobachtete neidisch die Menschen, die sich auf der Tanzfläche vergnügten. Sie hatte gedacht, nach drei Wochen in verstaubten, muffigen Archiven wäre es eine willkommene und entspannende Abwechslung, für eine Weile auszugehen. Aber das war ein Irrtum gewesen, und die Schuld daran gab sie einzig den Männern, von denen sie begleitet wurde.

Missbilligend sah sie zu Tiny und den fünf Unsterblichen.

Da sich keiner von ihnen in London auskannte, wussten sie auch nicht, wo sie den Nachtclub für Unsterbliche finden konnten, den es in der Stadt zweifellos geben musste. Also waren sie gezwungen gewesen, einen Club für Sterbliche aufzusuchen. Vor einer halben Stunde waren sie hergekommen, und Marguerite stand schon jetzt der Sinn danach, ins Hotel zurückzukehren.

Wieder musterte sie die Männer und konnte sich einen leisen, unglücklichen Seufzer nicht verkneifen. Zuerst hatte sie nichts dagegen einzuwenden gehabt, als Frau allein mit sechs gut aussehenden Männern durch die Clubs zu ziehen. Ganz im Gegenteil – sie hatte sogar geglaubt, es könnte ein richtiger Spaß werden. Weit gefehlt! In Wahrheit waren ihr noch nie so viele Langweiler auf einem Haufen begegnet. Die Musik war zu laut, um sich zu unterhalten, was ja noch zu ertragen gewesen wäre. Aber als sie dann erklärte, sie wolle tanzen, sah sie sich im nächsten Augenblick auf der Tanzfläche von den Männern umzingelt. Hätten sie auch getanzt, wäre ihr ja selbst das egal gewesen. Doch keiner von ihnen zuckte auch nur einmal mit dem Fuß. Stattdessen standen sie da, die Arme vor der Brust verschränkt, und bildeten eine lebende Mauer um sie herum, während sie ihr zusahen, wie sie tanzte.

Marguerite hatte das höchstens zwei Minuten lang ausgehalten, bis die mürrischen Blicke ihrer Begleiter sie so in Verlegenheit brachten, dass sie es aufgab und wutentbrannt an den Tisch zurückkehrte. Seitdem saß sie da, bewegte den Fuß im Rhythmus der Musik und wünschte, sie könnte sich einfach eine Zeit lang unter die anderen Leute auf der Tanzfläche mischen und sich entspannen. Aber das wagte sie gar nicht erst, da sie wusste, dass sich dann das gleiche Spielchen sofort wiederholen würde.

Wieder seufzte sie vor Unzufriedenheit und schaute zu Julius, da der sie auf einmal am Arm fasste. Er bewegte den Mund, doch trotz des deutlich besseren Gehörs, über das sie als Unsterbliche verfügte, konnte sie wegen der Musik kein Wort verstehen.

Da er das Problem zu erfassen schien, deutete er kurzerhand auf die Tür. Offenbar war ihm aufgefallen, wie sehr sie sich langweilte, und jetzt fragte er, ob sie gehen wolle. Erleichtert nickte sie. Als sie und Julius aufstanden, erhoben sich fast gleichzeitig auch die anderen von ihren Plätzen und bildeten einen Kreis um sie, während sie in Richtung Ausgang strebten.

Dass sie den Club verlassen hatten, bemerkte Marguerite nur, weil auf einmal die Musik verstummte und es deutlich wärmer wurde. Sehen konnte sie es nicht, weil die Männer sie wie eine hohe Mauer umgaben. Nach ein paar Schritten blieb die Gruppe stehen, und Marguerite drehte sich zu Julius, um ihm zu sagen, dass es wohl besser war, ins Hotel zurückzukehren. Im gleichen Moment zog er sein Telefon aus der Tasche und tippte eine Nummer ein.

Also hielt sie den Mund und ging ein paar Schritte zur Seite, damit er in Ruhe telefonieren konnte. Dabei musste sie feststellen, dass die übrigen fünf Männer mit ihr mitkamen, um weiterhin einen schützenden Kreis um sie zu bilden.

Marguerite fand, diese Truppe sei schlimmer als ihre eigenen Söhne. Umso erleichterter war sie, als Julius sich wieder zu ihnen gesellte, nachdem er telefoniert hatte.

„Ich habe Vita angerufen", erklärte er. „Sie konnte mir sagen, wo sich der Nachtclub für uns Unsterbliche befindet."

„Vita ist unsere Tante", ließ Dante sie wissen.

„Sie hat schon immer viel Zeit in England verbracht", ergänzte Tommaso. „Wenn das einer weiß, dann sie."

Marguerite nickte, da sie sich an den Namen erinnern konnte. Vita war diejenige, die das Familienunternehmen führte, wenn Julius und Marcus nicht zu Hause waren. Ihr Blick folgte Julius, als der die Gruppe verließ und zu einer Reihe wartender Taxis ging. „Mich wundert, dass Sie selbst noch nie hier gewesen sind. Sonst wüssten Sie ja, wo der Club ist."

Dante zuckte mit den Schultern. „Bislang gab es für uns nie einen Grund, nach England zu kommen."

„Und zum Vergnügen würden wir schon gar nicht herkommen. Es heißt, dass es hier ziemlich oft regnet", fügte Thomas schaudernd hinzu.

„Julius hat sie nie dazu angespornt, England zu besuchen", betonte Marcus.

Christian nickte nachdenklich. „Mir ist sein Hass auf dieses Land eigentlich erst bewusst geworden, als ich herausgefunden habe, dass ich hier geboren wurde."

Sekundenlang herrschte Schweigen, dann fragte Dante: „Sie sind doch auch hier geboren und aufgewachsen, oder, Marguerite? Mich wundert, dass Sie nicht wissen, wo der Club ist."

Sie reagierte mit einem flüchtigen Lächeln. „Wir haben das Land vor vielen Jahrhunderten verlassen und sind nie wieder hergekommen. Jean Claude hatte auch nicht viel für England übrig. Ihm war es hier zu feucht, zu trostlos und zu langweilig." Mit einem Schulterzucken fuhr sie fort: „Soweit ich mich erinnern kann, gab es damals noch keine Nachtclubs für Vampire. Meine Nichte und ihre Freundin Mirabeau haben zwar mal von einem Club in London gesprochen, aber da war ich nicht davon ausgegangen, dass ich Zeit finden würde, ihn zu besuchen. Also habe ich die beiden gar nicht erst nach der Adresse gefragt."

Ein lauter Pfiff brachte sie alle dazu, in die Richtung zu schauen, wo Julius stand, die Tür eines Taxis aufhielt und sie zu sich winkte.

„Wir nehmen die beiden ersten Taxis", verkündete Julius, als sie sich ihm näherten. „Wir teilen uns auf. Drei in den einen, vier in den anderen Wagen. Marguerite, Sie fahren mit mir, ihr anderen könnt euch aussuchen, wer welches Taxi nimmt."

Marguerite schaffte es, seinen Befehlston ohne erkennbare Regung hinzunehmen. Schließlich hatte Christian sie bereits gewarnt, dass sein Vater in ihrer Nähe bleiben wollte, solange sie an diesem Fall arbeitete und ihr Leben in Gefahr war. Eigentlich sollte sie dankbar sein, dass er sich um sie kümmerte, doch nachdem sie siebenhundert Jahre lang von Jean Claude mehr oder weniger ignoriert worden war, fühlte sie sich unbehaglich dabei, von jemandem beschützt und behütet zu werden. Dennoch brachte sie ein „Danke" heraus, als Julius ihr beim Einsteigen half. Sie nahm auf der Sitzbank Platz, Julius setzte sich wie zuvor neben sie, während Tiny und Christian die Klappsitze besetzten. Marcus musste mit den Zwillingen im zweiten Taxi fahren.

Kaum war der Wagen losgefahren, sah Marguerite aus dem Seitenfenster. Anstatt jedoch wie beabsichtigt auf das Geschehen draußen auf der Straße zu achten, konzentrierte sie sich auf das Spiegelbild ihrer Mitfahrer. Christian versuchte, seinem Vater mit Gesten und dazugehöriger Mimik etwas mitzuteilen, was vermutlich sie betraf, auch wenn sie nichts von dem begriff, was er da vermitteln wollte. Offenbar war Julius auch nicht dazu in der Lage, denn er saß da und sah seinen Sohn völlig ausdruckslos an. Tiny verfolgte das Geschehen mit unverhohlener Neugier, doch das störte die beiden Unsterblichen gar nicht.

Marguerites Aufmerksamkeit wurde abgelenkt, als das Taxi am Straßenrand hielt. Sie spähte durch das Seitenfenster nach draußen und stellte fest, dass sie vor einem Wohnhaus standen. Es gab keine Leuchtreklame und auch keinen anderen Hinweis, inwieweit sich dieses Haus von den Gebäuden links und rechts unterschied.

Kaum war sie ausgestiegen, scharten sich die Männer wieder um sie. „Hier werde ich ja wohl in Sicherheit sein", stöhnte sie aufgebracht.

„Sie sind von einem Unsterblichen angegriffen worden, Marguerite", betonte Julius. „Wenn schon, dann müssen wir hier sogar noch wachsamer sein. Und wir müssen aufpassen, dass uns anschließend niemand zurück zum Hotel folgt. In diesem Club für die Sterblichen waren Sie vermutlich sicherer aufgehoben gewesen."

„Und warum sind wir jetzt hier?", fragte sie neugierig.

„Weil Sie sich da nicht vergnügt haben", antwortete er und dirigierte sie zum Eingang.

Sie ließ ihn gewähren, da ihr Verstand mehr mit dem beschäftigt war, was er soeben gesagt hatte. Obwohl die Männer hier noch wachsamer und vorsichtiger sein mussten, hatte er sie hergebracht, weil er angeblich hoffte, sie würde sich hier besser vergnügen können als in dem anderen Club. Es fiel ihr schwer, diese Aussage zu akzeptieren, und ihr Verstand überschlug sich auf der Suche nach dem Motiv hinter dieser möglicherweise freundlichen Geste. Von ihrem Mann Jean Claude wusste sie, dass er nie aus Selbstlosigkeit gehandelt, sondern stets irgendwelche Absichten verfolgt hatte.

An der Tür angekommen, wurde ihr von einem Mann geöffnet, der noch größer war als Marguerites Begleiter. Es war allerdings nicht diese beachtliche Körpergröße, die ihre Aufmerksamkeit erregte, sondern die gut dreißig Zentimeter hohe Irokesenfrisur auf seinem Kopf und die unzähligen über sein ganzes Gesicht verteilten Piercings. Dieser Mann sah aus wie ein aufrecht gehendes silbernes und grünes Stachelschwein.

„Das ist ein Privatclub", knurrte er.

Marguerite spürte, wie Julius sich neben ihr versteifte, doch bevor er etwas erwidern konnte, begann sie leise zu lachen. Als der Irokese sich zu ihr umdrehte und sie anstarrte, schüttelte sie grinsend den Kopf. „Tut mir leid, aber mir fällt gerade ein, dass Sie G. G. sein müssen. Mirabeau hat mir von Ihnen erzählt."

Sofort zeichnete sich auf dem Gesicht des Mannes ein breites Lächeln ab. „Sie kennen Mirabeau?"

„Sie ist eine gute Freundin meiner Tochter", bestätigte sie.

Er musterte sie nachdenklich, schließlich fragte er: „Marguerite?"

Sie nickte und machte große Augen, als er einen Freudenschrei ausstieß und sie so ungestüm umarmte, dass sie plötzlich in der Luft hing.

„Willkommen!", rief er ausgelassen und setzte sie wieder ab. „Mirabeau und Jeanne Louise waren erst vor ein paar Wochen noch hier."

„Ja, ich weiß. Dadurch ist ja auch die Rede auf Sie gekommen. Die Mädchen waren zum Mittagessen bei mir und meiner Tochter und haben von ihrer Reise erzählt. Jeanne Louise wollte eigentlich gar nicht in England Station machen, aber Mirabeau bestand darauf, dass sie sie mit Ihnen bekannt macht", erläuterte sie und warf einen Blick über die Schulter zu den Männern, die dicht hinter ihr waren. Von Tinys belustigter Miene bis hin zu Julians mürrischem Gesichtsausdruck waren alle Gefühlsregungen vertreten.

„Ich bin die Reise auf jeden Fall wert", betonte G. G. und lenkte ihre Aufmerksamkeit wieder zurück auf sich, während sie durch einen langen Flur gingen. „Jeanne Louise hatte hier wirklich ihren Spaß."

„Das kann ich mir vorstellen." Sie tätschelte seinen tätowierten Arm.

„Und den werden Sie auch haben", versicherte er. „Falls Sie mich brauchen, finden Sie mich an der Tür. Ansonsten bestellen Sie einfach, was Sie haben wollen, aber vergessen Sie nicht zu erwähnen, dass G. G. sein Okay gegeben hat."

„Danke, das ist wirklich nett von Ihnen, G. G." Seine freundliche Art hatte etwas Rührendes an sich.

Der Mann schüttelte den Kopf. „Mirabeau und Jeanne Louise halten große Stücke auf Sie, und wenn die das tun, tue ich es auch."

Sie drückte sanft seinen Arm, dann setzte sie sich an den Tisch, an dem er stehen geblieben war.

„Ich schicke gleich eine Bedienung vorbei. Die erste Runde geht auf mich", ließ er sie wissen und zog sich zurück, woraufhin Marguerites Begleiter bei ihr am Tisch Platz nahmen.

„G. G.?", fragt Christian, als der Mann außer Hörweite war.

„Das steht für Grüner Gigant. Wegen seiner Irokesenfrisur, Sie wissen schon", erklärte sie amüsiert.

„Kaum zu glauben, dass der Club jemanden einstellt, der so aussieht", wunderte sich Dante und sah sich nach dem Mann um. Auch Marguerite ließ ihren Blick schweifen. Der Raum, in dem sie sich befanden, hatte etwas Beruhigendes an sich. Eine Wand wurde von einem viktorianischen Kamin beherrscht, bequeme Ledersessel und -sofas waren zu kleinen Sitzgruppen zusammengestellt, auf dem Holzboden lagen Teppiche und Läufer in den unterschiedlichsten Größen.

„Laut Mirabeau gibt es hier noch andere, weniger beruhigende Räumlichkeiten", ließ sie die anderen am Tisch wissen. „Ach, übrigens ist er hier nicht angestellt, ihm gehört der Club."

„Was?", rief Julius entsetzt. „Ein Sterblicher, dem ein Club für Unsterbliche gehört?"

„Der Kerl ist ein Sterblicher?", warf Tiny verblüfft ein.

Tommaso nickte. „Die Tattoos und die Piercings hätten Sie eigentlich drauf bringen sollen. Unsere Körper nehmen nichts davon an."

„Ach, richtig. Ich schätze, die Nanos betrachten sie als Fremdkörper und stoßen sie ab."

„Wie kann es sein, dass ein Sterblicher einen Nachtclub für Unsterbliche besitzt?" Julius hatte noch immer Schwierigkeiten, diese Tatsache zu akzeptieren.

„Mich interessiert viel mehr die Frage, warum er den Türsteher spielt", rätselte Tiny. „Ich meine, wenn er den falschen Unsterblichen abweist, dann schlägt der ihn doch mühelos zu Brei."

„Laut Mirabeau kann er notfalls auf Verstärkung zurückgreifen", sagte Marguerite und berichtete ihnen, was sie über ihn wusste. „Seine Mutter war wohl eine Sterbliche, und er entstammt einer Ehe unter Sterblichen. Als diese Ehe geschieden wurde, stellte seine Mutter fest, dass sie die Lebensgefährtin eines Unsterblichen ist. Sie wollte, dass er sich wandelt, aber er hat sich geweigert. Daraufhin hat ihm sein Stiefvater diesen Club finanziert, weil er hoffte, wenn G. G. jeden Tag von unsterblichen Frauen umgeben ist, wird er eines Tages seiner Lebensgefährtin begegnen, und aus Liebe zu ihr würde er sich dann auch bereitwillig wandeln lassen."

„Hmm." Julius lehnte sich zurück und sah Christian an. „Vielleicht sollte ich dir in Italien auch so einen Club finanzieren, damit du deine Lebensgefährtin findest und mich zum Großvater machst."

„Warum konzentrierst du dich nicht lieber darauf, für dich selbst eine Lebensgefährtin zu finden?", wollte der in einem bedeutungsschwangeren Ton wissen.

Marguerite stutzte, als Christian wieder zu dem gleichen Mienen- und Gestenspiel wie im Taxi ansetzte. Besonders irritierte sie, wie er die Augen dabei immer in ihre Richtung verdrehte. Schließlich beugte sie sich vor und fragte: „Fühlen Sie sich nicht wohl, Christian? Es sieht so aus, als hätten Sie Zuckungen."

Dante und Tommaso begannen, schallend zu lachen, während Christian seufzend aufstand. „Vater, ich muss zur Toilette."

Julius schaute ihn verdutzt an, dann blickte er sich um und deutete auf ein Schild an der Wand. „Da drüben, Sohn."

„Ja, das weiß ich", gab er aufgebracht zurück. „Ich habe das Schild gesehen. Ich dachte nur, du müsstest vielleicht auch raus."

„Ich? Nein ... äh, ja, doch, ich ... äh ..." Julius stand auf und zwängte sich durch den schmalen Spalt zwischen seinem und ihrem Platz. Als er Marguerites argwöhnischen Blick bemerkte, murmelte er: „Ich ... äh ... muss ..." Den Rest verschluckte er, winkte ab und eilte mit Christian davon.

Marguerite sah den Männern nach und bemerkte dabei, dass Christian vorwurfsvoll auf seinen Vater einzureden schien. Sie drehte sich wieder um. Dante und Tommaso versuchten krampfhaft, ernst zu bleiben, Marcus schüttelte verzweifelt den Kopf, und Tiny zog eine nachdenkliche Miene.

Sie beugte sich zu Tiny und fragte leise: „Hast du eine Ahnung, was hier los ist?"

Nach kurzem Zögern antwortete er genauso leise: „Hätte ich zwei Sterbliche vor mir, würde ich sagen, dass Christian versucht, seinen Vater mit dir zu verkuppeln. Aber da die beiden Unsterbliche sind …" Nach einem Blick auf die beiden, die zielstrebig in Richtung der Toiletten gingen, fügte er hinzu: „Hast du mal versucht, Julius zu lesen?"

Wie erstarrt saß sie da, weil sich ein ungutes Gefühl in ihr regte. Sie hatte den Versuch unternommen, doch mit einem Mal fand sie, dass sie das lieber nicht zugeben wollte.

„Dann hast du es also versucht", sagte Tiny ihr auf den Kopf zu. „Und das willst du jetzt nicht zugeben, weil du ihn nicht lesen konntest."

Gereizt holte sie Luft und wich seinem Blick aus.

„Und du isst!"

„Das hat gar nichts zu bedeuten", konterte sie aufgebracht. „Ich habe dir gesagt, ich warte auf frisches Blut, und es hilft meinem Körper, wenn ich etwas esse. Außerdem habe ich dir in den letzten drei Wochen jeden Tag beim Essen zugesehen. Da würde es mich nicht wundern, wenn das auf mich abgefärbt hat."

„In Kalifornien hast du aber nichts gegessen", wandte er ein.

Seine Worte verschlugen ihr die Sprache, und sie ließ sich nach hinten sinken. Einen Moment lang war sie von Entsetzen gepackt, doch dann riss sie sich zusammen, dankte dem Himmel dafür, dass Tiny nichts von dem Würstchen wusste, und behauptete mit zitternder Stimme: „Es war nur eine Mahlzeit, Tiny."

„Eine Mahlzeit. *Und* die Tatsache, dass du ihn nicht lesen kannst", beharrte er.

Sie tat seinen Einwand als bedeutungslos ab. „Er ist ja offensichtlich viel älter als ich, und bekanntlich ist es für einen Unsterblichen schwierig, einen anderen Unsterblichen zu lesen, wenn der älter ist als er selbst. Außerdem", ergänzte sie mürrisch, als er schon wieder zu einer Erwiderung ansetzte, „sagt das überhaupt nichts darüber aus, ob er *mich* lesen kann oder nicht."

Tiny verkniff sich jeden weiteren Kommentar. Er wusste über

ihre Beziehung zu Jean Claude Bescheid, daher nickte er nur und ließ das Thema auf sich beruhen.

Eine Zeit lang saß Marguerite schweigend da und sah zu der Tür, die zu den Herrentoiletten führte. Dann beugte sie sich abermals vor und raunte Tiny zu: „Falls du recht hast und Christian Julius tatsächlich mit mir verkuppeln will … na ja, könntest du dann … äh … gegensteuern?"

„Du meinst, ich soll ihn abwimmeln?", fragte er ironisch.

„Dafür wäre ich dir sehr dankbar."

Er nickte.

„Danke", flüsterte sie.

„Du musst mir nicht danken. Wir arbeiten zusammen, und du bist eigentlich noch in der Ausbildung. Es gehört mit zu meinem Job, auf dich aufzupassen."

Als sie ihn reden hörte, wurde Marguerite bewusst, wie lächerlich es war, Tiny in diese Situation zu bringen. Tatsache war, dass er einem Unsterblichen wie Julius gar nichts entgegenzusetzen hatte, aber sie wollte seinen Stolz nicht verletzen und schwieg. Während eine Kellnerin kam, um die Bestellung aufzunehmen, rang sie sich zu einem Lächeln durch.

„Was machst du denn bloß?"

„Wovon redest du?" Julius stand gegen das Waschbecken gelehnt, während Christian die Kabinen überprüfte, um sicherzustellen, dass niemand sie belauschte.

Sein Sohn drehte sich zu ihm um, stemmte die Hände in die Hüften und sah dadurch aus wie ein Vater, der ein ungezogenes Kind zur Rede stellte. „Was denkst du dir nur dabei?", fuhr er aufgebracht fort. „Du sollst um Marguerite werben und sie umschmeicheln. Sie soll dich mögen und dir vertrauen, damit sie nicht davonläuft, wenn ihr klar wird, dass ihr beide Lebensgefährten seid."

„Das tue ich doch", verteidigte Julius sich und drehte sich weg, damit er sich im Spiegel betrachten konnte. Eigentlich nahm er sich dort gar nicht wahr, er wollte nur nicht länger den Blicken seines Sohns ausgesetzt sein.

„Das tust du nicht. Du starrst sie an. Das machst du schon den ganzen Abend. Du hättest mit ihr tanzen sollen, als wir in diesem Club waren."

„Tanzen?", wiederholte Julius entsetzt.

„Ja, *tanzen*. Was glaubst du, warum ich dich die ganze Zeit mit dem Ellbogen angestoßen habe, als wir auf der Tanzfläche waren? Herrgott nochmal!" Aufgebracht ging er vor den Kabinen auf und ab.

„Ich tanze nicht", beharrte er würdevoll. „Jedenfalls nicht so, wie in diesem Club getanzt wird. Aber Marguerite kann das richtig gut, nicht wahr?", fügte er lächelnd hinzu, als er an die wenigen Minuten zurückdachte, die sie getanzt hatte, ehe sie frustriert an den Tisch zurückgekehrt war. Sie war unglaublich beweglich, sie hatte die Hüften kreisen lassen, ihre Brüste hatten gebebt, als würde sie ...

Julius blinzelte verdutzt, als Christian mit den Fingern vor seinem Gesicht schnippte.

„Jetzt komm mal wieder zu dir", brummte sein Sohn. „Du hast keine Zeit zum Träumen."

„Ich träume nicht", gab er zurück und drehte sich um. Die Arme vor der Brust verschränkt, musterte er den jüngeren Mann mit finsterem Blick. Er fragte sich, ob Christian wirklich sein Sohn war. Er selbst hätte gegenüber seinem Vater niemals einen so respektlosen Ton angeschlagen.

„Okay", sagte Christian und machte kein Hehl daraus, wie viel Mühe es ihn kostete, Geduld zu bewahren. „Du tanzt also nicht. Dann könntest du ja wenigstens mit der Frau reden."

„Ich rede doch mit ihr", widersprach Julius ihm.

„Nein, das tust du nicht", beharrte sein Sohn. „Du hast den ganzen Abend über nur ein paar Worte mit ihr gewechselt."

Mürrisch räumte er ein: „In Gedanken übe ich das."

„Du übst?", wiederholte Christian ungläubig.

„Na ja, ich kann schließlich nicht einfach drauflosreden", entrüstete er sich. „Ich muss das überlegt angehen, also übe ich."

„Indem du in Gedanken mit ihr redest?"

„Ja. In Gedanken", bekräftigte Julius.

„Ah, ja ... gut ... gut." Er nickte beiläufig. „Aber weißt du, was noch besser wäre?"

Julius hob fragend und interessiert die Brauen. „Was denn?"

„Wenn du *richtig* mit ihr reden würdest!", herrschte Christian ihn an. „Jesus Christus, Vater! Du bist fast so alt wie diese Welt. Du leitest ein großes Unternehmen, du hast jeden Tag mit Menschen zu tun, auch mit Frauen. Du wirst doch in der Lage sein, ein paar zusammenhängende Worte mit der Frau zu wechseln, oder nicht?"

„Ich bin nicht so alt wie diese Welt", knurrte Julius. „Außerdem hast du selbst gesagt, dass alle Dienstmädchen und Sekretärinnen Angst vor mir haben ..."

„Oh nein, nicht das!", unterbrach Christian ihn seufzend.

„Was?", fragte Julius argwöhnisch.

„Jetzt ist es mein Fehler, wie? Ich habe mit den Bemerkungen dein Selbstvertrauen erschüttert."

Julius warf ihm einen flüchtigen verärgerten Blick zu, dann atmete er durch und gestand: „Ich hatte keinerlei Bedenken, bis du und die Zwillinge diesen Unsinn verzapften, wie lange es her ist, seit ich das letzte Mal mit einer Frau zu tun hatte und ... haben die Dienstmädchen und die Sekretärinnen tatsächlich Angst vor mir?"

Christian wich seinem Blick aus. „Nein, natürlich nicht."

„Du lügst", stöhnte Julius. „Du konntest mir noch nie in die

Augen sehen und dabei lügen, und genauso ist es jetzt auch. Sie *haben* Angst vor mir, wie?"

Sein Sohn zuckte hilflos mit den Schultern. „Du kannst manchmal ein bisschen schroff sein. Natürlich würdest du gegenüber Marguerite nicht so auftreten. Ehrlich gesagt, ich glaube, sie könnte dir helfen, wieder den witzigen Kerl zum Vorschein zu bringen, der du mal warst, bevor ich geboren wurde."

„Woher willst du wissen, wie ich war, bevor du geboren wurdest?", fragte Julius argwöhnisch.

Er zuckte lässig die Schultern. „Die Tanten reden nun mal. Wenn du besonders mies drauf bist, schütteln sie den Kopf und beklagen sich, ‚wie wunderbar und umgänglich und glücklich' du warst, bevor ‚diese Frau' dein Leben ruiniert hat. Das beklagen sie ziemlich oft", ergänzte er ironisch. „Ich könnte ja behaupten, das ist so was typisch Italienisches, aber die wenigsten von ihnen stammen aus Italien."

Julius lächelte über diese Bemerkung und sagte leise: „Sie hat mein Leben nicht ruiniert. Sie hat mir dich geschenkt, und das war das Beste, was sie tun konnte."

Christian bekam große Augen, dann drehte er sich rasch weg, da ihm die gefühlsbetonten Worte seines Vaters unangenehm waren. „Na ja", meinte er, nachdem sie beide eine ganze Weile geschwiegen hatten. „Zu schade, dass sie nicht der gleichen Meinung war und mich stattdessen umbringen wollte."

„Sie hat nicht versucht, dich zu töten", stellte Julius klar, der den gequälten Gesichtsausdruck seines Sohns nur schwer ertrug.

„Aber Marcus hat doch gesagt …"

„Sie hat ihrer Dienstmagd Magda den Auftrag gegeben, dich zu töten", erklärte er.

Christian dachte über diese Neuigkeit nach. „Die Dienstmagd hat dir das gesagt? War das womöglich eine Lüge?"

Nach kurzem Zögern schüttelte Julius den Kopf. „Nein. Marcus und ich haben unabhängig voneinander diese Erinnerung in Magdas Geist gelesen. Deine Mutter hatte ihr den Auftrag gegeben, dich zu töten und mir deine Leiche zu bringen, verbunden mit der Nachricht, dass sie mich niemals wiedersehen wolle."

„Magda?", sprach Christian den Namen langsam aus. „Aber sie hat mich nicht umgebracht."

„Richtig. Sie hat dich auf direktem Weg zu mir gebracht … und für diesen Gnadenakt ist sie von deiner Mutter ermordet worden."

„Du hast dieser Frau keine Zuflucht gewährt?", fragte Christian ungläubig. „Du hast sie zu meiner Mutter zurückkehren lassen?"

„Natürlich habe ich sie bei mir aufgenommen", widersprach Julius gereizt.

„Und wie konnte meine Mutter sie dann töten?"

Verlegen trat Julius von einem Fuß auf den anderen. „Am nächsten Tag fanden wir sie tot am Fuß der Treppe … und sie hielt dich in den Armen. Deine Mutter wurde in der Nähe des Hauses gesehen, und Magda hielt den Anhänger deiner Mutter in den Händen. Sie musste ihn ihr abgerissen haben, als sie die Treppe hinuntergestoßen wurde."

„Meine Mutter hat Magda die Treppe hinuntergestoßen, während sie mich im Arm hielt", wiederholte Christian fassungslos. „Was für eine reizende Frau!"

„Na ja, der Sturz hätte dich nicht getötet, also hat sie zumindest nicht selbst versucht, dich umzubringen."

„Oh, vielen Dank für diese Klarstellung, Vater! Da fühle ich mich gleich viel besser", erwiderte Christian sarkastisch. „Weißt du, je mehr ich über diese Frau erfahre, umso weniger verspüre ich noch den Wunsch, sie ausfindig zu machen."

„Ich habe dir ja gesagt, du bist ohne sie besser dran", machte

Julius ihm klar. „Aber wolltest du auf mich hören? Nein. Du willst ja unbedingt deine Mutter ausfindig machen. Hättest du gleich auf mich gehört, dann ..."

„... dann wäre Marguerite jetzt nicht hier", warf Christian ein.

Julius verzog den Mund, nickte dabei aber. „Das stimmt."

„Und?" Sein Sohn legte neugierig den Kopf schräg. „Du hast mir nicht erzählt, wie es im Restaurant gelaufen ist. Da werdet ihr euch doch bestimmt unterhalten haben, oder nicht? Oder habt ihr euch angeschwiegen?"

„Nein, natürlich nicht", fauchte Julius, gestand dann jedoch ein: „Aber sehr gut ist es nicht gelaufen. Ich hatte sie auf Jean Claude angesprochen und sie ..."

„Eindeutig nicht das richtige Thema für eine zwanglose Unterhaltung", fiel er ihm ins Wort. „Was hältst du davon, wenn wir üben, wie du mit Marguerite redest? Nicht nur in Gedanken, sondern laut und deutlich. Ich bin Marguerite."

Julius sah ihn ratlos an. „Jetzt?"

„Nein, ich dachte mehr an den nächsten April. Dann kannst du sie ja anrufen und mit ihr ein Treffen vereinbaren ..." Christian atmete tief durch und zischte: „Natürlich *jetzt!*"

„Oh, ach so", erwiderte Julius und sah sich verunsichert um.

„Tu einfach so, als wäre ich sie", schlug Christian vor. „Ich sitze da drinnen am Tisch, und wir beide kommen von der Toilette zurück. Du setzt dich neben sie, beugst dich zu ihr rüber und sagst ..."

Julius wartete, stutzte und fragte: „Was denn? Was sage ich zu ihr?"

Entmutigt ließ sein Sohn die Schultern sinken und lehnte sich gegen das Waschbecken. „*Du* sollst *mir* erzählen, was du *ihr* dann sagen würdest."

„Wenn ich das wüsste, würde ich sie nicht nur den ganzen Abend anstarren", machte Julius ihm ungehalten klar.

„Stimmt", pflichtete Christian ihm seufzend bei. „Okay, dann versuchen wir es eben anders. Überlegen wir uns Themen, über die du dich mit ihr unterhalten kannst."

Julius nickte und fragte: „Zum Beispiel?"

„Vater, du bist nicht so dumm", schnaubte er aufgebracht. „Es muss doch irgendetwas geben, was du von ihr wissen willst."

„Natürlich gibt es das", gab der ältere Unsterbliche genauso frustriert zurück. „Ich möchte wissen, wie ihr Leben in den letzten Jahrhunderten verlaufen ist."

„Na, bitte, das ist ja schon mal was", freute sich Christian.

„Nein, das ist schon mal *gar nichts*", korrigierte sein Vater ihn. „Wenn ich das frage, erinnert sie das an ihre unglückliche Ehe mit Jean Claude, und ich konnte bereits feststellen, dass sie dann nicht mehr in der Laune ist, sich zu entspannen und über eine neue Beziehung nachzudenken."

„Dann frag sie doch nach ihren Kindern. Die liebt sie über alles."

„Ja, die Kinder, deren Vater Jean Claude ist, was sie wieder an ihre unglückliche Ehe erinnert und ..."

„Dann ihre Arbeit", schlug Christian stattdessen vor.

Julius sah ihn zweifelnd an. „Das dürfte eine kurze Unterhaltung werden. Dein Fall ist ihr erster."

„Ja", seufzte er und fuhr sich durchs Haar. „Tja, wenn das so ist, müssen wir uns eben irgendein anderes Thema überlegen."

Beide grübelten sie angestrengt, als auf einmal eine tiefe Stimme ertönte: „Klingt für mich so, als sei es besser, wenn Sie *die Lady* reden lassen."

Julius und Christian drehten sich abrupt zur Tür um, wo G. G. stand und sie amüsiert betrachtete.

„Wie lange stehen Sie denn schon da?", fragte Christian gereizt.

„Lange genug, um zu wissen, dass Sie noch so alt sein können – und das sind Sie wahrscheinlich auch – und trotzdem keine Ahnung von Frauen haben." G. G. stieß sich von der Wand ab und ging quer durch den Raum zu den Urinalen.

„Und Sie haben die große Ahnung?", konterte Christian ironisch.

„Oh ja." Er sagte es in Richtung Wand, während er den Reißverschluss seiner Hose aufzog. „Dutzende kommen jeden Tag her, und es ist immer das Gleiche. Wenn Sie sofort wieder reingehen, sehen Sie sich um. Die Männer stehen in kleinen Gruppen zusammen, machen eine ernste Miene und reden kaum. *Vielleicht* gibt mal einer von ihnen einen Kommentar ab, über den die anderen *vielleicht* lachen. Und die Frauen?" Er war fertig und zog den Reißverschluss wieder zu, dann ging er zum Waschbecken. Er seifte seine Hände ein, sah dabei die beiden im Spiegel an und fügte hinzu: „Die Frauen reden. Die ganze Zeit über. Das ist wie ein Tanz."

„Ein Tanz?", fragte Julius interessiert.

G. G. nickte, doch die Irokesenfrisur auf seinem Kopf bewegte sich dabei keinen Millimeter. „Sie beugen sich vor, sie berühren eine Hand, einen Arm oder ein Knie, dann lehnen sie sich zurück und lachen, und gleich darauf beugen sie sich schon wieder vor. Die Augen blitzen auf, es wird gelächelt, während sie drauflosreden, um irgendeine Geschichte zu erzählen."

Der Mann erzählte diese Dinge voller Bewunderung. So beängstigend er auch wirkte, verehrte er offenbar doch die Frauen.

„Frauen reden gern", fuhr er fort. „Männer nicht. Das ist ein gutes System, weil sie auf die Weise nämlich nicht alle gleichzeitig reden. Die Frau redet, der Mann gibt ab und zu ein Brummen von sich, und alle sind glücklich und zufrieden."

Christian starrte ihn auf eine entsetzte Art an, aber Julius nickte bestätigend. „Ich hatte darauf gehofft, dass sie von sich aus reden würde. Doch sie demonstriert einen beunruhigenden Widerwillen. Sie ist schweigsamer, als ich geh... erwartet hätte."

Wieder nickte G. G., drehte den Wasserhahn zu und trocknete sich die Hände ab. „Sie müssen sie allein erwischen. Sie ist eine einzelne Frau in einer Gruppe von sechs schweigsamen Männern, und sie ist alt genug, um zu wissen, dass Männer nicht sehr gesprächig sind. Und nach allem, was ich von Louise und Mirabeau über sie gehört habe, wurde sie von diesem Argeneau, mit dem sie verheiratet war, über Jahrhunderte hinweg unterdrückt. Sie war nicht von Natur aus unterwürfig, sondern es wurde ihr aufgezwungen. Seit seinem Tod kommt sie langsam aus ihrem Schneckenhaus hervor und beginnt, ihr Leben selbst in die Hand zu nehmen. Das entspricht mehr ihrer Natur, aber für sie ist das alles noch ganz neu und ungewohnt, und wenn sie mit so vielen Männern konfrontiert wird, dann wirkt das auf sie einschüchternd. Sie müssen sie allein erwischen. Stellen Sie ihr eine Frage, und sie wird aufblühen."

Julius blickte skeptisch drein. „Ich habe mit ihr allein reden können, ich habe ihr Fragen gestellt, und sie hat sich sofort in sich zurückgezogen."

„Dann waren es nicht die richtigen Fragen", erklärte G. G. entschieden.

„Und was *ist* die richtige Frage?"

G. G. dachte kurz nach, dann wusste er die Antwort. „Als Jeanne Louise davon sprach, dass ihre Tante herkommt, da erwähnte sie, dass das mit einem Auftrag der Detektei zu tun hat. Wie sie mir erzählte, hatte Marguerite in Kalifornien an einem Fall mitgearbeitet und geholfen, ihn zu lösen. Und darauf hat sie beschlossen, Detektivin zu werden."

„Ja", bestätigte Christian. „So habe ich sie kennengelernt und anschließend gleich angeheuert."

„Fragen Sie sie danach", schlug G. G. vor. „Fragen Sie, wie es ihr in Kalifornien gefallen hat. Fragen Sie nach ihrem Neffen Vincent und der Lebensgefährtin, bei der sie ihn unterstützt hat. Das ist ein ungefährliches Thema. Da geht es um ihre Familie, die ihr sehr wichtig ist. Und es gibt keinen Grund, auf ihre Ehe zu sprechen zu kommen."

Offenbar war er alle Ratschläge losgeworden, denn mit diesen Worten verließ er die Toilette.

„Ich mag ihn", erklärte Julius, als die Tür hinter dem Mann zufiel. „Für einen Sterblichen mit grünen Haaren ist er …"

„Interessant?", schlug Christian ironisch vor.

Lachend zog Julius sein Telefon aus der Tasche und tippte, während er schon zur Tür ging, eine Nummer ein. „Komm schon! Die werden sich längst fragen, wieso wir so lange brauchen. Außerdem möchte ich diesen Club so schnell wie möglich verlassen, damit ich mit Marguerite allein sein kann, um mit ihr zu reden."

7

Marguerite griff nach ihrem Glas und trank genüsslich den letzten Schluck ihres Drinks. Es war die Unsterblichenversion einer Bloody Mary – Blut mit Tomatensaft, Tabasco, Pfeffer, Zitrone, Salz und Worcestershire-Sauce –, die einen deutlichen Beitrag dazu geleistet hatte, ihre Laune zu heben. Bis die Getränke serviert worden waren, hatte sie dagesessen und über Tinys Bemerkungen nachgegrübelt. Aber schon nach nur einem Glas hatte sie das Gefühl, sich den Dingen besser stellen zu können. Der Mangel an frischem Blut musste sich bei ihr bemerkbar gemacht haben, überlegte sie und vermutete, dass sie mit ein paar Runden mehr wettmachen konnte, was sie ihrem Körper auf natürlichem Weg schon viel zu lange vorenthalten hatte.

Dieser Gedanke ging ihr noch durch den Kopf, während sie nach der Kellnerin Ausschau hielt. Sie stutzte, als sie Julius und Christian sah, die auf dem Weg zurück zu ihrem Tisch waren. Julius klappte soeben sein Telefon zu und steckte es in die Tasche, und Marguerite fragte sich, was das bedeuten konnte. Die beiden Männer hatten sich auffallend lange auf die Toilette zurückgezogen, doch noch viel auffälliger war, dass Christian aufgebracht und Julius besorgt gewirkt hatte, als sie den Tisch verließen. Jetzt dagegen machte Julius einen gut gelaunten Eindruck, während sein Sohn besorgt zu sein schien.

„Wir müssen los", verkündete Julius, als er den Tisch erreichte.

„Wie?", fragte sie überrascht.

Julius nickte. „Ich habe zwei Taxis bestellt, und man hat mir versichert, dass die sich sofort auf den Weg hierher machen. Also wird es das Beste sein, wenn wir aufbrechen."

„Aber ...", begann Marguerite zu protestieren, kam jedoch nicht weiter, da alle anderen am Tisch aufsprangen, sogar Tiny. Dass er von hier verschwinden wollte, war allerdings auch kein Wunder. Immerhin war er ein wenig grün im Gesicht, seit die Drinks serviert worden waren, denen man deutlich ansehen konnte, dass Blut die wichtigste Zutat war.

Mit einem leisen Seufzer stand sie auf und ließ sich schweigend von Julius aus dem Club führen. Draußen mussten sie nicht lange warten, bis die Taxis eintrafen. Er hielt ihr die Tür auf, sie stieg ein und rückte auf der Sitzbank ganz in die Ecke, damit Platz genug für die anderen war. Zunächst folgte ihr aber niemand. Stattdessen stand Julius mit dem Rücken zur offenen Tür und redete mit Tiny und Christian.

Irritiert rutschte sie aus der Ecke, um etwas davon mitzubekommen, worüber die drei sich unterhielten, doch genau in dem Moment bückte sich Julius und stieg ein. Sie wich zurück, um Platz zu machen, aber zu ihrer Verwunderung zog er die Tür hinter sich zu.

„Fährt sonst niemand mit?", fragte sie nervös, als Julius sich neben sie setzte.

Er schüttelte den Kopf. „Die anderen nehmen das zweite Taxi. Ich wollte ein paar Minuten mit Ihnen allein sein, um ... über ein paar Dinge zu reden."

„Oh." Sie ließ sich nach hinten gegen die gepolsterte Rückenlehne sinken und wartete ab, während sie rätselte, worüber genau er reden wollte. Von Christian wusste sie bereits, dass sein Vater in ihrer Nähe bleiben wollte, um sie vor weiteren Überfällen zu schützen. Womöglich wollte er ihr das jetzt auch noch persönlich sagen, also wartete sie ... und wartete ... und wartete. Schließlich gab sie das Warten auf und beschloss, ihn zu fragen, doch bevor sie dazu kam, hielt das Taxi am Straßenrand.

„Wo sind wir?", fragte sie, da der Wagen nicht vor ihrem Hotel, sondern vor einem *Starbucks* stand.

„Ich dachte, wir setzen uns dort rein und unterhalten uns", erklärte Julius, drückte dem Fahrer einige Pfundnoten in die Hand und öffnete die Tür.

Nur zögernd verließ Marguerite das Taxi und folgte ihm ins Lokal, wo er sie zu einem etwas abgeschiedenen Tisch führte. „Was kann ich Ihnen bringen?"

„Nichts, vielen Dank. Ich brauche nichts", antwortete sie.

Einen Moment lang musterte er sie schweigend, dann sagte er: „Ich vermute, irgendetwas müssen wir bestellen, wenn wir hier sitzen und reden wollen. Ich suche etwas für Sie aus."

Sie sah ihm nach, als er zur Theke ging. Warum er sie hergebracht hatte, wusste sie noch immer nicht. Als er zu ihr an den Tisch zurückkehrte, befanden sich auf dem Tablett nicht nur zwei Getränkebecher, aus denen Schaum herausquoll, sondern auch zwei Teller mit je einem Stück Kuchen und einem Brownie.

„Ich konnte mich nicht entscheiden", meinte er achselzuckend, während er die Teller und Becher auf dem Tisch verteilte. Dann nahm er ihr gegenüber Platz und zog mehrere Tütchen Zucker aus der Tasche, von denen er ihr zwei anbot.

„Danke", murmelte sie.

„Das nennt sich Mocha-Frappa-Cappa oder irgendwas in dieser Richtung", erklärte er, riss zwei Tütchen auf und schüttete den Zucker in seinen Kaffeebecher. „Die junge Dame hinter der Theke hat ihn mir empfohlen und mir versichert, dass er sehr gut schmeckt."

Marguerite reagierte mit einem flüchtigen Lächeln, kippte ihren Zucker ebenfalls in den Kaffee und rührte um. Die monströse Schaumkrone, die aus dem Becher quoll, empfand sie als äußerst faszinierend. Solche Getränke hatte es seinerzeit nicht gegeben, als sie noch ganz normal gegessen und getrunken hatte. Ihr Blick wanderte unterdessen zwischen ihrem Kaffee und dem Brownie hin und her, wobei der süße Schokoladenduft ihr in die Nase stieg und ihr das Wasser im Mund zusammenlaufen ließ.

„Ich wollte Ihnen etwas sagen, Marguerite", begann Julius und lenkte ihre Aufmerksamkeit von dem Brownie auf sich. „Ich weiß wirklich zu schätzen, was Sie für meinen Neffen Stephano in Kalifornien getan haben, als er dort angegriffen wurde."

Abwehrend schüttelte sie den Kopf. „Ich habe kaum etwas getan."

„Sie haben geholfen, ihm das Leben zu retten", betonte er.

„Ich habe nur während seiner Wandlung auf ihn aufgepasst. Vincent ist derjenige, der ihm das Leben gerettet hat."

Julius nickte ernst. „Ja, ich war sehr beeindruckt, als ich hörte, was er getan hat. Dazu wären nur wenige andere Unsterbliche bereit gewesen."

„Vincent ist etwas Besonderes", sagte sie voller Stolz, und ehe sie sichs versah, erzählte sie ihm mehr von ihrem Neffen, wie talentiert er sei, welche Stücke er produziere und so weiter. Dabei kam sie auch auf ihren Aufenthalt in Kalifornien zu sprechen, was sie wiederum auf ihre Kinder und deren Lebensgefährten brachte.

Julius schilderte seinerseits einige Anekdoten, die sich um seine Mühen drehten, seinen Sohn allein großzuziehen. Aus seinen Worten war deutlich herauszuhören, wie sehr er Christian liebte, und seiner Miene konnte man das ebenfalls ansehen. Damit verbunden war der Wunsch, sein Kind vor jeglichem Schaden und Schmerz zu beschützen, auch wenn er das nicht ausdrücklich sagte. Während ihrer Unterhaltung hielten sie beide sich an ihre Abmachung, weder auf Jean Claude noch auf Christians Mutter zu sprechen zu kommen.

Doch obwohl sie um diese Themen einen Bogen machten, erkannte Marguerite nach einer Weile, dass sie den Mann völlig falsch eingeschätzt hatte. Schnell wurde deutlich, dass er für Christian alles tun würde und dass sein Schweigen, was die Mutter seines Sohns anging, allein dessen Schutz diente. Ganz im Gegensatz zu ihrer anfänglichen Meinung war es kein Egoismus von Julius' Seite.

Ohne es richtig zu merken, aß sie im Verlauf der angeregten Unterhaltung erst den Brownie und dann auch noch das Stück Kuchen mit Zitronencreme und Preiselbeeren. Beides schmeckte einfach göttlich, besser als alles, was sie je gegessen hatte. Genauso beiläufig bestellten sie etliche Male jeweils zwei Becher Mocha-Frappa-Cappa nach, wobei sie immer gemeinsam zur Theke gingen, damit sie zum einen ihr Gespräch nicht unterbrechen mussten und zum anderen weitere Kuchenstücke von der Theke aussuchen konnten.

Julius erzählte eben vom musikalischen Talent seines Sohns, als Marguerite feststellte, dass ihr Becher bereits wieder leer war. Allerdings war das auch kein Wunder, denn wenn man so viel redete und lachte wie sie beide, dann machte das schon durstig.

„Ich dagegen habe keinerlei Ahnung von Musik, also muss der Junge das von seiner Mutter geerbt haben", sagte Julius gerade und lenkte sie von ihrem leeren Kaffeebecher ab. „Aber als er nach der Geige griff und rein nach Gehör zu spielen begann, da war ich mir sicher, er würde der nächste Chopin oder Bach werden."

Marguerite biss sich auf die Lippe und verkniff sich ein Lachen, obwohl Julius das Gesicht so selbstironisch verzog.

„Also gab ich ein kleines Vermögen aus, um die besten Musiklehrer Europas zu engagieren, während ich mir ausmalte, wie mein Sohn eines Tages in den bedeutendsten Orchestern der Welt spielen würde. Wie er Musik komponiert, die die Jahrhunderte überdauert. Wie der Name Notte in der Musikwelt zu einem Begriff würde."

„Aber er ist von keinem Orchester angenommen worden?", fragte sie mitfühlend.

„Und ob", schnaubte er. „Er wurde angenommen. Über die Jahrhunderte hinweg wurde er von vielen Orchestern angenommen. Allerdings blieb er nie lange dort. Den größten Teil der Musik, die er dort spielen musste, empfand er als uninteressant. Und das, was er mochte, langweilte ihn, sobald er es ein paarmal hintereinander gespielt hatte." Julius schüttelte den Kopf. „Schließlich gab er es auf. Er arbeitete für die Firma, während er die Musik nebenher nur noch als Hobby betrieb."

„Was für eine Schande", meinte Marguerite betrübt.

„Hmm." Julius nickte zustimmend. „Damals war ich unglaublich wütend auf ihn, aber jetzt, nach so vielen Jahrhunderten, hat er endlich die Musik entdeckt, die seine Leidenschaft weckt. Er komponiert jetzt seine eigenen Stücke, und wenn er diese Musik spielt, dann erkenne ich den Unterschied. Obwohl ich so unmusikalisch bin, ist mir heute klar, dass er damals zwar technisch perfekt gespielt hat, aber nicht mit dem Herzen dabei war. Jetzt begeistert ihn seine Musik, sie erfüllt ihn mit Leben. Und das hört man auch, wenn er spielt."

„Na, das ist doch großartig!", freute sie sich, legte dann allerdings den Kopf schräg, als sie seinen seltsamen Gesichtsausdruck bemerkte. „Oder nicht?"

„Ich schätze, ja", gab er lachend zurück. „Es ist nur ... so paradox."

„Wieso? Was spielt er denn?"

„Mein klassisch ausgebildeter Sohn, der die Geige so gut beherrscht wie nur wenige andere, spielt ... Hard Rock."

Marguerite stutzte. „Sie wollen sagen, er hat seine Geige gegen eine Gitarre eingetauscht?"

„Nein, er spielt nach wie vor Geige ... nur eben in einer Rockband."

Sie ließ sich gegen die Rückenlehne sinken. „Tatsächlich?"

Er nickte.

„Nun, das ist ..." Sie hielt inne, da ihr die Worte fehlten. Dass ein Rockmusiker Geige spielte, davon hatte sie noch nie gehört.

Ihre verblüffte Miene brachte ihn zum Lachen, und er griff nach seinem Kaffeebecher, um einen Schluck zu trinken. Doch der war leer. Erstaunt sah er in den Becher. „Ich habe ja schon alles ausgetrunken."

„Ich auch", gab sie zu.

„Wollen wir jetzt mal etwas anderes probieren oder ..." Er unterbrach sich und sah zum Fenster. „Habe ich da gerade einen Vogel singen hören?"

Marguerite folgte seinem Blick. Der Himmel war noch dunkel, doch jetzt, da Julius es erwähnt hatte, nahm sie ebenfalls Vogelgezwitscher wahr.

„Die Sonne wird bald aufgehen", sagte er mit einer Mischung aus Erstaunen und Enttäuschung.

Als sie daraufhin auf ihre Armbanduhr sah, erschrak sie, dass es bereits so spät war ... oder so früh, wenn man es aus einer anderen Perspektive betrachtete. Die Sonne würde tatsächlich in Kürze aufgehen, und sie beide hatten die ganze Nacht bei *Starbucks* verbracht und nur geredet.

„Wir sollten wohl besser ins Hotel gehen", murmelte Julius.

Marguerite nickte widerstrebend, während sie den Tisch betrachtete. Unzählige leere Becher und ein halbes Dutzend leere Teller waren die Überbleibsel der schönsten Nacht, die sie seit langer Zeit verbracht hatte. Vielleicht sogar der schönsten Nacht ihres Lebens. Sie konnte sich nicht daran erinnern, jemals so viel gelacht zu haben, und sie bedauerte, dass diese Nacht nun vorüber war.

„Ja, wir sollten zum Hotel fahren", wiederholte er so nachdrücklich, als würde er eigentlich lieber etwas ganz anderes machen. „Wir brauchen unseren Schlaf, immerhin wollen wir heute Abend um sieben Uhr den Zug nach York erwischen."

Wieder nickte sie und stand auf. Als sie den Abfall zusammenräumen wollte, winkte der junge Mann ab, der sie die ganze Nacht hindurch bedient hatte. Er sagte, er würde sich darum kümmern, und wünschte ihnen noch einen schönen Tag, als sie das Lokal verließen.

Es war deutlich kühler als zuvor, aber es war keine unangenehme Kälte. Ein Sterblicher hätte jetzt vielleicht eine Jacke oder einen Mantel haben wollen, doch der Körper eines Unsterblichen reagierte unempfindlicher auf Temperaturschwankungen.

Nachdem sie so viele Stunden ununterbrochen geredet hatten, herrschte auf dem kurzen Spaziergang zurück zum Hotel eine sonderbare, aber auch angenehme Stille, die keiner von beiden brechen wollte.

Die Hotellobby war fast menschenleer, nur ein Pärchen ging gerade mitsamt Gepäck vom Aufzug zur Rezeption, wohl um einen frühen Flug zu bekommen.

„So, da wären wir", sagte Julius leise und blieb an der Tür zu ihrer Suite stehen.

Marguerite schwieg weiter, während er die Tür aufschloss und sie ihr aufhielt. Im Salon brannte Licht, doch von Marcus war nichts zu sehen. Sie zögerte, sah kurz zu ihrer Schlafzimmertür und dann unsicher zu Julius. „Danke, das war eine schöne Nacht."

„Ja, das fand ich auch", stimmte er ihr zu und strich ihr sanft über die Wange. Einen Augenblick lang war sie überzeugt, dass er sie küssen wolle. Trotz ihrer Entschlossenheit, sich nach Jean Claude nie wieder auf die Risiken einer Beziehung einzulassen, konnte sie nicht mit Gewissheit sagen, ob sie tatsächlich nicht geküsst werden wollte. Doch die Überlegung entpuppte sich gleich darauf als hinfällig, da Julius es bei einem schiefen Lächeln beließ. Er ließ seine Hand wieder sinken und flüsterte: „Gute Nacht!"

Erst da fiel ihr auf, dass sie sekundenlang gebannt den Atem angehalten hatte. Sie ging zur Tür, blieb noch einmal kurz stehen und blickte über die Schulter. Als sie sah, dass er es ganz genauso machte, musste sie lächeln. Er erwiderte das Lächeln, erst dann ging jeder in sein Zimmer und schloss die Tür hinter sich.

Erst als sie nach ihrem Nachthemd griff, wurde ihr bewusst, dass Julius sich während der ganzen Nacht gar nicht dazu geäußert hatte, über welche „Dinge" er eigentlich mit ihr hatte reden wollen. Sofern es diese „Dinge" überhaupt je gegeben hatte, überlegte sie und dachte an die letzten Stunden zurück. Soweit sie das beurteilen konnte, hatte sie mit Julius eine sehr vergnügliche Nacht verbracht, die rein gar nichts Geschäftliches zum Thema gehabt hatte. Eine Nacht, in der von ihnen beiden Speisen und koffeinhaltige Getränke in großen Mengen konsumiert worden waren.

Ja, von ihnen *beiden*.

Sie hatte gegessen, er auch. Sie konnte ihn nicht lesen. Und er?

Marguerite wusste nicht, ob er sie lesen konnte oder nicht, doch sie konnte sich genau daran erinnern, dass Jean Claude nicht angefangen hatte zu essen, als sie beide sich begegnet waren. Er hatte keine der Begleiterscheinungen erkennen lassen, die eigentlich dazugehörten, wenn man seinem wahren Lebensgefährten begegnete. Natürlich war ihr das damals nicht bekannt gewesen. Da war sie noch eine Sterbliche, ein Dienstmädchen in einer großen Burg gewesen und hatte nichts gewusst von Unsterblichen, von Wesen, die sich von Blut ernährten, die stärker und schneller waren und die viel, viel länger lebten als alle Menschen um sie herum.

Mit Schrecken dachte sie daran zurück, wie naiv sie damals gewesen war. Sie zog ihr schwarzes Satinnachthemd an und ließ sich auf der Sitzbank am Fenster nieder, um in die Nacht hinauszuschauen. Als sie damals Jean Claude begegnet war, da hatte sie über das Leben eigentlich kaum etwas gewusst. Sie war gerade erst fünfzehn gewesen, und ein einfaches Lächeln eines gut aussehenden Kriegers hatte genügt, um sie dahinschmelzen zu lassen. Sie hatte gedacht, dass ihre Begeisterung für ihn Liebe sei, und genauso hatte sie sein Verlangen nach ihr für Liebe gehalten. Erst viel später hatte sie herausgefunden, dass sie seiner verstorbenen Lebensgefährtin zum Verwechseln ähnlich gesehen hatte und dass er sie deswegen umworben und gewandelt hatte. Doch da war es längst zu spät gewesen, um noch irgendetwas zu ändern.

Aber in den siebenhundert Jahren ihrer schrecklichen Ehe hatte sie Jean Claude nie essen sehen. Ganz im Gegensatz zu Julius.

Fast fürchtete sie sich davor, darüber nachzudenken, was das wohl zu bedeuten hatte. Vielleicht hatte Julius das Essen einfach nie aufgegeben. Es gab einige Unsterbliche, die so vorgingen, weil sie ihre Muskelmasse beibehalten wollten. Ihr eigener Sohn Lucern hatte aus ebendiesem Grund weiterhin wie ein Sterblicher gegessen, auch wenn es ihm nur wenig Spaß bereitet hatte. Das änderte sich erst, als er seiner Lebensgefährtin Kate begegnet war.

Vielleicht war es bei Julius ganz genauso. Doch allen Befürchtungen zum Trotz hoffte Marguerite tief in ihrem Innern, dass dies nicht zutraf. Zu groß war der Wunsch zu wissen, was ihre Kinder erlebt hatten, zu erfahren, was es bedeutete, einen wahren Lebensgefährten zu haben. Die Vorstellung, jemanden an seiner Seite zu haben, den man lieben und mit dem man gemeinsam die Last eines so langen, von Leid erfüllten Lebens teilen konnte, erfüllte sie mit schmerzvoller Sehnsucht. Nach all dem Elend, das sie durch Jean Claude erfahren hatte, musste sie doch auch das Recht auf ein wenig Glück haben, oder etwa nicht?

Aber sosehr Marguerite sich auch nach diesem Glück sehnte, hatte sie dennoch Bedenken, sich auf eine neue Beziehung einzulassen, die möglicherweise so endete wie die mit Jean Claude. Man hätte meinen sollen, dass so etwas überhaupt kein Thema sein konnte; dass kein Unsterblicher sich freiwillig an jemanden binden würde, der nicht sein Lebensgefährte war. Und dennoch kam es vor. Sie war nicht die einzige naive Sterbliche, die in eine solche lebenslange Falle gelockt worden war von einem Unsterblichen, der sie anschließend nach Gutdünken kontrollierte und ihr jeden eigenen Willen nahm. Sie hatte auch davon gehört, dass so etwas sogar unter Unsterblichen vorkam, die es eigentlich besser hätten wissen müssen, die aber genug von einem Leben in Einsamkeit hatten. Solche Verbindungen zwischen Unsterblichen, die keine Lebensgefährten waren, hielten allerdings meist nur kurze Zeit, weil es höchst selten vorkam, dass der eine den anderen so vollständig kontrollieren konnte, wie Jean Claude es mit ihr gemacht hatte. Marguerite vermutete, dass seine Macht über sie so allumfassend gewesen war, weil er sie auch gewandelt hatte, doch die Wahrheit würde sie wohl niemals erfahren.

Aber sosehr sie sich auch jetzt schon zu Julius Notte hingezogen fühlte, würde sie sich unter keinen Umständen auf eine Beziehung mit ihm einlassen, wenn er nicht ihr wahrer Lebensgefährte war. Selbst eine Beziehung auf Zeit war zu riskant, weil sie früher oder später aus dem Ruder laufen würde, sobald der Stärkere von ihnen der Versuchung nicht widerstehen konnte und den anderen zu kontrollieren versuchte. Was sie wollte, war ein ebenbürtiger, gleichberechtigter und gleich starker Partner, wie ihre Kinder ihn gefunden hatten. Und deshalb sollte sie wohl fürs Erste besser vermeiden, mit Julius allein zu sein. Wäre er nicht in der Lage, sie zu lesen, hätte er das ganz sicher erwähnt. Also konnte er sie lesen, oder aber er hatte es bislang einfach noch nicht versucht.

So oder so war es besser, seine Nähe zu meiden, bis sie eindeutig wusste, ob er sie lesen konnte oder nicht. Sie konnte ihn schon jetzt besser leiden als jeden Mann, dem sie in ihrem langen Leben begegnet war, und sie fühlte sich auch zu ihm hingezogen. Aber wenn sie jetzt einen Fehler machte, lief sie Gefahr, wieder jahrhundertelang dafür büßen zu müssen.

Nachdem sie diesen Entschluss gefasst hatte, zog sie die Vorhänge zu, rollte sich auf der Sitzbank zusammen und schlief ein – nur um wenige Stunden später durch lautes Klopfen an der Tür aus dem Schlaf gerissen zu werden.

Mit kleinen Augen und erschöpft von zu wenig Schlaf und zu wenig Blut, stand sie auf und wankte schlaftrunken zur Tür.

„Marguerite!", rief Tiny, als sie aufgemacht hatte. „Alle warten unten in der Lobby auf dich, Julius checkt gerade aus, und du bist noch nicht mal angezogen!"

Nur mit Mühe nahm sie seine finstere Miene wahr, und sie verzog das Gesicht. Warum mussten Männer eigentlich immer derart aufbrausend sein? Oder lag es an ihr, dass Männer in ihrer Gegenwart so reagierten?

„Beweg dich, Frau!", forderte er sie auf, drehte sie herum und dirigierte sie von der Tür weg in Richtung Badezimmer. „Geh duschen, in der Zeit lege ich dir was zum Anziehen raus."

Abrupt blieb sie vor der Badezimmertür stehen und stemmte sich gegen Tiny, da sie mit einem Mal hellwach war. „Ich suche mir meine Sachen selbst zusammen."

„Marguerite!", schnaubte er.

„Du wirst nicht in meiner Unterwäsche herumwühlen", fuhr sie ihn an.

„Oh!", erwiderte Tiny und hielt inne. „Ja, stimmt. Okay, such dir deine Sachen selbst raus."

Wäre sie nicht so schlecht gelaunt gewesen, hätte sie über seine plötzliche Verlegenheit laut gelacht. Kopfschüttelnd zeigte sie auf die Tür: „Raus mit dir! Ich bin in zehn Minuten unten."

Tiny zögerte kurz, dann brummte er: „Ich will's für dich hoffen, sonst verpassen wir nämlich unseren Zug."

Sie wartete, bis er das Zimmer verlassen hatte, dann stürmte sie zu ihrem Koffer, suchte Kleidung heraus und hetzte ins Badezimmer, um zum ersten Mal in ihrem Leben zu duschen. Sie fluchte, als ihr Shampoo in die Augen lief, und sie fluchte erneut, als ihr einfiel, dass sie in der Nacht völlig vergessen hatte, Bastien wegen der Blutlieferung anzurufen. Die Stunden mit Julius hatten sie zu sehr abgelenkt.

Ist es jetzt auch wieder zu früh, um ihn anzurufen?, fragte sie sich, während sie sich flüchtig abtrocknete und noch immer halb durchnässt ihre Kleidung anzog.

Während sie mit der einen Hand ihre Sachen in den Koffer warf, bürstete sie mit der anderen ihr feuchtes Haar nach hinten. Dann landete auch die Bürste im Koffer, den sie schnell schloss. Sie war bereit. Zumindest so bereit, wie die wenige zur Verfügung stehende Zeit es erlaubte. Noch schnell ein wenig Lippenstift, und schon verließ sie die Suite und rollte ihr Gepäck hinter sich her zum Aufzug.

Im Foyer warteten Julius, Marcus, Christian und Tiny bereits auf sie, als sie den Lift verließ. Die erleichterten Mienen der Männer bescherten ihr prompt Schuldgefühle, doch dann fiel ihr auf, dass Dante und Tommaso fehlten.

„Wo sind die Zwillinge?", wollte sie wissen.

„Die sind auf dem Weg zum Flughafen. Zu Hause muss Verschiedenes erledigt werden, und die beiden werden dort gebraucht", antwortete Julius, nahm ihr den Koffer ab und reichte ihn weiter an seinen Sohn, während er selbst Marguerites Arm fasste und sie in Richtung Ausgang dirigierte.

Draußen warteten bereits zwei Taxis auf sie. Sie teilten das Gepäck auf beide Wagen auf, Marguerite, Tiny und Julius nahmen das erste, Marcus und Christian das zweite. Der Verkehr auf den Londoner Straßen war erträglich, was auch ihr Glück war, denn als sie den Bahnhof King's Cross erreichten, blieben ihnen buchstäblich nur Sekunden, ehe ihr Zug abfuhr. Sie hetzten durch die Bahnhofshalle auf den Bahnsteig, wo sie gerade noch in den ersten Waggon einsteigen konnten. Dann setzte sich der Zug auch schon in Bewegung.

Julius hatte die Fahrkarten gebucht und zwei Tische reserviert, einen mit vier Plätzen, dazu einen weiteren mit zwei Plätzen gleich auf der anderen Seite des Gangs. Die größeren Koffer verstaute er in einem Fach am Anfang des Wagens, alles andere nahmen sie mit zu ihren Plätzen. Julius schob seine Reisetasche ins Gepäcknetz über ihnen, dann wählte er einen Fensterplatz am Vierertisch aus. Als er jedoch Marguerite erwartungsvoll ansah, setzte sie sich an den Zweiertisch, damit sie ihrem Vorsatz entsprechend zu ihm auf Abstand bleiben konnte, bis sie wusste, ob er in der Lage war, sie zu lesen oder nicht.

Sie bemerkte seinen überraschten Blick ebenso wie die Tatsache, dass er missbilligend das Gesicht verzog. Zu ihrer großen Erleichterung sprach er sie aber nicht auf ihr Verhalten an. Tiny war gleich hinter ihr, und nach kurzem Zögern setzte er sich zu ihr an den Zweiertisch, sodass Christian und Marcus gegenüber Julius Platz nehmen konnten.

Zunächst war Marguerite mit dieser Sitzordnung zufrieden, doch dann wurde ihr klar, dass Julius genau in ihrem Blickfeld saß ... und dass es ihr nicht gelang, ihn nicht anzusehen. Immer wieder kehrte ihr Blick zu ihm zurück, und sie bemerkte, wie die Deckenbeleuchtung sein schwarzes Haar glänzen ließ. Seine

Gesichtszüge hatten etwas fast Aristokratisches an sich, seine dunklen Augen funkelten, und ihr entging auch nicht, wie sanft und voll seine Unterlippe war, wohingegen die Oberlippe umso schmaler wirkte. Diese Beobachtung ließ sie grübeln, wie es wohl sein würde, von ihm geküsst zu werden. Sie konnte es sich fast vorstellen, wie seine starken, eleganten Hände durch ihr Haar glitten, ihren Kopf näher heranzogen, wie sein Mund sich ihren Lippen näherte …

„Möchten Sie etwas essen oder trinken?"

Plötzlich tauchte ein Rollwagen vor ihr auf, und Marguerite zuckte erschrocken zusammen. Als sie den Kopf hob, sah sie eine rothaarige junge Frau, deren Gesicht mit so vielen Sommersprossen übersät war, dass es unmöglich gewesen wäre, sie mit Make-up zu verdecken. Doch das änderte nichts daran, dass sie eine attraktive Frau war, was durch ihr breites Lächeln und das Leuchten in ihren Augen noch unterstrichen wurde.

„Ich hätte gern ein Sandwich", sagte Tiny und lenkte die Aufmerksamkeit der Frau auf sich.

Marguerite wartete, bis Tiny bedient worden war, dann fragte sie die Frau: „Sie haben nicht zufällig etwas zu lesen?"

„Auf meinem Platz lag ein Frauenmagazin, Marguerite", ließ Tiny sie wissen, als die Frau bedauernd den Kopf schüttelte.

„Danke!" Sie nahm die Zeitschrift entgegen und schnitt beim Anblick der Schlagzeilen eine Grimasse. *„Nehmen Sie zehn Kilo in vier Wochen ab – ganz ohne Diät!" „Sorgen um Ihre Gesundheit? Wir haben die Antworten!" „100 geheime Sextricks, mit denen Sie Ihren Mann zum Tiger im Bett machen!"* Diese letzte Überschrift weckte dann doch ihr Interesse, und sie begann, zu der angegebenen Seite zu blättern. Das letzte Mal war schon eine ganze Weile her, und ein kleiner Auffrischungskurs war sicher nicht verkehrt, auch wenn sie nicht damit rechnen sollte, in nächster Zeit Sex zu haben.

Das Geräusch des Rollwagens lenkte sie ab, als er weiter durch den Gang geschoben wurde, und wie von selbst sah sie wieder zu Julius. Er unterhielt sich mit Christian und gestikulierte dabei unablässig, sodass sie einmal mehr seine starken, eleganten Hände bewundern konnte.

Mit einem unauffälligen Kopfschütteln zwang sich Marguerite, sich wieder auf die Zeitschrift zu konzentrieren, und tatsächlich gelang es ihr, einen ganzen Satz zu lesen, ehe ihre Augen erneut Julius erfassten.

Das war doch wirklich albern. Offenbar war sie einfach nicht in der Lage, ihre Gedanken um irgendetwas anderes kreisen zu lassen.

Nachdem sie nun davon überzeugt war, dass er die Identität von Christians Mutter verschwieg, weil er den Jungen beschützen wollte, fiel ihr Urteil über den Mann viel wohlwollender aus. Ein guter Vater beschützte sein Kind, so gut es ging, und genau das war hier der Fall. Noch beeindruckender war aber, dass Julius ihn fünfhundert Jahre lang in dem Glauben gelassen hatte, er sei einfach nur ein unsympathischer Alleinherrscher. Lieber sollte Christian auf ihn wütend sein, anstatt ihn dem Schmerz auszusetzen, der mit dem Wissen einherging, dass seine Mutter ihn nicht wollte und sogar seine Tötung angeordnet hatte.

Marguerite hielt das für eine sehr fürsorgliche Einstellung. Die meisten Männer hätten mit Freuden die Wahrheit enthüllt und sich wahrscheinlich daran geweidet, die Mutter als den Teufel in Person darzustellen, während sie sich selbst als liebevollen, aufopfernden Elternteil präsentierten, der sie vor einem schlimmen Schicksal bewahrt habe. Julius dagegen hatte nicht nur die Wahrheit verschwiegen, sondern es auch vermieden, die Mutter schlechtzumachen. Ihrer Meinung nach dürfte das für Christians Entwicklung von Vorteil gewesen sein.

Plötzlich sah Julius von der Zeitung auf, die er zwischenzeitlich zu lesen begonnen hatte, und sofort schaute Marguerite weg, während sie innerlich aufstöhnte, da sie merkte, dass ihre Wangen rot anliefen. Um Himmels willen, sie war kein schüchternes Schulmädchen mehr, sondern über siebenhundert Jahre alt. Wenn sie errötete, nur weil ein Mann sie ansah, dann konnte sie als Nächstes auch vor Verlegenheit mädchenhaft kichern und Pyjamapartys veranstalten.

„Ich hätte das Sandwich mit Käse und Zwiebeln nehmen sollen."

„Was?" Ratlos sah sie zu Tiny, der eben das Gesicht verzog und sein Sandwich aufklappte und die Hälften auf den Tisch legte.

Zuerst dachte sie, er würde gar nicht antworten, da er ganz darauf konzentriert war, das braune Relish vom Brot abzukratzen. Schließlich war es geschafft, er klappte die beiden Hälften wieder zusammen und erklärte dann: „Ich mag dieses braune Zeugs nicht, das sie hier auf Schinkensandwiches schmieren. Ich hätte das Sandwich mit Käse und Zwiebeln nehmen sollen."

„Und warum hast du es nicht getan?", fragte sie amüsiert.

„Weil ich eins mit Fleisch haben wollte", brummte er.

„Es gab auch Sandwich mit Shrimps", erwiderte sie.

„Shrimps sind kein Fleisch", stellte er angewidert klar. „Und wer belegt schon ein Sandwich mit Shrimps?"

Sie lächelte flüchtig über seine Bemerkung, dann nahm sie ihm einen Kartoffelchip ab und steckte ihn in den Mund. Hmm, Salz und Essig. Der Geschmack explodierte förmlich in ihrem Mund und war so intensiv, dass es fast schmerzte.

„Wenn du Hunger hast, warum hast du dir nicht auch was zu essen genommen?", knurrte Tiny.

„Ich esse nicht", erwiderte sie.

„Ach, stimmt ja", gab er seufzend zurück.

Ohne auf seine schlechte Laune einzugehen, griff sie noch einmal bei seinem Essen zu, dann lehnte sie sich zurück und versuchte, sich auf den Artikel zu konzentrieren. Bislang war sie auf keine neuen, wundersamen Techniken gestoßen, was darauf hindeutete, dass es in den zweihundert Jahren seit ihrer letzten Schwangerschaft offenbar keine revolutionären Entwicklungen in Sachen Sex gegeben hatte. Es war beruhigend, das zu wissen.

„Sie sehen blass aus, Marguerite. Wann haben Sie das letzte Mal etwas getrunken?"

Erschrocken sah sie auf und verfluchte, dass sie schon wieder rot im Gesicht wurde, als sie sah, dass Julius im Gang stand und sie besorgt musterte.

Hastig schlug sie die Illustrierte zu, bevor er sehen konnte, mit welchem Thema sie sich gerade beschäftigte. „Vorletzte Nacht habe ich zum letzten Mal etwas getrunken. Bevor wir nach London abgefahren sind."

Ungläubig riss er die Augen auf. „Sie hatten doch eine Kühltasche dabei. Dante hatte sie mit Ihrem Koffer mitgenommen."

„Die war schon leer. Ich sollte eigentlich im *Dorchester* eine Lieferung bekommen, aber bevor die eintreffen konnte, hatten wir das Hotel bereits wieder verlassen. Und letzte Nacht habe ich völlig vergessen, Bastien anzurufen."

„Sie hätten nur etwas zu sagen brauchen. Wir haben genug, um Ihnen etwas abzugeben", meinte er besorgt und begann, das Gepäcknetz zu durchsuchen, bis er die kleine schwarze Kühltasche gefunden hatte. Er hob sie herunter, drehte sich zu Marguerite um. „Kommen Sie."

Ihr Instinkt drängte sie, sich der Aufforderung zu widersetzen, weil er sie gegen alles rebellieren lassen wollte, was sie unter Jean Claude hatte erdulden müssen. Aber in diesem Fall würde sie sich damit nur selbst schaden. Ihr ganzer Körper wurde von einer geradezu schmerzhaften Sehnsucht erfasst, wenn sie nur an den Inhalt dieser Kühltasche dachte. Außerdem konnte sie nicht hier in Gegenwart der anderen Reisenden einen Beutel

Blut trinken. Seufzend stand sie auf und folgte ihm durch den Gang aus dem Abteil.

Er führte sie zu einer Tür, hinter der sich eine Toilette verbarg. Erstaunt betrachtete sie den winzigen Raum, aber als Julius einen Schritt zur Seite trat, ging sie hinein. Sie drehte sich um, damit sie einen Blutbeutel in Empfang nehmen konnte, doch zu ihrem Erstaunen folgte Julius ihr in den Raum.

Sie versuchte, ihm irgendwie Platz zu machen, es war jedoch alles äußerst eng. Genau genommen war der Raum sogar zu klein, als dass sich Julius hätte setzen können. Und als sie jetzt dicht aneinandergedrängt standen, da kam eine beängstigende Enge auf. Ihn schien das aber nicht zu stören, da er einfach die Kühltasche aufzog und eine Blutkonserve herausholte.

„Danke", sagte sie, während ihre Fangzähne hervorglitten. Sie lehnte sich gegen die Wand, damit sie in dem leicht schaukelnden Waggon etwas Halt hatte, drückte den Beutel an den Mund und sah Julius für einen Moment in die Augen, während sie darauf wartete, dass die Fangzähne ihre Arbeit aufnahmen.

Wenigstens nutzte er ihr notgedrungenes Schweigen nicht aus, um ihr weitere Vorhaltungen zu machen, weil sie ihn nicht auf eine Portion Blut angesprochen hatte. Das überraschte sie, denn Jean Claude hätte sich eine solche Gelegenheit nicht entgehen lassen. Julius dagegen wartete einfach ab, bis der Beutel fast leer war, dann nahm er einen vollen aus der Tasche, um ihn gegen den auszutauschen, aus dem sie soeben die letzten Tropfen saugte.

Marguerite hatte nie so viel Blut wie Jean Claude und die Jungs benötigt, aber selbst die ursprüngliche Menge hatte sich bei ihr im Lauf der Jahrhunderte so sehr reduziert, dass sie mittlerweile notfalls drei bis vier Tage ohne Blut auskam, bevor der Hunger schmerzhaft wurde. Sie wusste, für eine Unsterbliche war das sehr ungewöhnlich, aber so war es schon immer gewesen.

Jean Claude hatte einmal gesagt, das sei ein Zeichen für eine außergewöhnlich gute Konstitution. Das war damals gewesen, ganz zu Beginn ihrer Ehe, als er sich noch Mühe gegeben hatte, ihr hin und wieder ein Kompliment zu machen. Diese Phase hatte nicht lange angehalten, denn durch seine Fähigkeit, sie zu lesen und zu kontrollieren, war auch der letzte Rest an Respekt erstickt worden, den er ihr anfangs noch entgegengebracht hatte. In seinen Augen hatte sie schwach gewirkt, minderwertig, seines Respekts nicht würdig.

Sie verdrängte diese unerfreulichen Gedanken und zog den zweiten, inzwischen leeren Beutel von den Zähnen. Als Julius ihr einen dritten hinhielt, lehnte sie mit einem Kopfschütteln ab. Der ärgste Hunger war gestillt, und sie wollte nicht die Vorräte der Männer aufbrauchen, wenn sie ebenso gut Bastien anrufen konnte, damit der jemanden losschickte, sobald sie wusste, wo sie sich in York einquartieren würden.

„Nehmen Sie ruhig", beharrte er und schüttelte den Beutel. „Sie sind immer noch blass."

Mit demonstrativem Widerwillen nahm sie den dritten Beutel schließlich doch an und drückte ihn gegen ihre Zähne. Aus einem unerfindlichen Grund brachte sie Julius damit zum Lächeln. Er sagte aber nichts, sondern wartete, bis sie fertig war. Dann verstaute er auch den dritten leeren Beutel wieder in der Kühltasche.

Kaum hatte er den Reißverschluss der Tasche zugezogen und nach dem Türgriff gefasst, da hätte sich Marguerite am liebsten an ihm vorbeigezwängt, um endlich diesen beengten Raum zu verlassen, doch in dem Moment wurde der Zug deutlich langsamer. Anstatt die Tür zu öffnen, drehte Julius sich wieder zu ihr um und stutzte einen Moment, da sie dicht vor ihm stand.

Er sah in ihre erwartungsvoll aufgerissenen Augen und erklärte leise: „Wir werden noch warten müssen. Im Gang drängen sich jetzt sicher die Fahrgäste, die an dieser Station aussteigen müssen. Es ist besser, wenn wir hier erst rausgehen, sobald der Zug weiterfährt und alle sich hingesetzt haben."

„Oh!", hauchte Marguerite, deren Blick unwillkürlich zu seinen Lippen wanderte.

Sie spürte, wie seine Finger über ihren Arm strichen, und bemerkte ein wohliges Kribbeln, das von dieser sanften Berührung ausging. Wieder schaute sie in seine Augen und sah das silberne Licht in ihnen aufflackern, als habe er die Anziehung genauso gespürt wie sie. Dabei ließ er seine Hand über ihre Schulter wandern, bis er sie um ihren Nacken legen konnte. So war es ihm möglich, sie nach vorn zu ziehen und gleichzeitig ihren Kopf sanft nach hinten zu drücken, während sein Mund sich ihrem näherte.

Die erste Berührung ihrer Lippen war wie eine Offenbarung. Bestimmt hatte sie etwas dabei empfunden, als Jean Claude sie zum ersten Mal geküsst hatte, schließlich war sie in diesen Mann vernarrt gewesen. Doch siebenhundert Jahre Schmerz und Grausamkeit hatten dafür gesorgt, dass sie nichts mehr hatte fühlen können, wenn sie von ihm berührt oder geküsst worden war.

Ihre Reaktion auf Julius stand in so einem krassen Gegensatz dazu, dass er stärker nicht hätte sein können. Marguerite fühlte fast schon zu viel, als seine Lippen über ihre strichen und dann den Druck verstärkten, damit sie den Mund öffnete. Ihr stockte der Atem, sie stöhnte leise auf und schlang die Arme um seinen Hals, damit sie ihn fester an sich drücken konnte.

Julius ließ das alles nicht kalt. Sein Griff um ihren Nacken war fast schmerzhaft, so sehr hielt er sie fest. Dann wanderte seine Hand weiter nach oben und vergrub sich in ihrem Haar, damit er ihren Kopf so halten konnte, wie er es brauchte, um mit seiner Zunge in ihren Mund vorzudringen. Dabei rieb er seine

Hüften gegen ihre, sodass sie deutlich den Beweis spüren konnte, welche Wirkung sie auf ihn hatte. Doch sie benötigte dieses Zeichen nicht, um zu wissen, was er fühlte – sie fühlte es selbst so deutlich wie er. Seine Begeisterung, seine Lust und sein Verlangen überschwemmten sie, verschmolzen mit ihren eigenen Empfindungen, die umgekehrt auf ihn einstürmten und gleich darauf doppelt so intensiv zu ihr zurückkehrten.

Hitze schoss durch ihren Körper. Mit einer Hand verkrallte sie sich in seinen Haaren, mit der anderen hielt sie seine Schulter umklammert.

Der Zug kam rüttelnd zum Stehen, und beide verloren das Gleichgewicht, was dem Kuss ein jähes Ende bereitete. Doch Julius drückte sie wieder gegen die Wand und ließ seine Lippen über ihre Wange und den Hals gleiten. Keuchend legte Marguerite den Kopf in den Nacken und stöhnte abermals auf, als sie seine Zähne auf ihrer zarten Haut spürte. Ihr war nicht bewusst, dass er ihre Bluse aufknöpfte, bis er auf einmal den Stoff zur Seite schob und den Kopf senkte, um zu betrachten, was er soeben freigelegt hatte.

Marguerite biss sich auf die Lippe, während sein Blick gierig über die schwarze Seide unter ihrer Bluse wanderte.

„Das macht mich verrückt, seit ich dich damit in der Hotellobby gesehen habe", knurrte er und zeichnete mit zwei Fingern die Konturen ihrer Brust nach, die unter dem Stoff verborgen war. „Was ist das?"

„Ein Unterhemd", flüsterte sie und errötete. Verlegenheit und Unbehagen machten sich in ihr breit, da mit einem Mal die Leidenschaft abebbte.

„Das konnte ich durch deine Bluse sehen", brachte Julius hervor.

Eigentlich wollte sie ihm erklären, dass es der Sinn ihres schwarzen Unterhemds war, durch den Stoff der Bluse hindurch gesehen zu werden, aber dazu kam sie nicht. Auf einmal musste sie nämlich nach Luft schnappen, da er unerwartet eine Hand auf ihre Brust legte. Dann küsste er sie wieder, und von Neuem flammte die Leidenschaft in ihr auf.

Während er den dünnen Stoff hochschob, um ihren Busen ohne eine störende Barriere dazwischen ertasten zu können, drückte sie sich gegen sein Bein und rieb gleichzeitig ihren Oberschenkel an ihm. Julius drehte sich mit ihr um, bis sie das Waschbecken im Rücken spürte. Er unterbrach den Kuss und beugte sich hinunter, um den Nippel mit seinen Lippen zu umschließen und daran zu saugen. Seine Hände fassten nach dem Saum ihres kurzen schwarzen Rocks und schoben ihn hinauf bis zu ihren Hüften.

Eine viel zu lange versagte Erregung bahnte sich den Weg durch ihren Körper, und Marguerite legte reflexartig eine Hand um seine Erektion und drückte forsch zu. Im nächsten Moment stieß sie einen spitzen Schrei aus, da Julius als Reaktion auf ihren Griff leicht in ihren Nippel biss. Er hob abrupt den Kopf und küsste sie wieder. Da ihr Rock inzwischen um ihre Taille saß, konnte er eine Hand zwischen ihre Beine schieben. Diesmal war es Marguerite, die sich einen zärtlichen Biss in seine Zunge erlaubte, sich dann aber zusammenriss und stattdessen an ihr saugte, während sie seine Finger auf ihrem Slip spürte. Plötzlich schob er den dünnen Stoff zur Seite und gelangte an jenen warmen, feuchten Schatz, der längst auf ihn wartete.

Als er sie hochhob und auf die Ablage setzte, in die auch das Waschbecken eingelassen war, hatte Marguerite längst vergessen, wo sie sich befanden und dass Leute vor der Tür stehen konnten. Automatisch schlang sie die Beine um seine Hüften und griff nach seinem Gürtel, um ihn zu öffnen.

„Marguerite?" Tinys Ruf wurde von einem lauten Klopfen an der Toilettentür begleitet, das sie und Julius mitten in der

Bewegung erstarren ließ. Beim zweiten Klopfen lösten sie sich voneinander.

Sie schaute in Julius' Augen und konnte beobachten, wie das silberne Feuer verlosch und nur das intensive Schwarz zurückblieb. Und sie fragte sich, was sie sich eigentlich dabei gedacht hatte. Beinah hätte sie Sex in einer winzigen Eisenbahntoilette in einem Zug gehabt, der von London nach York unterwegs war. Sie hatte sich doch vorgenommen, Abstand zu diesem Mann zu halten!

Abermals wurde geklopft, und ihre Gedanken kehrten zu Tiny zurück. „Marguerite? Alles in Ordnung?"

Unwillkürlich biss sie sich auf die Lippe, und während sie Julius' Blick auswich, knöpfte sie ihre Bluse zu und zog den Rock nach unten. Sie hörte Julius leise fluchen, dann wich er nach hinten zurück, so gut das auf diesem beengten Raum möglich war, und strich ebenfalls seine Kleidung glatt. Schließlich hatten sie sich beide wieder einigermaßen hergerichtet. Er griff nach der Kühltasche und kniff grimmig die Lippen zusammen, als sie seiner Hand auswich.

Er hielt kurz inne und erklärte leise: „Ich würde dir nie etwas tun, Marguerite. Du hast von mir nichts zu befürchten."

Dann drehte er sich um und öffnete die Tür, murmelte Tiny irgendetwas zu und ging zurück zum Waggon.

„Geht es dir gut?", fragte Tiny besorgt und musterte Marguerite durch die offene Tür.

Sie atmete seufzend aus, nickte aber. „Ja, alles in Ordnung. Ich bin in einer Minute bei dir … Gib mir nur eine Minute."

Tiny zögerte kurz, dann schloss er die Tür und ließ sie allein zurück.

Eine Minute lang stand sie reglos da, hielt die Augen geschlossen und betrachtete sich dann im Spiegel. Ihre Kleidung saß vielleicht wieder so, dass man ihr nicht ansah, was sich vor wenigen Augenblicken abgespielt hatte. Doch das half nichts, solange ihr der Zwischenfall überdeutlich ins Gesicht geschrieben stand. Ihr Haar war zerzaust, die Lippen waren angeschwollen, und … oh Gott! War das etwa ein Knutschfleck? Sie strich mit den Fingern leicht über die nur schwach gerötete Stelle an ihrem Hals. Dann ließ sie den Kopf sinken und schloss die Augen, während sie sich zwang, tief und gleichmäßig zu atmen.

Alles ist in Ordnung, sagte sie sich. Alles würde wieder in Ordnung kommen. Trotzdem hatte sie Mühe, ihren eigenen Worten zu glauben. Sie hatte beinah Sex gehabt in dieser beengten und – wie sie erst jetzt feststellte – gar nicht so sauberen Zugtoilette.

Überhaupt nichts war in Ordnung! Sie steckte sogar in ziemlichen Schwierigkeiten. Es war nicht ihre Art, den erstbesten Mann anzuspringen, der ihr über den Weg lief. Jean Claude war bis jetzt ihr einziger Liebhaber gewesen, auch wenn der Begriff Liebhaber viel zu gnädig war. Eine schnelle Nummer im fahrenden Zug war einfach nicht ihre Art. Das Beste würde sein, die Sache so schnell wie möglich zum Abschluss zu bringen, dann konnte sie nach Hause in ihr schützendes Heim zurückkehren.

Entschlossen öffnete sie die Tür, verließ die Toilette und kehrte zu ihrem Platz zurück.

„Da bist du ja", brummte Tiny, als sie sich wieder zu ihm an den Zweiertisch setzte. „Ich hätte mich fast mit ein paar Leuten geprügelt, die unbedingt deinen Platz haben wollten. Diese Briten sind schon verdammt flinke Mistkerle."

Marguerite brachte ein schwaches Lächeln zustande, weil sie wusste, er wollte bei ihr genau diese Reaktion hervorrufen. Er wusste so gut wie sie, dass er sich für ihren Platz mit niemandem hätte anlegen müssen. Alle ihre Plätze waren reserviert. „Danke, dass du so auf mich aufpasst!"

„Kein Problem." Er musterte ihr Gesicht und fragte schließlich leise: „Geht es dir auch wirklich gut?"

„Ja. Und danke, dass du gekommen bist, um nach mir zu sehen", erwiderte sie und meinte jedes Wort so, wie sie es gesagt hatte. Sie war davon überzeugt, dass er sie vor Kummer bewahrt hatte, als sie und Julius von ihm in der Zugtoilette gestört wurden. Sie beugte sich vor und küsste ihn auf die Wange, dann griff sie nach der Zeitschrift und hielt sie so vor sich, dass sie vor den Blicken der Männer geschützt war, die sie anstarrten: Christian, Julius und sogar Marcus.

Sie ignorierte sie und konzentrierte sich auf das Heft in ihren Händen, das einen Artikel über York enthielt. Es war ihr erster Besuch in dieser mittelalterlichen Stadt, und sie hoffte, etwas Interessantes über ihr Reiseziel zu erfahren. Bislang war das nicht der Fall, was allerdings nicht daran lag, dass der Artikel schlecht geschrieben oder einfach nur langweilig gewesen wäre. Sie konnte nicht mal sagen, ob eins von beiden der Fall war, was damit zu tun hatte, dass sie kein Wort davon erfassen konnte, weil ihr Blick beharrlich zu Julius wanderte. Sie hielt das Magazin etwas höher, damit sie ihn nicht sehen konnte, aber auch jetzt schweiften ihre Gedanken immer wieder zu dem hitzigen Erlebnis in der Zugtoilette ab.

Um sich irgendwie abzulenken, schaute sie aus dem Fenster. Draußen zog die nächtliche Landschaft vorbei, die genauso wenige Lichter zu bieten hatte wie Kanada. Sie musste an zu Hause denken, an ihre Tochter. Bedenken wurden in ihr wach. Es war der zweite Abend, an dem sie nicht daheim angerufen hatte. Ihre Familie war sicher schon in Sorge um sie gewesen, als sie sich am Abend zuvor nicht gemeldet hatte, war es doch seit der Ankunft in England ihre Angewohnheit gewesen, sich jeden Tag einmal zu melden.

Bestimmt hatte Tiny bei Jackie angerufen, um nachzufragen, ob irgendeine Nachricht für ihn vorlag, und sie würde den anderen Bescheid geben, dass es ihnen gut ging. Dennoch war sie in Sorge um ihre Tochter, aber Tiny hätte sie natürlich wissen lassen, wenn irgendetwas los war. Na ja, vielleicht zumindest. Vincent würde es wohl nicht unbedingt als Erster erfahren, wenn bei seiner Cousine die Wehen einsetzten. Er und ihr Sohn hatten sich einmal recht nahegestanden, und es schien so, als versuchten sie, diese alte Freundschaft wieder aufzufrischen, doch Lissianna kannte er nicht allzu gut.

„Tiny, würden Sie mit mir den Platz tauschen? Ich würde mich gern mit Marguerite unterhalten."

Sie sah auf und stellte überrascht fest, dass Julius neben ihr im Gang stand. Tiny zögerte und schaute Marguerite fragend an. Für diese Loyalität hätte sie ihn küssen können. Solange sie nicht einverstanden war, würde er sich nicht von der Stelle rühren. Das Problem war nur, dass es von ihr ausgesprochen unhöflich gewesen wäre, Julius' Bitte abzuschlagen, zumal der Mann ihr etwas von seinem Blutvorrat abgegeben hatte. Und was den anderen Vorfall in der Toilette betraf, hatte sie Julius nicht zurückgewiesen. Er hatte sie zu nichts gezwungen, also gab es für sie keinen Grund, unhöflich zu ihm zu sein.

„Marguerite?", fragte Tiny vorsichtig, als sie keine Regung zeigte.

Seufzend nickte sie, woraufhin er aufstand, um Julius seinen Platz zu überlassen. Als der ihr schließlich gegenübersaß, sah sie ihn verhalten an.

„Fühlen Sie sich jetzt besser?", fragte er nach ein paar Sekunden in einem etwas steifen, förmlichen Tonfall. Als sie ungläubig die Augen aufriss, fügte er rasch hinzu: „Nach den Blutbeuteln."

Marcus hustete und ließ sie beide in seine Richtung blicken. Als er an Julius gewandt warnend die Augenbrauen hob, wusste Marguerite zunächst nicht, was das sollte. Doch dann wurde ihr bewusst, dass Julius in normaler Lautstärke die Blutbeutel erwähnt hatte. Sie schaute wieder zu ihm und merkte ihm an, dass er es ebenfalls verstanden hatte. Er machte eine erschrockene Miene, und im nächsten Moment schien er wütend auf sich selbst zu sein. Schließlich überkam ihn Verwirrung und Ratlosigkeit, da er sich offenbar nicht erklären konnte, wie ihm so etwas hatte passieren können. Er tat ihr fast schon leid, als sie ihn so betrübt dasitzen sah.

„Marguerite?", fragte er nach einer Weile leise.

„Ja?"

„Habe ich Sie letzte Nacht in irgendeiner Weise beleidigt?"

Sie stutzte bei dieser Frage. „Nein, überhaupt nicht."

„Gut." Er nickte ernst. „Es ist nur so, dass Sie mich nicht ansehen wollten, als Sie zu uns in die Lobby kamen, und im Taxi und auch hier im Zug scheint es, als könnten Sie gar nicht weit genug von mir entfernt sitzen."

Marguerite starrte ihn an, während sich ihre Gedanken überschlugen. Was sollte sie darauf nur antworten? *„Oh nein, ich fühle mich gar nicht von Ihnen beleidigt. Es ist nur so, dass ich Sie nicht lesen kann, dass ich angefangen habe zu essen, dass ich fürchte, ich verliebe mich gerade in Sie. Vor vierundzwanzig Stunden hätte das bei mir noch eine Panikattacke ausgelöst, aber jetzt muss ich feststellen, dass ich gar nicht mehr so genau weiß, was ich will. Außerdem hoffe ich, dass Sie mich nicht lesen können, weil wir dann eine Beziehung als echte Lebensgefährten beginnen können. Wären Sie so nett, jetzt sofort zu versuchen, mich zu lesen, damit ich entweder über den Tisch springen und Sie küssen oder auf der Stelle die Flucht antreten kann?"*

Angesichts ihrer eigenen Überlegungen konnte sie nur die Augen verdrehen. Plötzlich beugte sich Marcus über den Gang hinweg zu ihr herüber und zischte Julius zu: „Sag ihr, dass du sie nicht lesen kannst!"

Als sie das hörte, bekam sie große Augen und sah zwischen den beiden Männern hin und her. Marcus machte eine ernste Miene, Julius wirkte überrumpelt. Plötzlich packte er den anderen Mann am Arm, zog ihn von seinem Platz und zerrte ihn hinter sich her durch den Gang.

„Habe ich das richtig verstanden? Hat Marcus gerade gesagt, dass Julius dich nicht lesen kann?"

Sie drehte sich zu Tiny um, der sich eben auf seinen eigentlichen Platz sinken ließ, und nickte gedankenverloren.

Er musterte sie eindringlich und stellte fest: „Du wirkst gar nicht so entsetzt, wie ich es erwartet hatte."

Mit einem leisen Seufzer gestand sie ihm: „Ich bin ein wenig durcheinander. Ich glaube, ich fürchte mich gar nicht so sehr vor einer Beziehung, wenn es sich um eine zwischen echten Lebensgefährten handelt."

„Also nicht das, was du mit Jean Claude hattest", hakte Tiny nach.

„Ja, genau."

„Aber wenn Julius dich nicht lesen kann, und du kannst ihn ebenfalls nicht lesen, und du isst … äh … isst er auch?", fragte er mit unverhohlener Neugier.

Sie nickte.

„Dann … dann ist er dein Lebensgefährte? Und dann wäre eine Beziehung okay? Sehe ich das richtig?"

„Ich glaube schon", erwiderte sie unsicher.

„Das hatte ich mir bereits gedacht." Tiny klang erleichtert. Warum, das wurde ihr klar, als er fortfuhr: „Dann muss ich nicht länger *gegensteuern*?"

„Ich …" Hilflos schüttelte sie den Kopf, da sie nicht mehr wusste, was das zu bedeuten hatte. Trotzdem wertete er es als Zustimmung und atmete erleichtert auf.

„Gut. Ich dachte nämlich schon, Julius würde mich umbringen, als er aus der Toilette kam."

„Tatsächlich?", meinte sie überrascht. Das war ihr gar nicht aufgefallen.

Tiny nickte finster. „Glaub mir, wenn Blicke töten könnten, wäre ich längst Vampirfutter."

Tröstend tätschelte sie seine Hand. „Es tut mir leid. Vielen Dank."

„Das kannst du immer noch sagen, nachdem du jetzt weißt, dass er dich nicht lesen kann?", konterte er amüsiert. „Ich glaube, wenn du das vorhin schon gewusst hättest, würdest du dich jetzt nicht bei mir bedanken."

Seine Worte verblüfften sie, doch ihr wurde klar, wie recht er hatte. Wäre ihr in dieser Toilette bekannt gewesen, dass Julius sie nicht lesen konnte, dann hätte sie ihm vermutlich die Kleider vom Leib gerissen und Tiny zum Teufel gejagt.

Durch die Fenster zwischen jenem Waggon und dem nächsten konnte sie Julius beobachten, der Marcus zurechtzuweisen schien. Warum er sich so sehr darüber aufregte, dass Marcus ausgeplaudert hatte, dass er sie nicht lesen konnte, war für sie nicht nachvollziehbar. Aber vielleicht wusste er nicht, dass sie ihn umgekehrt auch nicht lesen konnte. Oder er hatte mit seinen eigenen Ängsten zu kämpfen.

Tiny folgte ihrem interessierten Blick und scherzte: „Ich schätze, es ist noch nicht zu spät. Bis York brauchen wir gut zehn bis fünfzehn Minuten, Zeit genug also, ihn wieder zu dieser Toilette zu schleifen. Allerdings scheint er im Moment nicht in der richtigen Stimmung zu sein."

„Nein, ganz sicher nicht", stimmte Marguerite ihm leise zu, während sie die beiden Männer weiter beobachtete.

„Ich kann es nicht fassen, dass du das gesagt hast", fauchte Julius ihn an, als sich die pneumatische Tür hinter ihm und Marcus geschlossen hatte. Voller Wut starrte er den Mann an, der von Kindheit an sein bester Freund gewesen war. „Und das, nachdem du mir versichert hast, dass es keine gute Idee sei, mit dieser

Sache von den Lebensgefährten anzufangen, weil sie seit Jean Claude ein gebranntes Kind ist."

„Das waren Christians Worte", stellte Marcus klar.

„Bevor wir hergeflogen sind, hast du in Italien etwas ganz Ähnliches gesagt."

„Ja, schon. Aber da ging es mir mehr darum, die Probleme der Vergangenheit zu lösen als diese. Außerdem wird sie nicht die Flucht ergreifen", versicherte er Julius. „Ansonsten hätte ich nichts gesagt. Nach ihrem Erlebnis mit Jean Claude hat sie Angst vor einer Beziehung, aber sie kommt langsam zur Einsicht. Ihr beide seid Lebensgefährten, und dagegen kann sie genauso wenig ankämpfen wie du."

Julius machte bei diesen Worten eine finstere Miene. Er wusste, es stimmte. Trotz allem wollte er sie. Er liebte sie, und er hatte das Gefühl, dass er sie brauchte. Er sollte ihr mit Vorsicht begegnen und sogar wütend auf sie sein. Stattdessen wollte er sie lieben, sie festhalten und ihr alles geben, was sie wollte und brauchte. So wie seinen Hunger nach Blut, konnte er auch den Hunger nach ihr nicht ignorieren. Der Hunger hatte ihn über all die Jahrhunderte hinweg gequält, die sie getrennt gewesen waren. In seinen Träumen hatte er sich an ihr Lachen erinnert, ihren Duft, ihren Geschmack, und wenn er aufwachte, fühlte er sich elend und einsam, weil sie dann gegangen war und an ihrer Stelle nur bittere Erinnerungen zurückgeblieben waren.

„Es ist wahr, Julius", sagte Marcus, der offenbar dachte, dass Julius' Schweigen einem Leugnen gleichkam. „Du bist verwirrt und abgelenkt, und dein Geist ist für mich im Augenblick ein offenes Buch. Ich weiß, du hast dich wieder in sie verliebt."

„Ich habe nie aufgehört, sie zu lieben", gestand Julius mürrisch. „Trotz allem konnte ich mich nie dazu durchringen, sie nicht länger zu lieben."

„Ja", meinte Marcus betrübt. „Ihr seid eben Lebensgefährten."

Julius wandte sich ab und ging zur Tür. Durch die Scheibe fiel sein Blick auf Marguerite. Sie redete mit Tiny, und ihr Gesichtsausdruck verriet, wie unschlüssig und durcheinander sie war. Er wollte auf der Stelle zu ihr eilen, sie in seine Arme schließen und sie trösten. Er wollte ihr sagen, dass alles gut werden würde.

„Sie wird nicht weglaufen", erklärte Marcus leise. „Aber wir wissen noch nicht, was geschah, als Christian zur Welt kam."

Julius presste die Lippen zusammen. „Warum erinnert sie sich nicht mehr an mich? Wieso weiß sie nichts mehr von uns? Von unserem Treffen? Dass wir uns geliebt haben?" Er sah zu Marcus und fragte: „Ich nehme an, dass du in ihrer Erinnerung nichts gefunden hast, das uns weiterhelfen könnte, oder?"

„Nein", antwortete er bedauernd. „Ich habe ihren Geist mehrmals durchsucht, doch da ist nichts. So wie zuvor schon in Kalifornien ist die Erinnerung an diese Zeit einfach verschwunden. Wenn ich es nicht besser wüsste, würde ich sagen, sie ist eine andere Frau."

„Sie ist meine Marguerite", beharrte Julius.

„Ja, natürlich. Nur ... warum erinnert sie sich nicht an dich? Wäre sie eine Sterbliche, würde ich sagen, dass die Erinnerung gelöscht wurde, allerdings ist so etwas bei einer Unsterblichen nicht möglich."

„Es ist egal", entschied Julius störrisch. „Wie ich es ja schon gesagt habe, als du aus Kalifornien zurückgekommen warst ... Offensichtlich hat man irgendetwas mit ihr gemacht. Die Dinge liegen nicht so wie erwartet."

„Das sehe ich auch so. Aber was hat man mit ihr gemacht? Und wann? Und noch viel wichtiger: Ist sie unschuldig?"

Julius seufzte betrübt, als er diese Fragen hörte, auf die er keine Antwort wusste. „Ich hoffe bei Gott, dass sie unschuldig ist, Marcus. Ich liebe sie so sehr, dass ich ihr fast alles verzeihen kann ... nur nicht, dass sie versucht hat, unseren Sohn zu töten."

8

„Wir sind da", verkündete Tiny, als der Zug seine Fahrt verlangsamte.

Marguerite schaute aus dem Fenster, an dem die Lichter der Stadt vorbeizogen. Dann liefen sie in den großen, hell erleuchteten Bahnhof ein. Das Geräusch einer pneumatischen Tür ließ Marguerite aufhorchen, und als sie sich umdrehte, sah sie Julius und Marcus in den Waggon zurückkehren. Julius lächelte ihr aufmunternd zu und holte das Gepäck der Gruppe aus dem Fach gleich neben der Tür.

Vorläufig würde sich wohl keine Gelegenheit ergeben, um ungestört mit ihm zu reden. Als er ihren Koffer holte und vor ihr abstellte, fasste sie den Griff und folgte Julius durch den Gang bis zu den Türen, wo sie darauf warteten, dass der Zug anhielt und sie aussteigen konnten.

Staunend betrachtete Marguerite das mittelalterliche York, als sie den Bahnhof verließen und den Torbogen in der Stadtmauer durchquerten. Es war so, als würde sie in ihre eigene Vergangenheit zurückreisen, und es fühlte sich an wie eine Heimkehr, als sie den Weg entlanggingen, der parallel zu der um die ganze Stadt führenden römischen Befestigungsmauer verlief.

Im Geiste sah sie die Wachposten, die die Tore und die Stadtmauer hüteten, und sie stellte sich vor, die Menschen, die dort unterwegs waren, seien alle mittelalterlich gekleidet. Dieses Gefühl verstärkte sich noch mehr, nachdem sie die Brücke über den Fluss überquert hatten, der sich durch die Stadt schlängelte. Hier standen die Häuser dicht an dicht und bildeten eine bunte

Mischung aus modernen, viktorianischen und sogar mittelalterlichen Häusern. Als die asphaltierten Straßen altem Kopfsteinpflaster wichen und rechts und links des Wegs schmale Gässchen abzweigten, wusste sie, sie waren im alten Stadtzentrum angelangt. Ein unbeschreibliches Glücksgefühl erfasste sie und wischte auch noch den letzten Rest an Sorge und Verwirrung beiseite, die ihr zu schaffen gemacht hatten, als sie aus dem Zug gestiegen war.

„Da wären wir", sagte Julius mehr zu sich selbst und verglich die Notiz auf dem kleinen Block in seiner Hand mit der Messinghausnummer an dem Gebäude, vor dem sie stehen geblieben waren.

Marguerite sah sich erstaunt um, da sie erwartet hatte, dass sie in einem Hotel absteigen würden. Nun aber sah es so aus, als habe Julius für sie alle ein komplettes Stadthaus gemietet. Zweifellos ein teurer Luxus. Ein Haus mitten im Stadtzentrum zu kaufen musste ein kleines Vermögen kosten, und der Eigentümer würde natürlich versuchen, das Geld über entsprechend hohe Mieten wieder hereinzubekommen.

„Hier sollen acht bis zwölf Personen übernachten können. Angemietet hatte ich es schon, bevor ich erfuhr, dass Dante und Tommaso nicht mitkommen würden", erklärte Julius, während er die anderen zur Tür führte. Sie wurde geöffnet, noch bevor er klingeln oder anklopfen konnte. Ein schmächtiger Mann mit rötlichem Gesicht erschien in der Türöffnung.

„Mr Notte?", fragte er und strahlte, als Julius nickte. Sofort machte er einen Schritt zur Seite. „Treten Sie ein, treten Sie ein! Na, da muss der Zug ja ausnahmsweise mal pünktlich gewesen sein. Das ist ein Wunder, wenn man bedenkt, in welchem Zustand sich unser Eisenbahnnetz mittlerweile befindet. Ständig bleibt ein Zug liegen, oder er hat Verspätung, oder man muss dreimal umsteigen."

„Zum Glück ist uns das alles erspart geblieben", erwiderte Marguerite, als Julius nur wortlos nickte und einen fertig ausgestellten Scheck aus der Brieftasche zog.

Der Mann lächelte Marguerite an, als habe sie irgendetwas besonders Geistreiches von sich gegeben, dann warf er einen wachsamen Blick auf den Scheck. Offenbar gab es nichts zu bemängeln, und er drückte Julius einen Umschlag in die Hand. „Da sind zwei Hausschlüssel drin, mehr kann ich Ihnen leider nicht geben, aber Sie werden sich bestimmt untereinander einig, wer welchen Schlüssel bekommt. In den Schlafzimmern habe ich wunschgemäß die Vorhänge gegen schwere Stoffe ausgetauscht, die kein Sonnenlicht durchlassen. Ihre bestellten Lebensmittel sind etwas verfrüht geliefert worden, und ich habe sie bereits weggeräumt. Falls es irgendwelche Probleme gibt und Sie mit mir Kontakt aufnehmen müssen, finden Sie im Umschlag alle Telefonnummern, unter denen Sie mich erreichen können."

„Danke", sagte Julius.

„Dann werde ich Sie jetzt mal allein lassen, damit Sie sich in Ruhe eingewöhnen können", erklärte der Mann. „Genießen Sie Ihren Aufenthalt!"

Marguerite folgte Julius in den Flur, damit die anderen dem Vermieter Platz machen konnten.

Ihren Koffer stellte sie an der Seite ab, dann unternahm sie mit Julius einen Rundgang durch das Erdgeschoss. Obwohl er gesagt hatte, es sei Platz genug für acht bis zwölf Personen, entpuppte sich doch alles als ziemlich beengt. Die Tür zu ihrer Rechten führte ins Wohnzimmer, wo zwei Wände durch Sofas in Beschlag genommen wurden. Die dritte Wand dominierte ein großer Kamin, an der vierten stand ein ausladender Flachbildfernseher. Insgesamt war das Zimmer nicht besonders geräumig, dafür erwies sich die Einrichtung als recht stilvoll.

Durch die nächste Tür gelangte man in die Küche, die zwar

über viel Stauraum und alle modernen Küchengeräte verfügte, darüber hinaus aber nur einen winzigen Kühlschrank und einen Esstisch für vier Personen zu bieten hatte. Offenbar musste bei mehr als vier Gästen im Haus in mehreren Schichten gegessen werden.

Als Marguerite hinter sich Julius hörte, der einen missbilligenden Laut von sich gab, musste sie sich ein Grinsen verkneifen und ging um ihn herum zur letzten Tür. Dahinter verbarg sich ein geschmackvoll eingerichtetes, trotzdem winziges Badezimmer.

„Ich habe fast Angst davor, mich oben umzusehen", gestand Julius, als er über ihre Schulter in den beengten Raum mit der Duschkabine schaute.

Leise lachend zog sie die Tür zu und nahm ihren Koffer, um ihn nach oben zu bringen. „Wir sind hier in England", gab sie zu bedenken, während er ihr folgte. „Eine Insel, die kleiner ist als die untere Hälfte von Ontario, dabei aber doppelt so viele Einwohner hat wie ganz Kanada. Hier muss einfach alles klein und kompakt sein."

„Hmm", machte Julius und schaute erneut über ihre Schulter, als sie die erste von vier Türen im ersten Stockwerk öffnete. Dahinter befand sich ein Schlafzimmer mit einem Doppelbett, das fast den gesamten Raum in Anspruch nahm. Der wenige noch verfügbare Platz war für einen Kleiderschrank und eine Kommode draufgegangen. Das zweite Schlafzimmer war in etwa gleich groß und praktisch identisch eingerichtet. Die dritte Tür führte in ein größeres, aber ebenfalls beengtes Badezimmer, das zumindest mit einer vollwertigen Wanne aufwarten konnte.

Durch die vierte Tür gelangten sie schließlich in das größte Schlafzimmer, das neben der bekannten Einrichtung aus den anderen Räumen auch noch Platz für ein Etagenbett bot.

„Und hier sollen bis zu zwölf Leute unterkommen?", wunderte sich Julius.

„Zwei in jedem Doppelbett, dazu zwei im Etagenbett", rechnete sie zusammen, „und wahrscheinlich lassen sich die Sofas zu Doppelbetten ausklappen."

„Ein Glück, dass Vita angerufen und mich gebeten hat, die Zwillinge zu ihr nach Italien zurückzuschicken", meinte er kopfschüttelnd. „Es reicht schon, dass Marcus sicher nicht gerade begeistert sein wird, wenn er sich ein Zimmer mit Christian und Tiny teilen muss."

Sie grinste ihn an. „Dann wollen Sie ihn zusammen mit den Jungs einquartieren?"

„Na ja, ich kann wohl kaum erwarten, dass Sie sich mit ihnen ein Zimmer teilen, oder? Außerdem bezahle ich das alles, da werde ich kaum auch noch mit ihnen im gleichen Zimmer schlafen", bemerkte er beiläufig, musste aber ebenfalls grinsen. „Welches wollen Sie?"

Sie schob ihren Koffer zurück zum ersten Schlafzimmer. „Ich nehme das hier."

Nachdem sie den Raum betreten hatte, schloss sie die Tür hinter sich, legte den Koffer aufs Bett und begann auszupacken. Als sie die entsetzten Stimmen der Männer hörte, die kurz darauf feststellten, dass nicht jeder von ihnen ein eigenes Zimmer hatte, musste sie schmunzeln. Sie waren durch die Suiten in den Hotels allesamt verwöhnt, doch wenn sie ehrlich war, ging es ihr selbst nicht viel anders.

Einmal mehr erwies es sich als Vorteil, die einzige Frau in dieser Gruppe zu sein. Ihr Zimmer war nicht besonders groß, doch sie hatte es ganz für sich allein.

Nachdem sie ausgepackt hatte, kehrte sie ins Erdgeschoss zurück. Im Wohnzimmer hielt sich niemand auf, also folgte sie dem Gemurmel bis in die Küche, wo Tiny soeben Gemüse kleinschnitt und mit Julius schimpfte, weil der ihm alles wegaß, sobald er es vom Schneidebrett auf einen Teller geschoben hatte.

Es erstaunte sie nicht, Tiny so in Aktion zu erleben, immerhin war der Mann ein begeisterter Koch, was er in Kalifornien des Öfteren unter Beweis gestellt hatte. Wahrscheinlich waren die letzten drei Wochen für ihn eine Qual gewesen, hatten sie doch nur in Hotels und Restaurants gegessen.

„Marguerite", rief er erleichtert, als sie in die Küche kam. „Schaff diese Kerle hier raus, damit ich in Ruhe kochen kann!"

„Ich tue überhaupt nichts", protestierte Christian prompt. „Und Marcus auch nicht. Das ist alles Vaters Schuld."

„Ich will ihm nur behilflich sein", erklärte Julius und stibitzte einen von den Champignons, die Tiny gerade gewaschen hatte. „Der Kühlschrank ist randvoll mit Lebensmitteln, und wir haben keinen Platz für die Blutbeutel. Wir müssen Platz schaffen. Je mehr ich esse, umso weniger ist im Kühlschrank, und umso mehr Blut können wir da deponieren."

Seine absolut logische Erklärung brachte Marguerite zum Lachen, während sie sich zu ihm stellte und einen Blick auf die verschiedenen Gemüsesorten warf. „Was kochst du?"

„Spaghetti Bolognese", brummte Tiny und sah sie finster an, als sie ihm ebenfalls einen Champignon vom Teller klaute. „Marguerite!", ermahnte er sie mit einem tiefen Seufzer.

„Oh, tut mir leid", entschuldigte sie sich und beschloss, ihm zur Seite zu stehen, indem sie sich an die drei Unsterblichen wandte: „Ich hätte nichts gegen einen Spaziergang einzuwenden, um ein wenig von der Stadt zu sehen."

Julius nickte und sah zu Tiny. „Wie lange brauchen Sie noch?"

„Ach, lassen Sie sich ruhig Zeit", erwiderte der Detektiv unüberhörbar erleichtert. „Je länger die Soße köchelt, umso besser. Das können gern ein paar Stunden sein. Die Nudeln setze ich erst auf, wenn Sie zurück sind."

Verwundert hob Julius die Brauen, nickte dann aber und nahm Marguerite am Arm, um sie aus der Küche zu führen.

„Augenblick!", rief sie beunruhigt, als sie sah, dass Christian und Marcus sich nicht von der Stelle rührten. „Kommen Sie nicht mit?"

„Die beiden müssen sich darum kümmern, irgendwo etwas aufzutreiben, um die Blutkonserven aufzubewahren", antwortete Julius für sie und verließ mit ihr das Haus. Als die Tür hinter ihnen zugefallen war, fügte er hinzu: „Dieser Kühlschrank ist so winzig, da passt fast gar nichts rein."

Marguerite schaute unglücklich über die Schulter zum Stadthaus, seufzte dann aber und fügte sich in ihr Schicksal. „Es könnte schwierig für sie werden, etwas zu finden. In den letzten drei Wochen haben wir feststellen müssen, dass hier in England die meisten Geschäfte schon um fünf oder sechs Uhr schließen."

„Sie sagen das, als sei es etwas Ungewöhnliches", gab Julius neugierig zurück. „Um wie viel Uhr schließen denn die Büros und Geschäfte bei Ihnen in Kanada?"

„Die meisten gegen neun, manche sogar erst um zehn. Und ein paar Supermärkte sind rund um die Uhr geöffnet, was für unsere Art viel praktischer ist."

„Das kann ich mir vorstellen."

Sie unterhielten sich weiter über die Unterschiede zwischen England und ihrem jeweiligen Heimatland. Julius erzählte vom Leben in Italien, Marguerite sprach über Kanada. Dabei machten sie die ganze Zeit über einen großen Bogen um das Thema, das ihnen eigentlich auf der Zunge lag, nämlich die Tatsache, dass sie Lebensgefährten waren. Dabei schwebte das Thema unentwegt wie eine düstere Wolke über ihnen, damit es ja nicht in Vergessenheit geriet.

Sie bogen in eine perfekt erhaltene mittelalterliche Straße mit Kopfsteinpflaster ein, die sich durch die Stadt wand. Gesäumt wurde sie von Fachwerkhäusern, deren erstes Stockwerk ein Stück weiter in die Gasse hineinragte als das Erdgeschoss. Marguerite konnte es kaum fassen, dass solche Gebäude immer noch existierten, von ihrem exzellenten Zustand ganz zu schweigen. Es freute sie, dass sie all die Jahrhunderte überlebt hatten.

Julius bemerkte ihren Gesichtsausdruck und lächelte, dann fasste er sie am Arm und zog sie rasch in eine noch schmalere Gasse zwischen zwei Gebäuden.

„Stimmt etwas nicht?", fragte sie überrascht und schaute hinaus auf die Straße, um herauszufinden, warum er sie in diese Richtung dirigiert hatte. Vielleicht war ein Lieferwagen unterwegs, der sich durch die beengte Straße zwängen musste. Schließlich mussten auch hier Sendungen ausgeliefert werden, und es war nur sinnvoll, das in die Abendstunden zu verlegen, wenn die Geschäfte geschlossen waren und auf den Straßen Ruhe eingekehrt war. Aber da näherte sich kein Lieferwagen. Die Gasse lag im Dunkeln, nur beleuchtet von ein paar Straßenlaternen. Einige Passanten waren noch unterwegs, vermutlich auf dem Weg nach Hause.

„Das ist wie eine Reise in die Vergangenheit", flüsterte Marguerite.

„Ja", stimmte Julius ihr zu, und seine Stimme klang seltsam angespannt. „Ich kann mir gut vorstellen, wie Sie in einer Stadt wie dieser unterwegs sind, in einem langen Kleid mit einem Umhang, dazu so eine alberne Haube auf dem Kopf. Wie ich etwas zu Ihnen sage, das Sie zum Lächeln bringt, und wie mich dieses Lächeln dazu veranlasst, Sie in diese Gasse zu ziehen, um Sie in der Dunkelheit zum ersten Mal zu küssen."

Als sie ihn daraufhin überrascht ansah, küsste er sie tatsächlich. Seine Lippen fühlten sich zart und sanft an.

Marguerite schlug die Augen auf, als er den Kuss unterbrach. Fast erwartungsvoll musterte er sie, woraufhin sie entgegnete: „Aber das wäre nicht unser erster Kuss. Der hat bereits im Zug stattgefunden."

Mit einem Anflug von Enttäuschung atmete er tief durch. „Ja, natürlich."

Fragend schaute sie ihn an, dann jedoch brachte er ein Lächeln zustande und zog sie mit sich zurück auf die Straße. Nachdem sie beide eine Weile schweigend weitergegangen waren, versuchte Marguerite, die Unterhaltung wieder in Gang zu bekommen. „Ich wollte schon immer mal herkommen", erklärte sie.

Julius drehte sich verdutzt zu ihr um. „Du bist doch sicher schon mal hier gewesen."

„Jean Claude hat es mir verboten", erwiderte sie.

„Und allein bist du auch nie hergekommen?"

„Ich war nie allein ... erst nach seinem Tod. Als wir uns kennenlernten, war ich fünfzehn, und ab da hat er für mich jede Entscheidung getroffen", antwortete sie finster, wechselte dann aber das Thema. „Warst du schon mal in York?"

Er nickte ernst. „Hier habe ich damals Christians Mutter kennengelernt."

Überrascht angesichts dieser Enthüllung machte Marguerite große Augen, und sofort war sie mit ihren Gedanken bei ihrem Fall. Herzukommen, um mit Martine zu reden, war offenbar genau die richtige Entscheidung gewesen. Ihre Schwägerin hatte die Stadt über alles geliebt, und sie hatte auch in der Zeit hier ein Haus gehabt, als sie sich für einige Jahrzehnte anderswo niederlassen musste, damit niemand unangenehme Fragen stellte, weil sie einfach nicht älter wurde. In der Zwischenzeit nutzten andere Familienangehörige das Haus für eine Weile, ehe auch sie weiterziehen mussten.

„Du hast hier also Christians Mutter kennengelernt", wiederholte sie nachdenklich. Mit einem Mal war sie fest davon überzeugt, dass Martine ihnen würde helfen können. Christian war 1491 zur Welt gekommen. Ob Martine damals in York gewohnt hatte, daran konnte sie sich nicht erinnern. Sie wusste nur, dass

Jean Claude in der Zeit mit ihr durch Europa gereist war. Sobald sie zurück im Stadthaus waren, würde sie Martine anrufen, um sich mit ihr zu verabreden. Etwas sagte ihr, dass sie dicht davor war, die Antworten auf Christians Fragen zu bekommen.

„Ich sehe dir an, dass du angestrengt darüber nachdenkst", meinte Julius mit einem ironischen Unterton.

Sie drehte sich zu ihm um und runzelte die Stirn. „Ich kann ja verstehen, dass du Christian beschützen willst, indem du die Identität seiner Mutter vor ihm geheim hältst. Aber die schlimmsten Dinge dürfte er inzwischen über sie wissen. Es gibt doch eigentlich keinen Grund mehr, ihm den Rest weiterhin zu verschweigen."

„Es ist kompliziert", antwortete er ausweichend.

„Und gefährlich, wenn dieser Überfall tatsächlich dem Zweck gedient hat, meinen Nachforschungen ein Ende zu setzen", betonte sie. „Wenn er die Wahrheit erst einmal kennt, löst sich die Gefahr vielleicht in Wohlgefallen auf."

Julius runzelte die Stirn und schüttelte hilflos den Kopf. „Ich *kann* es nicht sagen."

„Wieso nicht?"

„Es ist schwierig, das zu erklären", sagte er frustriert. „Sie war nicht diejenige, für die ich sie gehalten hatte."

„Heißt das, sie hat dir einen falschen Namen genannt?"

„Etwas in dieser Art", murmelte er, dann dirigierte er sie plötzlich zu einem Café, das noch geöffnet hatte. „Ich habe Hunger."

Trotz dieser Behauptung bestellte er zu seinem Cappuccino nur einen Keks. Marguerite gab ebenfalls ihre Bestellung auf, anschließend sahen sie sich im Erdgeschoss um und mussten feststellen, dass alle Tische besetzt waren. Also gingen sie mit ihren Tabletts nach oben in den ersten Stock.

Das Café schien sehr beliebt zu sein, wohl auch, weil hier koffeinhaltige Getränke ebenso angeboten wurden wie Alkoholisches. Zwei Seiten des Eckgebäudes waren komplett verglast, sodass man einen hervorragenden Blick auf die Straßen und auf die Lichter der nächtlichen Stadt geboten bekam. Die Sitzgelegenheiten waren durchweg bequem und setzten sich aus Holzstühlen, Sesseln und Sofas zusammen.

Marguerite und Julius suchten sich einen Ecktisch, er ließ sich in einen ausladenden Ledersessel sinken, während sie sich auf das Sofa neben ihm kuschelte. Es war eine Ewigkeit her, seit sie so viel und so regelmäßig gegessen und getrunken hatte, wie es seit Kurzem wieder der Fall war. Sie konnte sich nicht daran erinnern, ob es damals auch schon etwas so Köstliches gegeben hatte. Auf jeden Fall schmeckte dieses Getränk erstaunlich gut, vor allem mit viel Zucker darin.

Sie unterhielten sich eine Weile, dann machten sie sich auf den Rückweg und hatten fast das Haus erreicht, als Julius' Telefon klingelte. Er holte es aus der Tasche, klappte es auf, hörte sich an, was der Anrufer ihm zu sagen hatte, und steckte es wieder weg.

„Tiny wollte sich vergewissern, ob wir auf dem Heimweg sind. Das Abendessen ist fertig", ließ er sie wissen.

Zurück im Stadthaus fanden sie die Soße köchelnd auf dem Herd vor, daneben einen Topf mit kochendem Wasser. Von den Männern war allerdings nichts zu entdecken. Marguerite entdeckte einen Zettel, der neben dem Herd auf dem Tresen lag, und nahm ihn hoch. Die drei hatten bereits gegessen und sich auf den Weg gemacht, um York zu erkunden. Sie wollten die Pubs abklappern, um zu sehen, was das Nachtleben in der Stadt zu bieten hatte. Tiny hatte genaue Anweisungen hinterlassen, wonach sie die Nudeln für acht bis zehn Minuten ins kochende Wasser geben, dann das Wasser abgießen und die Nudeln mit der Soße servieren sollten.

Marguerite legte den Zettel zur Seite und sah zum Esstisch, der bereits für zwei gedeckt war, einschließlich Kerzen und einer entkorkten Flasche Wein, damit der genug Zeit hatte zu atmen. Das Ganze sah unglaublich romantisch aus. Sie schaute nur kurz Julius an, dann murmelte sie: „Ich tue die Nudeln ins Wasser."

„Und ich schenke den Wein ein", erklärte Julius.

Sie riss die Packung auf und schüttete den Inhalt in den Kochtopf, wobei sie überlegte, ob die Menge wohl für sie beide reichen würde. Nach besonders viel sah es jedenfalls nicht aus. Schulterzuckend stellte sie sich an den Herd und begann zu rühren, während sie wartete, dass die Zeit verging. Ob sie die Nudeln überhaupt umrühren musste, wusste sie nicht, zumal Tiny dazu auch nichts notiert hatte. Aber mit einem Mal fühlte sie sich in Julius' Nähe schrecklich unbehaglich und war froh darüber, dass sie sich mit etwas beschäftigen konnte.

Wie sich nach wenigen Minuten herausstellte, war die Portion mehr als ausreichend. Sie fürchtete, dass eine ganze Menge übrig bleiben würde, als sie das Wasser abgoss und dabei sah, wie aufgequollen die Spaghetti inzwischen waren. Sie verteilte davon so viel auf die Teller, wie die fassten, den Rest ließ sie im Topf, dann goss sie die Soße darüber. Als sie die Fleischstücke, die Champignons und all die anderen Zutaten sah, lief ihr das Wasser im Mund zusammen.

„Lass mich das übernehmen", bot Julius sich an und nahm ihr die Teller ab. Sie folgte ihm zum Tisch, setzte sich und schloss die Augen, um den köstlichen Duft der Soße zu genießen. Ganz offensichtlich war Tiny ein hervorragender Koch. In Kalifornien hatte sie das noch nicht zu schätzen gewusst, doch da sie nun wieder aß, ließen die himmlischen Aromen sie nahezu schwindlig werden. Und es schmeckte mindestens so gut, wie es roch. Sie aß mehrere Gabeln voll, erst danach wollte sie den Wein probieren. Kaum hatte sie einen Schluck in den Mund genommen, meldete sich überraschend Julius zu Wort.

„Wir sind Lebensgefährten."

Sie verschluckte sich und begann zu husten, sodass der Wein auf den Tisch spritzte.

„Oh, tut mir leid!", rief er, sprang auf und holte ein Geschirrtuch, um den Tisch zu trocknen. Mit einer Hand drückte er das Tuch auf die Tischplatte, mit der anderen klopfte er ihr auf den Rücken.

„Geht es wieder?", fragte er besorgt.

Marguerite nickte, musste aber immer noch husten. Als sie endlich zur Ruhe kam, ließ sie sich nach hinten sinken, atmete tief durch und sah Julius ungläubig an. Die ganze Zeit über hatte er einen meilenweiten Bogen um das Thema gemacht, und jetzt warf er es ihr förmlich an den Kopf! Lieber Himmel!

„Das tut mir wirklich leid", beteuerte er und setzte sich hin. „Das war nicht gerade dezent von mir, wie?"

Sie setzte zu einem Lachen an, hielt aber gleich wieder den Mund, als ihr bewusst wurde, dass sie sich anhörte wie kurz vor einem hysterischen Anfall. Sie musterten sich gegenseitig – er erwartungsvoll, sie verhalten.

„Und was werden wir jetzt machen?", fragte er schließlich.

Marguerite schluckte und sah auf das Weinglas. Mit einem Finger fuhr sie nervös über den Fuß des Glases, während sie nach einer angemessenen Antwort suchte. „Müssen wir denn im Augenblick irgendwas machen?", gab sie nach einer Weile zurück. „Ich meine, es gibt doch eigentlich keine Notwendigkeit, etwas zu unternehmen. Wir sind beide Unsterbliche, und wir scheinen Lebensgefährten zu sein."

„Wir *sind* Lebensgefährten, Marguerite", brummte er.

„Okay", lenkte sie seufzend ein. „Aber ich bin geschäftlich hier. Ich muss mich auf die Suche nach Christians Mutter konzentrieren. Wenn das erledigt ist, könnten wir uns ja vielleicht Zeit nehmen, um einander besser kennenzulernen und ..." Sie verstummte, als sie seinen Gesichtsausdruck sah. Während sie versuchte, Ruhe zu bewahren und das Ganze mit Logik anzugehen, um sich etwas Luft zu verschaffen, war Julius von einer solchen Einstellung nichts anzusehen. Seine Augen loderten, das silberne Flackern überlagerte völlig das Schwarz der Pupillen – ganz so wie zuvor in der Zugtoilette.

Nervös fuhr sie sich mit der Zunge über die Lippen und stutzte, als sie bemerkte, wie aufmerksam er diese winzige Geste beobachtete. Die Luft in der Küche schien mit einem Mal elektrisch aufgeladen zu sein, und ein schier übermächtiges Verlangen überkam sie, das zweifellos von Julius auf sie übergesprungen war. Ihr Herz schlug schneller, das Blut jagte durch die Adern, während ihr Atem flacher ging. Das alles war zu viel für sie. Es geschah zu plötzlich und zu intensiv.

Abrupt stand sie vom Tisch auf und drehte sich weg, ohne zu wissen, wohin sie gehen sollte. Sie wusste nur, dass sie nicht atmen konnte. In der Küche schien sich kein Sauerstoff mehr zu befinden, aber sie brauchte dringend frische Luft. Sie stürmte in den Flur und hörte, wie ein Stuhl umgeworfen wurde. Julius musste aufgesprungen sein und ihn umgerissen haben, um ihr folgen zu können. Sie erreichte vor ihm den Fuß der Treppe, doch im nächsten Moment befand sich Julius vor ihr und füllte ihr Gesichtsfeld aus.

Er drückte sie ungestüm an sich, hielt aber inne, als er ihr Gesicht sah. Mit einer Mischung aus Erstaunen und Besorgnis knurrte er: „Du hast Angst. Wieso?"

Hilflos schüttelte sie den Kopf. „Seit Jean Claude war ich mit keinem Mann mehr zusammen. Was ist, wenn ich …?"

Weiter kam sie nicht, da Julius sie küsste. Sie spürte die Heftigkeit, doch auch wenn sein Mund und seine Hände fordernd waren, so agierte er doch nicht blindlings. Marguerite war davon überzeugt, wenn sie ihn darum bat, würde er aufhören, und für Sekunden schwankte sie auch, ob sie genau das tun oder ob sie den Kuss erwidern sollte. Lange brauchte sie jedoch nicht, um sich zu entscheiden, und schlang die Arme um seinen Hals, damit sie sich noch enger an ihn schmiegen konnte, als er sie bereits gegen sich drückte. Als er die Hände auf ihren Po legte, keuchte sie lustvoll auf, und dann hob er sie auch schon hoch, sodass sie seine Erektion an ihrem Bauch spüren konnte.

Sie gab einen enttäuschten Laut von sich, als er sie wieder absetzte und den Kuss unterbrach. Doch dann machte ihr Herz einen Freudensprung, da Julius sich vorbeugte und mit seinen Lippen durch ihre Bluse und ihr Unterhemd hindurch sanft ihre Nippel massierte. Sekundenlang schaffte sie es, die durchdringende Hitze seiner Liebkosung zu ignorieren, dann jedoch fasste sie in sein Haar und zog seinen Kopf hoch, weil sie seinen Mund wieder auf ihrem spüren wollte.

Von ihrem eigenen und von seinem Verlangen getrieben, küsste sie ihn voller Inbrunst und Leidenschaft, während er sich mit ihr zusammen umdrehte und sie gegen die Wand drückte. Als er den Kuss erneut unterbrach, um seine Lippen über ihre Wange gleiten zu lassen, suchte sie sich einen Weg zu seinem Ohr, um mit der Zunge hinter die Ohrmuschel vorzustoßen, was bei ihm ein wohliges Kribbeln auslöste, das umgehend auf sie übersprang und sich immer weiter verstärkte.

Sie merkte, wie er sich an ihrer Bluse zu schaffen machte, um sie aus dem Rockbund zu ziehen, woraufhin sie sein Hemd aufknöpfte. Sie brannte darauf, seine nackte Haut auf ihrer zu spüren. Doch schon einen Moment später schnappte sie nach Luft und hatte die Knöpfe vergessen. Ihre Knie wurden weich, da seine Hand unter ihre Bluse und das Unterhemd wanderte und sich um ihre nackte Brust legte.

Da ihm ihre Reaktion nicht entging, schob er sein Bein zwischen ihre Schenkel, damit sie Halt fand und nicht zu Boden sank. Wieder küsste er sie und ließ seine Zunge in ihren Mund wandern, gleichzeitig spielten seine Finger mit ihrem steil aufgerichteten Nippel. Diese Liebkosung versetzte ihren ganzen Körper in Schwingungen, als sei sie eine lebende Stimmgabel.

Marguerite klammerte sich an seinen Schultern fest, biss sanft in seine Zunge und verlagerte ihr Gewicht, sodass sie sich an seinem Oberschenkel reiben konnte. Eine Hand ließ sie dabei in seinen Schritt gleiten.

Sofort zog er sich von ihrer Brust zurück und schob ihr mit beiden Händen den kurzen, engen Rock hoch, bis der um ihre Taille lag. Dann wanderte seine Hand unter den dünnen Stoff ihres Höschens, um sie nur flüchtig zu streicheln. Marguerite stöhnte laut auf, da sie ihre Begierde nicht länger zügeln konnte, und ehe Julius sich versah, hatte sie ihm die Hose und die Boxershorts heruntergezogen, um seine Männlichkeit umfassen zu können.

Schwer atmend zog er seine Hand zurück, packte ihre Oberschenkel und dirigierte sie in eine Position, dass sie ihre Beine um seine Taille schlingen konnte. Marguerite kam seiner wortlosen Aufforderung nach und hielt sich an seinen Schultern fest, damit er nicht ihr ganzes Gewicht tragen musste, als er sie langsam an sich zog, um in sie einzudringen.

Beide schrien sie ihre Lust heraus, als sie ihn in sich aufnahm. Tief blickten sie sich dabei in die Augen und rangen nach Luft, als er sich kurz zurückzog und dann erneut in sie vorstieß. Marguerite stöhnte und kniff die Augen zu, da sie kaum wusste, wie sie diese überwältigenden Empfindungen aushalten sollte. Es war nicht nur das, was sie selbst spürte, sondern sie empfing schließlich zusätzlich auch jene Gefühle, von denen Julius in diesem Augenblick überwältigt wurde. Wieder begann er, sie zu küssen und drückte seine Zunge im gleichen Rhythmus zwischen ihre Lippen, in dem er in sie hineinstieß. Marguerites Lust steigerte sich ins Unermessliche, bis sie ihren Höhepunkt erreichte. Ihr Verstand schaltete sich ab, nur ihr Instinkt sagte ihr, dass sie fiel. Doch die Dunkelheit verschluckte sie, noch bevor sie auf dem Fußboden landete.

Wie lange sie ohnmächtig gewesen war, wusste Marguerite nicht. Dass es dazu gekommen war, überraschte sie nicht mal so sehr. Sie hatte oft genug davon gehört, dass so etwas bei wahren Lebensgefährten während mindestens der ersten Hundert Vereinigungen vorkam. Diese Weisheit hatte sie sogar an ihre Schwiegertochter weitergegeben, aber bei ihr selbst war es gerade das erste Mal gewesen. Als sie die Augen aufschlug, stellte sie fest, dass Julius sie in seinen Armen hielt und die Treppe hinauftrug.

„Ich hielt es für das Beste, wenn die Jungs uns nicht halb nackt und ohnmächtig am Fuß der Treppe vorfinden, sobald sie zurückkommen", erklärte er lächelnd, als er bemerkte, dass sie die Augen geöffnet hatte.

Marguerite errötete verlegen, nickte aber zustimmend.

„Wie kannst du noch so verlegen sein nach dem, was wir gerade getan haben?", fragte er amüsiert.

„Ich kenne dich doch kaum", flüsterte sie, während er sie in sein Schlafzimmer trug. „Wir haben uns erst vor ein paar Tagen das erste Mal gesehen."

Seine Miene wurde ernst, und er ließ ihre Beine los, damit sie stehen konnte. „Wir sind Lebensgefährten, Marguerite. Ich kannte dich von dem Moment an, als ich dir begegnet war. Und du kanntest mich. Irgendwo in deinem Geist hast du mich in der gleichen Weise erkannt, wie man eine vor langer Zeit verlorene Liebe wiedererkennt."

Schweigend sah sie ihn an und wusste, er sagte die Wahrheit. Sie hatte seine Leidenschaft und Lust so intensiv gespürt, wie es nur unter Lebensgefährten möglich war. Mit Jean Claude hatte sie so etwas nie erfahren. Ihr Körper schien instinktiv zu wissen, was sie tun musste, um ihn in Ekstase zu versetzen, und das hatte sie meisterlich vollbracht. Ihre Hände hatten ihn dort gestreichelt, wo sie glaubte, dass es ihm am besten gefallen würde, und sobald seine Lust auf sie überschwappte, hatte sie den Beweis erhalten, wie richtig sie gehandelt hatte. Ihre Zunge hatte sich instinktiv hinter seine Ohrmuschel vorgewagt, und das wohlige Kribbeln zeigte ihr, dass sie einen weiteren empfindlichen Punkt gefunden hatte. Ihr Körper hatte alles vorausgeahnt, was er tun würde, und richtig reagiert, sodass es ihnen möglich gewesen war, sich im völligen Einklang miteinander zu bewegen. Es war wie ein höchst komplexer Tanz gewesen, den sie beide beherrschten, ohne ihn je zuvor geübt zu haben.

Mit Jean Claude hatte sie nie etwas Derartiges erlebt, nichts, was dem auch nur im Ansatz gleichkam. Anfangs war sie sich nicht im Klaren darüber gewesen, was sie tun musste, um ihrem Mann zu Gefallen zu sein … später, nach Jahrhunderten unter seiner Kontrolle, hatte es sie einfach nicht mehr interessiert. In ihrer Erinnerung hatte es nie irgendetwas dazwischen gegeben.

Und so war es also, wenn man mit seinem Lebensgefährten zusammen war. Kein Wunder, dass ihre Kinder alle so glücklich waren.

Der Gedanke brachte sie zum Lächeln und ließ sie auch ihre letzten Vorbehalte vergessen. Kühn legte sie kurz entschlossen ihre Hand um seine Männlichkeit. Ihr Lächeln wurde noch breiter, als sie das silberne Feuer in seinen Augen auflodern sah, das das Schwarz seiner Pupillen vertrieb. Als Julius etwas sagen wollte, kam sie ihm mit einem leidenschaftlichen Kuss zuvor.

Er reagierte prompt und legte die Arme um sie, damit er sie an sich drücken konnte, während er sein Glied stärker gegen ihre Hand presste.

Marguerite lächelte erfreut, dann unterbrach sie plötzlich den Kuss und ging vor ihm in die Hocke. Verdutzt folgte er ihr mit dem Blick, und als sie ihn frech angrinste, beugte er sich leicht vor. Sie ahnte, dass er nach ihr fassen und sie wieder hochziehen wollte, aber sie hatte nicht vor, sich von ihm einen Strich durch die Rechnung machen zu lassen. Ehe er es verhindern konnte, schloss sie die Lippen um seine Erektion. Ihre unerwartete Aktion zeigte die erhoffte Wirkung, da Julius mitten in der Bewegung erstarrte. Nur seine Hände strichen über ihre Schultern und ihren Kopf, doch er unternahm längst nicht mehr den Versuch, sie aufzuhalten. Marguerite ließ die Zunge um die Spitze seines Schafts kreisen, was ihr mindestens genauso große Lust bereitete wie ihm. Mit jeder Bewegung ihrer Zunge steigerte sich dieses Gefühl, das in immer stärker werdenden Wellen durch ihren Körper brandete.

Sie spürte, wie Julius' Beinmuskeln unter ihrer Hand zuckten, die sie auf seinen Oberschenkel gelegt hatte, um ihr Gleichgewicht zu halten. Das Zucken übertrug sich auf sie, und sie konnte deutlich spüren, wie ihre Beine schwächer und schwächer wurden, bis sie vor Anstrengung zu zittern begannen. Irgendwann war sie sich nicht mehr sicher, was zuerst eintreten würde – die Erfüllung ihrer Lust oder der gemeinsame Kollaps. Plötzlich vergrub Julius eine Hand in ihrem Haar und zog ihren Kopf nach hinten, dann griff er mit der anderen Hand nach ihrem Arm und zog sie hoch, bis sie wieder vor ihm stand.

Gerade wollte sie zu einem Protest ansetzen, da sie noch nicht fertig war, doch davon wollte er nichts hören. Stattdessen küsste er sie auf eine fast schon brutale Weise und schob sie rückwärts, bis sie gegen das Bett stieß. Im nächsten Moment landeten sie zusammen auf den Laken. Ihr wurde die Luft aus den Lungen gepresst, als Julius mit seinem ganzen Gewicht auf ihr landete. Er rollte sich zur Seite und schob sein Bein so zwischen ihre Schenkel, dass sie sie nicht zusammendrücken konnte, und ließ seine Hand dazwischengleiten.

Marguerite stieß einen spitzen Schrei aus, ihre Hüften zuckten, als er ihre empfindlichste Stelle berührte. Wie wahnsinnig saugte sie an seiner Zunge und bohrte die Fingernägel in seine Oberarme, während er sie weiterstreichelte. Was er bislang mit ihr gemacht hatte, genügte schon, um ihr den Verstand zu rauben, doch jetzt ging er noch ein Stück weiter und ließ seine Finger tief in sie gleiten, bis sie beide kaum noch Luft bekamen. Erst dann schob er sich über sie und drang, von wildem Verlangen getrieben, in sie ein. Sie reckte sich ihm entgegen und winkelte die Knie an, damit er tiefer kam.

So erregt, wie sie beide waren, dauerte es nicht lange, bis sie auf den nächsten Höhepunkt zusteuerten. Marguerite spürte, dass sie sich kaum noch unter Kontrolle hatte, und hörte auf, Julius zu küssen, denn sie fürchtete, ihm sonst die Zunge abzubeißen, da auf einmal ihre Reißzähne hervortraten. Die vergrub sie kurzerhand in seiner Schulter, was er mit einem kehligen Knurren beantwortete. Sie merkte, wie nur Sekunden später seine Zähne sich in ihren Hals bohrten. Schließlich warfen sie beide den Kopf in den Nacken und schrien aus Leibeskräften ihren Höhepunkt hinaus, während sie gemeinsam in einen Wirbel purer Ekstase gerissen wurden, der sie gierig verschlang.

9

Als Marguerite aufwachte, ruhte ihr Kopf auf Julius' Brust, seine Arme hatte er um sie gelegt. Sekundenlang rührte sie sich nicht, um seine Umarmung zu genießen und seinen Duft in sich aufzunehmen. Es war ein scharfer, würziger Geruch, der sie grübeln ließ, welches Eau de Cologne er wohl benutzte. Zu gern hätte sie gleich mehrere Flaschen davon gekauft, um es als Raumspray zu benutzen und mit in die Wäsche zu geben, damit sie dieses Aroma stets genießen konnte.

Der alberne Gedanke brachte sie zum Lächeln, während sie sich behutsam aus seiner Umarmung löste, damit sie ihn nicht aufweckte. Der Wecker auf dem Nachttisch zeigte fünf Uhr am Nachmittag an, also dauerte es noch etwas mehr als eine Stunde, ehe die Sonne unterging. Sie wollte die Zeit nutzen, um in Ruhe zu baden, solange die anderen Männer noch nicht wach waren. Schließlich gab es nur *ein* vollwertiges Badezimmer, und das würde sicher sehr begehrt sein, wenn der Rest der kleinen Gruppe erst mal auf den Beinen war.

Ihr Blick wanderte durch das Zimmer, und sie verzog das Gesicht, als ihr klar wurde, dass sie nur die Kleidung zur Verfügung hatte, die sie am Abend zuvor auch schon getragen hatte. Ihr Bademantel wäre jetzt eigentlich praktischer gewesen, aber den hatte sie nicht zur Hand, also zog sie den getragenen Rock und die Bluse wieder an. Auf BH und Slip verzichtete sie, stattdessen trug sie beides zusammen mit ihren Schuhen in ihr Schlafzimmer.

Zu ihrer großen Erleichterung lief ihr auf dem Weg dorthin

niemand über den Weg. Sie verschwand in ihr Schlafzimmer, zog sich aus und legte alle getragene Wäsche aufs Bett, dann nahm sie den Bademantel und frische Kleidung aus dem Schrank, schnappte sich ihren Föhn und begab sich ins Bad.

Da in spätestens einer Stunde die anderen auch ins Badezimmer wollten, nahm sie kein so ausgiebiges Schaumbad wie sonst. Stattdessen trieb sie sich zur Eile an, trocknete sich schnell ab und zog sich an, um noch ihre Haare zu föhnen. Als sie sich bereit fühlte, sich dem neuen Tag zu stellen, verließ sie das Bad und erschrak, da sie im Flur auf Tiny stieß, der gegen die Wand gelehnt dastand.

„Oh, tut mir leid", flüsterte sie. „Wartest du schon lange?"

Er stieß sich von der Wand ab und schüttelte den Kopf. „Ich bin gerade rausgekommen. Ich konnte hören, wie du den Föhn ausgemacht hast, und da dachte ich mir, ich warte hier, damit ich vor allen anderen schnell unter die Dusche springen kann."

„Ah", machte sie und schlug vor: „Wenn du mir sagst, wie man Kaffee aufsetzt, erledige ich das, während du duschst."

„Was denn? Bist du so schnell koffeinabhängig geworden?", zog er sie grinsend auf. „Danke, aber da ist nicht viel zu tun. Ich hatte alles so weit vorbereitet, als wir uns heute Morgen schlafen gelegt haben. Du musst die Kaffeemaschine nur noch einschalten."

„Dann mache ich eben das", erklärte sie und ging zu ihrem Zimmer. „Und dann rufe ich Martine an und frage, wann wir uns treffen können, um mit ihr zu reden."

„Klingt gut", meinte Tiny und zog sich ins Bad zurück.

Nachdem sie ihre Sachen in ihr Zimmer gebracht hatte, lief sie wie versprochen nach unten, schaltete die Kaffeemaschine ein und griff nach dem Telefon. Zum Glück kannte sie Martines Nummer auswendig. Jean Claudes Schwester hatte seit zehn Jahren die gleiche Nummer, seit sie wieder in ihr Haus in York eingezogen war. Trotzdem musste sie einen Moment lang überlegen, da sie von hier aus natürlich auf die Landes- und die Ortsvorwahl verzichten konnte. Sie tippte die restlichen zehn Ziffern der Nummer ein und hoffte, dass sie sich dabei nicht verwählt hatte. Entspannen konnte sie sich erst, als sie die Stimme von Martines Haushälterin hörte, die das Gespräch annahm.

Zufrieden lächelnd lehnte sie sich gegen den Tresen und fragte nach Martine, wurde dann aber jäh ernst, als die Haushälterin antwortete, Ms Martine verbringe das Wochenende mit ihren Töchtern in London. Als die Frau fragte, ob Marguerite eine Nachricht hinterlassen wolle, verneinte sie, bedankte sich für die Auskunft und legte auf, während sie finster vor sich hin starrte. Bei diesem Fall schienen sie unentwegt auf irgendwelche Hindernisse zu stoßen. Erst durchstöberten sie drei Wochen lang alte Archive, ohne eine Spur zu finden, dann der Anschlag auf ihr Leben, und jetzt, da sie womöglich die Chance hatten, auf brauchbare Hinweise zu stoßen, war Martine nicht erreichbar.

„Was ziehst du so ein Gesicht?", flüsterte Julius ihr ins Ohr und schlang von hinten die Arme um ihre Taille.

„Guten Morgen!", erwiderte Marguerite und lehnte sich gegen ihn.

Julius legte seine Hand um ihr Kinn und drehte ihren Kopf zur Seite, um sie sanft auf den Mund zu küssen. Daraus wurde jedoch schnell ein leidenschaftlicher Kuss, der sie dazu brachte, sich in seinen Armen umzudrehen, damit sie nicht so verdreht dastehen musste. Ehe sie sichs versah, hatte er sie gepackt und auf den Tresen gehoben.

„Julius", wehrte sie ihn lachend ab. „Jemand könnte in die Küche kommen."

„Tiny duscht, und die anderen schlafen noch", brummte er und drückte mit den Händen ihre Knie auseinander, um sich zwischen ihre Beine zu stellen.

„Ja, aber ... ooh!", keuchte sie, da er ihre Bluse aus dem Rockbund gezogen und nun einen ungehinderten Blick auf ihren roten Spitzen-BH hatte. Sofort beugte er sich vor und strich mit der Zunge über jene Haut, die nicht von der hauchdünnen Spitze bedeckt wurde.

„Aber ...?", fragte er im Flüsterton.

„Aber", wiederholte sie seufzend, vergrub eine Hand in seinem Haar, während die andere über die sanfte Haut in seinem Nacken fuhr. Er trug nur seine Jeans, sein Oberkörper war nackt und damit ungeschützt gegen ihre Berührungen.

Julius lachte leise und zog ein Körbchen ihres BHs nach unten, damit er ihren steil aufgerichteten Nippel massieren konnte. Marguerite stöhnte auf und drückte ihre Hüften nach vorn, bis sie seine Erektion spürte. Auf der Stelle ließ er ihre Bluse los und zog sie an sich heran, damit er sie durch die Kleidung hindurch besser spüren konnte. Beide stöhnten sie gleichzeitig auf, und er küsste sie wieder auf den Mund.

Ungestüm erwiderte sie den Kuss und schob ihre Hand zwischen sich und ihn, wobei sie bemerkte, dass er seine Jeans nicht zugeknöpft, sondern lediglich den Reißverschluss zugezogen hatte. Aus ihrer Sicht war das sehr erfreulich, da sie keine Mühe hatte, in seine Hose vorzudringen, um zu ertasten, wie erregt er war.

Unwillkürlich schmiegte er sich gegen ihre Hand, gleichzeitig schob er ihren Rock hoch. In diesem Moment ertönte ein lautes Summen, das sie beide zusammenfahren ließ. Als sie sich umsahen, wurde ihnen klar, es kam von der Kaffeemaschine, die damit kundtat, dass der Kaffee fertig war. Das unverhoffte Geräusch brachte Marguerite zur Besinnung, und sie wehrte Julius hastig ab, der seine Hände gerade über ihre Schenkel weiter nach oben gleiten ließ.

„Das geht nicht", zischte sie.

„Doch, das geht", versicherte er ihr und küsste sie auf den

Hals, während seine Finger sie durch den dünnen Stoff ihres Slips ertasteten.

„Oh, neiiiin!", stöhnte sie und schüttelte energisch den Kopf. Als sie diesmal nach seinen Händen griff, packte sie fest zu und bohrte die Nägel in seine Haut. Er hob daraufhin den Kopf und sah sie verdutzt an. „Tiny oder die anderen können jeden Moment in die Küche kommen, und dann finden sie uns halb nackt und bewusstlos auf dem Boden vor. Möchtest du das?"

„Oh, stimmt." Er seufzte, ließ den Kopf auf ihre Schulter sinken und zog ihren Rock zurecht. Nach einer kurzen Pause schlug er vor: „Wir könnten wieder nach oben gehen."

Marguerite musste lächeln, als sie seine hoffnungsvolle Miene sah, dennoch schüttelte sie den Kopf. „Ich muss mich um meine Arbeit kümmern."

„Hat da gerade jemand von Arbeit gesprochen?", fragte Tiny, der in diesem Augenblick die Küche betrat. Er betrachtete das Bild, das die beiden abgaben, und meinte: „Das sieht aber nicht unbedingt nach Arbeit aus."

„Guten Morgen", erwiderte Marguerite und schob Julius zur Seite, damit sie vom Tresen rutschen konnte.

„Nochmals guten Morgen", sagte Tiny belustigt und erinnerte sie daran, dass sie sich kurz zuvor bereits gesehen hatten.

„Stimmt ja", murmelte sie. In der Hoffnung, ihn ablenken zu können, verkündete sie dann: „Der Kaffee ist gerade durchgelaufen."

Als Tiny daraufhin zur Maschine sah, nutzte sie den Moment, um unter ihre Bluse zu greifen und das Körbchen wieder über ihre Brust zu ziehen. Auch wenn diese Geste vom Stoff der Bluse verdeckt wurde, war sie ihr selbst doch nur zu deutlich bewusst. Sie bemerkte Julius' amüsiertes Grinsen und zog eine Grimasse, dann holte sie Tassen aus dem Schrank. „Möchtest du einen Kaffee?"

„Jetzt noch nicht", entgegnete er. „Ich glaube, ich gehe erst mal duschen."

„Marcus ist jetzt im Bad, und Christian hat sich bereits angemeldet, dass er danach an der Reihe ist", ließ Tiny ihn wissen und kümmerte sich um Milch und Zucker für den Kaffee.

„Tja, dann werde ich wohl doch erst mal eine Tasse trinken", murmelte er.

Sein mürrischer Ton brachte Marguerite zum Lächeln, während sie mit drei Tassen zur Kaffeemaschine ging.

„Und? Hast du Martine angerufen? Wann können wir uns mit ihr treffen?", fragte Tiny und stellte sich zu Marguerite.

„Habe ich, aber es gibt ein Problem", seufzte sie, während sie den Kaffee einschenkte. „Sie ist nicht zu Hause."

„Wo ist sie denn?" Tiny war angesichts dieser Neuigkeit sichtlich enttäuscht.

„Man mag es kaum glauben, aber sie ist in London", erwiderte Marguerite. „Als wir mit dem Zug hergefahren sind, war sie mit dem Zug gerade in die entgegengesetzte Richtung unterwegs, um das Wochenende mit ihren Töchtern in London zu verbringen."

Tiny stutzte. „Ihre Töchter leben in London?"

„Nein, die studieren in Oxford und sind mit dem Zug nach London gefahren, um sich da mit ihrer Mutter zu treffen."

„Beeindruckend", meinte Tiny.

„Juliana und Victoria sind beide sehr intelligent", erklärte Marguerite voller Stolz.

Tiny nickte verstehend, musste dann jedoch ungläubig den Kopf schütteln. „Da machen wir uns extra auf den Weg nach York, und sie hat nichts Besseres zu tun, als nach London zu fahren."

„Und rate mal, wo sie in London abgestiegen ist."

„Im *Claridge's*?", wagte Tiny einen Versuch.

„Fast richtig. Im *Dorchester*."

Unwillkürlich begann er zu lachen, wurde aber schnell wieder ernst und sah zwischen ihr und Julius hin und her. „Und? Schnappen wir uns jetzt den nächsten Zug und fahren zurück?"

„Nein", widersprach Julius ihm, bevor Marguerite ihre Meinung kundtun konnte. „Martine ist nur übers Wochenende weg, also wird sie spätestens morgen oder übermorgen zurück sein. Ich habe das Haus für eine Woche gemietet, und bei unserem Glück macht sie sich ausnahmsweise früher auf den Heimweg, und wir fahren schon wieder aneinander vorbei."

Tiny nickte zustimmend. „Du könntest sie anrufen."

„Ich möchte lieber persönlich mit ihr reden", erklärte sie.

„Dann sollten wir uns in der Zwischenzeit hier noch in ein paar Archiven umsehen", überlegte Tiny. „Vielleicht werden wir ja fündig …"

„Sie können nicht fündig werden", unterbrach ihn Julius ruhig. „Christians Geburt ist nirgendwo verzeichnet."

„Ach, sieh einer an! Schön zu wissen, dass wir unsere Zeit vergeudet haben", fuhr Tiny ihn an. „Sie wissen ja, dass Sie uns die Arbeit unglaublich erleichtern könnten, wenn Sie uns den Namen der Mutter verraten würden."

Marguerite erwartete, dass Julius, so wie zuvor ihr, auch dem Detektiv sagen würde, er könne das nicht. Stattdessen setzte er ein Lächeln auf und meinte: „Aber dann würde das Ganze doch keinen Spaß mehr machen, nicht wahr?"

Da Tiny ihm daraufhin einen zornigen Blick zuwarf, klopfte Julius ihm im Vorbeigehen auf den Rücken, als er zur Kaffeemaschine zurückkehrte, um sich eine zweite Tasse einzuschenken. „Kopf hoch! Es bedeutet auch, dass Sie noch mindestens zwei Tage Zeit haben, um sich York anzusehen, bevor die Arbeit wieder ruft. Und Christian bezahlt Sie auch noch dafür."

„Wenn es jemanden gibt, der auch der schlimmsten Situation

etwas Positives abgewinnen kann, dann bist du das, Vater", ertönte ein sarkastischer Kommentar von der Tür. Christian stand da und sah sich um.

„Guten Morgen, Sohn!", entgegnete Julius. „Deine Haare sind nass. Heißt das, du hast geduscht und das Badezimmer ist jetzt frei?"

Christian schüttelte den Kopf. „Marcus ist dran."

„Ich dachte, Marcus sei nach mir gekommen", wunderte sich Tiny.

„Das dachte er auch, aber ich bin jünger und schneller."

„Ach, die heutige Jugend, Marguerite", beklagte sich Julius. „Einfach kein Respekt vor den Älteren."

Schnaubend ging Tiny zum Kühlschrank. „Mit fünfhundert ist man kein Jugendlicher mehr, Julius."

„Er hat recht", pflichtete Marguerite ihm bei. „Das wahre Baby unserer Gruppe ist schließlich Tiny."

„Genau, und dabei sehe ich mit fünfunddreißig auch noch am ältesten von allen aus", bemerkte er, während er Speck und Eier aus dem kleinen Kühlschrank holte.

„Wollen Sie kochen, Tiny?", fragte Julius interessiert und warf einen flüchtigen Blick auf den Inhalt des Kühlschranks, der ihn stutzig machte. „Wo ist das Blut?"

„Ja, ich habe vor zu kochen. Für uns drei werde ich etwas zubereiten. Und das Blut ist in dem kleinen Kühlschrank im Wohnzimmer. Hier in der Küche gibt es keine freie Steckdose."

„Du hast noch einen zweiten Kühlschrank auftreiben können?", wunderte sich Marguerite. „Wo denn?"

„Das willst du lieber nicht wissen", konterte er, seufzte dann aber, als er ihre forschende Miene bemerkte. „Okay, die Geschäfte waren natürlich alle schon zu. Darum haben die Jungs den Nachbarn ‚überredet', uns seinen Kühlschrank zu verkaufen."

„Oh weh!", hauchte sie.

„Wir haben ihm dafür das Doppelte bezahlt, was er eigentlich noch wert ist. Und wir haben ihm zusätzlich Geld gegeben, damit er die Lebensmittel neu kaufen kann, die jetzt nicht mehr gekühlt werden können", versicherte Christian ihr hastig.

„Es war notwendig", fügte Julius hinzu, als sie nur den Kopf schüttelte.

„Ich höre Marcus auf der Treppe", warf Tiny ein. „Gehen Sie duschen, Julius, sonst ist Ihr Frühstück kalt, wenn Sie zurückkommen."

Mehr Ansporn benötigte Julius nicht. Er nickte knapp, gab Marguerite einen Kuss auf die Wange und eilte mit seiner Kaffeetasse aus der Küche.

Sie schaute ihm lächelnd nach, dann drehte sie sich zu Tiny um, weil sie ihn fragen wollte, ob sie ihm irgendwie behilflich sein konnte. Als sie dabei aber Christians breites Grinsen bemerkte, hielt sie inne.

„Was ist?", fragte sie und merkte, wie sie errötete.

„Heißt das, Sie werden bald meine Mutter sein?", scherzte er.

Ihre Verlegenheit war wie verflogen, und sie erwiderte ernst und nachdenklich: „Ich wäre mehr als stolz, wenn Sie mein Sohn wären, Christian."

Der spöttische Gesichtsausdruck verschwand, dann sagte er mit belegter Stimme: „Danke, Marguerite!"

„Geht es dir gut?"

Marguerite verzog das Gesicht, als Julius stehen blieb und ihren Arm fasste, da sie gestolpert war. Sie musste über ihre eigene Dummheit den Kopf schütteln und sagte lachend: „Alles bestens. Ich hätte bloß nicht diese hohen Absätzen nehmen dürfen. Mir war nicht klar, dass ich damit auf Kopfsteinpflaster würde gehen müssen. Darauf finde ich einfach keinen Halt."

„Aber sie stehen dir gut", erklärte er und ließ seinen Arm von ihrer Taille zu ihrer Hüfte hinabwandern, um sanft zuzudrücken, während er ihre hochhackigen silbernen Schuhe musterte.

Sie warf ebenfalls einen Blick auf ihre Schuhe und fand, dass sie gut aussahen und hervorragend zu dem silbernen Cocktailkleid passten, das sie für den von Julius geplanten Theaterbesuch mit anschließendem Essen ausgesucht hatte. Als sie den Kopf hob, musste sie grinsen, da ihr der interessierte Ausdruck in seinen Augen nicht entgangen war. Mit einer Hand strich sie sanft über seine Brust.

„Hmm." Das silberne Flackern erwachte in seinen Pupillen, er drehte Marguerite in seinem Arm herum und neigte den Kopf, um sie zu küssen. Doch sie begann zu lachen und hielt ihn zurück.

„Benimm dich, wir sind hier in der Öffentlichkeit!", warnte sie ihn.

„Ja, ich weiß", stimmte er ihr ernst zu. „Aber ich erinnere mich an eine Gasse ganz in der Nähe, in die wir uns zurückziehen könnten und …"

„… in der wir unsere Kleidung ruinieren, wenn wir anschließend ohnmächtig zusammensinken. Und dann vermutlich ausgeraubt werden, weil wir uns nicht zur Wehr setzen können", ergänzte sie ironisch, löste sich aus seiner Umarmung und nahm seine Hand, um ihn hinter sich herzuziehen. „Außerdem hast du mir ein Essen versprochen."

„Essen." Er seufzte vor gespielter Verzweiflung, ging dann jedoch weiter, auch wenn er sich beklagte: „Einen Burger wolltest du ja nicht haben."

„Wer hat jemals von einem Burger gesprochen?", konterte sie ausgelassen. „Als du was von einem Restaurant gesagt hast, bin ich davon ausgegangen, du meinst eine vernünftige Küche."

„Das war auch meine Absicht", bestätigte er. „Aber in einem Burger-Lokal bekommen wir viel schneller was zu essen, und

danach können wir früher nach Hause zurückkommen und …"
Er hielt inne, als sie sich zu ihm umdrehte und eine Augenbraue hochzog. Ein lässiges Lächeln umspielte seine Mundwinkel. „Du siehst süß aus, wenn du diese Miene aufsetzt. Am liebsten würde ich dich auf der Stelle …"

„Es ist egal, was ich mache", unterbrach sie ihn fröhlich. „Du würdest mich am liebsten immer auf der Stelle …" Den Rest ließ sie unausgesprochen.

„Du etwa nicht?"

„Nein", versicherte sie ihm todernst, legte eine Hand auf seine Brust, gab ihm einen bedauernden Kuss auf den Mund und flüsterte ihm zu: „Und die Tatsache, dass mein Höschen feucht ist, hat nur damit zu tun, dass es in diesem Theater so warm war. Es hat nichts damit zu tun, dass ich dich nur ansehen muss, um dich zu wollen."

Sie beobachtete, wie Julius große Augen bekam, doch als er nachzufassen versuchte, entwand sie sich ihm, ging weiter und rief ihm über die Schulter zu: „Gib mir was zu essen! Eine Frau kann nicht nur von Liebe leben."

„Du bist ein unerbittlicher Mensch, Marguerite Argeneau", knurrte Julius, holte sie nach wenigen Schritten ein und nahm ihre Hand.

„Ja, das bin ich", stimmte sie ihm grinsend zu. „Und ich freue mich schon darauf, die Meeresfrüchte zu probieren, die Tiny gestern Abend gegessen hat, als er mit Christian und Marcus dort war."

„Hmm", meinte er. „Es wird vermutlich eine Ewigkeit dauern, bis die zubereitet sind. Wir werden Stunden warten müssen."

„Die Vorfreude wird uns guttun", versicherte ihm Marguerite.

„Du weißt, dass man bei zu viel Vorfreude auch die Lust auf jemanden verlieren kann, oder?", warnte Julius, drückte dann aber ihre Hand, um sie wissen zu lassen, dass er sie nur aufzog.

An der Tür zum Restaurant blieb sie stehen und wollte nach dem Türgriff fassen, doch er kam ihr zuvor und hielt ihr die Tür auf. Sie trat ein und sah sich um. Die Beleuchtung in dem gut besuchten Lokal war gedämpft, im Hintergrund spielte romantische Musik, die Tische standen weit genug auseinander, dass man genug Privatsphäre hatte und nicht von den Nachbarn belauscht werden konnte. Sie wurden zu ihrem Tisch gebracht, wo sich ihnen sofort ein Kellner widmete, der ihnen noch vor der Bestellung ein Glas Champagner servierte.

„Und? Hat dir das Stück gefallen?", fragte Julius, nachdem sie bestellt hatten.

„Sehr gut", erwiderte Marguerite. Es hatte sich um eine moderne Komödie gehandelt, die sie von der ersten Szene an zum Lachen gebracht hatte. Über dieses Vergnügen war nach kurzer Zeit auch die Hitze im Saal in Vergessenheit geraten. Dummerweise funktionierte die Gedankenkontrolle nicht über das Telefon, und so war Julius gezwungen gewesen, sich mit den Karten zufriedenzugeben, die man ihm zugeteilt hatte. Plätze weit hinten in den oberen Rängen, was dank des exzellenten Gehörs und des überlegenen Sehvermögens für sie beide kein Problem darstellte. Allerdings hatte sich dort die von dem ausverkauften Saal aufsteigende Hitze gestaut und für schweißtreibende Temperaturen gesorgt. So richtig bewusst geworden war das Marguerite allerdings erst, als das Stück bereits vorüber war. Dennoch war es diese Unannehmlichkeit wert gewesen, fand sie. Da es noch eine Weile dauern sollte, bis das Essen serviert wurde, beschloss sie, zur Toilette zu gehen, sich etwas kaltes Wasser ins Gesicht zu spritzen und den Sitz ihrer Frisur zu überprüfen.

Sie verließ den Tisch und fragte den Kellner nach den Toiletten. Wie sich herausstellte, befanden die sich im ersten Stock, sodass Marguerite gezwungen war, mit ihren Stöckelschuhen die schmale, steile Treppe zu bewältigen. Im oberen Geschoss angekommen, öffnete sie die Tür zu den Toiletten, lächelte einer hübschen jungen Sterblichen zu und stellte sich zu ihr an die Waschbecken.

Der Spaziergang an der frischen Luft hatte ihr zwar Abkühlung verschafft, aber wie befürchtet glänzte ihr Gesicht etwas zu sehr, und ihre Frisur hatte leicht an Halt verloren. Sie fuhr sich mit den Fingern durchs Haar, um es wieder in Form zu bringen. Dann drehte sie den Hahn auf und spritzte sich wohltuend kaltes Wasser ins Gesicht.

Sie hörte, wie die Tür aufging, und nahm an, dass eine weitere Frau hereingekommen war, die die Damentoilette aufsuchen wollte. Erst als die junge Frau am Waschbecken neben ihr erschrocken nach Luft schnappte, wurde sie aufmerksam und richtete sich auf.

Im Spiegel vor sich sah sie, wie sich eine in Schwarz gekleidete Gestalt hinter sie stellte. Das musste der gleiche Fremde sein, der sie in ihrer ersten Nacht im Hotel in London überfallen hatte. Die Statur war die gleiche – groß, breitschultrig, muskulös. Und sie war von Kopf bis Fuß in Schwarz gekleidet, ein schwarzes Cape eingeschlossen. Dann sah Marguerite das Schwert, das auf sie zugeschossen kam.

Sofort duckte sie sich und warf sich zur Seite, damit die Klinge sie nicht erwischen konnte. Die Frau neben ihr bremste ihren Fall, und sie taumelten beide bis zur Wand, wo Marguerite es endlich schaffte, ihr Gleichgewicht zurückzugewinnen. Sie packte die Frau am Arm und stieß sie auf die Kabinen zu, um sie aus der Gefahrenzone zu bringen, dann trat sie ihrem Angreifer entgegen.

„Raus hier, verschwinden Sie!", zischte sie der jungen Frau zu und veränderte ihre Position so, dass sie die Mattglasfenster im Rücken hatte. Der Angreifer hob unterdessen sein Schwert, um zum nächsten Hieb anzusetzen.

Die Augen vor Entsetzen weit aufgerissen, schlich die junge Frau an den Kabinen entlang, da sie offenbar befürchtete, der schwarz gekleidete Mann könne sie jeden Moment in Stücke schlagen.

Marguerite wurde von der gleichen Sorge erfasst, da der Mann auf einmal zögerte und einer Kobra gleich die Bewegungen der Sterblichen verfolgte. Um ihn irgendwie abzulenken, fragte sie: „Was wollen Sie von mir?"

Der Mann wandte sich wieder ihr zu, woraufhin Marguerite der Frau mit einer flüchtigen Geste zu verstehen gab, dass sie loslaufen sollte. Doch sie reagierte erst, als der Angreifer mit erhobener Klinge auf Marguerite zukam. Die junge Sterbliche hastete zur Tür, riss sie auf und stürmte nach draußen. Gleichzeitig machte Marguerite einen Hechtsprung zur Seite, um nicht von dem Schwert getroffen zu werden.

Unsanft landete sie auf dem harten Fußboden und stieß mit dem Rücken gegen die Ecke der ersten Kabine. Trotz der Schmerzen robbte sie über den Boden, wobei sie jeden Augenblick damit rechnete, dass sich der kalte Stahl in ihr Fleisch bohren würde. Das geschah jedoch nicht, und als sie sich verwundert umdrehte, erkannte sie, dass ihr Angreifer die Klinge in das Holz der Fensterbank getrieben hatte und sich nun abmühte, um sie frei zu bekommen.

Als ihm das endlich gelungen war und er sich wieder Marguerite zuwenden konnte, war die längst aufgesprungen und rannte zur Tür. Sofort stürmte er hinterher, und da sie wusste, dass sie nicht genug Vorsprung hatte, um vor ihm nach draußen zu gelangen, blieb sie auf ihren hohen Absätzen schlitternd stehen und kehrte zurück zu den Kabinen, während sie fieberhaft nach etwas suchte, was sie als Waffe oder wenigstens als Schild benutzen konnte. Wenn sie nicht bald etwas Geeignetes fand, würde Julius wohl ohne sie essen … und sich eine neue Lebensgefährtin suchen müssen, da seine derzeitige bald kopflos sein würde.

Sie fand aber nichts, womit sie den nächsten Hieb hätte abwehren oder womit sie nach ihrem Kontrahenten hätte werfen können. Aus dem Augenwinkel nahm sie eine Bewegung wahr, und als sie erkannte, dass die Klinge abermals auf ihren Hals zielte, machte sie instinktiv einen Satz nach hinten. Dabei drückte sie unbeabsichtigt eine Kabinentür auf und stolperte rückwärts. Mit Schwung krachte sie gegen die Trennwand zur nächsten Kabine, stieß mit den Beinen gegen die Toilettenschüssel und stürzte.

Sie saß in der Falle, und sie hatte sich auch noch selbst hineinmanövriert! Ihr Angreifer kam näher, das Schwert hoch erhoben. Die Kabine war zwar zu eng, als dass er einen Schlag hätte führen können, der sie den Kopf kosten würde. Aber er hatte zweifellos genug Platz, um sie so zu verletzen, dass sie nicht mehr in der Lage sein würde, sich gegen ihn zu wehren. Anschließend konnte er sie einfach nach draußen ziehen und sie zurechtlegen, um sie bequem zu enthaupten. Unter der verdammten Maske, die sein Gesicht bedeckte, lächelte er jetzt bestimmt zufrieden.

Wütend auf sich selbst und auf ihr Gegenüber riss sie in dem Moment das Bein nach oben, als er nahe genug war. Ein Gefühl tiefer Befriedigung überkam sie, als ihre Schuhspitze ihn genau im Schritt traf. Der Treffer war schmerzhaft genug, um ihn zusammenzucken zu lassen, wodurch er sein eigentliches Ziel verfehlte – und die Klinge sich stattdessen in Marguerites Schulter fraß.

Das hektische Klacken von hohen Absätzen auf der Treppe ließ Julius hellhörig werden. Niemand in diesem Restaurant war in Eile, umso auffallender war die junge Frau, die aus dem ersten Stock nach unten gestürmt kam. Ihr Gesicht war von Panik verzerrt, und auf den letzten Stufen konnte sie mit ihrem eigenen Schwung nicht mehr mithalten, sodass sie stolperte und hinfiel. Der Anblick dieser Frau löste bei Julius plötzlich so fürchterliche Angst aus, dass er von seinem Platz aufsprang und völlig vergaß, wo er war.

Mit einer Geschwindigkeit, mit der er sich unter normalen Umständen verraten hätte, rannte er quer durch das Lokal zur Treppe. Sein Glück war, dass sich die anderen Gäste ganz auf die am Boden liegende Frau konzentrierten, der soeben vom Maître d'hôtel aufgeholfen wurde. Julius wartete nicht erst ab, was die wild stammelnde junge Frau zu berichten hatte, sondern stürmte die Treppe nach oben, wobei er drei Stufen auf einmal nahm.

Im ersten Stock angekommen, lief er zur Tür zu den Damentoiletten und warf sie mit solchem Schwung auf, dass der Knall vermutlich im ganzen Gebäude zu spüren war. Was er dann sah, ließ ihn einen Moment lang vor Schreck erstarren. Die verletzte, blutüberströmte Marguerite wurde soeben von einem ganz in Schwarz gekleideten Mann aus einer der Toilettenkabinen gezogen. Julius' Auftritt lenkte die Aufmerksamkeit des Unbekannten ab, der den Unsterblichen sekundenlang reglos anstarrte.

„Jesus!", flüsterte jemand hinter Julius. Offenbar war man ihm nach oben gefolgt.

Julius machte einen Satz auf den Angreifer zu, doch der trat bereits den Rückzug an, indem er sich abwandte und in die andere Richtung davonlief. Sein Ziel war das große Fenster am gegenüberliegenden Ende der Toiletten.

Hinter Julius stieß irgendjemand einen entsetzten Schrei aus, als der Mann durch die Scheibe sprang und aus dem Blickfeld verschwand. Julius nahm keine Notiz von den Schaulustigen hinter ihm, und er machte sich auch nicht die Mühe, den Unbekannten zu verfolgen. Stattdessen kniete er sich neben Marguerite und warf voller Sorge einen prüfenden Blick auf ihre Verletzungen. An der Schulter klaffte eine tiefe Wunde, um ein Haar wäre ihr der Arm abgetrennt worden. Außerdem war sie an der Brust getroffen worden, doch auch dabei handelte es sich nicht um eine lebensbedrohliche Verletzung. Tatsächlich verheilten ihre Wunden bereits, dennoch war ihm klar, dass sie dringend Blut benötigte, und zwar in großen Mengen.

Er schob seine Arme unter sie, damit er sie hochheben konnte, hielt aber kurz inne, als sie vor Schmerzen aufstöhnte.

„Sie lebt noch", wisperte jemand entsetzt.

Als er aufsah, erkannte er den Maître d'hôtel. Dann wanderte sein Blick zur Tür, und mit großem Unbehagen nahm er dabei zur Kenntnis, dass immer mehr Leute die Treppe hinaufeilten, die alle wissen wollten, was sich hier oben abgespielt hatte. Fluchend tauchte Julius in den Geist des Maître d'hôtel ein, veränderte dessen Erinnerung an das, was er hier zu sehen bekam, und schickte ihn hinaus, damit er die anderen Leute abwimmelte, indem er ihnen versicherte, es sei alles in Ordnung.

Nachdem die Tür hinter dem Mann zugefallen war, nahm Julius Marguerite in die Arme und überlegte, was er machen sollte. Er konnte sie nicht an all den Leuten vorbei durchs Restaurant nach draußen tragen, weil er keine Zeit hatte, um die Erinnerungen so vieler Leute zu manipulieren.

Wieder stöhnte Marguerite und lenkte seinen Blick auf sich. Sie war so extrem blass, dass kaum noch ein Unterschied zum Weiß der Waschbecken bestand. Das Blut wanderte in ihrem Körper zu den Wunden, um sie zu verschließen und um die Zellen zu regenerieren, damit sie wiederhergestellt werden konnte. Doch bald würden diese lebensrettenden Maßnahmen sich in ihr Gegenteil verkehren, da die Nanos auf der Suche nach frischem Blut ihre inneren Organe angreifen würden.

Leise fluchend ging er zum zerborstenen Fenster und warf einen Blick nach draußen. Von dem unbekannten Angreifer war natürlich nichts mehr zu sehen, und damit war auch gar nicht zu rechnen gewesen. Viel wichtiger war aber die Erkenntnis, dass die Gasse zwischen diesem und dem Nachbargebäude menschenleer war. Genau darauf hatte Julius gehofft.

Er drückte Marguerite an sich, stieg auf die Fensterbank und sprang auf das einige Meter tiefer gelegene Kopfsteinpflaster. Mit dem zusätzlichen Gewicht in seinen Armen landete er so unglücklich, dass ein Fuß auf den unebenen Pflastersteinen wegrutschte und er sich den Knöchel verdrehte.

Ein stechender Schmerz jagte durch sein Fußgelenk, aber er biss die Zähne zusammen und lief in Richtung Stadthaus. Dabei warf er einen kurzen Blick auf Marguerite, die erneut zu stöhnen begonnen hatte ... und diesmal nicht wieder aufhörte.

10

„Hallo?"

Julius wandte seinen Blick von Marguerites blassem Gesicht ab und sah zur Tür. Die letzte halbe Stunde hatte er auf der Bettkante verbracht und sie beobachtet, während die anderen unterwegs waren, um das Blut ins Stadthaus zu bringen. Jetzt stand er auf und öffnete die Tür, ging hinaus in den Flur und warf einen Blick nach unten, wo die Männer soeben ins Haus eilten.

„Hier oben", rief er ihnen mit gedämpfter Stimme zu, weil er Marguerite nicht stören wollte.

Tiny führte das Trio an und kam mit einer Kühltasche in der Hand die Treppe herauf. „Wir haben so schnell gemacht, wie wir konnten. Was ist passiert? Christian sagte, dass wir möglichst viel Blut auftreiben und herbringen sollen. Ist was mit Marguerite? Geht es ihr nicht gut?"

Ohne auf die Fragen zu antworten, sah Julius an dem Sterblichen vorbei zu Marcus und Christian. Sie trugen ebenfalls jeder eine große Kühltasche, die vermutlich beide bis zum Rand mit Blutkonserven gefüllt waren. Er ging davon aus, dass sie eine Blutbank überfallen und den gesamten Bestand mitgenommen hatten.

Julius kehrte ins Schlafzimmer zurück, wo Marguerite sich bereits zu regen begann. Dass die beiden bescheidenen Blutbeutel, die er ihr eingeflößt hatte, nicht lange vorhalten würden, war ihm von Anfang an klar gewesen. Am Bett angekommen, drehte er sich um und nahm Tiny die Kühltasche aus der Hand, öffnete sie und holte einen Beutel heraus.

„Was ist passiert?", wollte Tiny besorgt wissen.

Wieder schwieg Julius, da er damit beschäftigt war, Marguerites Mund zu öffnen und den Beutel auf ihre ausgefahrenen Zähne zu drücken.

„Jesus!"

Als er den geflüsterten Ausruf hörte, drehte er sich um und sah, dass Marcus und Christian ins Zimmer gekommen waren. Christian hatte die Kühltasche unter einen Arm geklemmt und bückte sich, um Marguerites Kleid aufzuheben, das auf dem Boden gelandet war. Der jüngere Unsterbliche hielt es hoch und musterte den blutgetränkten, zerrissenen Stoff.

„Sie ist im Restaurant angegriffen worden", erklärte Julius.

„Und wo zum Teufel waren Sie?", fragte Tiny aufgebracht und stemmte die Hände in die Hüften.

„Ich habe an unserem Tisch gesessen. Sie war nach oben zur Toilette gegangen. Ich hätte sie begleiten sollen", murmelte er betroffen.

„Das hätte wahrscheinlich für einiges Aufsehen gesorgt", wandte Marcus ein.

„Meinst du etwa, das hier wäre unbemerkt geblieben?", konterte Julius zynisch und griff nach Tinys Kühltasche, da er sah, dass Marguerite den Beutel fast ausgetrunken hatte.

Tiny kam ihm zuvor und reichte ihm einen Beutel, während er fragte: „Was genau ist passiert?"

Nachdem Julius die Blutkonserven ausgetauscht hatte, antwortete er: „Sie ist auf der Damentoilette angegriffen worden. Zum Glück hat sich noch eine andere Frau dort aufgehalten, und als diese in Panik nach unten gerannt kam, bin ich sofort losgelaufen."

„Sie ist von einer Frau angegriffen worden?", fragte Tiny verwundert.

„Nein", erwiderte er. „Das war eindeutig ein Mann. Vielleicht zwei oder drei Zentimeter kleiner als ich, aber er hatte den Körperbau eines muskulösen Mannes."

„Konntest du sein Gesicht sehen?" Christian trat vor und stellte seine Kühltasche neben die von Tiny.

„Nein, er war von Kopf bis Fuß in Schwarz gekleidet und hat eine schwarze Maske getragen. Dazu ein schwarzes Cape und ein Schwert."

„So wie der Angreifer im *Dorchester*, den Marguerite mir beschrieben hat", meinte Tiny nachdenklich.

„Warum hat er ihr nicht den Kopf abgeschlagen?", wunderte sich Marcus. „Hast du ihn davon abhalten können?"

„Ich habe ihn wohl dabei gestört. Er zog sie gerade aus einer der Kabinen, als ich hineingeplatzt kam. Vermutlich hat er mehr Platz gebraucht, um mit dem Schwert richtig ausholen zu können."

„Ein Glück, dass Sie gerade noch rechtzeitig dazwischengegangen sind." Tinys besorgter Blick ruhte unverändert auf Marguerites Gesicht.

„Konntest du ihn töten?", fragte Marcus, woraufhin Julius die Schultern sinken ließ, da ihm genau das nicht gelungen war.

„Er ist durch ein geschlossenes Fenster gesprungen und entkommen."

„Dann ist er also noch irgendwo da draußen unterwegs", grübelte Christian.

Julius hob den Kopf und sah, dass alle drei zum Fenster blickten, als erwarteten sie, dass der Unbekannte jeden Moment hereingestürmt kam.

„Haben Sie hinter sich abgeschlossen, als Sie nach mir ins Haus gekommen sind?", wandte sich Tiny plötzlich an die beiden anderen.

Marcus und Christian schauten sich verdutzt an, dann lief Letzterer nach unten, um das Versäumte nachzuholen.

„Ich sehe mich im Haus um", erklärte Marcus und folgte ihm aus dem Zimmer.

Einen Moment lang schien es, als wolle Tiny sich ihm anschließen, dann jedoch blieb er bei Julius. „Wenn das wirklich alles etwas mit Christians Mutter zu tun hat, könnten Sie der Gefahr ein Ende setzen, indem Sie uns verdammt noch mal sagen, wer sie ist."

„Dadurch wäre Marguerite auch nicht in Sicherheit", erwiderte der Unsterbliche leise.

„Von wegen. Wir könnten nach Hause zurückkehren, und sie wäre außer Gefahr."

„Nein, das glaube ich nicht", antwortete Julius und verspürte ein Schaudern allein bei dem Gedanken daran, sie könnte wieder abreisen.

„Was?", fragte Tiny ungläubig.

„Ich glaube, sie ist nirgendwo in Sicherheit, egal, wo sie sich aufhält", erklärte er leise und sprach damit aus, was ihm durch den Kopf gegangen war, während er auf die Blutkonserven gewartet hatte. „Meiner Ansicht nach wurde etwas in Gang gesetzt, das nicht mehr aufzuhalten ist."

„Und das wann endet? Wenn Marguerite tot ist?", fauchte Tiny und griff nach dem Laken. Julius wollte ihn aufhalten, doch er zog es nur weit genug nach unten, um ihre Schulter freizulegen. Die Wunde hatte sich bereits zur Hälfte geschlossen, doch es war immer noch ein tiefer, hässlicher Schnitt. „In was hat uns Christian da nur reingezogen?"

„Ich wünschte, ich wüsste es", murmelte Julius.

„Was sind ...?"

„Gehen Sie jetzt", unterbrach er den Sterblichen erschöpft und drang in dessen Geist ein, damit er seiner Anweisung Folge leistete. Er benötigte Zeit und Ruhe zum Nachdenken, aber Tinys besorgte und wütende Fragen hielten ihn davon ab. Also schickte er den Mann ins Bett, wo er auch für den Rest der Nacht bleiben sollte. Julius wusste, er würde seine Fragen erneut stellen, wenn er am Morgen aufwachte, doch er hoffte, dass er bis dahin Antworten liefern konnte. Oder zumindest ein paar gute Lügen.

Als der Sterbliche die Tür hinter sich zuzog, seufzte Julius erleichtert auf und tauschte den leeren gegen einen vollen Blutbeutel aus, während er geduldig darauf wartete, dass Marguerites Körper sich vollständig regenerierte. Sie war nicht mehr ganz so blass, ihr Gesicht hatte jetzt mehr die Farbe von Pergament, weniger die von Porzellan. Drei oder vier Beutel waren wohl nötig, ehe sie sich einigermaßen erholt hatte. Der eigentliche Heilungsprozess würde sicher den Rest der Nacht in Anspruch nehmen, und selbst wenn von der Fleischwunde äußerlich nichts mehr zu erkennen war, hatte ihr Körper noch genug damit zu tun, die inneren Verletzungen zu reparieren. Vor Sonnenaufgang würde sie bestimmt weitere zwei bis drei Beutel trinken müssen, das Gleiche noch einmal, wenn sie aufgewacht war. Erst dann würde es ihr wieder gut gehen.

„Fenster und Türen sind verschlossen, und außer uns hält sich niemand im Haus auf", berichtete Marcus, als er zusammen mit Christian ins Zimmer zurückkehrte.

Julius nickte nur und tauschte ein weiteres Mal die Blutbeutel aus.

„Dann war das also der gleiche Angreifer wie im Hotel?", fragte Christian leise, stellte sich auf der anderen Seite neben das Bett und betrachtete Marguerite.

„Danach sieht es aus", bestätigte Julius.

Christian nickte. „Und du denkst nach wie vor, dass meine Mutter dahintersteckt?"

„Auf jeden Fall Leute, die ihr nahestehen", antwortete er und stutzte, als er den schuldbewussten Gesichtsausdruck seines

Sohnes bemerkte. „Du kannst nichts dafür, Christian. Hätte ich das Ganze seinerzeit anders gehandhabt, wäre das alles niemals geschehen."

„Und was machen wir nun?", warf Marcus ein und wechselte das Thema. „Bleiben wir hier und warten darauf, dass Martine Argeneau aus London zurückkehrt?"

Julius zögerte, sein Blick wanderte zu Marguerite. Er wollte ihr mehr von York zeigen, weil er hoffte, auf diese Weise Erinnerungen an die Vergangenheit zu wecken, die aus ihrem Gedächtnis verschwunden zu sein schienen. Aber er konnte nicht riskieren, dass sie dabei noch einmal angegriffen wurde. Vielleicht würde sie beim nächsten Mal nicht so viel Glück haben und dann nicht um Haaresbreite mit dem Leben davonkommen.

„Wie spät ist es?", fragte er abrupt.

„Fast ein Uhr", ließ Christian ihn wissen. „Jetzt fährt kein Zug mehr."

„Nein, ganz sicher nicht", stimmte er ihm zu, schwieg sekundenlang und sagte: „Wir reden morgen nach dem Aufstehen darüber. Marguerite wird auch etwas dazu sagen wollen."

„Ich vermute, sie wird bleiben wollen", gab Christian zu bedenken. „Solange wir sie nicht aus den Augen lassen, sollte sie in Sicherheit sein. Unser unbekannter Angreifer scheint abzuwarten, bis keiner von uns mehr in der Nähe ist."

Als Julius ihn fragend ansah, fügte er hinzu: „Warum sollte er es sonst wagen, sie in der Öffentlichkeit anzugreifen? Eine Toilette in einem Restaurant, in der sich zudem noch eine Sterbliche aufhält, ist eine gewagte Sache. Er muss die Gelegenheit genutzt haben, da sich kein anderer Unsterblicher in der Nähe aufhielt, der Marguerite hätte beistehen können. Vermutlich war das seit unserer Ankunft hier in York wohl das erste Mal, dass du sie außerhalb des Hauses aus den Augen gelassen hast."

„Er hat recht", meinte Marcus. „Der Fremde muss uns aus

London gefolgt sein. In der ersten Nacht seid ihr auch gemeinsam spazieren gegangen, aber da hat er nicht angegriffen. Es ist offensichtlich so, dass er sich nur aus der Deckung wagt, wenn sie die einzige Unsterbliche in der Nähe ist."

„Wenn wir sie also nicht aus den Augen lassen, dürfte ihr nichts passieren", folgerte Julius. Falls das stimmte, würde er keine Sekunde mehr den Blick von ihr wenden, bis die Sache aufgeklärt war. Das würde ihm nicht schwerfallen. Schwierig würde es für ihn nur, nicht darauf zu bestehen, dass sie die ganze Zeit über im Bett blieb – natürlich nackt und mit ihm an ihrer Seite.

Marguerite rührte sich, als Julius den letzten Beutel wegnahm, und ihre Lider öffneten sich flatternd. Ratlos sah sie die drei Männer an, dann schien sie sich an den Überfall zu erinnern und schaute an sich hinab.

„Es ist alles in Ordnung", sagte Julius. „Du bist in Sicherheit, und die Verletzungen sind fast verheilt."

Sie nickte bedächtig und sah ihm in die Augen. „Hast du ihn …?"

„Er ist mir entwischt", sagte er leise.

„Ist sonst noch jemand verletzt worden?"

„Nein", versicherte er, woraufhin sie mit einem leisen Seufzer die Augen schloss und wieder in ihren Heilschlaf sank.

Eine Zeit lang betrachtete Julius sie, dann wandte er sich den beiden Männern zu. „Ihr könnt die anderen beiden Kühltaschen dahin zurückbringen, wo ihr sie herhabt. Es sind noch ein paar Beutel im Haus, und vor Sonnenaufgang soll eine Lieferung eintreffen."

Marcus nickte und nahm seine Kühltasche vom Fußende des Betts, während Christian die andere Box von der Kommode hob.

„Nehmt einen Schlüssel mit und achtet darauf, dass ihr hinter euch abschließt", wies er die beiden an, als sie das Schlafzimmer verließen. Dann stand er auf und begann sein Hemd aufzuknöpfen, als er auf einmal bemerkte, dass es von Blut durchtränkt war und der Stoff auf seiner Haut klebte. Nach einem kurzen Blick zu Marguerite wandte er sich ab. Auch seine Hose war in Mitleidenschaft gezogen worden, und er würde sich erst duschen müssen, bevor er sich zu ihr ins Bett legen konnte.

Er ließ die Tür zum Schlafzimmer und die zum Bad offen, und alle paar Sekunden schaute er beim Ausziehen in den gegenüberliegenden Raum, um sich zu vergewissern, dass mit Marguerite alles in Ordnung war.

Da er sie nicht länger als unbedingt nötig allein lassen wollte, duschte er so hastig, wie es nur ging, wobei er immer wieder aus der Dusche trat, um einen prüfenden Blick in Richtung Bett zu werfen. In Windeseile seifte er sich ein, und genauso schnell spülte er die Seife auch ab, dann legte er sich ein Handtuch um die Hüften, verknotete es an der Seite und kehrte zurück ins Schlafzimmer.

Nachdem er die Tür hinter sich geschlossen hatte, trocknete er sich ab, warf das Handtuch zur Seite und schlug die Bettdecke auf, um sich zu Marguerite zu legen. Als sie diese Bewegung spürte, öffnete sie die Augen. In Wahrheit war sie vor wenigen Minuten gar nicht eingeschlafen, sondern hatte sich nur zurückgelehnt, weil ihr nicht nach Reden zumute war, solange sich die beiden anderen Unsterblichen mit im Zimmer befanden. Sie hatte zuvor schon geblinzelt, nachdem die Tür zugezogen worden war, doch es hatte sich als ein beunruhigender Anblick entpuppt, als sie mit ansah, wie Julius das Hemd auszog, das mit ihrem Blut getränkt war. Stattdessen hatte sie nur seinen Bewegungen gelauscht und sich gewundert, als im Badezimmer die Dusche rauschte. Schließlich hatte sie weiter mit geschlossenen Augen dagelegen und gewartet, dass Julius zu ihr zurückkam.

„Du bist ja wach", stellte Julius erstaunt fest.

„Ja", antwortete sie lächelnd.

Nach kurzem Zögern fragte er besorgt: „Willst du noch mehr Blut haben?"

Sie schüttelte den Kopf. „Nein, danke. Nicht im Moment."

Er lächelte flüchtig, als er ihren gekünstelten Tonfall bemerkte. „Lieber etwas zu trinken? Oder zu essen?"

Wieder lehnte sie ab. Auch wenn sie das bestellte Abendessen im Restaurant nicht mehr hatte genießen können, verspürte sie keinen Hunger. Im Moment wollte sie nur, dass Julius sie in die Arme nahm, damit sie seine Wärme genießen und sich wieder sicher fühlen konnte.

Er zögerte, was sie vermuten ließ, dass er überlegte, was er ihr sonst noch anbieten könnte. Offenbar kam ihm aber nichts in den Sinn, woraufhin er sich zu ihr legte und darauf achtete, dass das Bett durch seine Bewegungen nicht allzu sehr schaukelte. Marguerite wartete, bis er ruhig dalag, dann drehte sie sich auf die Seite und schmiegte sich an ihn. Ihr Kopf und ein Arm ruhten auf seiner breiten Brust.

„Deine Wunden sind noch nicht verheilt, du könntest dich erneut verletzen, wenn du dich bewegst", sagte er in sorgenvollem Ton, legte aber gleichzeitig einen Arm um sie.

„Es tut nicht mehr weh. Ich nehme an, es ist alles so gut wie verheilt", versicherte sie und drückte sich fester an ihn.

Ein paar Minuten lagen sie schweigend nebeneinander, während Julius mit einer Hand durch ihr Haar fuhr und Marguerite im Gegenzug sein Brusthaar kraulte. Plötzlich fragte er: „Marguerite, würdest du mir von deiner Ehe mit Jean Claude erzählen?"

Reflexartig versteifte sie sich, ihre Finger rührten sich nicht von der Stelle. Ihre Ehe war kein Thema, über das sie mit Vergnügen nachdachte, und auch wenn sie in den ersten drei Wochen hier in England gegenüber Tiny das eine oder andere hatte verlauten lassen, wollte sie mit Julius eigentlich nicht darüber reden. Sie fürchtete, wenn sie ihm enthüllte, welchen Demütigungen sie ausgesetzt gewesen war, könnte er seine Meinung über sie ändern. Vielleicht verlor er dann den Respekt vor ihr, oder er hielt sie für schwach, wenn er hörte, wie Jean Claude sie kontrolliert hatte. Womöglich würde er für sie sogar die gleiche Verachtung empfinden wie ihr Ehemann.

Nein, das Risiko wollte sie nicht eingehen. Ihre Ehe sollte tot und begraben bleiben, ganz so wie ihr Ehemann.

„Marguerite?", hakte er vorsichtig nach.

Schließlich schüttelte sie den Kopf. „Nein, lieber nicht."

Julius schwieg sekundenlang, dann sagte er seufzend: „Marguerite, zu einer anderen Zeit und an einem anderen Ort hätte ich deinen Wunsch respektiert. Aber mir ist jetzt klar, das wäre ein Fehler gewesen. Ich wäre dadurch im Nachteil, wenn … falls etwas passieren sollte."

„Was denn zum Beispiel?", wollte sie wissen.

Anstatt darauf etwas zu entgegnen, schien er das Thema zu wechseln … oder zumindest einen Bogen darum zu machen. „Erzähl mir von Jean Claudes Tod."

Überrascht schnappte Marguerite nach Luft, da sie mit dieser Aufforderung nun wirklich nicht gerechnet hatte.

„Ich frage nicht bloß aus Neugier, Marguerite. Es gibt einen guten Grund für diese Frage."

Als sie ihm darauf in die Augen sah, bemerkte sie seinen ernsten Blick. Sie ließ den Kopf wieder sinken und zupfte an seinen Brusthaaren. „Er ist in einem Feuer umgekommen."

„Wie?", wollte er wissen.

Sie runzelte die Stirn, denn ihr war klar, wenn sie Jean Claudes Tod erklären wollte, musste sie zumindest einen Teil der Wahrheit über ihre Ehe enthüllen.

„Bitte, vertrau mir", sagte er leise und eindringlich.

Es war sein stummer, flehender Blick, der sie mit einem von Herzen kommenden Seufzer einlenken ließ.

„Jean Claude war ... aufgewühlt", begann sie, bemerkte dann, wie Julius auffordernd nickte, und fuhr fort: „Ich glaube, er hat sich insgeheim dafür gehasst, dass er mich geheiratet hat, obwohl wir keine echten Lebensgefährten waren."

„Das hast du gewusst?", warf Julius leise ein.

„Anfangs nicht. Anfangs wusste ich überhaupt nichts, was Unsterbliche anging. Aber mir wurde schnell klar, dass etwas nicht stimmte. Und das war eben diese Sache mit den Lebensgefährten", erklärte sie. „Die ersten gut Hundert Jahre war unsere Ehe gar nicht so schlimm. Da war er wenigstens nicht grausam zu mir, sondern nur egoistisch und abweisend. Es kümmerte ihn nicht, was ich fühlte und was ich wollte. Wenn er einen Ball besuchen oder eine Reise unternehmen wollte, war mir nicht gestattet, das *nicht* zu wollen. Er bestand darauf, und wenn ich mich weigerte, drang er in meinen Verstand ein und machte mich fügsam."

„Ich nehme an, das beschränkte sich nicht auf Bälle und Reisen", sagte er zögernd. „Hat er dich im Bett auch gefügig gemacht?"

Ihr Gesichtsausdruck musste Antwort genug gewesen sein, da sie spürte, wie sich seine Muskeln anspannten. „In den ersten zehn oder zwanzig Jahren kam das nur gelegentlich vor. Ich war jung und wollte ihm zu Diensten sein, aber ..." Sie zuckte mit den Schultern. „Ich wurde älter, und dieser Drang ließ nach. Je mehr ich mich widersetzte, umso mehr übernahm er die Kontrolle über mich. Da war keine richtige Grausamkeit im Spiel, sondern nur eine gleichgültige Entschlossenheit, sich das zu nehmen, was er haben wollte. Auf meine Gedanken oder Gefühle hat er dabei keine Rücksicht genommen."

„Wodurch veränderte sich das?", fragte Julius, und sie konnte ihm anmerken, wie er sich noch stärker anspannte.

Sie schüttelte ratlos den Kopf. „Ich weiß nicht. Es geschah nach unserer Reise durch ganz Europa."

„Eine Reise durch Europa?" Etwas an seinem Tonfall ließ sie aufhorchen, doch seine Miene verriet nichts. „Wann hat die stattgefunden?"

„Es war eine lange Reise, über zwanzig Jahre. Sie begann um 1470 und endete 1491", sagte sie. „Wir haben England verlassen, um über den Kontinent zu reisen."

„Erzähl mir davon."

Nun klang auch seine Stimme angespannt, dennoch redete sie weiter. „Das ist alles ziemlich verschwommen, allerdings habe ich diese Zeit als angenehm in Erinnerung."

„Als angenehm?"

„Ja. Ich erinnere mich, dass es schön war. Ich weiß, wir haben ein Land nach dem anderen bereist, eine Stadt nach der anderen. Wir waren immer auf Reisen, und nirgendwo sind wir lange genug geblieben, um uns etwas anzusehen." Sie lächelte schwach. „Ich weiß, es klingt albern, wenn ich sage, dass wir zwanzig Jahre lang nur unterwegs waren und eigentlich überhaupt nichts gesehen haben. Aber so habe ich diese Zeit in Erinnerung."

Julius nickte ernst. „Erzähl weiter!"

Seufzend spielte sie wieder mit seinem Brusthaar. „Bis heute weiß ich nicht, was vorgefallen ist, dass sich alles so grundlegend geändert hat. Es kam mir so vor, als habe sich Jean Claude über Nacht in einen anderen Menschen verwandelt. Er fing an, von Leuten zu trinken, die zu viel Alkohol getrunken oder Drogen genommen hatten. Er stellte sogar Diener ein, die Alkoholiker waren, damit er von ihnen trinken konnte." Sie schüttelte den Kopf. „Und je häufiger er das tat, desto grausamer wurde er."

Marguerite hielt einen Moment lang inne, dann sagte sie wie unter Schmerzen: „Und er konnte mich nicht mehr ansehen, ohne dass seine Augen von Hass erfüllt waren. Ich durfte nicht allein zu Hause bleiben, ich durfte keine Freunde haben. Er sagte, ich solle seinen Kindern eine Mutter sein, aber mehr nicht." Sie schnaubte kläglich. „Und dabei verweigerte er es mir, Kinder zu bekommen."

„Er verweigerte es dir?", wiederholte Julius leise.

Sie nickte. „Ich wollte noch ein Kind haben. Lucern war etwas über hundert, und ich sehnte mich danach, wieder ein Kind in den Armen zu halten." Plötzlich stutzte sie, da ihr etwas aufgefallen war. „Das passierte auch unmittelbar nach unserer Reise durch Europa. Ich glaube, diese Zeit hat uns wohl beide verändert."

„Und du wolltest noch ein Kind", hakte er nach.

„Es war mehr, als nur ein Kind zu wollen. Ich brauchte ein Kind, um es in meine Arme zu schließen. Meine Arme fühlten sich leer an. Ich kam mir vor, als hätte ich ..." Sie verstummte und schüttelte den Kopf, weil sie sich vorstellen konnte, wie albern sich das anhören musste.

„Sag es mir!", forderte Julius sie sanft auf.

Marguerite spürte, dass ihre Antwort für ihn sehr wichtig war, auch wenn sie sich nicht erklären konnte, warum das so sein sollte.

Nach längerem Zögern gestand sie ihm dann: „Ich kam mir vor, als hätte ich ein Kind verloren. Als ob da eigentlich ein Kind hätte sein müssen, das ich in meinen Armen halten sollte, das aber nicht dort war. Ich verzehrte mich förmlich nach einem Baby ... So sehr, dass ich ihm mit meinem Wunsch unablässig zur Last fiel." Sie errötete vor Scham, dass sie ihren Ehemann angefleht hatte, von ihm schwanger zu werden. „Bis dahin hatte ich niemals um irgendetwas gebettelt, weil ich dafür viel zu stolz war. Aber dann tat ich es doch." Sie brachte ein schwaches Lächeln zustande. „Und schließlich erklärte er sich einverstanden. Es dauerte lange Zeit, doch gut hundert Jahre später kam er zu mir, und kurz darauf habe ich Bastien zur Welt gebracht."

„Warst du dann glücklich?", fragte er.

„Es half mir, mich glücklich zu fühlen", entgegnete sie und legte den Kopf schräg. „Ich liebe Kinder, Julius. Ich habe meine eigenen großgezogen, außerdem meine Nichten und Neffen. Ich kann mir keine Mutter vorstellen, die einem Kind den Tod wünscht, schon gar nicht dem eigenen."

„Das glaube ich dir", erklärte Julius ernst und schloss rasch die Augen. Dennoch kam es ihr so vor, als habe sie in ihnen den Schimmer von Tränen wahrgenommen.

„Woran denkst du gerade?", fragte sie leise.

„Ich erinnere mich an etwas ... an einen Traum."

„Erzähl ihn mir", bat sie.

„Es ging um dich und mich in einer anderen Zeit."

Sie lächelte.

„Wir waren ein Liebespaar, und wir waren echte Lebensgefährten. Wir erfuhren so viel Glück, dass mein Herz manchmal schmerzt, wenn ich daran zurückdenke. Aber ich schien immer Angst zu haben, diesem Glück zu trauen. Ich fürchtete, es könnte mich im Stich lassen. Und dann geschah es. Ich verlor es durch die Tat eines anderen, doch ich verlor es vor allem, weil ich kein Vertrauen hatte."

„Vertrauen?", fragte sie. „In wen oder was?"

„In dich ... und in meinen Instinkt, was dich anging", gestand er. „In diesem Traum erzählte mir jemand etwas über dich, das keine Lüge war, sondern die Wahrheit, wie diese Leute sie wahrnahmen. Aber es war nicht die ganze Wahrheit. Mein erstes Gefühl sagte mir, dass es nicht stimmte, doch ich ließ mich von meinen Ängsten und Zweifeln überzeugen, dass genau das eingetreten war, was ich befürchtet hatte. Dass alles nur eine Lüge war. Und deshalb ließ ich dich gehen."

Beim Anblick seiner betrübten Miene strich Marguerite ihm ein paar Haarsträhnen aus dem Gesicht. „Das klingt nach einem schrecklichen Traum. Wir müssen unbedingt dafür sorgen, dass er sich in der Realität nicht ereignet."

„Ja", pflichtete er ihr mit belegter Stimme bei. „Niemals wieder."

Sie wollte ihn fragen, was diese Formulierung zu bedeuten hatte, aber da drückte er bereits den Mund auf ihre Lippen, und im nächsten Augenblick geriet die Frage auch schon in Vergessenheit. Es kam ihr vor, als habe sie die letzten siebenhundert Jahre nur für diesen Moment gelebt, damit er sie in seinen Armen halten und sie an sich drücken könne. Sie konnte sich nicht vorstellen, dass das Leben je wieder so perfekt sein würde, und sie verstand die Ängste, die sein Traum ihm bereitete. Denn mit einem Mal fürchtete sie selbst, ihr könne alles entrissen werden. Sie fürchtete, in ihrem eigenen kalten Bett aufzuwachen, in dem sie nicht neben Julius, sondern immer noch neben Jean Claude lag.

Schläfrig machte Julius die Augen einen Spaltbreit auf und streckte die Hand nach Marguerite aus, musste jedoch zu seiner Verwunderung feststellen, dass sie nicht neben ihm lag. Die andere Hälfte des Betts war leer. Marguerite war vor ihm aufgewacht und hatte das Schlafzimmer verlassen, was besonders ärgerlich war, da er wie schon am Morgen zuvor mit rasendem Verlangen nach ihr aufwachte. Auch wenn es zumindest für ihn die zweite Begegnung war, entpuppte sich seine Begierde nach ihr als genauso überwältigend wie beim ersten Mal, als er sie kennengelernt und sich in sie verliebt hatte.

Als die Erinnerung an den Anschlag auf ihr Leben zurückkehrte, rückten alle anderen Überlegungen in den Hintergrund. Marguerite war beinah umgekommen, und sie sollte noch im Bett liegen und sich erholen. Was dachte sie sich dabei, irgendwo in Haus unterwegs zu sein?

Er stützte sich auf einen Ellbogen und sah verwundert, welche Zeit der Wecker auf dem Nachttisch zeigte. Es war noch nicht mal Mittag. Wieso war sie auf? Er schlug die Decke zurück, sprang aus dem Bett und ging zur Tür, ohne sich zuvor etwas anzuziehen. Außer Marguerite waren nur Männer im Haus, und abgesehen davon sollte um diese Zeit keiner von ihnen wach sein, auch nicht Marguerite.

Mit finsterer Miene öffnete er die Tür und trat hinaus in den Flur. Die Tür zum Badezimmer stand offen, dort hielt sie sich nicht auf. Gerade hatte er sich umgedreht, um in ihrem Schlafzimmer nachzusehen, da hörte er von unten Tinys Stimme.

„Marguerite? Wieso bist du auf?", fragte dieser.

Julius ging zum Treppenabsatz und sah noch, wie Marguerite die unterste Stufe erreichte. Sie trug nur eines seiner T-Shirts, das so groß war, dass es ihre Oberschenkel halb bedeckte. Letzte Nacht hatte er es ihr gegeben, damit sie es auf dem Weg ins Badezimmer tragen konnte, und als sie zurückgekommen war, hatte er es mit den Worten anbehalten, es gefalle ihr, etwas von ihm auf ihrer Haut zu tragen.

Da hatte Julius noch gelächelt, doch das verging ihm jetzt. Zwar bedeckte der Stoff einen Großteil ihres Körpers, aber es genügte wohl kaum, um damit vor Tiny hin und her zu stolzieren, dachte Julius gereizt.

„Marguerite?" Tiny machte eine besorgte Miene, als er aus dem Wohnzimmer kam und sich ihr in den Weg stellte. „Geht es dir gut, Marguerite?"

Der Detektiv streckte einen Arm aus, um sie an der Schulter zu fassen, damit sie stehen blieb, doch sie packte ihn am Arm und schleuderte ihn zur Seite, als würde er absolut nichts wiegen. Sie würdigte ihn nicht mal eines Blickes, als er gegen die Wand krachte und zu Boden sank. Stattdessen ging sie weiter in Richtung Haustür.

Entsetzt und verwirrt stürmte Julius die Treppe hinunter.

„Alles in Ordnung?", rief er Tiny im Vorbeilaufen zu und nahm kaum dessen benommenes Nicken wahr, da sein Blick schon wieder auf Marguerite gerichtet war. Sie hatte die Tür erreicht, zog sie auf und trat nach draußen in den grellen Sonnenschein. Als er ihren Namen rief, drehte sie sich nicht einmal nach ihm um. Sie war bereits einige Meter weit gekommen, bis er sie endlich eingeholt hatte.

Er riss sie zu sich herum und stellte fest, dass ihr Gesicht völlig ausdruckslos war. Ihre Augen waren matt und leer. Sie hob die Hände, um ihn von sich wegzustoßen, wie sie es eben bei Tiny gemacht hatte, doch dann hielt sie auf einmal inne und sackte in sich zusammen.

Fluchend fing Julius sie auf, ehe sie auf dem Fußweg landen konnte, und hob sie in seine Arme. Plötzlich erstarrte er mitten in der Bewegung, da ihm bewusst wurde, dass sie beide nicht allein waren. Mindestens ein Dutzend Passanten waren auf beiden Straßenseiten unterwegs, ein paar von ihnen allein, andere in kleinen Gruppen. Und jeder Einzelne von ihnen hatte sich umgedreht und starrte ihn an, wie er völlig nackt auf dem Gehweg stand und eine Frau in seinen Armen hielt, die nur ein weites T-Shirt trug.

Es waren zu viele, um bei allen die Erinnerung zu verändern. So etwas nahm bei einer Gruppe von dieser Größe einige Minuten in Anspruch, und diese Zeit genügte, damit sich weitere Passanten näherten, die er dann ebenfalls würde manipulieren müssen. „Sie ... sie schlafwandelt", war die einzige Ausrede, die ihm auf die Schnelle einfiel.

Ob die Leute ihm das glaubten oder nicht, war ihm gleich. Er machte kehrt und trug Marguerite zurück ins Stadthaus. Dankbar nahm er zur Kenntnis, dass Tiny schon an der Tür stand und sie hinter ihm schloss.

„Wir haben dich rufen hören, Vater. Was ist passiert?", fragte Christian, der dicht gefolgt von Marcus ins Erdgeschoss gehetzt kam.

Am Fuß der Treppe blieb Julius stehen. Er hatte Marguerite nach oben bringen wollen, um sie ins Bett zu legen und bei ihr zu bleiben, bis sie aufwachte. Doch das wurde durch die zwei Männer auf der Treppe verhindert. Die beiden bescherten ihm zudem noch ein anderes Problem. Es machte ihm nichts aus, Marcus wissen zu lassen, was vorgefallen war. Ja, er wollte sogar mit ihm darüber reden, um seine Meinung zu erfahren. Aber er wollte nicht, dass sein Sohn dabei war. Und auch nicht Tiny.

„Vater? Was ist mit Marguerite los? Geht es ihr gut? Ist sie schon wieder angegriffen worden?", wollte Christian wissen.

Julius sah zu seinem Sohn, dann an ihm vorbei zu Marcus und hoffte, dass der ältere Unsterbliche die Botschaft in seinem Blick verstand. „Nichts. Marguerite ist schlafgewandelt", griff er zur gleichen Lüge wie auf der Straße und begab sich zum Wohnzimmer. „Geht wieder ins Bett!"

„Sie ist nicht schlafgewandelt", widersprach ihm Tiny. „Sie hat mich genau angesehen, aber ihr Blick war völlig leer, Julius. Es war so, als habe man sie unter Drogen gesetzt oder hypnotisiert."

„Was?", rief Christian, der seinem Vater und Tiny ins Wohnzimmer folgte. „Ist das wahr, Vater?"

Julius' Antwort bestand aus einem undefinierbaren Brummen, als er Marguerite auf das vordere Sofa legte und zudeckte. Dann setzte er sich neben sie und strich ihr übers Haar, während er besorgt ihr Gesicht betrachtete.

„Es ist wahr", beharrte Tiny. „Marguerite würde mir niemals etwas tun, aber sie hat mich gepackt und gegen die Wand geschleudert, als wäre ich ihr schlimmster Feind. Sie muss so kontrolliert worden sein, wie es mir in Kalifornien passiert ist."

„Kontrolliert?", wiederholte Christian entsetzt.

„Ja", murmelte Tiny.

Julius spürte, wie die Cordhose des Sterblichen an seiner Hüfte entlangstrich, als er näher kam, um einen prüfenden Blick auf Marguerite zu werfen. Dabei fiel ihm ein, dass er noch immer nackt war.

„Ich werde mir etwas anziehen. Ihr zwei bleibt hier und passt auf Marguerite auf", wandte er sich mürrisch an Christian und Tiny. „Ruft mich, falls sie aufwacht."

Er verließ das Zimmer, froh darüber, dass Marcus ihm unaufgefordert folgte. Mit ihm wollte er nämlich reden.

„Etwas Derartiges habe ich nicht erwartet", sagte er zu Marcus, nachdem sie beide in den ersten Stock zurückgekehrt waren und er eine Jeans aus dem Schrank holte. „Das war ein fürchterlicher Anblick."

„Was war ein fürchterlicher Anblick?", ertönte plötzlich Christians Stimme, woraufhin Julius fast hingefallen wäre, da er sich abrupt umgedreht hatte, als er gerade im Begriff war, seine Hose anzuziehen.

„Ich habe dir doch gesagt, du sollst auf Marguerite aufpassen!", fauchte Julius ihn an, zog die Jeans ganz hoch und knöpfte sie zu.

Zu seiner wachsenden Verärgerung ging sein Sohn ungeduldig über den Rüffel hinweg. „Tiny kann auf sie aufpassen."

„Das kann er eben nicht, oder hast du vorhin nicht zugehört? Ich habe selbst gesehen, wie sie ihn gepackt und gegen die Wand geschleudert hat", knurrte er ungehalten. „Er kann sie nicht aufhalten, wenn sie erneut kontrolliert und zur Tür geschickt wird!"

„Dann wurde sie also *tatsächlich* kontrolliert?", gab Christian triumphierend zurück.

Mit einem leisen Fluch auf den Lippen wandte sich Julius ab und holte ein T-Shirt aus der Schublade, zog es an und ging zur Tür. Er konnte Marguerite nicht mit Tiny allein lassen, wenn er nicht wusste, ob sie nicht im nächsten Augenblick wieder unter fremden Einfluss geriet und erneut das Haus verließ.

„Es gab mal eine Zeit, da hast du mir gehorcht, ohne Fragen zu stellen", zischte er seinem Jungen im Vorbeigehen zu.

„Na ja, es gab auch mal eine Zeit, da hattest du solchen Respekt verdient", warf Christian ihm an den Kopf und folgte ihm in den Flur.

Julius blieb an der obersten Stufe stehen, versteifte sich und sah seinen Sohn mit zusammengekniffenen Augen an. „Willst du damit etwa sagen, dass ich diesen Respekt jetzt nicht mehr verdiene?"

Christian zögerte und antwortete seufzend: „Ich weiß es nicht, Vater. Du verschweigst mir Dinge, und ich habe keine Ahnung, was hier läuft."

„Ich habe dir erklärt, warum ich dir nichts über deine Mutter sagen werde", gab er frustriert zurück.

„Mir nichts zu sagen, ist die eine Sache", hielt der jüngere Unsterbliche mit finsterer Miene dagegen. „Aber das ist nicht dein einziges Geheimnis."

Kopfschüttelnd wandte sich Julius um und wollte nach unten gehen.

„Ist Marguerite meine Mutter?"

Diese hingeworfene Frage ließ das Blut in seinen Adern gefrieren, und er blieb wie angewurzelt stehen. Nach einer scheinbaren Ewigkeit drehte er sich zu seinem Sohn um und bemerkte, dass Marcus hinter ihnen beiden stand und über die Frage genauso schockiert war wie er.

„Wie kannst du so etwas überhaupt nur *denken*?", zischte er Christian an und drückte sich so vor einer Antwort.

„Das Bild in deiner Schreibtischschublade im Arbeitszimmer", antwortete Christian leise. „Ein kleines gemaltes Porträt, das Marguerite zeigt. Oder eine Frau, die ihr zum Verwechseln ähnlich sieht. Nach dem zu urteilen, was ich von ihrer Kleidung sehen konnte, muss es aus dem späten 15. Jahrhundert stammen … ungefähr aus der Zeit, in der ich geboren worden bin."

Julius wurde bei diesen Worten bleich. „Wann …? Wie …?"

„Das habe ich entdeckt, als ich noch jung war", gestand er ohne einen Hauch von Schuldgefühl. „Ich habe damals ein bisschen herumgestöbert, habe deine Schublade durchwühlt und dabei das Gemälde gefunden. Ich dachte mir damals schon, dass das meine Mutter sein muss, weil du es dort versteckt hattest … und weil sie so ein hübsches Lächeln hatte, wollte ich, dass sie meine Mutter ist." Schulterzuckend fuhr er fort: „Ich bin danach oft in dein Arbeitszimmer gegangen und habe mir das Bild angesehen und mir vorgestellt, dass sie eines Tages vor unserer Tür steht und …" Er schluckte und winkte ab, womit sein Kindheitstraum unausgesprochen blieb. „Als ich in Kalifornien Marguerite kennengelernt habe, da wusste ich sofort, sie ist die Frau auf dem Gemälde." Er lächelte fast spöttisch. „Was glaubst du, warum ich sie engagiert habe? Tiny ist Detektiv, aber sie nicht, und ich habe nicht damit gerechnet, dass die beiden in der Lage sein würden, irgendwelche Antworten auf meine Fragen zu finden. Die Antworten kann ich nur von dir bekommen."

„Und warum hast du die zwei dann überhaupt mit der Suche beauftragt?", fragte Julius, ahnte aber, dass er die Antwort bereits kannte.

„Weil ich wusste, Marcus würde dir davon erzählen, auch wenn ich ihn ausdrücklich bat, es nicht zu tun."

Als Marcus daraufhin verlegen von einem Fuß auf den anderen trat, wandte sich der jüngere Unsterbliche an ihn. „Du stehst loyal zu meinem Vater, Marcus. Ihr beide seid zusammen aufgewachsen, und ihr seid fast so etwas wie Brüder. Du würdest ihm nie etwas verschweigen." Dann drehte er sich wieder zu seinem Vater um. „Ich habe Tiny und Marguerite nach Europa geholt, weil ich wusste, du würdest davon erfahren und dich wie üblich einmischen. Ich wollte deine Reaktion sehen, wenn sie vor dir steht. Ich war mir sicher, dann erkennen zu können, ob sie meine Mutter ist oder nicht."

Julius atmete leise seufzend aus und lehnte sich gegen das Treppengeländer. Da hatte er sich für besonders schlau gehalten und geglaubt, er könne das alles von seinem Jungen fernhalten, und dabei hatte der längst die entscheidenden Schlüsse gezogen.

„Also?", hakte Christian nach. „Ist Marguerite meine Mutter, oder sieht sie nur so aus wie sie?"

Eben wollte Julius antworten, da veranlasste sein Instinkt ihn, einen Blick in Richtung Wohnzimmertür zu werfen. Sein Atem stockte, als er Tiny im Türrahmen stehen sah. Der Detektiv musste sie gehört haben, und nun wartete er mit zorniger Miene darauf, dass der Unsterbliche sich zu der Frage äußerte. Doch es war nicht Tiny, der Julius erstarren ließ. Denn hinter dem Mann stand ... Marguerite. Sie war wach, und ihre entsetzte Miene verriet ihm, dass sie jedes Wort gehört hatte.

11

Marguerite blickte an Tiny vorbei zu den Männern auf der Treppe, während ihr der Kopf vor Entsetzen schwirrte und sie nicht fähig war, einen klaren Gedanken zu fassen.

„Ist Marguerite meine Mutter, oder sieht sie nur so aus wie sie?"

Christians Frage hallte in ihrem Kopf wieder und wieder und wieder ... wie eine Schallplatte, die einen Sprung hatte.

„Marguerite?"

Verblüfft blinzelte sie, und dann kam Julius auch schon auf sie zugeeilt, dicht gefolgt von Marcus und Christian, die Tiny einfach aus dem Weg schoben. Julius' Miene war von Sorge gezeichnet.

Als er näher kam, wich sie vor ihm zurück. Dabei fühlte sie sich mit einem Mal so in die Enge getrieben wie am Abend zuvor in der Toilettenkabine. Sie machte noch einen Schritt nach hinten, bis sie gegen die Couch stieß, und zuckte zusammen, als er eine Hand nach ihr ausstreckte.

„Fass mich nicht an! Lass mich in Ruhe!" Die Worte kamen fast hölzern über ihre Lippen, obwohl sie von Panik hätten erfüllt sein müssen. Doch sie fühlte sich, als sei sie nur eine Beobachterin der Situation, aber keine Beteiligte.

Zwar ließ er die Hand sinken, wich jedoch nicht zurück. Stattdessen sagte er beschwichtigend: „Ich kann es erklären."

Abwartend sah sie ihn an. Sie wollte seine Erklärung hören. Sie wollte eine Antwort, die alles erklärte, damit sie nicht fürchten musste, dass es ihr das Herz zerriss. Also wartete sie und gab ihm diese Chance, dennoch zögerte er und sagte schließlich hilflos: „Nein, ich kann es nicht."

Marguerite schnappte nach Luft und konnte nur wortlos den Mann anstarren, der ihr so viel Lust geschenkt hatte. Sie hatte ihn für ihren wahren Lebensgefährten gehalten und zugelassen, dass sie sich in ihn verliebte und von einer gemeinsamen Zukunft mit ihm träumte. Aber nichts war so, wie sie gedacht hatte.

Sie wusste, sie war nicht Christians Mutter, folglich sah sie nur genauso aus. Sie glich der Frau, die Julius offenbar zutiefst geliebt hatte und deren Bild er seit fünfhundert Jahren immer in seiner Nähe hatte. Es war alles wieder wie bei Jean Claude! Diese Erkenntnis bewirkte, dass ihr das Herz in der Brust zu Staub zu zerfallen schien.

Erneut wollte er nach ihr greifen, doch diesmal holte Marguerite aus und verpasste ihm eine schallende Ohrfeige. Julius erstarrte und sah sie mit schwarz glühenden Augen an. Als sie an ihm vorbei aus dem Zimmer stürmte, versuchte er gar nicht erst, sie aufzuhalten. Sie ging nach oben und spürte, wie ihr die Blicke der anderen folgten.

Sie begab sich geradewegs in ihr Zimmer, schloss die Tür hinter sich und stand einen Moment lang da, während die Stille von allen Seiten auf sie einstürmte ... bis in ihrem Kopf tausend Stimmen gleichzeitig zu reden begannen.

„Du siehst aus wie Christians Mutter", spotteten sie. *„Julius muss sie sehr geliebt haben, wenn er immer noch ihr Bild besitzt. Sie war seine wahre Lebensgefährtin, du siehst ihr bloß ähnlich."*

„Wahrscheinlich kann er dich lesen und hat nur das Gegenteil behauptet, weil er dich haben wollte ... weil du aussiehst wie seine wahre Lebensgefährtin."

„Jedes Mal, wenn er dich geliebt hat, waren seine Gedanken bei ihr."

„*Jedes Mal, wenn er dich berührt hat, hat er sich vorgestellt, sie zu berühren.*"

„*Dich will er eigentlich gar nicht. Du bist nur eine Platzhalterin.*"

„*Es ist genauso wie bei Jean Claude.*"

Sie sollte weggehen, überlegte sie. Sie sollte von dort verschwinden, nach … nach irgendwohin. Irgendwo würde sich schon ein Ort finden lassen, wo sie allein sein und ihre Wunden lecken konnte. Sie ließ ihren Blick durch das Schlafzimmer schweifen und blieb prompt am Bett hängen, das sie unweigerlich daran erinnerte, wie sie beide sich geliebt hatten. In ihr erwachte die Sehnsucht, von ihm in den Armen gehalten, geküsst und geliebt zu werden …

Vielleicht würde es mit ihm anders sein als mit Jean Claude. Vielleicht …

Fluchend ging sie zum Kleiderschrank, suchte ein paar Sachen heraus und zog sich hastig an. Sie hielt kurz inne, um zu Atem zu kommen, und sah sich dabei ein weiteres Mal um. Sie musste zurück nach Hause, doch ihr fehlten die Energie und auch der innere Antrieb, ihre Sachen zu packen. Aber vielleicht war es besser, wenn sie sich ohne Gepäck auf den Heimweg machte. Ihre Kleider würden sie ohnehin nur an Julius erinnern.

Auf dem Weg zur Tür blieb sie abrupt stehen. Die Männer waren unten im Wohnzimmer, und sie würde es nicht unbemerkt an ihnen vorbei zur Haustür schaffen.

Seufzend fiel ihr Blick auf die dunklen Vorhänge. Sie ging hinüber und schob den schweren Stoff zur Seite. Als grelles Sonnenlicht ins Zimmer fiel, machte sie erschrocken einen Satz zur Seite und sah zum Himmel. Die Sonne stand hoch über ihr, und als sie auf den Digitalwecker auf dem Nachttisch schaute, fand sie bestätigt, dass es noch nicht mal ein Uhr am Mittag war.

Kein Wunder, dass sie so erschöpft war, wenn sie kaum Schlaf bekommen hatte, überlegte sie und betrachtete nachdenklich die Gasse, die vor dem Haus verlief. Das eine Stockwerk stellte für einen Sprung aus dem Fenster eine unbedenkliche Höhe dar, wenn sie auf diese Weise vermeiden konnte, von Julius aufgehalten zu werden.

Als sie zur Tür schaute, kam ihr Tiny in den Sinn. Sie fühlte sich verletzt, weil der Sterbliche, den sie inzwischen als ihren Freund bezeichnen konnte, nicht hergekommen war, um sich nach ihrem Befinden zu erkundigen. Dass er lieber bei den Nottes blieb, kam ihr wie ein Verrat vor.

Sie richtete ihre Aufmerksamkeit wieder auf das Fenster. Das Gebäude war jahrhundertealt, aber die Fenster waren noch so gut wie neu. Vermutlich hatte man sie aus Energiespargründen eingebaut. Marguerite legte den Hebel um und zog das Fenster auf, schaute einmal kurz nervös nach oben zur Sonne und kletterte nach draußen. Auf der Fensterbank sitzend ließ sie die Beine baumeln, dann stieß sie sich ab. Mit angewinkelten Knien landete sie auf dem Gehweg vor dem Haus, ihre Gelenke federten die Landung mühelos ab.

„Sie werden es erklären, und zwar jetzt und hier! Marguerite verdient es, die Wahrheit zu erfahren!"

Die gedämpften Worte klangen eindeutig nach Tinys wütender Stimme. Als sie sich umdrehte, wurde ihr klar, dass sie genau vor dem Küchenfenster stand – und dass die Männer soeben in die Küche kamen.

Zu ihrer Freude konnte sie hören, wie Tiny Julius Notte zur Rede stellte und nicht etwa gemeinsame Sache mit ihm machte. Diese Erkenntnis hätte sie beinah dazu veranlasst, ins Haus zurückzukehren und den Sterblichen mitzunehmen. Trotzdem entschied sie sich dagegen, denn sie wollte nicht noch einmal Julius gegenübertreten. Sie würde Tiny auf seinem Mobiltelefon anrufen, sobald sie die Gelegenheit dazu bekam, um sich irgendwo mit ihm zu verabreden.

Die Sonne wärmte ihren Hinterkopf, was Marguerite dazu veranlasste, ihren Platz neben dem Küchenfenster aufzugeben und durch die Gasse davonzulaufen.

„Also werden Sie mir jetzt sagen, was zum Teufel hier los ist?", forderte Tiny Julius auf, während er ihm in die Küche folgte.

„Ich sagte bereits, das kann ich nicht", knurrte Julius, öffnete den Minikühlschrank und warf die Tür wütend zu, als ihm einfiel, dass alles Blut im zweiten Kühlschrank im Wohnzimmer gelagert wurde.

„Von wegen, Sie können das nicht!", herrschte Tiny ihn an. „Sie werden es erklären, und zwar jetzt und hier! Marguerite verdient es, die Wahrheit zu erfahren!"

„Und ich ebenfalls", meldete sich Christian zu Wort, der noch in der Tür stand.

„Vielleicht ist die Zeit tatsächlich gekommen", meinte Marcus leise.

Julius musterte den Mann schweigend, schließlich nickte er und setzte sich an den Tisch. Einen Moment lang überlegte er, wie er am besten anfangen sollte, und beschloss, einfach von vorn zu beginnen. „Im Jahr 1490 bin ich hier Marguerite begegnet."

„Dann *ist* sie also meine Mutter!", flüsterte Christian und ließ sich auf einen anderen Stuhl sinken.

„Nein, das ist sie nicht", sagte Tiny bedauernd. „Sie kann es nicht sein."

„Doch, sie ist es", korrigierte Julius ihn.

„Wenn Marguerite Ihnen schon mal begegnet ist, warum hat sie es nicht gesagt? Warum benehmen Sie beide sich so, als würden Sie sich nicht kennen? Und aus welchem Grund sollte sie bereit sein, nach Christians Mutter zu suchen, wenn sie selbst es ist?" Der Sterbliche schüttelte verständnislos den Kopf. „Sie lügen. Sie müssen mir schon eine glaubwürdigere Geschichte auftischen. Marguerite hat sich nicht zum Spaß drei Wochen lang durch staubige Archive gewühlt!"

Verwundert legte Christian die Stirn in Falten. „Ja, das stimmt."

„Ich werde es erklären, wenn ihr zwei lange genug den Mund haltet, bis ich ausgeredet habe", erwiderte Julius geduldig.

Tiny machte eine finstere Miene, setzte sich aber zu den beiden Unsterblichen an den Tisch und wartete.

Nachdem Ruhe eingekehrt war, begann Julius von Neuem. „Ich habe Marguerite 1490 hier in York kennengelernt. Marcus und ich kamen her, um zu ... äh ..."

„Um einen draufzumachen", ergänzte Marcus den Satz.

„Draufzumachen?", wiederholte Tiny verwirrt.

„Spielen, den hübscheren Mädchen unter die Röcke greifen, von den Einheimischen trinken", erklärte er achselzuckend. „Wir waren damals noch jung ... na ja ... jünger." Julius lächelte flüchtig über seine Korrektur, dann fuhr er fort: „Am zweiten Abend habe ich Marguerite kennengelernt, und damit waren für mich die Gelage zu Ende."

Marcus schüttelte den Kopf bei der Erinnerung an diese Zeit und meinte beiläufig: „Und mir hat er damals den ganzen Spaß verdorben."

„Wieso erinnert sie sich nicht daran?", fragte Tiny. Als er Julius' finsteren Blick bemerkte, winkte er ab: „Schon gut, schon gut. Keine Unterbrechungen. Reden Sie weiter, ich halte den Mund."

Julius nickte und fuhr fort: „Marcus und ich waren auf der Jagd, als wir sie entdeckten."

„Auf der Jagd?"

„Auf der Suche nach Nahrung", erläuterte Marcus, während Julius angesichts der erneuten Störung aufgebracht schnaubte.

„Sie reden hier von Hasen oder Wildschweinen oder so, richtig?", fragte der Sterbliche ironisch.

Marcus nickte ernst, und als der Detektiv das Gesicht verzog, betonte er: „Es gab damals noch keine Blutbanken."

„Ja, richtig. Dann waren Sie also auf der Jagd, und dabei sind Sie auf Marguerite gestoßen."

„Sie war wunderschön." Julius lächelte versonnen. „Sie trug ein weinrotes Kleid mit einem so tiefen Ausschnitt, wie es für eine anständige Dame noch gerade schicklich war. Dazu ein passendes Cape und eine alberne kleine Kappe, die aussah wie ein Vogel in seinem Nest."

Während Christian schweigend dasaß, gab Tiny einen Laut von sich, der so klang, als könne er nicht verstehen, was daran so reizend sein sollte.

„Sie war ebenfalls auf der Jagd und hatte soeben ihre Beute gefunden, die sie in eine düstere Gasse dirigierte. Ich wartete, bis sie mit ihrer Mahlzeit fertig war, dann näherte ich mich ihr."

„Und war verloren", ergänzte Marcus betrübt.

Einen Moment lang lächelte Julius versonnen. „Sie war seit zwanzig Jahren Witwe und hatte einen erwachsenen Sohn. Sie war kurz zuvor in Martines Haus gezogen, da Martine für eine Weile wegziehen musste, damit niemandem auffiel, dass sie nicht alterte."

„Witwe?", wiederholte Tiny sichtlich verwirrt.

„Ihr Sohn hieß Lucern", ging Julius über den Einwurf hinweg. „Zum Glück war er zu der Zeit schon hundert, als sie von mir schwanger wurde, und es stellte kein Problem dar, dass sie wieder ein Kind bekam. Wir waren beide überglücklich. Kurz vor der Geburt suchte uns ein Bote auf. Mein Vater war am englischen Hof gewesen, um eine Ehe zwischen meiner Schwester Mila und ihrem wahren Lebensgefährten Reginald zu arrangieren."

„Er war ein englischer Lord, und vermutlich ist er das immer noch", sagte Marcus zu Tiny. „Und Mila ist die Kurzform von Camilla. Sie und Reginald sind die Eltern von Dante und Tommaso."

Als der Detektiv verstehend nickte, redete Julius weiter: „Mila war bei Marguerite und mir zu Besuch, aber sie fühlte sich bereit, sich zu unserem Vater an den Hof zu begeben. Marcus und ich begleiteten sie dorthin." Bedauernd schüttelte er den Kopf. „Heute wünschte ich, ich hätte Marcus allein mit ihr losziehen lassen."

Tiny wollte etwas sagen, wollte wohl nach dem Grund fragen, doch Julius wartete nicht, sondern fuhr fort: „Während ich weg war, kehrte Jean Claude Argeneau von den Toten zurück. Marguerite …"

„Moment, warten Sie!", warf Tiny ein. „Ich weiß, Sie wollen nicht unterbrochen werden, aber das mit Jean Claude müssen Sie mir schon erklären. Was soll das heißen, er kehrte von den Toten zurück? War er nun tot oder nicht? Könnt ihr Typen sterben und dann wieder zum Leben erwachen? Ich begreife das nicht."

Julius stutzte. „Wissen Sie über uns nicht Bescheid?"

„Doch, doch", antwortete Tiny ungehalten. „Ich weiß, Ihre Vorfahren stammen aus Atlantis, sie waren technisch hoch entwickelt und benutzten Nano-Technologie und Biomanipulation, um diese kleinen Viecher zu entwickeln, die in Ihrem Blut unterwegs sind und alles reparieren und regenerieren, weshalb Sie nicht altern und nie krank werden. Aber dafür brauchen Sie mehr Blut, als der Körper produzieren kann, also müssen Sie sich Blut beschaffen. In Atlantis gab es Blutbanken, doch als Ihre Zivilisation unterging, mussten Sie fliehen und mit uns primitiven Menschen zusammenleben. Da keine Blutbank zur Verfügung stand, sorgten die Nanos dafür, dass Sie zu Jägern wurden, die sich vom Blut der Sterblichen ernähren." Er machte eine Pause und sah Julius fragend an. „Bis dahin alles richtig?"

„Ich habe nicht von unserer Geschichte gesprochen, sondern davon, wie unsere Körper heilen", bemerkte Julius. „Aber das ist auch egal. Es ist wohl einfacher, nur Ihre Fragen zu beantworten, aber keine zu stellen. Also … es hieß, Jean Claude sei 1469 in der Schlacht bei Edgecote gefallen, als er enthauptet wurde. Ein Unsterblicher, der einmal enthauptet worden ist, kann nicht zurückkehren, da ihm kein neuer Kopf wächst. Marguerite und allen anderen Unsterblichen wurde gesagt, Jean Claude sei tot, und sie führte zwanzig Jahre lang ein Witwendasein, bis wir uns dann kennengelernt haben."

„Aber Jean Claude war gar nicht tot?"

„Nein. Als ich heimkam, war Marguerite verschwunden. Ich schickte Suchtrupps aus, um nach ihr Ausschau zu halten, da kam ihre Dienstmagd Magda zu mir auf den Hof gestolpert. Sie hielt Christian in seinen Armen, der in dieser Nacht zur Welt gekommen war. Sie sagte, Marguerite habe ihr das Kind übergeben und ihr aufgetragen, es zu töten und den Leichnam zu mir zu bringen. … Verbunden mit der Nachricht, sie habe sich entschlossen, zu Jean Claude zurückzukehren, der nicht nur ihr Lebensgefährte, sondern auch ihre große Liebe sei. Sie bedauere, dass sie mit mir jemals etwas angefangen habe, und wolle mich niemals wiedersehen."

Christian sank auf seinem Platz in sich zusammen und verzog schmerzhaft das Gesicht, während Tinys Reaktion genau gegenteilig ausfiel.

„Nein!", rief er entschieden und sprang auf. „Das kann sich so nicht abgespielt haben! Jean Claude war nicht Marguerites wahrer Lebensgefährte. Das hat sie mir selbst gesagt. Er hat ihr die Hölle auf Erden bereitet. Was er ihr alles angetan hat …" Tiny schüttelte den Kopf. „Außerdem würde sie niemals ein Kind umbringen, schon gar nicht ihr eigenes. Sie liebt ihre Kinder. Sie reden von einer anderen Frau."

„Es war Marguerite", beteuerte er, musste jedoch eingestehen: „Anfangs wollte ich es selbst nicht glauben. Ich dachte, die Dienstmagd lügt, weil sie aus irgendeinem Grund zwischen uns Unruhe stiften wollte. Aber Marcus und ich lasen die Frau, und wir fanden die Erinnerung, die zeigte, wie Marguerite ihr genau diese Dinge sagte. Wir haben es *gesehen*."

Tiny sank zurück auf den Stuhl und schüttelte ungläubig den Kopf. „Aber das würde sie nicht machen."

„Wir wollten es auch nicht glauben, bis sie die Dienstmagd ermordete", erklärte Marcus.

„Sie hat die Dienstmagd ermordet?", rief der Detektiv fassungslos.

Julius nickte nur. „Sie wurde eine Treppe hinuntergestoßen. Danach nahm ich Christian an mich und verließ das Land mit Ziel Italien. Bis vor ein paar Tagen bin ich seit damals nicht mehr in England gewesen."

„Und dann kam es zu dem Zwischenfall in Kalifornien, und Christian bestand darauf, hinzureisen und herauszufinden, wer seinen Cousin ermordet hatte", übernahm Marcus die Schilderungen. „Wir wussten, er würde dann mit den Argeneaus zu tun haben, darum versuchten wir, es ihm auszureden. Doch er wollte sich einfach nicht davon abbringen lassen, Stephanos Mörder zu finden. Daraufhin bat Julius mich, ihn zu begleiten, damit ihm nichts zustößt." Nach einer kurzen Pause ergänzte er: „Als ich Marguerite wiedersah, war das im ersten Moment ein Schock für mich. Sie schien mich nicht zu erkennen, was ich zunächst für einen Trick gehalten habe. Aber sie konnte sich tatsächlich nicht an mich erinnern. Noch erstaunlicher war allerdings, dass sie auch nichts mehr von Julius wusste. In Kalifornien überstürzten sich die Ereignisse dann zeitweise, und wenn sie zwischendurch abgelenkt war, durchsuchte ich ihren Geist und fand überhaupt keine Erinnerung daran, dass sie mal in York gelebt hatte, dass sie Julius kennengelernt und mit ihm zusammengelebt hatte. Und auf Christian fand ich ebenfalls keinen Hinweis."

„Wie ist das möglich?", wunderte sich Christian.

Julius sah kurz zu Marcus, dann erwiderte er seufzend: „Als ihr beide aus Kalifornien zurückgekehrt wart, habe ich mich ausführlich mit Marcus unterhalten, und wir sind beide der Meinung, dass ihre Erinnerung gelöscht wurde."

„Aber sie ist eine Unsterbliche", wandte sein Sohn ein. „Erinnerungen können nicht gelöscht werden."

„Und trotzdem sind sie nicht mehr vorhanden", beharrte er. „Sie erinnert sich weder an mich noch an Marcus, und sie weiß auch nichts mehr über die Zeit, als Jean Claude nicht bei ihr war. Stattdessen sind da vage Erinnerungen an eine Reise durch Europa, die genau in die etwas mehr als zwanzig Jahre zwischen Jean Claudes angeblichem Tod und ihrer Zeit mit mir fällt."

„Wie soll das gehen?", rätselte Christian betroffen.

„Das wissen wir nicht", musste er zugeben. „Möglicherweise wurde es mit einem Drei-zu-eins durchgeführt."

„Ein Drei-zu-eins?", fragte Tiny.

„Eine Prozedur, bei der sich drei Unsterbliche zusammenschließen, um Erinnerungen eines vierten Individuums zu löschen", erklärte Julius.

„Bei einem sterblichen Individuum vielleicht", beharrte sein Sohn. „Das funktioniert nur bei Sterblichen, nicht bei Unsterblichen."

„Aber wenn sie die Wahrheit sagen, dann wurde Marguerites Erinnerung gelöscht", betonte Tiny und fügte hinzu: „Und ich glaube es."

Julius nickte und war froh, dass er den Detektiv nicht auch noch von der Wahrheit überzeugen musste.

„Tja", fuhr Tiny fort. „Damit stellt sich die Frage, warum jemand die Erinnerungen an diesen speziellen Zeitraum löscht, wenn sie bereitwillig alles getan hat, was Sie geschildert haben."

„Das haben wir uns auch gefragt", bestätigte Julius. „Für uns war klar, dass nicht alles so sein kann, wie es sich zu jener Zeit abgespielt haben soll. Wir mussten herausfinden, was sich vor fünfhundert Jahren tatsächlich zugetragen hat. Wären ihre Erinnerungen noch vorhanden gewesen, hätte Marcus sie lesen können, aber da war nichts. Also hielten wir es für das Beste, sie nach York zu bringen und zu hoffen, dass die Rückkehr in die alte Heimat irgendetwas bewirkt und alle Erinnerungen wieder an die Oberfläche kommen."

Tiny schnaubte verächtlich. „Wenn sie tatsächlich befohlen hat, Christian zu töten, muss Jean Claude sie kontrolliert und dazu gezwungen haben."

„Das sehe ich auch so", meinte Julius.

„Wirklich?", fragte Christian. Der hoffnungsvolle Ausdruck in seinem Gesicht, dass seine Mutter seinen Tod eigentlich nicht gewollt hatte, war zutiefst bewegend.

„Ja, wirklich", beteuerte Julius mit Nachdruck. „Die Marguerite, die ich hier kennengelernt habe, ist die Frau, in die ich mich schon vor Jahrhunderten verliebt hatte. Diese Frau könnte kein Kind töten, egal, welches Kind, und erst recht nicht ihr eigenes."

„Na ja, dann ...", begann Tiny, wurde aber von Julius unterbrochen.

„Das erklärt allerdings nicht, wieso die Dienstmagd von ihr getötet worden ist, die Christian gerettet hat."

„Jean Claude muss ihr auch das aufgetragen haben", befand der Detektiv. „Immerhin hatte er sie ja wieder unter seiner Kontrolle."

Auch wenn das für den Sterblichen offensichtlich war, reagierte Julius mit einem Kopfschütteln. „Sie war allein, als sie das Haus betreten hat. Jean Claude war nicht bei ihr, aber aus größerer Entfernung hätte er sie nicht kontrollieren können. Genauso könnte ich niemanden kontrollieren, der in diesem Moment auf der Straße vor dem Haus vorbeigeht."

„Mich hat jemand von draußen kontrolliert, als ich in Kalifornien gezwungen wurde, die Tür zu Vincents Zimmer aufzuschließen", hielt Tiny dagegen.

„Dann muss der Unsterbliche Sie durch ein Fenster beobachtet haben. Wir müssen sehen können, wohin wir jemanden schicken."

Tiny stutzte, als er das hörte. „Also war derjenige, der vorhin Marguerite kontrolliert hat, hier im Haus?"

Julius starrte den Mann an.

„Haben Sie jemanden gesehen? Ich kann mich nicht daran erinnern, aber ich könnte ja auch kontrolliert worden sein. Haben *Sie* jemanden gesehen?"

„Großer Gott!", keuchte Julius, als ihm klar wurde, dass sich kein Fremder im Haus aufgehalten hatte. Sie war von draußen kontrolliert worden. Doch wie sollte das möglich sein?

„Wer soll in der Lage sein, sie auf diese Weise zu kontrollieren?", wunderte sich Christian. „Sie ist eine Unsterbliche. Niemand sollte in der Lage sein, sie so vollkommen unter seine Kontrolle zu bekommen."

„Wie meinen Sie das?", fragte Tiny neugierig.

„Sie ist über siebenhundert Jahre alt", betonte Christian. „Sterbliche und erst seit Kurzem gewandelte oder junge Unsterbliche können von jedermann kontrolliert werden. Aber je älter wir werden, umso besser sind wir in der Lage, uns dagegen zu schützen. Sie dürfte nicht so leicht zu kontrollieren sein. Eigentlich hätte Jean Claude nach ungefähr hundert Jahren nicht mehr in der Lage sein dürfen, ihr seinen Willen aufzuzwingen."

„Das hat mich auch grübeln lassen", stimmte Marcus ihm zu. „Mich hat gewundert, dass er sie bis zu seinem Tod so vollständig im Griff hatte."

„Sie konnten sie lesen, Marcus", gab Tiny zu bedenken. „Konnten Sie auch ihren Willen kontrollieren?"

„Nein, das habe ich im Zug versucht. Ich wollte sie dazu bringen, dass sie sich neben Julius setzt, als sie sich bereits für den Zweiertisch entschieden hatte. Sie hat nicht mal eine Sekunde lang gezögert."

„Aber lesen können Sie sie ohne Probleme?"

„Das ist ein anderer Vorgang", erklärte Julius. „Marcus und ich sind viel älter. Wir können die meisten jüngeren Unsterblichen lesen, wenn sie abgelenkt sind. Und Marguerite war in Kalifornien und auch hier oft genug abgelenkt, dass man sie lesen konnte."

„Können Sie sie lesen?", wandte er sich an Julius.

„Nein, sie ist meine Lebensgefährtin", antwortete er, ohne zu zögern. „Wir können einen Lebensgefährten nicht lesen, das macht sie so …"

„Ja, ich weiß. Ich wollte mich nur vergewissern", unterbrach Tiny ihn und seufzte dann. „Also hätte Jean Claude sie gar nicht über so viele Jahrhunderte hinweg kontrollieren können, und doch ist es ihm irgendwie möglich gewesen. Und jemand hat sie heute auch wieder kontrolliert, aber das kann nicht Jean Claude gewesen sein, weil er ja tot ist, nicht wahr?"

„Das sollte er vor fünfhundert Jahren auch schon mal gewesen sein", meinte Marcus sarkastisch.

Dieser Kommentar brachte alle Anwesenden dazu, ihn anzuschauen, als hätte er eine Orgie unter Männern vorgeschlagen.

Schulterzuckend redete er weiter: „Na ja, stimmt doch. Über zwanzig Jahre lang ist er für tot gehalten worden, bis er plötzlich wieder auftauchte und sich seine Frau zurückholte. Diesmal soll er in einem Feuer umgekommen sein. Was, wenn es gar nicht sein Leichnam war, der beigesetzt worden ist?"

„Mein Gott!", flüsterte Julius entsetzt und stand auf. „Sie ist hier nicht in Sicherheit. Wir müssen sie nach Italien bringen."

„Ich glaube nicht, dass sie da besser aufgehoben ist als hier", hielt Tiny dagegen. „Außerdem müssen wir ihre Erinnerung wecken, und sie muss hierbleiben, damit die Umgebung das unterstützt."

Julius überlegte kurz, dann schüttelte er den Kopf. „Mein Anwesen wird von Sicherheitspersonal bewacht. Das macht es für jeden schwierig, der sie kontrollieren will. Erst einmal geht es darum, für ihre Sicherheit zu sorgen, um alles andere können wir uns danach immer noch kümmern."

„Sie werden ihr alles sagen müssen", machte Tiny ihm deutlich. „Im Augenblick packt sie bestimmt ihre Sachen und bestellt jeden Moment ein Taxi." Er sah den Unsterblichen nachdenklich an, dann fügte er hinzu: „Warum haben Sie nicht von Anfang an die Wahrheit gesagt?"

Mit einem abfälligen Schnauben hielt Julius dagegen: „Oh, das hätte bestimmt großartig funktioniert! Und was hätte ich Ihrer Meinung nach sagen sollen? ‚Hallo, Marguerite, ich bin's, Julius Notte, dein lange verschollener Lebensgefährte. Du hast mich zwar für deinen tot geglaubten ersten Mann sitzen lassen, aber was hältst du davon, wenn wir einfach noch mal von vorn anfangen?'"

Tiny verzog den Mund. „Okay, ich gebe zu, dass das vielleicht etwas an den Haaren herbeigezogen geklungen hätte. Vor allem, nachdem Sie mich angegriffen hatten."

„Sie haben mit meiner Lebensgefährtin im Bett gelegen", herrschte Julius ihn an. „Und abgesehen davon klingt es jetzt noch immer an den Haaren herbeigezogen. Deshalb habe ich vorhin gar nicht erst versucht, es zu erklären, als sie mich dazu aufgefordert hatte. Sie wird mir das niemals glauben. Sie wird mich für verrückt halten ... oder für einen Lügner ... oder ..."

„Für einen weiteren Jean Claude", ergänzte Tiny und machte eine hilflose Geste.

„Ja", stimmte Julius ihm kleinlaut zu. „Dieser Dreckskerl hat ihr schrecklich wehgetan. Seinetwegen hat sie Schwierigkeiten, anderen Leuten zu vertrauen. Ich weiß nicht, ob unsere Liebe genügt, damit sie ihre Ängste überwinden kann und an mich ... an uns glaubt."

Eine Zeit lang schwiegen sie alle, dann sagte Tiny zögernd: „Sie könnten vielleicht beweisen, dass Sie die Wahrheit sagen. Sie besitzen dieses Porträt, von dem Christian gesprochen hat."

Julius dachte darüber nach und fragte sich, ob Marguerite das als Beweis für eine wirr klingende Geschichte akzeptieren würde, da sah er auf einmal, wie Tiny plötzlich ganz aufgeregt wurde. „War Martine hier, als sich das alles abspielte?", wollte er wissen.

„Nein. Ich sagte doch, als wir uns begegnet sind, hat Marguerite in Martines Haus gelebt ..."

„Oh ja, stimmt", seufzte er, schwieg sekundenlang und ließ die nächste Frage folgen: „Wo war ihr ältester Sohn? Lucern?"

„Er war die ersten Wochen bei ihr hier in York, nachdem sie eingezogen war. Ich bin ihr erst begegnet, als er bereits wieder weg war. Marguerite hat Boten ausgeschickt, die nach ihm suchen sollten, nachdem wir beschlossen hatten zu heiraten. Aber er war Söldner und blieb nie lange an einem Ort, daher dauerte es eine Weile, ihn zu erreichen. Als wir dann feststellten, dass sie mit Christian schwanger war, beschlossen wir, nicht bis zu seiner Rückkehr zu warten. Ich glaube, er ist ein paar Tage später aufgetaucht, nachdem sein Vater wieder da war."

„Lucern war Söldner?", fragte Tiny ungläubig. „Ich dachte, er schreibt Liebesromane."

Julius stöhnte leise auf. „Ich möchte wetten, dass er noch einiges mehr gemacht hat, Tiny. Er ist über sechshundert Jahre alt. In jungen Jahren war er Krieger, heute ist er Buchautor. Vielleicht ist er in fünfhundert Jahren Wissenschaftler. Die Interessen verändern sich, wenn man die Ewigkeit zur Verfügung hat."

„Ja, klar", murmelte der Detektiv. „Gibt es denn sonst niemanden in der Familie, der Ihre Geschichte bestätigen kann?"

Julius wollte verneinen, hielt dann aber inne. „Ihr Schwager."

„Lucian?", fragte Tiny erschrocken.

„Ein beeindruckender Zeitgenosse, nicht wahr?", meinte Julius ironisch. „Er hat mir damals eine Ansprache gehalten."

„Eine Ansprache?"

„Eine Ansprache zum Thema ‚Wenn du ihr wehtust, bringe ich dich um!'."

„Ach ja?", meinte Tiny grinsend.

„Er ist ein verdammter Mistkerl", knurrte Julius. „Und er war Jean Claudes Zwillingsbruder. Ich glaube nicht, dass er von Nutzen sein wird."

„Ich weiß nicht", wandte Marcus ein, woraufhin Julius ihn fragend anschaute. „Auch wenn sie Zwillinge waren, hat Jean Claude ihn doch ebenfalls glauben lassen, er sei tot. Ihm hat er sein Geheimnis offenbar auch nicht anvertrauen wollen."

Tiny schüttelte den Kopf. „Nein, das hätte er auch nicht gemacht. Nach allem, was ich über die Familie weiß, ist Lucian ein Starrkopf, der sich exakt an die Vorschriften hält. Er hätte Jean Claude vor den Rat gezerrt."

„Ob er das bei seinem Bruder tatsächlich getan hätte, steht auf einem anderen Blatt", wandte Julius ein. „Und es sagt nichts darüber aus, ob er uns jetzt helfen würde."

„Nein, das ist wahr", musste Tiny ihm beipflichten.

„Ich denke, über weitere Familienmitglieder, die deine Version bestätigen, können wir uns immer noch Gedanken machen, wenn wir wissen, wie Marguerite reagiert", erklärte Christian. „Das Porträt und deine Schilderung genügen ja vielleicht."

„Meinst du?", fragte Julius unsicher.

Christian zuckte mit den Schultern. „Das lässt sich nur auf eine Weise herausfinden."

„Genau." Julius stand auf ... und setzte sich gleich wieder hin. „Und was soll ich ihr sagen?"

„Erzählen Sie einfach alles!", riet Tiny ihm. „Seien Sie vor allem ehrlich. Wenn es sein muss, stärken wir Ihnen den Rücken. Wenn sie sich nicht überzeugen lässt, bitten Sie sie, wenigstens mit nach Italien zu kommen, damit Sie ihr das Porträt zeigen können. Notfalls können Sie dann ja immer noch Lucian anrufen, damit er sich dazu äußert."

Julius nickte, straffte die Schultern und stand abermals auf. Zielstrebig ging er durch den Flur, drehte sich zur Treppe um und zögerte schon wieder. Er war im Begriff, sie zu bitten, ihm blind zu vertrauen. Etwas, wozu er ihr gegenüber vor fünfhundert Jahren nicht in der Lage gewesen war. Er wollte nicht weitere fünfhundert Jahre ohne sie zubringen. Er wollte nicht mal mehr eine Minute auf sie verzichten. Es musste ihm unbedingt gelingen, sie zu überzeugen.

„Vater", sagte Christian und ging zu ihm.

Julius drehte sich um, dankbar dafür, dass er noch ein paar Sekunden Aufschub gewährt bekam.

„Schwing dich da rauf und rede mit ihr! Ich habe fünfhundert Jahre lang auf eine Mutter verzichten müssen, weil du zu dumm warst, den Mund aufzumachen und die Wahrheit herauszufinden. Und sie hat die gleiche Zeit in einer Ehe verbracht, die für sie aus dem gleichen Grund die Hölle war. Es wird Zeit, das wiedergutzumachen."

Als moralischer Rückhalt taugten diese Worte nichts, fand

Julius und ging mürrisch nach oben. Als er am Kopf der Treppe ankam, war im ersten Stock alles ruhig. Er zwang sich, einen Fuß vor den anderen zu setzen, umfasste den Türgriff und blieb wieder stehen. Was, wenn er die Sache verkehrt anpackte und alles nur noch schlimmer machte?

„Geh schon!"

Als er noch einmal einen Blick über die Schulter warf, sah er seinen Sohn am Fuß der Treppe stehen. Kopfschüttelnd drehte er sich um und öffnete die Tür. Dass Marguerite nicht in seinem Schlafzimmer war, überraschte ihn nicht. Sie musste sich in ihr Zimmer zurückgezogen haben, und was das heißen sollte, war deutlich: *„Kein Sex mehr, Mister!"* Das hätte er erwarten müssen, und solange diese Sache nicht geklärt war, brauchte er sich auch keine Hoffnungen zu machen, sie wieder in sein Bett locken zu können.

Der Gedanke ließ ihn innerlich zusammenzucken, während er zum nächsten Zimmer weiterging und die Tür öffnete, ohne erst anzuklopfen. Aber dort war sie auch nicht. Er stutzte, wusste aber im ersten Moment nicht, was nicht stimmte. Er warf einen Blick ins Badezimmer, das ebenfalls verlassen war, und sah zur Sicherheit auch im anderen Schlafzimmer nach. Schließlich kehrte er in ihr Zimmer zurück, und diesmal fiel es ihm auf: Es war helllichter Tag, und die Vorhänge waren aufgezogen, zudem stand das Fenster offen.

Wohin Marguerite gegangen war, wusste er nicht, aber dass sie das Haus verlassen hatte, daran bestand kein Zweifel mehr.

Mit großen Augen betrachtete Marguerite das Gewimmel auf der Straße, die quer zu der Gasse verlief, in der sie stand. Passanten liefen in alle Richtungen. Ihr war bereits aufgefallen, dass nachts hier viele Leute unterwegs waren, aber das war nichts im Vergleich zu dem, was sie nun zu sehen bekam. Bei diesem

Anblick war sie heilfroh, dass sie für gewöhnlich nur in der Nacht das Haus verließ. Das hier war der helle Wahnsinn.

Da ihr die brennende Sonne hoch oben am Himmel nur zu deutlich bewusst war, zwang sich Marguerite, weiterzugehen und in die Menge einzutauchen. Ihre Nasenflügel zuckten, als von allen Seiten Menschen an ihr vorbeikamen, und sie spürte deutlich, wie das Verlangen nach Blut in ihr erwachte. Der Anschlag auf ihr Leben am gestrigen Abend hatte schwere Verletzungen verursacht, und es war viel Blut für den Heilungsprozess nötig gewesen. Eigentlich hätte sie nach dem Aufwachen weitere drei bis vier Beutel trinken müssen, stattdessen war sie einfach davongelaufen. Das würde noch ein Problem für sie werden.

Den Preis bezahlte sie bereits jetzt, da sich erste Magenkrämpfe bemerkbar machten.

Marguerite seufzte leise. Julius hatte ihr das Herz gebrochen, und sie war als hungrige Vampirin von Hunderten oder sogar Tausenden von Menschen umgeben, die für sie im Grunde nichts weiter waren als wandelnde, atmende Blutkonserven. Ihr Geruch bewirkte, dass sich ihre Reißzähne herauszuschieben begannen.

Wie ein Fuchs, den man mitten in einen Hühnerstall gesetzt hatte, wo er aber nur gucken durfte, stand sie da und zwang ihre Zähne zurück. Dann eilte sie die Straße entlang und versuchte, jeden körperlichen Kontakt mit den Passanten zu vermeiden. Dummerweise kümmerte die das überhaupt nicht, und so wurde sie laufend angestoßen oder angerempelt, oder jemand strich mit dem Arm an ihr vorbei. Offenbar interessierte es niemanden, Rücksicht zu nehmen, was Marguerite nur noch mehr reizte. Es kostete sie Mühe, nicht den nächstbesten Sterblichen zu packen, in eine Gasse zu ziehen und einen Schluck zu trinken. Sie musste unbedingt von dort verschwinden.

Zu ihrer großen Erleichterung lichtete sich die Menge, als sie das Ende der Straße erreichte. Sie hatte die unmittelbare Stadtmitte hinter sich gelassen und blieb stehen, um sich umzusehen. Die Straßen waren breiter und boten mehr Platz für Fahrzeuge, und es gab sogar einen Taxistand. Sie atmete beruhigt durch, eilte zum ersten Wagen in der Schlange und schlüpfte auf die Rückbank.

Nachdem sie die Tür zugeworfen hatte, sah sie nach vorn und stellte verdutzt fest, dass der Fahrer fehlte. Sie drehte sich um und entdeckte einen gut aussehenden jungen Mann, der sich aus einer Gruppe von Fahrern löste und zum Wagen gelaufen kam. Er nickte ihr freundlich zu und setzte sich ans Steuer.

Ihr Blick ruhte auf seinem Hals. Als sie dann hörte, wie fremd seine Stimme klang, fiel ihr auf, dass er sich über eine Sprechanlage mit ihr unterhielt.

„Wohin soll's gehen, Süße?"

Nach kurzem Zögern fragte sie: „Gibt es eine Möglichkeit, von York aus direkt nach Kanada zu fliegen?"

Er schüttelte den Kopf und sah sie durch die Trennscheibe an. Sein Lächeln hatte etwas Ansteckendes, und er musterte sie mit kaum verhohlenem Interesse. „Tut mir leid, Süße, aber da brauchen Sie schon 'nen internationalen Flughafen. Der nächste ist in …"

„Dann fahren Sie mich zum Bahnhof", unterbrach sie ihn. Wenn man von York aus nicht fliegen konnte, kümmerte es sie auch nicht, wo der nächste internationale Flughafen zu finden war. Dann würde sie eben nach London zurückkehren und von dort nach Kanada fliegen. Sie wollte nur in Bewegung bleiben und nirgendwo zu lange verharren. Im Taxi war sie schon besser aufgehoben als auf der Straße, doch der Wagen hatte keine Vorhänge an den Fenstern, und sie war nach wie vor der Sonne ausgesetzt. Je eher sie in einem Gebäude Schutz suchte, umso besser.

Der Mann nickte, wandte sich nach vorn und fuhr los.

Marguerite entging nicht, dass er sie im Verlauf der Fahrt beharrlich im Rückspiegel beobachtete. Ihre Aufmerksamkeit galt unterdessen seinem gebräunten Hals, von dem viel zu sehen war, weil er seine Haare sehr kurz geschnitten trug. Sie musste unbedingt etwas trinken, da die Magenkrämpfe immer hartnäckiger und schmerzhafter wurden.

Wieder drängten ihre Reißzähne aus dem Kiefer, ihre Zunge glitt nach vorn und berührte die Spitze des einen Zahns, während ihr Blick wie magisch vom Hals des Fahrers angezogen wurde. Im Geiste malte sie sich aus, wie sie sich vorbeugte und ihre Zähne in seinem Fleisch vergrub. Aber natürlich ging das nicht, weil die Glasscheibe im Weg war, doch änderte das nichts daran, dass ihr diese Bilder einfach nicht aus dem Kopf gehen wollten. Gleichzeitig stellte sie sich vor, wie gut sich das anfühlen würde. Dann würden die Schmerzen und der Hunger nachlassen, und sie wäre nicht mehr so unruhig. Sie musste nur …

„Da wären wir."

Sie warf einen Blick aus dem Fenster auf den Bahnhof, und sie sah die Scharen von Menschen, die dieses Gebäude betraten oder verließen. Der Gedanke, sich in diese Menge zu begeben, solange sie nicht getrunken hatte, erfüllte sie geradezu mit Panik.

„Das macht dann …"

Weiter kam der Fahrer nicht, da Marguerite sich wieder zu ihm umdrehte und in seinen Geist eindrang. Der Mann fuhr wieder los, lenkte seinen Wagen durch den dichten Verkehr, bis sie eine ruhige Seitenstraße erreicht hatten. Er bog auf einen Parkplatz ein, stellte den Wagen ab, stieg aus, kam nach hinten und setzte sich zu ihr auf die Rückbank. Sein Gesicht war dabei völlig ausdruckslos.

Marguerite vergeudete keine kostbare Zeit, sondern setzte sich rittlings auf den Schoß des Fahrers. Sie drückte seinen Kopf sanft zur Seite und drückte ihre Reißzähne in seinen Hals. Der

Mann versteifte sich kurz, als die nadelfeinen Spitzen seine Haut durchbohrten und sich in sein Fleisch senkten, doch dann stöhnte er erregt auf und legte die Hände auf ihre Hüften, während sie ihre Lust und ihre Erleichterung mit ihm teilte. Marguerite schloss die Augen und ignorierte, wie der Fahrer sich an ihren Hüften festhielt und sie an sich drückte, stattdessen konzentrierte sie sich ganz auf das Blut, das in ihren Körper strömte und sofort den Schmerz linderte.

12

„Ich dachte, du lässt dir von mir was zu trinken spendieren."

Marguerite lächelte über diese amüsiert vorgetragene Beschwerde des Mannes, den sie an der Hand hielt. „Das tue ich doch."

„Entschuldige, wenn ich das so sage, Schätzchen, aber wenn du einen Mann hier in diese Ecke führst, dann bringst du ihn schon auf den Gedanken, dass du mehr von ihm willst, als nur was zu trinken."

„Und was sollte das sein?", fragte sie mit gespielter Ahnungslosigkeit, ließ seine Hand los und drehte sich um, damit sie seine Krawatte fassen konnte, um ihn tiefer in die entlegene Ecke bei den Schließfächern zu ziehen, die sie in dieser halben Stunde nicht zum ersten Mal aufsuchte.

Eine Vampirin läuft Amok, dachte sie spöttisch. Es war schon lange her, seit sie das letzte Mal direkt von der Quelle getrunken hatte, und sie hatte tatsächlich vergessen, wie berauschend das sein konnte: die Wahl des Opfers; die Verfolgung, während das Opfer glaubte, selbst der Jäger zu sein; der Rückzug in eine dunkle oder verlassene Ecke, und dann …

„Ich glaube, das würde ich dir lieber zeigen, anstatt nur darüber zu reden", meinte der Mann mit tiefer, rauer Stimme, als sie ihn mit dem Rücken gegen die Schließfächer stieß.

Kichernd strich sie mit einer Hand über seine Brust und zog erneut an seiner Krawatte, damit er mit dem Kopf näher kam. „Soll ich dir ein Geheimnis verraten?", flüsterte sie.

Er lächelte sie breit an. „Na, komm, dann erzähl mal."

Leise stöhnend brachte sie ihren Kopf so in Position, dass ihr Mund dicht an seinem Hals war, als er die Arme um sie legte und sie zu begrapschen begann.

„Ich habe Hunger", hauchte sie, und als ihre Zähne seine Haut durchbohrten, war er für einen kurzen Augenblick wie erstarrt, dann verkrampften sich seine Hände. Nur eine Sekunde später stöhnte er auf und drückte sie an sich, während sie von ihm trank. Seit dem Taxifahrer war er der sechste Mann, den sie an diesem Tag biss. Sie trank von jedem nur ein wenig, obwohl ihr Körper nach viel mehr verlangte und sie auch viel mehr brauchte. Es war ihrem Volk gestattet, einen Menschen zu beißen, wenn wie hier eindeutig ein Notfall vorlag. Dummerweise war das Dach des Yorker Bahnhofs mit Oberlichtern übersät, sodass die Sonne ihr auf Schritt und Tritt zu folgen schien. Sie bezweifelte, dass es im Zug mit den vielen Fenstern besser sein würde. Irgendwie wollte es ihr nicht gelingen, der Sonne aus dem Weg zu gehen, und sie konnte nur hoffen, dass das kein schlechtes Omen für ihre bevorstehende Reise war.

Aber wenigstens hatte eine Sache geklappt. Bei einem ihrer Spender hatte sie sich ein Telefon geborgt und Tiny angerufen, der zum Glück in dem Moment allein gewesen war, als sie ihn erreichte. So wusste sie, dass ihr Anruf die Nottes nicht hellhörig machen würde. Er hatte ihr versprochen, sich aus dem Haus zu schleichen und mit dem Taxi zum Bahnhof zu fahren. Sie konnten mit dem Zug nach London zurückkehren und mit der ersten Maschine nach Kanada fliegen. Diese Episode würde dann hinter ihr liegen, und sie konnte sich daranmachen, all dieses Elend zu verdrängen und zu vergessen.

„Bist du bald fertig? Lange sehe ich mir das nicht mehr an, wie er dich in den Hintern kneift!"

Marguerite erstarrte, als sie diese gezischten Worte hörte. Sie schlug die Augen auf und sah ... in Julius Nottes wütendes

Gesicht. Panik überkam sie, gefolgt von Verärgerung, doch sie brachte beide Regungen schnell unter Kontrolle und konzentrierte sich darauf, ihre Zähne aus dem Hals des Mannes zu ziehen und seinen Verstand zu verlassen. Dann schickte sie ihren Imbiss weg, der sich an nichts würde erinnern können, da sie die letzten Minuten aus seinem Gedächtnis gelöscht hatte.

Erst als der Mann außer Sichtweite war, wandte sie sich Julius zu.

„Und was machst du hier?", fuhr sie ihn an.

„Ich suche meine Lebensgefährtin", gab er schroff zurück.

„Na, dann such mal schön!" Sie drehte sich um und ging in Richtung Bahnhofshalle.

„Das ist nicht nötig, weil ich sie bereits gefunden habe." Er blieb auf gleicher Höhe mit ihr und fasste sie am Arm.

„Tut mir leid, aber deine Lebensgefährtin bin ich nicht. Ich sehe nur zufällig genauso aus", sagte Marguerite und schüttelte seine Hand ab, dann fügte sie zynisch hinzu: „Bin ich nicht ein Glückspilz? Niemand auf der ganzen Welt sieht einer anderen Frau so zum Verwechseln ähnlich. Erst glaubt Jean Claude, dass ich diese andere Frau bin, und jetzt machst du auch noch den gleichen Fehler." Abrupt verstummte sie und sah ihn aufgebracht an. „Was hast du dem armen Tiny angetan? Ich nehme an, du hast ihn gelesen, um zu erfahren, wo du mich findest."

„Nein, er hat es mir so gesagt."

Sie riss kurz erschrocken die Augen auf, um sie gleich darauf wieder zusammenzukneifen. „Lügner!", fauchte sie.

„Ich lüge nicht", antwortete er gelassen. „Tiny hat es mir gesagt, und er ist so wie Marcus und Christian hier, um nach dir zu suchen. Wir haben uns aufgeteilt, weil du nicht, wie mit ihm vereinbart, am Zeitschriftenstand zu finden warst." Kopfschüttelnd wandte sie sich ab, doch er redete weiter: „Marguerite, wir sind Lebensgefährten. Ich kann dich nicht lesen und nicht kontrollieren – auch wenn ich das im Moment liebend gern tun würde", fügte er leise hinzu. „Dann würde ich dich nämlich hier rausbringen und ein stilles Eckchen suchen, um dir den Hintern dafür zu versohlen, dass du dich mit fiesen alten Männern einlässt."

„Mit fiesen alten Männern?", empörte sie sich und drehte sich fassungslos zu ihm um. „Das war ein Geschäftsmann, gut angezogen, frisch rasiert und ordentlich frisiert. Der war nicht älter als siebenunddreißig und damit ein verdammtes Stück jünger als du."

„Aber er sah älter aus", meinte Julius, „außerdem war das ein Sterblicher, der vermutlich alle möglichen Krankheiten hatte."

Marguerite betrachtete seine griesgrämige Miene und verstand auf einmal, dass er eifersüchtig war. Bei Jean Claude hatte sie so etwas nie beobachtet. Ihm hatte es Spaß gemacht, ihr dabei zuzusehen, wie sie von Sterblichen trank. Um ehrlich zu sein, hatte sie oft vermutet, dass er sie noch bei ganz anderen Dingen hätte beobachten wollen, und sie betete zu Gott, dass er nicht die Kontrolle übernommen hatte, um sie diese Dinge auch tun zu lassen. Falls doch, wollte sie davon lieber gar nichts wissen.

„Bitte, Marguerite", sagte Julius ruhig, „komm mit und lass mich alles erklären!"

Seine Bitte war verlockend, sehr verlockend sogar. Marguerite wollte, dass er alles erklärte, um ihre Sorgen und Ängste zu vertreiben. Eigentlich wollte sie ihn nicht verlieren, doch Furcht und Stolz veranlassten sie dazu, den Kopf zu schütteln und sich wegzudrehen. „Ich muss meinen Zug nach London erwischen."

„Das passt mir gut, da wollen wir nämlich auch hin. Dann können wir dich ja begleiten", erklärte er und fasste sie wieder am Arm.

„Ich brauche keine Begleitung", entgegnete sie entschieden.

„Wir haben Blut."

Sie blieb stehen.

„Frisches, sauberes Blut. Und das gleich beutelweise. Du musst nicht jagen gehen."

So sehr war sie gar nicht an den Blutbeuteln interessiert, denn die Jagd hatte ihr tatsächlich Spaß gemacht. Aber die Konserven waren womöglich ein guter Vorwand, um ihr Gesicht zu wahren, da sie sie als den einzigen Grund vorschieben konnte. Sie sah sich um und entdeckte Christian und Marcus, die von zwei Richtungen herbeigeeilt kamen, und dann tauchte auch Tiny in der Menge auf. Nach seinen Bewegungen zu urteilen, wurde er von niemandem kontrolliert, sondern schien sein eigener Herr zu sein. Sie fragte sich, ob Julius tatsächlich die Wahrheit gesagt hatte und ob Tiny zur anderen Seite übergewechselt war.

Fest entschlossen, das herauszufinden, tauchte sie kurz in seinen Geist ein, stieß auf seine Sorge, dass sie wütend auf ihn sein könnte, aber auch seine entschlossene Einstellung, sie solle Julius eine Chance geben. Er fand, das läge in ihrem eigenen Interesse, und er war der Meinung, dass sie nur so wirklich sicher war vor …

„Jean Claude?", murmelte sie verwirrt, als sie den Namen in seinen Gedanken entdeckte. Im nächsten Moment schrie sie auf, da sie auf einmal von Julius gepackt und über seine Schulter gelegt wurde. Dann trug er sie im Eiltempo aus dem Bahnhof.

„Julius hat nur dein Wohl im Sinn gehabt."

Marguerite ging nicht länger im Zimmer auf und ab, sondern starrte Tiny finster an. Der Detektiv saß auf ihrem Bett und betrachtete sie mit einer gewissen Zurückhaltung, was er schon machte, seit er vor ein paar Minuten in ihr Schlafzimmer im Stadthaus gekommen war.

„Tiny", sagte sie in dem Tonfall, in dem man üblicherweise

mit einem Schwachsinnigen redete, der keine drei Worte lang zuhören konnte. „Er hat mich entführt."

„Nein, das hat er nicht", beteuerte Tiny hastig.

Schnaubend gab sie zurück: „Er hat mich gepackt, über die Schulter geworfen und ist mit mir durch die Bahnhofshalle gerannt, als würde er aus einem brennenden Haus entkommen wollen."

„Ja, aber …"

„Und dann", fiel sie ihm ins Wort, „ist er vom Bahnhof bis hierher zum Stadthaus gerannt, als müsse er einen Sack Kartoffeln abliefern. Ich wette, die Leute sind alle stehen geblieben und haben uns nachgegafft. Dummerweise konnte ich davon ja nichts sehen, weil der Wind mir den Rock übers Gesicht geweht hatte", ergänzte sie bissig. „In meinem weißen Spitzenhöschen hat mein Hintern bestimmt ausgesehen wie der zunehmende Mond. Gott sei Dank, dass ich keinen Tanga angezogen hatte."

„Dein Höschen hat sehr gut ausgesehen", versicherte er ihr beschwichtigend. Als sie daraufhin erbost den Kopf herumriss und ihm einen zornigen Blick zuwarf, zuckte er zusammen und fügte hastig hinzu: „Ich hab's nur eine Sekunde lang gesehen, als er dich über seine Schulter warf. Danach bin ich nur noch hinter euch hergerannt. Obwohl er dich getragen hat, war er unmenschlich schnell. Fast hätte sogar ich ihn aus den Augen verloren", ergänzte er mürrisch. „Marguerite, er wollte nur dein Bestes, und er hat dich wirklich nicht entführt."

„Ich glaube, eine Entführung definiert sich dadurch, dass jemand gegen seinen Willen weggebracht und irgendwo festgehalten wird. Und du wirst wohl kaum abstreiten können, dass das gegen meinen Willen geschehen ist."

„Nein, das nicht. Aber du wirst die ganze Sache anders beurteilen, wenn du ihn einfach alles erklären lässt."

„Bislang hat er nicht versucht, mir irgendetwas zu erklären!"

„Das ist ja auch kein Wunder. Schließlich wart ihr beide gerade erst zur Tür reingekommen, da bist du nach oben gestürmt und hast ihn angeschrien und alles nach ihm geworfen, was du nur in die Finger bekommen konntest!", hielt Tiny ihr vor.

„Ich war außer mir."

„Ja, ich weiß. Und er weiß es auch, also hat er dich allein gelassen, bis du dich beruhigt haben würdest."

„Ich bin ruhig!", fauchte sie.

Tiny verzog nur zweifelnd den Mund. „Hör zu, niemand hat dich entführt. Dein Schlafzimmer ist nicht abgeschlossen, du kannst den Raum jederzeit verlassen."

„Und wenn ich das Haus verlassen will?", fragte sie spitz.

„Dann würde er wohl versuchen, dich davon abzuhalten", räumte er ein. „Aber er würde es mit guten Argumenten versuchen. Entführt hat er dich jedenfalls nicht. Allerdings hast du im Bahnhof plötzlich Jean Claudes Namen erwähnt, und Julius dachte, du hättest ihn irgendwo gesehen. Darum hat er dich gepackt und ist losgerannt. Er wollte dich nur in Sicherheit bringen. Trau ihm nicht alles Schlechte in der Welt zu, Marguerite! Er liebt dich."

Verbittert verzog sie den Mund. „Das tut er nicht. Er *kann* mich gar nicht lieben. Wir kennen uns doch kaum."

„Willst du mir jetzt vielleicht auch noch erzählen, dass du ihn ebenfalls nicht liebst? Vor ein paar Stunden warst du davon nämlich fest überzeugt."

„Wie gesagt, ich kenne den Mann ja kaum, Tiny", entgegnete sie gereizt. „Ich bin nicht verliebt, ich bin bloß in ihn verkrallt."

„Verkrallt?", wiederholte er ratlos.

„Du weißt schon", seufzte sie. „Wenn man für einen schwärmt."

„Ach, du meinst ‚verknallt'."

„Verkrallt, verknallt", meinte sie und machte eine wegwerfende Geste. „Das ist doch alles das Gleiche."

„Na ja, genau genommen ist es das nicht. Wenn du in jemanden verkrallt bist, dann bedeutet das, dass du deine ..."

„Tiny", fuhr sie ihn an.

„Schon gut, das ist jetzt nicht unser Thema", murmelte er und räusperte sich. „Hör mal, lass es dir doch wenigstens von ihm erklären, okay?"

„Ich muss mir gar nichts erklären lassen."

Frustriert verdrehte er die Augen. „Dass du das nicht musst, weiß ich. Aber eine erwachsene Frau würde ..."

„Tiny", unterbrach sie ihn prompt. „Du musst mich deswegen nicht für kindisch halten. Ich wollte damit nur sagen, ich muss es mir nicht erklären lassen, weil ich alles bereits in deinem Kopf gelesen habe."

„Hör gefälligst damit auf!", schimpfte er.

Marguerite legte sich erschöpft aufs Bett und ließ den Kopf aufs Kissen sinken. Ohne eine Spur von Bedauern erklärte sie schließlich: „Ich musste wissen, ob ich dir weiter vertrauen kann. Es hätte ja sein können, dass du mich verraten hast. Immerhin sah es so aus, als seist du zum Feind übergelaufen."

„Ich habe dich nicht hintergangen", sagte er nachdrücklich.

„Ich weiß." Sie machte die Augen lange genug auf, um nach seinem Arm zu fassen und ihn zu tätscheln, dann schloss sie sie wieder und fügte hinzu: „Jedenfalls hast du es nicht vorsätzlich gemacht. Mir ist klar, dass du ihm diesen Unfug abgenommen hast."

„Es ist kein Unfug", ertönte plötzlich Julius' leise Stimme.

Abrupt setzte sie sich auf und entdeckte Julius, der mit ernster Miene vor dem Bett stand. Dass er ins Zimmer gekommen war, hatte sie nicht bemerkt. Der Mann bewegte sich so lautlos wie ein Dieb, was wohl eine zutreffende Beschreibung war, hatte er doch ihr Herz geraubt.

Da sie saß, befand sie sich auf Augenhöhe mit seiner Taille, und so sah sie sofort die Blutbeutel, die er in den Händen hielt. Die waren zweifellos als Friedensangebot gedacht, aber auch wenn sie das Blut brauchte, war sie doch zu starrsinnig, um darauf einzugehen. Also nahm sie den Blick von den Plastikbeuteln und stellte fest, dass sie stattdessen auf den Reißverschluss seiner Jeans starrte. Ihr kam der Gedanke, ihm genau dorthin einen Tritt zu versetzen, dann jedoch stand sie auf und ging auf Abstand zu ihm, weil sie nur so beiden Versuchungen widerstehen konnte.

„Es ist Unfug", beharrte sie. „Du hast Tiny erzählt, dass wir uns schon mal begegnet sind."

„Das ist richtig."

„Ist es nicht", konterte sie entschieden. „Daran würde ich mich erinnern. Und ganz bestimmt würde ich mich an Christians Geburt erinnern."

„Du …"

„Und was diese Behauptung angeht, ich hätte den Auftrag erteilt, ihn zu töten … ein wehrloses kleines Baby …" Sie schüttelte nachdrücklich den Kopf. „Nie im Leben!"

„Ganz meine Meinung", stimmte er ihr zu und legte die Blutbeutel auf die Kommode. „Wir glauben auch nicht, dass du zu so etwas in der Lage wärst. Jedenfalls nicht freiwillig … es sei denn, du wurdest von jemandem kontrolliert."

„Ich kann unmöglich zwanzig Jahre meines Lebens einfach vergessen haben. Erst recht nicht, wenn ich in diesen zwanzig Jahren meinem Lebensgefährten begegnet wäre und ein Kind zur Welt gebracht hätte. Es ist schlicht unmöglich, dass ein Unsterblicher einen anderen …"

„Ich weiß, es klingt nach etwas Unmöglichem", fiel er ihr ins Wort. „Ich hatte auch Schwierigkeiten, diese Möglichkeit zu akzeptieren. Aber wir sind uns früher schon einmal begegnet, und dabei haben wir festgestellt, dass wir Lebensgefährten sind.

Das alles ist tatsächlich passiert." Als sie widersprechen wollte, fügte er seufzend hinzu: „Antworte mir nur auf diese eine Frage: Falls es möglich sein sollte, die Erinnerungen eines Unsterblichen zu löschen, wäre Jean Claude jemand, der das bei einem anderen machen würde?"

Marguerite wich seinem Blick aus und kniff die Lippen zusammen. Nach kurzem Schweigen äußerte sie tonlos: „Wenn es seinen Zwecken dienen würde, dann ja."

„Also ..."

„*Falls* es möglich sein sollte", kam sie ihm zuvor. „Aber es ist einfach nicht möglich. So etwas geht nicht."

Sie vernahm den verzweifelten Unterton in ihrer eigenen Stimme, wandte sich ab und biss sich so auf die Lippe, dass es wehtat. Wenn sie ganz ehrlich zu sich selbst war, wollte sie gar nicht, dass so etwas möglich war. Sie wollte nicht glauben, dass sie etwas so Wertvolles verloren hatte und dazu gezwungen worden war, den Mord an ihrem eigenen Kind anzuordnen.

„Angenommen, das alles würde stimmen", sagte sie und sah wieder zu Julius. „Wer hat dann seit London mehrmals versucht, mich umzubringen? Du hast selbst geäußert, die Familie von Christians Mutter könnte damit zu tun haben. Wenn deine Geschichte stimmt, reden wir hier von meiner Familie, und die versucht ganz sicher nicht, mich zu ermorden."

„Jean Claude kö..."

„Jean Claude ist tot!", fauchte sie ihn aufgebracht an.

Julius schwieg eine Weile, schließlich fragte er: „Wer außer ihm könnte noch in der Lage sein, dich zu kontrollieren?"

„Niemand. Er war der Einzige. Gott sei Dank, meine ich!"

„Aber, Marguerite, heute Morgen ...", begann Tiny, hielt jedoch sofort den Mund, als er Julius' warnenden Blick bemerkte.

Argwöhnisch schaute sie zwischen den beiden Männern hin und her. „Was war heute Morgen?"

„Sie kann es einfach bei mir nachlesen, Julius", murmelte Tiny bedauernd.

Als sie sich daraufhin Tiny zuwandte, um das zu tun, rief der Unsterbliche: „Schnell, denken Sie an was anderes! Los!"

Als sie in Tinys Verstand nichts weiter als einen Kinderreim vorfand, stutzte Marguerite, doch mit einem knappen Schulterzucken meinte sie dann: „Ich brauche nur zu warten, bis er abgelenkt ist."

Julius schnaubte leise und fuhr sich durchs Haar. „Es würde dich nur unnötig aufregen."

„Ich bin über siebenhundert Jahre alt, Julius. Du hast so wenig wie Jean Claude das Recht zu entscheiden, was für mich gut ist und was nicht."

„Ja, du hast natürlich völlig recht, tut mir leid." Er machte einen entsetzten Eindruck, als sei ihm erst jetzt bewusst geworden, dass er sich tatsächlich nicht anders verhielt als Jean Claude. „Also gut, dann sag mir, woran du dich erinnern kannst, was heute Morgen passiert ist."

Die Frage brachte sie kurz ins Grübeln. „Ich weiß, dass ich im Wohnzimmer aufgewacht bin. Ich lag auf dem Sofa, Tiny stand mit dem Rücken zu mir in der Tür. Ich bin aufgestanden und habe mich zu ihm gestellt. Ich habe dich auf der Treppe stehen sehen, hinter dir Christian und Marcus. Und ich habe euch reden hören."

Julius nickte. „Und wie bist du auf die Couch gekommen?"

Ratlos sah sie ihn an. Schließlich schüttelte sie den Kopf.

Wieder nickte er, als habe er diese Reaktion erwartet. „Was ist deine letzte Erinnerung, bevor du auf der Couch aufgewacht bist?"

„Gestern Abend", murmelte sie, während sie den Ablauf der Ereignisse durchging. „Wir waren im Theater, danach im Restaurant, dann wurde ich angegriffen ... als ich aufwachte, lag ich neben dir im Bett. Wir unterhielten uns und ... äh ..." Marguerite schaute zu Tiny, der wie ein Schwachsinniger vor sich hin grinste. Seufzend fuhr sie fort: „Dann haben wir noch eine Weile geredet, danach habe ich dein T-Shirt angezogen und bin ins Badezimmer gegangen. Anschließend habe ich mich wieder ins Bett gelegt, und wir sind eingeschlafen."

„Das ist alles richtig. Und heute Morgen?"

„Ich glaube", antwortete sie zögernd, „ich bin irgendwann aufgestanden, um mir einen Beutel Blut zu holen. Ich war allerdings noch sehr verschlafen, deshalb weiß ich nicht, wieso ich auf der Couch aufgewacht bin ..." Sie schüttelte ratlos den Kopf. „Habe ich mich im Wohnzimmer schlafen gelegt?"

„Ich kann dir nur sagen, was ich gesehen habe", erwiderte er. „Ich bin gegen Mittag aufgewacht, und du warst nicht mehr im Bett, was mich geärgert hat. Ich bin aufgestanden, um dich zu suchen, und da sah ich, dass du nach unten gegangen warst. Tiny fragte dich, ob es dir gut geht, aber du hast ihn nur gepackt und gegen die Wand geschleudert. Dann bist du aus dem Haus gegangen. Außer meinem T-Shirt hattest du nichts an, die Sonne schien, und ich bin hinterhergelaufen, um dich zurückzuholen."

„Und er war völlig nackt", ergänzte Tiny, der sie offenbar wissen lassen wollte, welches Opfer Julius dafür gebracht hatte, damit ihr nichts zustieß.

„Ich habe dich gegen die Wand geschleudert?", wandte sie sich erschrocken an den Detektiv, der nur bestätigend nickte.

„Ich habe dich ins Haus getragen und auf die Couch gelegt. Und da bist du kurze Zeit später aufgewacht. Den Rest weißt du ja."

„Es ist wahr, Marguerite", bestätigte Tiny bedrückt. „Jedes Wort ist wahr. Du bist einfach im T-Shirt nach draußen in den Sonnenschein spaziert. Aber das warst du nicht. Dein Gesicht war völlig ausdruckslos. Du wurdest von irgendwem kontrolliert."

Sie lehnte sich gegen die Kommode und war angesichts dieser Neuigkeit sprachlos. Niemand außer Jean Claude hatte sie je kontrolliert, und sie hätte nicht geglaubt, dass irgendjemand außer ihm dazu in der Lage sein könnte. Sie hatte es sich stets damit erklärt, dass er viel älter war als sie und dass er sie gewandelt hatte. Aber jetzt ... jetzt war sie von einem anderen kontrolliert worden. Oder Jean Claude lebte doch noch, was Julius ja offenbar glaubte.

Welche von beiden Möglichkeiten die schlimmere war, konnte sie nicht sagen.

„Es tut mir leid, dass ich dir nicht von Anfang an die Wahrheit anvertraut habe, Marguerite", erklärte Julius, zuckte hilflos mit den Schultern und betonte: „Aber überleg nur mal, wie schwer es dir fällt, es mir jetzt zu glauben, nachdem du weißt, dass wir beide Lebensgefährten sind. Kannst du dir deine Reaktion vorstellen, wenn ich es dir gleich am ersten Abend gesagt hätte?"

Sie hätte ihn für völlig verrückt gehalten, das war ihr klar.

„Ich weiß nicht, wie ich dich davon überzeugen kann, dass ich die Wahrheit sage. Ich hatte gehofft, wenn wir nach York kommen und du die Stadt wiedersiehst, in der wir uns ursprünglich begegnet sind, dann würdest du dich vielleicht erinnern, aber ..." Er machte eine hilflose, betrübte Geste.

„Sie haben noch das Porträt", warf Tiny ein.

„Ja, das Porträt, das zu Hause in Italien in meinem Schreibtisch liegt. Von dem Christian gesprochen hat. Das bist du. Ich habe in dem Jahr zwei Porträts von dir in Auftrag gegeben. Das große Gemälde hing in der Burg über dem Kamin, das kleine hatte ich auf Reisen immer bei mir. Als ich zurückkam, und du warst nicht mehr da ... da war mit dir auch das große Bild verschwunden. Aber das kleine hatte ich noch, und ich habe es bis heute aufbewahrt. Ich möchte, dass du mich zu mir nach Hause begleitest, zumal du dort ohnehin sicherer aufgehoben bist als hier. Ich habe ein High-Tech-Überwachungssystem, das jeden davon abhalten sollte, dir zu nahe zu kommen, um dich zu kontrollieren", fügte er leise hinzu.

Marguerite fühlte sich hin- und hergerissen. Sie wollte ihm so sehr glauben. Julius schien es ehrlich zu meinen, und sobald sie ihm glaubte, konnte sie wieder mit ihm zusammen sein. Doch es war so schwierig, ihm zu glauben. Wie sollte sie so etwas vergessen haben? Wie sollten ihre eigenen Erinnerungen falsch sein?

„Und warum hat Lucern nie etwas davon gesagt?", fragte sie plötzlich. „Zu der Zeit muss er um die hundert gewesen sein. Er …"

„Du hast Boten losgeschickt, die nach ihm suchen sollten, nachdem wir beschlossen hatten zu heiraten. Aber er kehrte erst zurück, als alles längst vorüber war und du wieder bei Jean Claude warst", erklärte Julius. „Ich weiß nicht, welche Geschichte man ihm erzählt hat, ich bin ihm jedenfalls nie begegnet."

Am liebsten hätte Marguerite ihren Sohn auf der Stelle angerufen, damit er ihr sagte, was er wusste, aber er war mit Kate auf Reisen. Und einem dämlichen Handtaschenräuber hatte sie zu verdanken, dass sie jetzt nicht seine Nummer nachschlagen und ihn anrufen konnte.

„Ich bin Lucian begegnet", platzte Julius plötzlich heraus.

Sie sah ihn verdutzt an. „Lucian?"

„Ja. Nach Jean Claudes Tod hat er wohl öfter nach dir geschaut, wie es dir geht. Er weiß alles über uns beide, und er weiß auch, dass du schwanger warst", versicherte er ihr, fügte dann aber hinzu: „Allerdings weiß ich nicht, ob er das bestätigen wird. Schließlich würde er damit ja seinem Bruder in den Rücken fallen."

„Rufen wir ihn doch einfach an", schlug Tiny vor und erhob sich von der Bettkante.

Marguerite nickte erleichtert. Mit jeder Minute fühlte sie sich frustrierter und verwirrter, einerseits wollte sie glauben, was sie hörte, andererseits fürchtete sie sich davor. Aber wenn Lucian davon wusste, ließ sich das Ganze innerhalb von Minuten aufklären.

„Hier, nimm mein Telefon!", bot Julius ihr an, zog das Gerät aus der Tasche und reichte es ihr.

Sie tippte die Nummer ein, die sie glücklicherweise auswendig kannte, und hielt das Telefon ans Ohr, um dem Freizeichen zu lauschen. Nebenbei nahm sie wahr, wie sich Julius am Fußende aufs Bett setzte. Er wirkte nicht übermäßig nervös.

Sie versteifte sich, als am anderen Ende abgenommen wurde, ließ aber gleich wieder die Schultern sinken, als eine Bandansage sie wissen ließ, Lucian und Leigh seien derzeit nicht zu erreichen, und man solle es später noch einmal versuchen. Auch wenn der Anruf ihr im Moment nicht weiterhalf, freute sie sich doch darüber, dass Lucian und Leigh sich offenbar als Lebensgefährten entpuppt hatten. Sie hatte ein gutes Gefühl, was die beiden anging, aber sie wäre um einiges glücklicher gewesen, wenn sie Lucian erreicht hätte.

Ein Blick zum Wecker auf dem Nachttisch verriet, dass es zwei Uhr nachmittags war, also zu Hause gerade mal neun Uhr morgens. Lucian ging tagsüber prinzipiell nie ans Telefon, ganz gleich, wer ihn sprechen wollte. Allerdings besaß er auch noch ein Mobiltelefon, das für den Fall auf seinem Nachttisch lag, dass es eine dringende Ratsangelegenheit zu erledigen gab. Bedauerlicherweise hatte sie diese Nummer nicht im Kopf, da bei ihr fast nie Notfälle eintraten.

„Lucian", sagte sie, als der Piepton erklang, nach dem sie sprechen konnte. „Ich wünschte, du wärst da und könntest rangehen. Ich brauche deine Hilfe. Ich versuche es später wieder."

Sie klappte das Telefon zu und wandte sich zu den beiden

Männern um, die genauso enttäuscht dreinschauten, wie sie sich fühlte. Gerade wollte sie Julius das Telefon reichen, da kam ihr eine Idee. „Martine."

„Ihr bin ich auch nicht begegnet", gab er kopfschüttelnd zurück. „Du hast in ihrem Haus gewohnt, als sie eine Weile die Stadt verlassen hatte, damit niemandem auffiel, dass sie nicht älter wurde."

„Ja, aber sie wird mir zumindest sagen können, ob ich wirklich hier in York war", verkündete sie triumphierend. „Und dann wüsste ich ja, dass mir ein Teil meiner Erinnerung fehlt."

Julius machte große Augen und begann zu lächeln. „Aber natürlich!"

Auch Marguerite lächelte, als sie das Telefon wieder aufklappte, die Auskunft anrief und sich die Nummer des *Dorchester*-Hotels in London geben ließ. Julius ging nervös hin und her, und auch Tiny war die Unruhe in Person.

Nachdem die Nummer durchgegeben worden war, tippte Marguerite sie ein und wartete, bis die Verbindung hergestellt wurde. Eine fröhliche Frauenstimme meldete sich, woraufhin sie erleichtert aufatmete. Sie bat darum, mit Martines Zimmer verbunden zu werden, und hätte vor Frust fast laut aufgestöhnt, als dort auch nur ein Anrufbeantworter ansprang. Natürlich hatte Martine darum gebeten, am Tag unter keinen Umständen gestört zu werden.

Diesmal hinterließ Marguerite keine Nachricht, sondern ließ das Telefon ungeduldig zuschnappen. „Vor Sonnenuntergang brauche ich es erst gar nicht nochmals zu versuchen."

Einen Moment lang herrschte Schweigen, dann sagte Julius: „Du siehst erschöpft aus. Warum trinkst du nicht das Blut und legst dich eine Weile schlafen?"

Sie zögerte. Erschöpft war sie tatsächlich, immerhin hatte sie zuletzt nur ein paar Stunden geschlafen, bevor sich die Ereignisse überschlugen. Und sie brauchte ganz eindeutig mehr Blut. Schließlich nickte sie zustimmend.

Zu ihrem Erstaunen wirkte Julius nicht erleichtert darüber, dass sie so ganz ohne Widerstand eingelenkt hatte. Vielmehr schien er nur noch angespannter zu sein, als er erklärte: „Marcus und Christian haben sich vorhin schon ins Bett gelegt, und ich würde auch gern ein paar Stunden Schlaf nachholen. Aber ich möchte dich nicht unbeobachtet lassen."

„Kein Problem, ich kann auf sie aufpassen", meldete sich Tiny zu Wort. „Letzte Nacht konnte ich zur Abwechslung mal schlafen. Darum war ich ja auch heute Morgen auf, als Marguerite aus dem Haus gehen wollte."

„Danke für das Angebot, Tiny", sagte Julius zu ihm. „Aber wir haben ja erlebt, dass Sie sie nicht aufhalten können, wenn sie unter fremde Kontrolle gerät."

„Ich kann mich ja hinsetzen und etwas lesen, während Sie alle schlafen. Falls was passiert, könnte ich sofort Alarm schlagen."

Julius dachte über den Vorschlag nach, schüttelte letztlich jedoch den Kopf. „Ich kann es nicht riskieren, so weit von ihr entfernt zu sein, wenn etwas passiert."

Marguerite fühlte eine ganz andere Unruhe in sich aufsteigen, als sie zu ahnen begann, was er jeden Moment vorschlagen würde … doch dann überraschte er sie.

13

„Aufwachen, Partner!"

Marguerite riss die Augen auf, als sie einen Stoß in den Hintern bekam. Sie blinzelte ein paarmal, um wach zu werden, und rollte sich auf die Seite, um von ihrem Bett in die untere Etage zu schauen, wo Tiny es sich bequem gemacht hatte.

Er grinste nur, als er ihren finsteren Blick bemerkte, und stand auf. „Die Sonne ist untergegangen. Na ja, eigentlich ist das schon eine Weile her, aber ich bin über meiner Lektüre eingeschlafen."

Aufmerksam blickte sie sich um, doch der Raum sah noch genauso aus wie zuvor, als sie eingeschlafen war. Die Vorhänge hielten das Tageslicht fern, für ein wenig Helligkeit sorgte nur die Nachttischlampe neben Tinys Bett, damit er lesen konnte, solange die anderen schliefen.

Ihr Blick wanderte zum Doppelbett, in dem Marcus und Julius lagen und immer noch fest schliefen, während Christian in Julius' Zimmer umgezogen war. Es war wirklich überraschend gewesen, dass Julius ihr vorgeschlagen hatte, Marcus und Christian zu wecken, um die Bettenverteilung neu zu organisieren. Sie war davon ausgegangen, dass er von ihr verlangen würde, sich zu ihm ins Bett zu legen, damit er in ihrer Nähe war, wenn etwas geschah. Doch dazu war es nicht gekommen, und es zeigte ihr, dass er umsichtiger war, als sie es ihm bislang zugetraut hatte.

Auch wenn Marguerite es mittlerweile nicht mehr völlig ausschließen wollte, dass zumindest ein Teil seiner Geschichte den Tatsachen entsprach – was vor allem dem Umstand zu verdanken war, dass er sie bei Lucian und Martine hatte anrufen lassen –, war sie noch längst nicht bereit, wieder das Bett mit ihm zu teilen. Erst benötigte sie einen handfesten Beweis, dass seine Schilderungen nicht bloß aus der Luft gegriffen waren.

„Willst du die ganze Nacht im Bett bleiben?", fragte Tiny amüsiert. „Ich dachte, du willst Martine anrufen."

Sie nickte und setzte sich, dann machte sie sich daran, aus dem oberen Etagenbett zu klettern. Unterdessen weckte Tiny die beiden Unsterblichen, und als Marguerite nach unten ging, folgten ihr alle drei Männer. Marcus begab sich ins Wohnzimmer, um ein paar Blutbeutel zu holen, die anderen suchten die Küche auf.

Marguerite griff zum Telefon, nahm den Hörer ab und rief wieder die Auskunft an, da sie die Nummer des Hotels beim letzten Anlauf nicht notiert hatte. Sie wählte die durchgesagte Nummer, als Marcus in die Küche kam und ihr eine Blutkonserve anbot. „Ja, danke", murmelte sie und sah neidisch mit an, wie die beiden Männer das Blut zu trinken begannen, während sie erst noch ihr Telefonat erledigen musste.

Ihr lief das Wasser im Mund zusammen, und sie musste sich auf die würdevolle Stimme konzentrieren, die sich plötzlich meldete und sie wissen ließ, dass sie das *Dorchester*-Hotel erreicht hatte. Sie bat darum, mit Martines Zimmer verbunden zu werden, und fluchte stumm, als ihr gesagt wurde, dass sie bereits ausgecheckt hatte.

„Tut mir leid, Marguerite", entschuldigte sich Tiny leise. „Ich wollte gar nicht einschlafen."

„Ist nicht schlimm", gab sie zurück und gab sich Mühe, so zu klingen, als meinte sie das auch tatsächlich so. „Martine wird auf dem Rückweg nach York sein. Dann werde ich sie eben anrufen, sobald sie wieder zu Hause ist."

Ihr entging nicht, wie die beiden Unsterblichen sich anschauten, während sie den Blutbeutel gegen ihre Reißzähne drückte.

Schließlich erwiderte Julius: „Das kannst du machen, allerdings wird es von Italien aus passieren müssen."

Da sie den Beutel vor dem Mund hatte, konnte sie nichts entgegnen, sondern nur missbilligend die Brauen zusammenziehen.

„Du bist hier nicht sicher", betonte er.

„Wir könnten doch im Haus bleiben, bis Martine zurück ist, mit ihr reden und uns erst danach auf den Weg nach Italien begeben", schlug Tiny vor.

„Das könnten wir durchaus, aber dann müssten Christian, Marcus und ich unentwegt auf sie aufpassen, ob sie von jemandem kontrolliert wird. Einer von uns müsste immer bei ihr bleiben, selbst wenn sie zur Toilette geht."

„Was?" Marguerite riss ungläubig den Beutel weg, der glücklicherweise bereits leer war.

„Du bist aus dem Schlafzimmerfenster geklettert", betonte Julius.

„Ja, aber …"

„Wer immer die Kontrolle über dich übernommen hatte, hat zum Glück nicht die Rückseite des Hauses beobachtet, sonst hätte er dich inzwischen längst einkassiert. Wenn er allerdings mitbekommen hat, wie wir mit dir ins Haus zurückgekommen sind, dann hat ihn das womöglich auf die Idee gebracht, dich beim nächsten Versuch aus dem Fenster klettern zu lassen. Da jedes Zimmer in diesem Haus über ein Fenster verfügt, bist du nirgendwo sicher, nicht mal im Badezimmer. Wir können dich nicht aus den Augen lassen. Nicht hier! Zu Hause in Italien müssen wir zwar auch auf dich aufpassen, aber da können wir es etwas lockerer angehen lassen."

Marguerite starrte ihn an und hatte bedauerlicherweise kein Argument zur Hand, das sie dagegensetzen konnte. Und dummerweise merkte sie in diesem Moment, dass sie zur Toilette gehen musste. Die Vorstellung war für sie unerträglich, dabei von Marcus, Julius oder Christian begleitet zu werden, damit sie auf sie aufpassen konnten.

Als sie zu Tiny sah, stellte der sich zu ihr und nahm sie an den Händen, die er aufmunternd drückte. „Ich finde, wir sollten abreisen."

„‚Wir'? Du würdest mich begleiten?", fragte sie erleichtert.

„Na ja, das ist doch schließlich *unser* Fall, oder nicht, Partner?", meinte er grinsend und fügte dann ernster hinzu: „Ich würde mich freuen, auf dich aufpassen zu können. Nicht nur, weil es für dich sicherer ist, sondern auch für deinen Seelenfrieden. Ich weiß, es macht dich verrückt, nicht mit Lucian oder Martine über die Vergangenheit reden zu können. Die Reise würde dich für ein paar Stunden ablenken, bis du endlich einen von beiden erreichen kannst. Von Italien aus kannst du ja wieder anrufen. *Und* du kannst dir da dieses Porträt ansehen."

„Und ich kann ohne Eskorte zur Toilette gehen", ergänzte sie leise.

„Ja, das auch", stimmte er ihr grinsend zu.

Sie konnte sich seinem Grinsen nicht anschließen, denn je länger sie dastanden und über das Thema Toilette redeten, umso dringender musste sie. Doch sie wollte es nicht tun, wenn einer der Männer sie dabei bewachte.

„Dann lasst uns gehen", entschied sie urplötzlich, stieß sich vom Tresen ab und marschierte zur Küchentür.

„Nicht so hastig", rief Julius lachend, als er sah, dass sie in Richtung Haustür unterwegs war. „Wir müssen packen und Christian wecken, danach müssen wir uns den Fahrplan ansehen, bevor ich Vita anrufe, damit sie unseren Piloten zeitig nach London schickt."

Sie drehte sich zu ihm um und sah ihn aufgebracht an. „Na, dann beeil dich mal! Ich muss zum Klo, und wenn ich das bis Italien nicht kann, möchte ich mich so schnell wie möglich auf den Weg dorthin machen."

Die Männer sahen sich schweigend an, schließlich räusperte sich Tiny. „Marguerite …"

„Ich werde keine Toilette aufsuchen, wenn sich einer von euch danebenstellt, um auf mich aufzupassen", erklärte sie nachdrücklich, bevor er weiterreden konnte. „Ihr könnt euch also alle in Bewegung setzen."

„Du musst nicht bis Italien warten", versicherte Julius ihr, der seine Belustigung nur schwer verbergen konnte. „Im Zug wird das kein Problem sein, denn soweit ich mich erinnern kann, gibt es da kein Fenster auf der Toilette."

Als sie das hörte, entspannte sie sich ein wenig. Das war auf jeden Fall besser, als bis Italien zu warten. Sie nickte zufrieden und begab sich zur Treppe. „Dann gehe ich jetzt packen."

„Ich bleibe bei ihr, während du Christian weckst und ebenfalls packst", bot sich Marcus an. „Danach kannst du auf sie aufpassen, und ich packe meine Tasche."

Leise seufzend begab sie sich nach oben und ignorierte die Unterhaltung der anderen. Marcus konnte ihr ruhig folgen, wenn er wollte. Als sie an Julius' Zimmer vorbeikam, hörte sie Geräusche und sputete sich, um in ihr Schlafzimmer zu kommen. In dem Raum schlief Christian, dem sie jetzt lieber nicht in die Arme laufen wollte. Immerhin hatte sie ihn nicht mehr gesprochen, seit sie die Geschichte kannte, die Julius Tiny erzählt hatte. Als Julius ihn und Marcus geweckt hatte, damit sie die Betten anders aufteilten, war sie bereits in ihr Etagenbett geklettert und hatte sich schlafend gestellt, um nicht mit ihm reden zu müssen.

Hinter ihr ging die Schlafzimmertür auf, und Marguerite eilte zu ihrem Koffer, als Marcus hereinkam und sich gegen die Wand lehnte, um ihr zuzusehen. Er sprach kein Wort, sie schwieg ebenfalls und konzentrierte sich ganz auf ihren Koffer. Im Hintergrund hörte sie, wie Julius und Christian sich unterhielten, und unwillkürlich fragte sie sich, wie sie sich dem jüngeren

Unsterblichen gegenüber verhalten sollte. Allmählich begann sie tatsächlich, Julius' Geschichte zu glauben. An alle anderen Zeiträume in ihrem Leben konnte sie sich sehr präzise erinnern, und es war mehr als seltsam, dass ausgerechnet diese Phase ihr nur so verschwommen im Gedächtnis geblieben war.

Während sie in ihrem Etagenbett lag, hatte sie lange Zeit gegrübelt und versucht, sich genauer an diese Reise durch Europa zu erinnern. Sie wusste nur, dass sie recht angenehm verlaufen war, doch alle Details blieben ihr verborgen. Nicht ein einziges Ereignis war ihr noch gegenwärtig, sie wusste nichts über die Städte, die sie besucht hatten, und konnte nicht mal sagen, ob sie sich wund geritten hatte oder nicht. Das konnte einfach nicht sein.

Und dazu kam auch noch dieser hoffnungsvolle Ausdruck in Julius' Augen, als sie im *Dorchester* anrief, um mit Martine zu reden. Ja, sie begann, seine Geschichte zu glauben. Und wenn sie daran glaubte, dann war Christian ihr Sohn. Ein Sohn, den sie nach seiner Geburt ihrer Dienstmagd übergeben hatte, damit die ihn tötete! Großer Gott, der Junge musste sie dafür hassen! Und selbst wenn er es nicht tat, hasste sie sich selbst dafür.

„Christian hasst dich nicht", sagte Marcus leise.

Marguerite verkrampfte sich, als ihr klar wurde, dass er soeben ihre Gedanken gelesen hatte. Lästiger Kerl, dachte sie gereizt und hörte ihn leise lachen.

„Natürlich lese ich dich", gab er unumwunden zu und ergänzte dann: „Ich liebe Christian wie einen Sohn, und Julius ist für mich wie ein Bruder. Ich werde alles tun, was in meiner Macht steht, um zu verhindern, dass den beiden nochmals wehgetan wird."

Bedächtig richtete sie sich auf und sah ihn an. „Wieso kann man mich so leicht lesen und kontrollieren? Bei anderen Unsterblichen ist das nicht so."

Marcus zögerte kurz, ein sorgenvoller Ausdruck huschte über sein Gesicht. „Ich glaube nicht, dass du so einfach zu lesen bist."

„Du kannst mich zum Beispiel lesen", hielt sie dagegen.

„Ja, aber nur, weil du im Moment aufgebracht bist", stellte er klar. „In Kalifornien konnte ich dich nicht so leicht lesen. An dem Abend, an dem wir uns dort begegneten, warst du in Sorge um Jackie und Vincent, und dabei fand ich heraus, dass du dich nicht an mich erinnern konntest und auch nichts mehr von unserer Begegnung hier in York wusstest."

„Du warst damals auch hier?", fragte sie überrascht.

Er nickte. „Ich habe mit euch beiden ein Jahr zusammengelebt. Von mir kam der Vorschlag, dass wir uns in der Stadt eine Unterkunft suchen, als euch beiden klar wurde, dass ihr Lebensgefährten seid."

Marguerite legte die Stirn in Falten und forschte in ihren Erinnerungen, ob sie davon noch irgendetwas wusste, doch das einzige Ergebnis bestand darin, dass sie Kopfschmerzen bekam. Sie gab ihre Bemühungen auf und betrachtete den Mann verärgert. „Kannst du mich kontrollieren?"

Als er überzeugt den Kopf schüttelte, kniff sie argwöhnisch die Augen zusammen. „Hast du es versucht?"

Er nickte wie selbstverständlich, aber da er sich weiter nicht dazu äußerte, wandte sie sich wieder ihrem Koffer zu.

„Julius lässt ausrichten, dass er Sie gleich ablösen wird", verkündete Tiny, der soeben das Zimmer betrat. „Er hat alles gepackt und telefoniert jetzt noch wegen der Maschine."

Als Marcus bestätigend nickte, zögerte Tiny kurz, ging dann aber weiter zu Marguerite.

„Wie sieht's aus?", fragte er, doch an seiner besorgten Miene konnte sie ablesen, dass er sich nicht auf den Koffer bezog.

„Ich bin mir nicht sicher", gestand sie ihm leise, während sie noch etwas in den Koffer legte und dann den Reißverschluss zuzog. Als sie fertig war, sah sie den Detektiv an. „Sag mal, glaubst du wirklich, dass das alles stimmt?"

Er ließ sich ihre Frage durch den Kopf gehen. „Ja", antwortete er dann überzeugt, und als sie kurz die Augen zukniff, fügte er an: „Und wenn ich mich nicht irre, glaubst du es auch."

Fassungslos sah sie ihn an.

„Du brauchst nur genug Zeit, um es zu akzeptieren. Es ist eine ganze Menge, was du da verarbeiten musst. Eine Vergangenheit, von der du nichts mehr weißt, ein Lebensgefährte, ein Kind, du selbst eine Bigamistin."

„Was?", rief sie entsetzt.

„Na ja, du hast Julius geheiratet, als du dachtest, du wärst verwitwet", führte er aus. „Das heißt, du hattest zu der Zeit zwei Ehemänner."

Sie konnte ihn nur fassungslos anstarren, als sie das hörte.

„Obwohl … rein rechtlich gesehen glaube ich nicht, dass das als Bigamie zählt", redete er weiter. „Wenn ich mich nicht irre, wird man für tot erklärt, wenn sieben Jahre lang kein Lebenszeichen mehr von jemandem vernommen worden ist. Jedenfalls ist das heute so. Kann natürlich sein, dass damals andere Gesetze galten." Er zuckte mit den Schultern, als sei die Sache eigentlich völlig unbedeutend, und grinste Marguerite an. „Sind eigentlich alle deine Söhne so griesgrämig drauf wie Christian?"

Als sie ihn nur weiter anstarrte, weil er über eine so beunruhigende Angelegenheit Witze reißen konnte, legte er einen Finger an ihr Kinn und drückte ihren weit offenen Mund zu. Dann sagte er völlig ernst: „Im Leben lacht man, oder man weint, Marguerite. Ich glaube, du hast bislang genug Grund zum Weinen gehabt. Findest du nicht auch? Es wird Zeit, dass du lachst."

„Verdammt!"

Marguerite wandte ihren restlos faszinierten Blick von dem Haus ab, auf das sie zufuhren, als sie Julius fluchen hörte. Mit einer Mischung aus Sorge und Verärgerung musterte er einen Wagen, der vor dem Gebäude parkte.

„Na ja, du hast ihn schließlich angerufen", wandte Marcus belustigt ein, der offenbar wusste, warum Julius so aufgebracht reagierte.

„Ich habe eine Nachricht hinterlassen, aber ich bin nicht davon ausgegangen, dass er herkommt", murmelte er, lächelte dann jedoch Marguerite beruhigend an. „Es wird alles gut ausgehen."

Zwar nickte sie bestätigend, sagte aber kein Wort. Seit sie das Stadthaus in York verlassen hatten, war von ihr ohnehin kaum einmal etwas zu hören gewesen. Die meiste Zeit hatte sie damit verbracht, stumm in die Gegend zu starren. Mal sah sie Julius an und versuchte dabei, diese fehlenden Erinnerungen wiederzufinden, während sie sich vorstellte, wie er in der Kleidung des 15. Jahrhunderts durch das mittelalterliche York spazierte. Oder sie starrte Christian an, versuchte sich in seinen Gesichtszügen zu entdecken und überlegte, ob er wohl tatsächlich ihr Sohn war. Dabei lächelten ihr beide Männer immer wieder aufmunternd zu, als wollten sie ihr versichern, dass alles in Ordnung sei.

Marguerite fühlte sich dabei elend, weil sie sich nicht an Julius erinnerte und damit auch nicht an das, was seinen Worten zufolge zwischen ihnen gewesen war. Und sie fühlte sich elend, weil sie offenbar Christians Ermordung angeordnet hatte. Sie hatte keine Ahnung, was sie zu den beiden sagen oder wie sie sich ihnen gegenüber verhalten sollte. Also saß sie während der gesamten Zugfahrt nach London und auch noch im Flugzeug nach Italien nur da und stierte sie an.

Der Wagen hielt vor dem Haus, sie stiegen aus und holten ihr Gepäck aus dem Kofferraum. Als sie auf dem Weg zur Haustür waren, wurde die plötzlich geöffnet, und ein großer dunkelhaariger Mann trat heraus.

Julius hatte schon nicht begeistert geklungen, was den Mann

anging, aber der schien den Unsterblichen noch weniger zu mögen. Sein Gesicht war starr und abweisend, seine Augen waren von Abscheu erfüllt, als sie Marguerite erfassten, und er brachte nichts weiter als ein geknurrtes „Julius" heraus.

„Hallo, Vater!", entgegnete der, fasste mit seiner freien Hand ihren Arm und ging weiter. „Wie …?"

Marguerite sah Julius verwundert an, als der mitten im Satz innehielt und stehen blieb. Sie wusste, seine Reaktion hatte etwas mit der dunkelhaarigen Frau zu tun, die hinter seinem Vater aus dem Haus geeilt kam, doch der Grund war ihr nicht klar. Sie hielt den Mann für die beängstigendere Erscheinung von beiden … bis die Frau aufgebracht zu keifen begann: „Wie kannst du es wagen, diese … diese *Frau* hierher zu bringen, Julius? Hierher! Nach allem, was sie getan hat!"

Marguerite stand vor Verwirrung wie erstarrt da. Sie wollte angesichts einer so unflätigen Begrüßung ihrer Wut freien Lauf lassen, doch wenn sie tatsächlich die Dinge getan hatte, von denen die anderen alle sprachen, dann … dann hatte sie einen solchen Empfang vermutlich verdient.

„Das tut mir leid", wandte sich Julius an Marguerite und seufzte leise. Er drückte Christian sein Gepäck in die Hand und sah wieder das Paar an. „Mutter, Vater, kommt mit rein, wir müssen uns unterhalten."

Dann nahm er die beiden am Arm und führte sie zur Haustür, drehte sich aber noch einmal um und schaute zum Rest der Gruppe. Keiner von ihnen war ihm gefolgt. Marguerite wollte das auch gar nicht, während sich Marcus, Christian und Tiny um sie herum aufgebaut hatten.

Julius nickte, als sei alles exakt so, wie es sein sollte. „Marcus, würdest du mitkommen?"

„Soll ich Ihren Koffer nehmen?", bot sich Tiny an, als der Mann die Gruppe verließ.

„Nein, danke! Ich werde ihn im Flur abstellen."

„Mein Gepäck kannst du auch da abstellen, Christian", rief Julius ihm zu und ergänzte dann: „Nimm bitte Marguerite und Tiny mit, zeig ihnen ihre Zimmer und führ sie durchs Haus, damit sie sich zurechtfinden." Er wollte weitergehen, da fiel ihm noch etwas ein: „Achte darauf, dass deine Mutter das Zimmer gleich neben meinem bekommt."

Es kam einem Schock gleich, als Marguerite ihn das Wort *Mutter* aussprechen hörte. Und das, obwohl sie vier Kinder … vier weitere Kinder hatte, von denen sie natürlich auch so genannt worden war.

„Ich glaube, er meint dich damit", scherzte Christian, der ihre verwirrte Miene bemerkt haben musste.

Marguerite brachte ein Lächeln zustande, doch das war auch schon alles. Ihr Verstand war wie leer gefegt, als habe er sich ihren verschwundenen Erinnerungen angeschlossen, von denen sie nicht wusste, wo sie sich versteckt hielten.

„Ist schon gut", fügte er besänftigend an. „Ich weiß, auf dich stürzt eine Menge ein."

„Du scheinst das ganz gut zu bewältigen", bemerkte sie unglücklich.

„Kann sein", erwiderte er, legte den Tragegurt seiner Reisetasche über die Schulter, damit er Marguerites Arm nehmen konnte, und führte sie zum Haus. „Aber ich habe auch fünfhundert Jahre damit verbracht, in Vaters Arbeitszimmer zu schleichen und mir das Porträt in seinem Schreibtisch anzusehen. Im Geiste war dein Gesicht immer das meiner Mutter." Er drückte sanft ihren Arm. „Ich weiß, für dich ist das ganz anders verlaufen. Du wusstest nicht mal von meiner Existenz, und vermutlich bist du dir noch nicht sicher, ob das alles überhaupt stimmt."

Unwillkürlich musste sie schlucken. Er war so nett zu ihr, obwohl er wusste, dass sie seine Ermordung angeordnet hatte.

„Vielleicht könnten Sie ihr ja als Erstes das Gemälde zeigen", schlug Tiny vor, als sie das Haus betraten.

„Welches Gemälde?"

Die Frage ließ sie gleich hinter der Tür verharren, und sie sahen, dass sich ihnen im Flur eine Frau näherte. Sie war auf eine nüchterne Weise seltsam attraktiv, doch als sie die Gruppe anlächelte, da war diese Nüchternheit schnell vergessen.

„Marguerite, das ist meine Tante Vita, die älteste Schwester meines Vaters."

Vita Notte lachte bei diesen Worten. „Christian, man erwähnt bei einer Dame nie das Wort ‚alt', und als die ‚Älteste' bezeichnet man sie schon gar nicht." Kopfschüttelnd wandte sie sich den Gästen zu. „Hallo, Marguerite ... richtig?"

„Ja." Sie ergriff die dargebotene Hand und rang sich zu einem schwachen Lächeln durch.

„Meine Mutter", ergänzte Christian in einem Tonfall, der sie rätseln ließ, ob es sich um Stolz, um eine Warnung oder um beides gleichzeitig handelte. Ihr entging nicht das überraschte Aufflackern in den Augen ihres Gegenübers, und sie machte sich bereits auf eine Attacke in der Art von Julius' Mutter gefasst. Vita jedoch ließ nur ihre Hand los, und ihr Lächeln wirkte mit einem Mal ein wenig starr.

„Ja, natürlich. Das hätte mir klar sein sollen ... der Name ... na ja, ist das nicht schön?", meinte sie unschlüssig. Entweder sie wusste nicht, was sie weiter sagen sollte, oder aber sie wollte gar nicht mehr mit ihrem Besuch reden.

Marguerite hatte keine Ahnung, wie sie das plötzliche Schweigen überbrücken sollte, und es war schließlich Tiny, der ihr zu Hilfe kam. „Christian wollte uns gerade unsere Zimmer zeigen."

„Ja, selbstverständlich." Vita ging sofort zur Seite und ließ die Gruppe passieren. „Das Rosenzimmer ist sehr schön, Christian. Es könnte Marguerite gefallen."

„Stimmt, aber Vater möchte, dass sie das Zimmer neben seinem bekommt", gab er zurück und führte die beiden um eine Ecke.

In dem Moment, da die andere Frau sie nicht mehr sehen konnte, entspannte sich Marguerite wieder. Wenn sie ständig damit rechnen musste, von der Familie angegriffen zu werden, dann konnte das kein angenehmer Aufenthalt werden. Zugegeben, Vita schien diese Absicht nicht zu verfolgen, sondern hatte offenbar einfach nicht gewusst, wie sie auf diese unerwartete Besucherin reagieren sollte. Marguerite konnte das gut nachempfinden, fühlte sie sich doch selbst auch ziemlich verloren.

„Da wären wir", sagte Christian, nachdem sie eine Treppe hinaufgegangen waren und einen langen Flur fast bis zum Ende zurückgelegt hatten. Er blieb stehen, öffnete die Tür und griff um die Ecke, damit er das Licht einschalten konnte. Dann winkte er sie herein.

Marguerite betrat den Raum und zog ihren Koffer hinter sich her. Es war ein großes Zimmer, in Cremefarben gestrichen, die es hell und freundlich und zugleich beruhigend wirken ließen.

„Wenn du auspacken möchtest, bringe ich in der Zwischenzeit Tiny zu seinem Zimmer, packe meine Sachen weg und führe euch anschließend durchs Haus."

„Ich würde vorher noch ganz gern duschen", erklärte Tiny. „Es war ein ziemlich langer Tag."

Christian zögerte und sah Marguerite fragend an.

„Von mir aus", erwiderte sie.

„Dann bis in einer halben Stunde", sagte der jüngere Unsterbliche. „Ich hole euch ab und zeige euch das Haus."

„Und das Gemälde?", hakte sie nach.

„Ich glaube", meinte Christian skeptisch, „das sollte dir mein Vater besser selbst zeigen."

Sie nickte verstehend.

„Kommen Sie, Tiny, ich zeige Ihnen Ihr Zimmer, damit Sie duschen können. Ich glaube, ich könnte auch eine Dusche vertragen."

Marguerite folgte ihnen bis zur Tür und schloss sie hinter ihnen, dann durchquerte sie den großzügigen Raum und warf einen Blick in das angrenzende Badezimmer. Eine Tür an der gegenüberliegenden Wand führte in das Schlafzimmer daneben – Julius' Schlafzimmer. Sie machte kehrt und ging zum Fenster, zog den schweren Vorhang zur Seite und sah hinaus in die Dunkelheit. Um den weitläufigen Garten zog sich eine hohe Mauer mit Stacheldraht, die hoffentlich jeden fernhalten würde, der herkam, um sie zu kontrollieren.

Sie schloss den Vorhang und ging unruhig im Zimmer auf und ab. Sie wollte das Porträt sehen, und sie wollte Martine und Lucian anrufen. Sie war rastlos und unbeherrscht, weil sie endlich Antworten bekommen wollte.

Mit entschlossener Miene ging sie zur Tür. Julius selbst hatte ihr gesagt, wenn sie hier angekommen waren, könne sie das Gemälde sehen und ihre Telefonate erledigen – und das genau wollte sie jetzt tun. Marguerite konnte einfach nicht noch länger warten.

Als sie das Zimmer verließ, war der lange Flur menschenleer. An der Treppe angekommen, blieb sie stehen und schaute nervös nach unten, da sie weder Julius' Eltern noch seiner Schwester in die Arme laufen wollte, solange sie allein unterwegs war. Es war aber niemand zu sehen, also straffte sie tapfer die Schultern und schlich auf leisen Sohlen nach unten.

Im Erdgeschoss angekommen, machte sie sich auf die Suche nach dem Arbeitszimmer und warf einen Blick durch jede offene Tür, an der sie vorbeikam. Nirgendwo hielt sich jemand auf. Plötzlich hörte sie Stimmen, die aus einem Raum ganz am Ende des Flurs drangen. Mit jedem Wort wurden sie etwas lauter, was bedeuten musste, dass sich jemand der offen stehenden Tür näherte.

Plötzlich verspürte sie Angst, und sie öffnete die nächstbeste Tür, um im Zimmer dahinter Zuflucht zu suchen. Als sie die Tür hinter sich leise schloss, sah sie gerade noch, wie Julius aus dem Raum am Ende des Flurs kam. Sie hatte nicht das Gefühl, dass er auf sie aufmerksam geworden war. Erleichtert atmete sie auf, dass sie nicht von Julius und seinen Eltern ertappt worden war.

Sie drehte sich um und lehnte sich gegen die Wand, um abzuwarten, bis die Stimmen nicht mehr zu hören waren. Dann würde sie schnurstracks in ihr Zimmer zurückkehren und auf Christian warten. Es war ihr egal, ob Julius wusste, dass sie auf der Suche nach dem Gemälde war. Er würde ihr deshalb auch nicht böse sein, davon war sie fest überzeugt. Aber ihr gefiel der Gedanke nicht, dass seine Mutter oder sein Vater davon erfuhr. Die beiden hielten schon so nicht viel von ihr, das war …

Plötzlich hielt sie inne und sah sich genauer um. Das hier musste Julius' Arbeitszimmer sein! Ihr Blick fiel auf den Schreibtisch, der quer vor dem Fenster stand, und für einen Moment stockte ihr der Atem. Dann gab sie sich einen Ruck und ging auf den Schreibtisch zu.

14

„Oh ja, das ist eine wirklich glaubwürdige Geschichte!"

Julius und Marcus warfen sich vielsagende Blicke zu, als Marzzia Notta ihre Worte mit einer dramatischen Geste unterstrich und in der Bibliothek auf und ab ging. Sie hatten gewusst, dass die Frau so reagieren würde, denn von seinen Eltern war sie der deutlich aufbrausendere Teil. Sein Vater Nicodemus dagegen war stets die Ruhe selbst. Weil abzusehen gewesen war, dass seine Mutter sich eben nicht so gut im Griff haben würde, hatte er sie beide aus dieser Angelegenheit heraushalten wollen, bis er sie gelöst hatte. Ihm war nie in den Sinn gekommen, dass sie so bald zu ihm nach Hause kommen würden. Dabei hatte er nur seinen Vater angerufen, um ihn zu fragen, ob man ein Drei-zu-eins bei einem Unsterblichen vornehmen konnte und welche Folgen das möglicherweise hatte.

Dummerweise waren seine Eltern nicht zu Hause gewesen, als er anrief, und er hatte den Fehler gemacht, eine Nachricht auf Band zu sprechen. Die hatte offenbar genügt, um das Interesse seines Vaters so sehr anzustacheln, dass er sich auf den Weg zu Julius gemacht hatte, um mehr zu erfahren.

Seine Mutter schnalzte angewidert mit der Zunge. „Die Wahrheit sieht doch wohl so aus, dass ihr geliebter Jean Claude jetzt tot ist und sie sich entschlossen hat, sich an dich heranzumachen."

„Er war nicht ihr geliebter Jean Claude. Die beiden waren nicht mal Lebensgefährten!", widersprach Julius, obwohl er gar nicht wusste, warum er sich überhaupt so viel Mühe machte.

Schließlich hatte er ihr das erst vor ein paar Minuten alles ausführlich erklärt.

„Woher willst du das wissen?", fragte sie herablassend und drehte sich zu ihm um. „Du kannst sie doch gar nicht lesen!"

„Aber *ich* kann sie lesen", erklärte Marcus und lenkte ihren wütenden Blick auf sich.

Nicodemus hatte sich das alles schweigend angehört, nun ging er zu seiner Frau, legte einen Arm um sie und zog sie auf eine Weise an sich, die sie sofort zu beruhigen schien. An Marcus gewandt fragte er: „Und du bist dir ganz sicher, dass ihre Erinnerungen verschwunden sind?"

Marcus nickte ernst.

„Wie soll das möglich sein?", wunderte sich Marzzia ungläubig. „Kann es nicht sein, dass sie einfach ihre Gedanken abgeschirmt hat?"

„Nein", erwiderte er mit Nachdruck. „Ich habe sie in Amerika und in England mehrere Male gelesen. In Kalifornien habe ich mich sogar in ihr Zimmer geschlichen, als sie schlief, um sie zu lesen, wenn sie ganz sicher keine Barrieren errichten konnte."

Als er das hörte, zog Julius eine finstere Miene. Diesen Punkt hatte ihm Marcus bislang verschwiegen, doch bevor er dazu etwas sagen konnte, fuhr der fort: „Marguerite Argeneau kann sich weder an uns noch an diese Zeit erinnern. Auch nicht an die zwanzig Jahre, in denen Jean Claude verschwunden und für tot gehalten worden war. Womit sich die Frage stellt, warum die Erinnerung an diese Zeit gelöscht wurde, wenn sie Julius bewusst verlassen haben und zu Jean Claude zurückgekehrt sein soll."

Marzzia schwieg und machte eine besorgte Miene. Von Nicodemus kam schließlich die Frage: „Sind die Erinnerungen einfach komplett verschwunden? Oder finden sich an ihrer Stelle andere Erinnerungen?"

Bei diesen Worten kniff Julius argwöhnisch die Augen zusammen. Es hörte sich ganz so an, als sei sein Vater einem bestimmten Verdacht auf der Spur.

„Sie kann sich vage an eine Reise durch Europa gemeinsam mit Jean Claude erinnern", antwortete Marcus. „Aber das liest sich mehr wie ein Gedanke, nicht wie eine echte Erinnerung."

„Dann wurde es als etwas anderes in ihr Gedächtnis eingefügt", überlegte Nicodemus.

„Allerdings wäre dazu ein Drei-zu-eins erforderlich", wandte Julius' Mutter ein. „So etwas ist schon bei einem Sterblichen gefährlich. Aber bei einem Unsterblichen? Nein." Sie schüttelte den Kopf. „Das hätte sie umbringen können. Kein Unsterblicher würde einem solchen Unterfangen zustimmen."

„Sag das nicht", murmelte Nicodemus.

Marzzia dachte kurz über die Möglichkeit nach, dann jedoch seufzte sie. „Es ändert letztlich nichts. Nur weil sie sich nicht daran erinnern kann, entschuldigt das nicht ihr Handeln."

„Sofern es ihr eigenes Handeln war", hielt Julius dagegen, woraufhin sie ihn überrascht und im nächsten Moment mitleidig ansah.

„Mein Sohn", sagte Marzzia traurig. „Ich weiß, du hast sie geliebt, aber sie war nicht diejenige, für die sie sich ausgegeben hat. Sie hat uns alle zum Narren gehalten. Es mag sein, dass sie deine wahre Lebensgefährtin war, doch du warst nicht ihr einziger Lebensgefährte. Sie hat Jean Claude den Vorzug gegeben und versucht, dein Kind zu töten. Vermutlich hat er das von ihr verlangt, damit sie ihm einen Beweis für ihre Loyalität liefert."

„Ich erwähnte bereits, dass die beiden keine richtigen Lebensgefährten waren. Jean Claude Argeneau konnte Marguerite vom ersten Tag an lesen und kontrollieren."

„Und warum hat er sie überhaupt gewandelt und geheiratet?", polterte sein Vater los.

„Allem Anschein nach war sie das exakte Ebenbild seiner

Frau, mit der er vor dem Untergang von Atlantis verheiratet war", warf Marcus ein.

„Sabia", murmelte Marzzia und begann auf einmal zu nicken, weil sie verstand. „Oh ja. Ja! Sie sieht ihr ähnlich. Sehr ähnlich sogar."

„Du hast seine erste Frau gekannt?", fragte Julius erstaunt.

„Natürlich." Dabei zuckte sie mit den Schultern, als sei das das Selbstverständlichste auf der Welt. „Und du weißt ganz sicher, dass sie keine Lebensgefährten waren?"

„Das ist in ihrer ganzen Familie bekannt", wiederholte Marcus. „Ich habe es in Vincents Geist gelesen."

„Und Jean Claude hat sie kontrolliert?", vergewisserte sich eine sichtlich irritierte Marzzia.

„Ja", bestätigte Julius zum x-ten Mal an diesem Tag. „In ihrem Clan ist es kein Geheimnis, dass er ihr das Leben zur Hölle gemacht hat. Vor allem in den letzten fünfhundert Jahren ihrer Ehe."

„Bestrafung", sprach Julius' Mutter und nickte. „Er hat sie bestraft, weil sie dich liebte."

Amüsiert zog Nicodemus die Augenbrauen hoch, als er seine Frau reden hörte. „Denkst du jetzt, dass sie diese schrecklichen Dinge vielleicht doch nicht getan hat? Dass sie unseren Sohn nicht verlassen wollte? Und dass sie ihr eigenes Kind gar nicht ermorden lassen wollte?"

Marzzia zuckte mit den Schultern. „Warum sollte jemand ihre Erinnerung daran löschen, wenn es ihr eigener Wille war? Außerdem hat sie unseren Julius geliebt. Wer könnte ihn nicht lieben? Und er war ihr wahrer Lebensgefährte. Keine Frau würde Jean Claude unserem Julius vorziehen, erst recht nicht, wenn er auch noch ihr Lebensgefährte ist. Nein." Sie schüttelte energisch den Kopf. „Jean Claude konnte sie kontrollieren, und das hat er auch getan. Er zwang sie zu diesen grässlichen Taten, und dann löschte er ihre Erinnerung an die Zeit", erklärte sie entschieden und schnalzte wieder mit der Zunge, um ihr Mitgefühl zum Ausdruck zu bringen. „Ach, die Ärmste! Sie ist völlig unschuldig an allem ... ihre Liebe und ihr Kind wurden ihr entrissen ... so viele Leidensjahre! Ich muss sofort zu ihr."

„Nein! Warte, Mama!", knurrte Julius und eilte ihr nach.

„Und ich werde sie wie eine eigene Tochter in meinem Herzen willkommen heißen!", fuhr sie fort und ging zur Tür.

„Marzzia", sagte Nicodemus leise, woraufhin sie stehen blieb. „Lass Julius erst einmal erklären. Da ist mehr im Gang, als wir bislang wissen."

Julius schaute seinen Vater verwundert an und fragte sich, ob der ihn wohl gelesen hatte. Das war nun mal das Problem mit Eltern: Sie ließen sich nicht so leicht aus den Gedanken ihrer Kinder ausschließen.

„Was wissen wir denn noch nicht?", rätselte sie und ging zurück zu ihrem Ehemann.

„Ich habe nur angerufen, weil ich wissen wollte, ob ein Drei-zu-eins bei einem Unsterblichen möglich ist", stellte er klar. „Marcus und ich haben davon noch nie etwas gehört."

„Die meisten halten es für schlicht unmöglich", erwiderte sein Vater. „Und sie werden in dieser Ansicht bestärkt, um zu verhindern, dass sie auf die Idee kommen, es zu versuchen. Die Prozedur ist äußerst gefährlich, und sie dauert deutlich länger als bei einem Sterblichen. Manchmal erstreckt sie sich über mehrere Tage. Die drei Beteiligten müssen alt und stark sein, und sie müssen den Willen besitzen, durchzuhalten und es bis zu Ende zu führen. Sie müssen die Erinnerung des Opfers in jeder Hinsicht auslöschen, und wenn sie zu lange brauchen oder wenn ihnen ein Fehler unterläuft ... dann sterben sie."

„Aber mit dem Opfer ist anschließend alles in Ordnung? Außer dass die gelöschte Erinnerung verschwunden ist?", wollte

Julius wissen. „Das Opfer kann deswegen nicht von jedermann gelesen und kontrolliert werden, oder?"

„Anfangs schon", räumte Nicodemus ein. „Für das Opfer stellt die Prozedur ein ganz erhebliches Trauma dar. Selbst wenn es überlebt, ist es unmittelbar danach nicht mehr es selbst. Oft fällt es in eine Starre und kann mühelos kontrolliert werden, bis der Verstand sich erholt und das Opfer die Fähigkeit zurücklangt, selbstständig zu denken und Entscheidungen zu treffen."

„Wie lange würde so etwas anhalten?", fragte Julius aus Sorge um Marguerite.

Sein Vater kniff die Augen zusammen, da er wusste, es gab einen Grund für diese Frage. „Du hast davon gesprochen, dass Jean Claude sie während ihrer ganzen Ehe kontrolliert hat, richtig?"

„Ja. Hängt das mit dem Drei-zu-eins zusammen?"

Nicodemus lächelte. „Du warst schon immer ein kluger Junge. Ja, damit hängt es zusammen. Als er sie gewandelt hat, konnte er sie zunächst kontrollieren, aber mit der Zeit hätte es immer schwieriger werden müssen, und irgendwann hätte sie in der Lage sein müssen, sich vor ihm zu schützen. Bereits zu der Zeit, als er angeblich tot war, hätte er damit große Mühe haben müssen, und es wäre ein direkter körperlicher Kontakt nötig gewesen. Und in den letzten rund vierhundert Jahren hätte es ihm eigentlich gar nicht mehr gelingen dürfen. Trotzdem war er dazu in der Lage, wie du sagst." Er zuckte die Schultern. „Das ist eine weitere Begleiterscheinung bei einem Drei-zu-eins. Es scheint so, als ob diejenigen, die dabei in den Geist eingreifen, sozusagen eine Art Hintertür schaffen, durch die sie anschließend immer wieder in den Verstand eindringen können, um ihn zu kontrollieren. Es wäre ein Leichtes gewesen, sie dazu zu zwingen, dass sie ihrer Dienstmagd den Befehl gibt, Christian zu töten."

Julius nickte. Zu diesem Schluss war er auch schon gelangt. Jetzt galt es, noch eine weitere entscheidende Frage zu stellen. „Dann kann sie auch gezwungen worden sein, die Dienstmagd zu töten?"

„Natürlich. Wenn jemand in der Lage war, sie zu kontrollieren, dann genauso umfassend, wie jeder von uns das bei einem Sterblichen kann."

„Etwa auch, ohne zu dem Zeitpunkt selbst anwesend zu sein?", fragte Julius. „Jean Claude hat sich nicht im Stadthaus aufgehalten, als Magda ermordet worden ist."

„Und es war kein Fremder im Haus, als sie heute Morgen in York nach draußen laufen wollte", fügte Marcus hinzu, gerade als Nicodemus den Kopf zu schütteln begann.

Julius' Vater stutzte. „Marguerite ist nach Jean Claudes Tod noch mal kontrolliert worden?"

Nachdem Julius kurz zu Marcus geschaut hatte, beschloss er, seinen Eltern auch von den Angriffen auf Marguerite zu berichten, was er bis dahin vermieden hatte.

„Ich weiß nicht", musste Nicodemus verblüfft zugeben. „Ich habe nie davon gehört, dass jemand aus größerer Entfernung kontrolliert worden ist. Allerdings könnte es möglich sein. Die Frage ist nur, wer sie jetzt kontrolliert."

„Wir tippen auf Jean Claude", antwortete Julius leise.

„Was?", rief Marzzia, die während der letzten Minuten geschwiegen und nur zugehört hatte. „Aber du hast doch gesagt, dass er tot ist."

„Das wurde vor fünfhundert Jahren auch erzählt", betonte Julius.

„Konzentrier dich nicht zu sehr auf ihn, sonst geraten die beiden anderen in Vergessenheit", ermahnte ihn sein Vater. „Die zwei könnten sie auch kontrollieren, also hast du es mit drei möglichen Bedrohungen zu tun."

„Aber wir wissen nicht, wer diese beiden anderen sind", erklärte Julius frustriert.

„Es müssen Unsterbliche sein, denen er vertraut hat und die damals schon so alt und stark waren wie er."

Julius nickte bedächtig und überlegte, wer infrage käme.

„Martine und Lucian wären alt genug", gab Nicodemus zu bedenken.

Als er diese Bemerkung seines Vaters hörte, hob Julius ruckartig den Kopf und sah ihn entsetzt an.

„Tja, aber die beiden werden wohl kaum reden, selbst wenn sie etwas über diese Vorgänge wissen sollten", warf Marcus ein.

Marguerite legte schnaubend den Hörer zurück auf die Gabel und ließ sich auf dem Schreibtischstuhl nach hinten sinken. Offenbar hatte das Schicksal etwas gegen sie, anders ließ sich nicht erklären, dass es ihr einfach nicht gelingen wollte, Martine und Lucian zu erreichen. Sie war zum Schreibtisch gegangen, um nach dem Porträt zu suchen, doch dann war ihr Blick auf das Telefon gefallen, und sie hatte beschlossen, stattdessen die beiden anzurufen. Beim zweiten Klingeln war Lucians Anrufbeantworter angesprungen, anstatt jedoch wieder eine Nachricht zu hinterlassen, hatte sie aufgelegt. Und Martines Haushälterin hatte ihr gleich danach versichert, Martine sei aus London zurückgekehrt, besuche aber derzeit eine Freundin. Sie müsse jedoch in Kürze nach Hause kommen, und die Haushälterin könne ja eine Nachricht für sie notieren.

Diese wiederholten Fehlversuche frustrierten sie über alle Maßen. Sie hatte die Nummer hinterlassen, die auf dem Apparat vermerkt war, und um umgehenden Rückruf gebeten, doch bei ihrem Glück stimmte diese Nummer längst nicht mehr. Es schien ihre Bestimmung zu sein, weiter in Ungewissheit zu leben, auch wenn es sie noch so verrückt machte.

Sie verzog den Mund und betrachtete den Schreibtisch. Es würde sie nicht überraschen, wenn sie jede Schublade durchwühlte und doch nicht das Porträt fand. Kopfschüttelnd zog sie die oberste Schublade auf und war so überzeugt davon, mit der nächsten Enttäuschung konfrontiert zu werden, dass sie minutenlang fassungslos auf das Porträt starrte, das sich darin befand.

Es lagen verschiedene Papiere auf dem Bild, durch die es teilweise verdeckt wurde, aber von der unteren Ecke war noch genug zu sehen, um es zu erkennen. Gebannt hielt sie den Atem an und griff nach dem Porträt, wobei sie merkte, dass ihre Hand zitterte. Einen Moment lang kniff sie die Augen zu und machte eine Faust, um zur Ruhe zu kommen, erst dann zog sie das Bild unter den Papieren hervor.

Voller Erstaunen betrachtete sie das Bild auf der kleinen Leinwand. Das *war* sie … und zugleich war sie es nicht. Jedenfalls nicht so, wie sie sich kannte. Die Gesichtszüge waren identisch, Form und Farbe ihrer Augen trafen auch zu, ebenso die Haarfarbe, dazu die vollen Lippen, die gerade Nase …

Aber das dort war nicht die Frau, die sie jeden Morgen im Spiegel anblickte. Die Frau im Spiegel konnte mühelos ein Lächeln vortäuschen, doch es erreichte höchst selten ihre Augen. Nur ihre Kinder konnten ihr ein echtes, glückliches Lächeln entlocken, und selbst das auch erst in letzter Zeit. In den letzten sechs- bis siebenhundert Jahren waren ihre Augen im Spiegel stets von Traurigkeit und Einsamkeit geprägt. Von der Frau auf dem Gemälde konnte man das nicht sagen.

Sie trug die Kleidung des 15. Jahrhunderts, ein langes Kleid in Blattgrün. Der Maler war ein echter Künstler gewesen, hatte er doch das fröhliche Funkeln in ihren Augen erfasst und es geschafft, mit jedem Pinselstrich das strahlende Glück einzufangen. Die porträtierte Frau strahlte vor Liebe und Freude … und sie war hochschwanger.

„Christian", flüsterte sie und strich mit einem Finger über den dicken Bauch auf dem Bild. Dieses Detail hatte er nie erwähnt, doch jetzt wurde offensichtlich, warum er davon ausgegangen war, dass sie seine Mutter sein musste.

Wieder ließ sie den Blick über das Gemälde wandern, als ihr auffiel, dass sie dort einen Anhänger um den Hals trug. Er war zu klein, um Details erkennen zu lassen, aber Marguerite wusste, was er darstellte, weil sie sich an diesen Anhänger erinnerte. Er zeigte den heiligen Christophorus und war ein Geschenk ihres ältesten Sohns Lucern gewesen, das sie von ihm bekommen hatte, als er gerade mal achtzehn war und sein erstes Geld verdient hatte. Jeden Tag hatte sie den Anhänger getragen und nie abgelegt ... wirklich niemals. Und doch verschwand er eines Tages spurlos. Das war vor gut fünfhundert Jahren geschehen, und es hatte ihr zu der Zeit sehr zugesetzt.

„Sie ist in der Schublade."

Marguerite zuckte vor Schreck zusammen und sah schuldbewusst zur Tür. Vita war hereingekommen und näherte sich dem Schreibtisch.

„Die Halskette", erklärte sie. „Sie ist auch in der Schublade."

Sie warf einen Blick in die Schublade und entdeckte ein Stück einer goldenen Kette, das unter den Dokumenten hervorlugte. Als sie daran zog, kam tatsächlich ihr Anhänger zum Vorschein.

„Den hast du meinem Bruder an dem Tag mitgegeben, als er mit meiner Schwester Mila zum Hof aufgebrochen ist. Du hast ihm gesagt, er würde ihn sicher nach Hause zurückbringen."

„Ich dachte, ich hätte ihn verloren", flüsterte sie und betrachtete den Anhänger.

„In gewisser Weise kann man das auch so sagen", murmelte Vita.

Einen Moment lang schwiegen sie beide, dann räusperte sich Marguerite und sagte: „Julius hatte mir versprochen, mir das

Gemälde zu zeigen, sobald wir hier sind. Aber da er sich erst mal um seine Eltern kümmern muss, dachte ich, ich …"

„Schnüffle ein bisschen?", fragte Vita in einem Tonfall, der erkennen ließ, dass sie es nicht so meinte. „Ich schätze, ich hätte das ganz genauso gemacht. Ich bin alles andere als geduldig, aber das habe ich von meiner Mutter. Für sie ist Geduld ebenfalls ein Fremdwort, auch wenn sie es niemals zugeben würde." Sie verzog den Mund. „Ungeduldig zu sein ist nicht besonders damenhaft, musst du wissen."

Marguerite grinste und gab zu: „Dann bin ich wohl nicht sehr damenhaft."

„In dem Fall dürften wir uns blendend verstehen", meint Vita lachend. „Meine Eltern verzweifeln an mir, weil meine Hobbys viel zu männlich sind: Ich jage gern, ich liebe das Reiten und den Kampf, und ich kümmere mich ums Geschäft. Sie waren so erleichtert, als Julius geboren wurde, damit er Vater im Geschäft helfen konnte. Und sie glaubten fest daran, dass ich mich dann weiblicheren Beschäftigungen widmen würde."

„Und?"

„Von wegen", gab sie lachend zu. „Ich liebe das Geschäft über alles. Vermutlich hat mich das Schicksal ärgern wollen, und eigentlich hätte ich ein Junge werden sollen."

„Das Geschäft", wiederholte Marguerite leise und erinnerte sich. „Ja, natürlich. Sie sind die Schwester, von der Julius gesprochen hat. Sie haben hier ausgeholfen, während er in England war."

Vita verzog das Gesicht, Wut blitzte in ihren Augen auf. „Ich habe hier ausgeholfen? Hat er das so bezeichnet?", fragte sie empört. „Ich könnte eigenhändig eine ganze Burg bauen, und er würde trotzdem behaupten, ich hätte *ausgeholfen*." Sie ließ einen schweren Seufzer folgen. „Männer! Man kann nicht mit ihnen zusammenleben, aber einfach umbringen kann man sie auch nicht. Was soll man da bloß noch tun?"

Um nicht grinsen zu müssen, biss sich Marguerite auf die Lippe und betrachtete sehr interessiert das Gemälde. Ähnliche Klagen hatte sie diverse Male von ihrer Tochter zu hören bekommen, und sie vermutete, dass sie selbst so was auch schon gesagt hatte.

Sie spürte, dass Vita sich leicht über ihre Schulter beugte und ebenfalls das Bild betrachtete. Sekundenlang schwiegen sie beide, dann sagte Vita: „Jeder weiß von dem Porträt und der Halskette in der Schublade. In dieser Familie ist es sehr schwierig, ein Geheimnis für sich zu behalten."

„Ist es Julius bekannt, dass ihr das alle wisst?"

Vita richtete sich auf und dachte eine Weile über diese Frage nach. „Ich glaube nicht. Jedenfalls hat es ihm in den fünfhundert Jahren, die er das Bild schon dort versteckt hält, niemand gesagt, soweit ich weiß." Wieder warf sie einen Blick auf das Gemälde und meinte betrübt: „Ihr wart damals beide so glücklich. Julius ist von Natur aus immer ein fröhlicher, ausgelassener Mann gewesen, aber ... aber als er dich gefunden hat ..." Sie schüttelte den Kopf. „So hatte ich ihn noch nie erlebt. Es war eine solche Tragödie, als jeder hier glaubte, du hättest ihm das Herz gebrochen und versucht, sein Kind zu töten."

Marguerite zuckte zusammen, als sie diese Worte hörte.

„Julius war wie ausgewechselt. Er lachte nicht mehr, nicht mal ein Lächeln brachte er zustande. Er war so schrecklich unglücklich. Wir dachten, mit der Zeit würde sich das legen, doch das hält seit fünfhundert Jahren an."

Da ihr das Thema aufs Gemüt ging, versuchte sie, die Frau auf etwas anderes zu sprechen zu bringen. „Habe ich dich damals auch gekannt?"

„Nicht sehr gut", erwiderte Vita, ohne den Blick von dem Porträt zu nehmen. „Du und Julius, ihr beide wart anfangs unzertrennlich, was ja auch ganz normal ist. Allerdings", fügte sie lachend hinzu, „hat es mich zu der Zeit krank gemacht. Ihr habt euch ständig Blicke zugeworfen und euch berührt. Ihr konntet nicht für fünf Minuten voneinander getrennt sein. Der Gedanke, ich könnte mich auch so aufführen, wenn ich einmal meinen Lebensgefährten finde, machte mich eifersüchtig, und zugleich stieß er mich ab."

Marguerite empfand diese Bemerkung nicht als Beleidigung, da sie das nur zu gut nachempfinden konnte. Sie hatte es bei ihren eigenen Kindern miterlebt, und sie wusste genau, wie Vita es meinte. Sie war für ihre Kinder überglücklich gewesen, zugleich jedoch auch neidisch und deprimiert, weil sie so etwas nicht erleben konnte. Es brachte einen zum Grübeln, ob mit einem selbst womöglich etwas nicht stimmte.

„Aber dann war es zwischen euch auf einmal vorbei", fuhr Vita fort, „und ich wünschte fast, das Geturtel würde weitergehen. Gott, wie sehr hat er dich geliebt, und was war er ohne dich für ein Häufchen Elend! Ständig hat er sich beklagt und unentwegt gejammert." Sie warf Marguerite einen nachdenklichen Blick zu: „Ich habe gehört, wie Julius zu Mutter und Vater gesagt hat, dass du dich an diese Zeit überhaupt nicht erinnern kannst. Stimmt das?"

Marguerite nickte traurig und sah wieder das Porträt an, während sie sich zu erinnern versuchte, wie sie dafür Modell gestanden hatte.

„Keinerlei Erinnerung?", hakte Vita nach.

„Nein, überhaupt nichts", gestand sie.

Vita tätschelte ihre Schulter. „Ganz bestimmt kehren die Erinnerungen mit der Zeit zurück."

„Meinst du wirklich?", fragte sie voller Hoffnung, es könnte stimmen.

„Na ja, von Dante und Tommaso habe ich gehört, dass du all deinen Hunden den Namen Julius gegeben hast."

„Ja, das stimmt", wurde ihr bewusst. Bei all der Aufregung der letzten Tage war ihr dieses auffällige Detail völlig entgangen. Tatsächlich hatte sie jeden Hund auf diesen Namen getauft, und das waren im Lauf der Jahrhunderte viele Hunde.

„Hunde sind treu und anhänglich, und sie lieben bedingungslos, wie mein Bruder", fuhr Vita fort und nickte. „Ich glaube, die Erinnerungen stecken noch irgendwo da drin. Vielleicht wurden sie einfach nur weggeschlossen und befinden sich an einem Ort, an den du im Augenblick nicht herankommen kannst."

Marguerite hoffte inständig, es möge so sein, auch wenn es an ihren Gefühlen nichts ändern würde. Sie hatte sich noch einmal in denselben Mann verliebt, und nachdem sie nun ihr Porträt gesehen hatte, war sie davon überzeugt, dass er die Wahrheit sagte. Jean Claude hatte ihre Erinnerung manipuliert und sie dazu gebracht, Julius zu verlassen und den Mord an ihrem Kind zu befehlen.

Sie dankte ihrer Dienstmagd von Herzen, dass die sich dieser Anweisung widersetzt hatte, auch wenn ihr das den Tod gebracht hatte – durch Marguerites Hand, wenn es stimmte, was die anderen sagten.

„Er war darüber wirklich außer sich vor Wut", meinte Vita, und als Marguerite sie verwundert ansah, fügte sie hinzu: „Tut mir leid. Ich weiß, es ist unhöflich, dich zu lesen. Aber er ist mein kleiner Bruder, und ich möchte nicht, dass ihm noch mal so wehgetan wird. Als du das letzte Mal zu deinem ersten Mann zurückgekehrt warst, da war er am Boden zerstört. Das wirst du doch nicht noch einmal machen, oder?"

„Jean Claude ist tot", sagte Marguerite, fragte sich insgeheim jedoch, ob das auch stimmte.

„Tja, das hieß es letztes Mal auch", meinte Vita ironisch.

„Ja, das habe ich gehört." Sie legte sorgenvoll die Stirn in Falten. Jean Claude war tot. Er *musste* einfach tot sein.

„Also würdest du nicht zu ihm zurückkehren, wenn sich plötzlich herausstellen sollte, dass er noch lebt?", wollte Vita wissen und fügte hinzu: „Es ist nur so, dass ich weiß, wie Julius sein kann, wenn er zornig wird. Ihm selbst war zwar das Herz gebrochen worden, doch er war rasend vor Wut, was Christian anging. Er ist von Natur aus kein unhöflicher Mann, und wenn er etwas unhöflich zu dir war, als ihr euch in England wiedergesehen habt ..."

„Das war er gar nicht", versicherte Marguerite ihr prompt, auch wenn er ihrer Meinung nach jedes Recht dazu gehabt hätte.

„Gut." Vita wandte sich ab. „Ich sehe besser mal nach, ob sie immer noch diskutieren. Wir waren eigentlich auf dem Weg ins Büro, um über ein Projekt zu sprechen, bei dem ich für die Firma ein Angebot abgeben möchte. Aber Vater hat darauf bestanden, hier einen Zwischenstopp einzulegen und nachzusehen, ob Julius schon zurück ist."

Marguerite wartete, bis die Frau das Zimmer verlassen hatte, dann sah sie sich wieder das Porträt und die Halskette an. Beim Anblick ihres Bildes gelangte sie zu der Ansicht, dass sie erneut diese Frau sein konnte ... eine Frau, die vor Liebe und Glück strahlte. Diese Möglichkeit erfüllte ihr Herz mit grenzenloser Sehnsucht.

Dann betrachtete sie den Anhänger mit dem Bild des Heiligen Christophorus. Es war richtig gewesen, ihn Julius mit auf den Weg zu geben. Er würde ihn sicher zu ihr zurückbringen, weil dieser Gegenstand sie noch mehr als das Gemälde davon überzeugte, dass er die Wahrheit gesagt hatte. Der Anhänger hatte ihr sehr viel bedeutet, und sie hätte ihn nicht einem x-Beliebigen anvertraut, wenn sie doch sonst nicht mal bereit gewesen war, ihn auch nur für kurze Zeit abzunehmen. Dass sie es dennoch getan hatte, war ein Zeichen dafür, wie sehr sie diesen Menschen geliebt hatte, der auf Reisen gehen musste. Der Heilige Christophorus war der Schutzpatron der Reisenden, zumindest war es damals so gewesen. Sie wusste aber auch, wie sehr er im späten 20. Jahrhundert an Bedeutung verloren hatte.

Für Marguerite stellte es kein Problem dar, daran zu glauben, dass sie die Kette um den Hals des Mannes gelegt hatte, der sie so glücklich gemacht hatte, wie die Frau auf dem Gemälde aussah.

Das musste sie ihm jetzt nur noch persönlich sagen.

In der einen Hand hielt sie die Halskette, mit der anderen legte sie das Bild zurück in die Schublade, dann stand sie auf. Sie schlich zur Tür, ging hinaus in den Flur und lief in Richtung Treppe. Nach ein paar Metern wäre sie beinah mit Tiny und Christian zusammengestoßen, die aus der anderen Richtung um die Ecke kamen.

„Marguerite!", rief Tiny erleichtert und packte ihren Arm, um ihr Halt zu geben, da sie nach hinten stolperte. „Wir waren schon in Sorge, weil du nicht in deinem Zimmer warst. Du solltest doch auf uns warten."

„Ja, ich weiß, aber ich ..." Sie schüttelte den Kopf, weil sie sich nicht die Zeit für Erklärungen nehmen wollte. Stattdessen sah sie Christian an. „Wo ist dein Vater?"

„Ich weiß nicht", gab er zu. „Wir wollten uns auf die Suche machen, wenn wir dich nirgends entdeckt hätten. Sein Gepäck steht nicht mehr im Flur. Vielleicht hat er es in sein Zimmer gebracht, nachdem meine Großeltern gegangen sind."

Sie nickte nur und wollte um die beiden herumlaufen, doch Tiny ließ sie nicht los.

„Augenblick mal. Und was ist mit der Führung durchs Haus, die er uns versprochen hat? Ich habe Christian übrigens überreden können, dir das Porträt zu zeigen."

„Ich hab's mir schon angesehen", gestand sie. „Es ist wirklich wundervoll. Geh ruhig und sieh es dir an! Ich muss mit Julius reden."

Sie riss sich von ihm los, lief die Treppe hinauf und rannte zu ihrem Zimmer. Dort angekommen, stürmte sie ins Badezimmer und weiter zur Verbindungstür in den Raum daneben. Plötzlich jedoch blieb sie stehen und zögerte, da sie sich gar nicht überlegt hatte, wie sie überhaupt anfangen sollte.

Ratlos stand sie da und starrte auf die Tür, biss sich auf die Unterlippe und grübelte ... bis sie verärgert über sich selbst den Kopf schüttelte. Sie glaubte ihm. Das Gemälde und die Halskette hatten sie überzeugt. Das war doch eine gute Entwicklung und zweifellos genau das, was er wollte, sagte sie sich.

Alles wird gut ausgehen, machte sie sich Mut und griff nach der Türklinke. Wenn sie erst mal vor ihm stand, würde sie ganz genau wissen, was sie zu sagen hatte.

15

Julius legte seinen Koffer aufs Bett und begann erleichtert auszupacken. Er war froh, zurück zu Hause zu sein, und er freute sich, dass Marguerite bei ihm war. Außerdem hatte er seine Eltern davon überzeugen können, wieder zu gehen und sich nicht einzumischen. Alles in allem war es ein guter Tag gewesen.

Zufrieden lächelnd warf er die schmutzige Wäsche in einen Korb in seinem Ankleidezimmer, die nicht getragene Kleidung wanderte zurück in die verschiedenen Regalfächer. Er hatte seinen Eltern versprochen, sie auf dem Laufenden zu halten, was die Ereignisse rund um Marguerite anging. Sein Problem war, dass er im Moment nicht wusste, wie es weitergehen sollte. Seine Hauptsorge galt derzeit Marguerites Sicherheit, darüber hinaus hatte er keine klare Vorstellung, was er tun konnte. Er musste herausfinden, wer hinter den Anschlägen auf seine Lebensgefährtin in London und York steckte. Vertraute er auf seinen Instinkt, dann war es dieser verdammte Jean Claude. Vor über fünfhundert Jahren hatte dieser Mann ihm sein Glück gestohlen, und Julius war sich sicher, dass er das jetzt auch wieder versuchte. Aber sein Vater hatte ihn gewarnt, sich nicht ausschließlich auf Jean Claude zu versteifen, sondern die Möglichkeit in Erwägung zu ziehen, dass es auch jemand anders sein konnte. Folglich musste er herausfinden, wer die Angriffe verübt hatte, damit er den Richtigen aufhielt.

Wenn der Zwischenfall, bei dem Marguerite kontrolliert und aus dem Stadthaus in York geschickt worden war, in direktem Zusammenhang mit den Anschlägen auf ihr Leben stand, dann musste ihr Gegner einer von den dreien sein, die an dem Drei-zu-eins beteiligt gewesen waren. Sein Vater hielt Martine und Lucian für die wahrscheinlichsten Kandidaten. Das stellte natürlich ein Problem dar. Marguerite wollte mit beiden reden, um sich bestätigen zu lassen, dass er, Julius, die Wahrheit sagte. Wenn sie allerdings in diese Sache verstrickt waren, würden sie wohl kaum seine Version bestätigen. Vermutlich wäre das sogar der Beweis für ihre Beteiligung, aber es würde Marguerite auch zu der Schlussfolgerung bringen, dass er sie belogen hatte, und sie würde ihn verlassen.

Welches Motiv es für die Anschläge auf Marguerite gab, wollte sich ihm auch nicht erschließen. Damals hatte Jean Claude sie nicht getötet, sondern sie wie ein Spielzeug an sich genommen, an dem er ursprünglich die Lust verloren hatte, von dem er aber auch nicht wollte, dass andere ihren Spaß damit hatten. Welchen Grund sollte der Mann haben, sie zu ermorden? Soweit Julius das beurteilen konnte, gab es für die beiden anderen Beteiligten erst recht keinen Grund … es sei denn, das alles hing mit der Vergangenheit zusammen, in der Marguerite herumzustochern begonnen hatte. Wollte jemand diese Vergangenheit um jeden Preis ruhen lassen? Oder sollte lediglich Marguerite mit dieser Vergangenheit nicht in Berührung kommen?

Diesen Dingen musste Julius irgendwie auf den Grund gehen, aber er hatte nicht die mindeste Ahnung, wo er ansetzen sollte. Er war sich nicht mal sicher, wie er feststellen konnte, ob Jean Claude tatsächlich tot war. Als einzige Möglichkeit kam ihm in den Sinn, sein Grab zu öffnen, doch wenn von ihm nur ein Häuflein Asche geblieben war, half das auch nicht weiter.

Frustriert seufzend widmete er sich wieder seinem Koffer und überlegte, wie er Marguerite davon abhalten konnte, Martine und Lucian anzurufen.

Ein leises Klicken ließ ihn aufhorchen, und im nächsten Moment sah er, wie Marguerite die Tür öffnete, die vom Bad zwischen beiden Zimmern in seinen Raum führte. Als er dann ihren merkwürdigen Gesichtsausdruck bemerkte, wurde er skeptisch.

„Marguerite? Alles in Ordnung?", fragte er vorsichtig, legte ein paar Kleidungsstücke zurück in den Koffer und ging ihr ein Stück entgegen.

„Ich war in deinem Arbeitszimmer", verkündete sie. „Ich habe das Gemälde gesehen."

Er stand schweigend da und wartete ab, was als Nächstes kam.

„Habe ich dir erzählt, woher ich den habe?"

Julius' Blick glitt zu ihrer Hand, mit der sie ihm die Halskette mit dem Christophorus-Anhänger entgegenhielt. Seine Muskeln entspannten sich ein wenig.

„Habe ich es dir erzählt?", wiederholte sie und kam näher.

„Von deinem Sohn", antwortete er. „Deshalb war dir der Anhänger auch so wichtig. Du hast mir damals gesagt, dass du ihn niemals abnimmst. Aber als ich mit Marcus losreiten wollte, um Mila zum Hof zu bringen, war es das erste Mal, dass wir für eine Weile getrennt sein würden. Du hast die Kette abgenommen und mich gebeten, sie zu tragen, damit ich sicher zu dir zurückkehre."

Julius sah, wie ihr eine Träne über die Wange lief. Verwundert stellte er sich vor sie, legte einen Finger unter ihr Kinn und hob ihren Kopf an. Als sie ihn anschaute, fuhr er fort: „Ich habe die Kette abgenommen, als ich mit Christian nach Italien gekommen bin, und dann habe ich sie wutentbrannt aus dem Fenster geschleudert." Während sie angesichts seiner Worte große Augen machte, fuhr er fort: „Was sehr dumm von mir war, weil ich zwei Nächte lang mit einer Kerze in der Hand durchs Gras kriechen musste, ehe ich die Kette endlich wiederfand." Marguerite setzte zu einem Lächeln an. „Ich konnte sie nicht wegwerfen, weil ich mir vorkam, als würde ich damit auch jede Chance für uns wegwerfen. Insgeheim habe ich wohl gehofft, der Anhänger würde mich eines Tages wieder zu dir zurückbringen, so wie du es versprochen hattest."

„Und das hat er ja auch getan", flüsterte sie und hob den Kopf noch etwas weiter, damit sie Julius küssen konnte.

Sie glaubte ihm! Er konnte sein Glück kaum fassen. Die Kette und das Porträt waren für Marguerite Beweis genug gewesen, ihm zu vertrauen. Er schickte ein stummes Stoßgebet zum Himmel und legte die Arme um diese wunderbare Frau. Bis er ihr das erste Mal begegnet war, hatte er alles genossen, was das Leben ihm bot, ohne aber zu erfahren, was es wirklich hieß zu leben. Mit Marguerite waren die Nächte von funkelndem Feuer erfüllt gewesen, und seinem Dasein hatten sich unendlich vielfältige Möglichkeiten eröffnet. Als er sie dann verloren hatte, war das Licht erloschen, und das Leben erschien ihm nur noch wie ein Stummfilm. Doch jetzt war sie zurück, und er würde sie nie wieder gehen lassen, dachte Julius … bis jemand an die Tür klopfte und sie beide wie erstarrt dastanden.

„Achte einfach nicht darauf!", murmelte er und zog sie mit sich in Richtung Bett.

„Marguerite? Da ist ein Anruf für dich", rief Tiny durch die geschlossene Tür.

„Ich habe kein Telefon gehört", sagte sie überrascht.

„Hier in meinem Zimmer steht kein Apparat. Die ständigen Werbeanrufe am Tag bringen mich sonst um den Schlaf", erklärte er.

„Es ist Martine", ergänzte Tiny.

Julius hatte das Gefühl, dass ihm das Blut in den Adern gefror. Marguerite glaubte ihm jetzt, aber wenn sie mit Martine redete und die ihr erzählte, das sei alles Unsinn, dann …

„Oh!" Mit einem bedauernden Lächeln löste sie sich aus seinen Armen. „Den Anruf muss ich annehmen. Ich hatte um einen Rückruf gebeten, da sie vorhin nicht zu Hause war."

Ehe sein Gehirn wieder zu arbeiten begann und er in der Lage war, sie zurückzuhalten, hatte sie bereits die Tür erreicht. Julius sah ihr mit wachsendem Entsetzen nach, während er zu der Überzeugung kam, dass seine Welt jeden Augenblick in sich zusammenstürzen musste. Als er endlich seine Trance abgeschüttelt hatte, war Marguerite bereits in den Flur entwischt.

„Warte, Marguerite!", rief er und lief ihr hinterher. Allerdings war sie inzwischen in einen Laufschritt verfallen, und als er in den Flur kam, sah er, wie sie die Treppe hinunter verschwand. Tiny, der viel gemächlicher unterwegs war, hatte den Flur erst zur Hälfte zurückgelegt.

„Stimmt was nicht?", fragte der Detektiv verwundert, als er Julius fluchen hörte. „Ich dachte, es ist gut, wenn sie mit Martine redet."

„Nicht, wenn sie eine von den dreien ist", erwiderte er finster, während er durch den Flur lief.

„Martine?" Tiny musste rennen, um mit dem Unsterblichen mitzuhalten. „Sie meinen, sie …?"

„Die beiden anderen mussten alt und stark sein, und es musste jemand sein, dem Jean Claude vertraute", erklärte er.

„Dann hat Ihr Vater also bestätigt, dass ein Drei-zu-eins bei einem Unsterblichen möglich ist?", fragte Tiny, als er neben ihm die Treppe hinunterlief.

Julius nickte und rannte, so schnell er konnte, kaum dass er die letzte Stufe hinter sich gelassen hatte. Vor der Tür zu seinem Arbeitszimmer stoppte er so abrupt, dass er noch ein Stück weit über den Boden rutschte. Marguerite griff soeben nach dem Hörer.

„Hallo Martine!", meldete sie sich fröhlich und lächelte Julius zu, als sie sich umdrehte und ihn an der Tür entdeckte.

Er lehnte sich gegen den Türrahmen und beobachtete aufmerksam ihr Mienenspiel. Nebenbei nahm er wahr, dass Tiny eintraf und sich zu ihm stellte, besorgt und außer Atem. Er achtete nicht weiter auf den Sterblichen, sondern wartete nervös ab, wie Marguerite auf das reagierte, was Martine ihr sagte.

„Ja, genau", antwortete sie. „Freitagabend hatte ich auch schon mal angerufen, aber da warst du gerade nach London gefahren, um dich mit den Mädchen zu treffen. Hast du dich gut amüsiert?"

Julius knirschte mit den Zähnen, als er ihrem Plauderton lauschte. Lieber Gott, das Schicksal wollte ihn aber wirklich auf die Folter spannen!

„Oh, das hört sich schön an!", meinte Marguerite lachend. „Ja, das *Dorchester* hat mir auch gut gefallen. Und die Mädchen?"

„Jesus", zischte Tiny neben ihm, der offenbar genauso ungeduldig war.

„Tatsächlich?" Wieder lachte sie. „Das muss ich nächstes Mal auch nehmen ... ja ... was? Oh, das hat sich mittlerweile eigentlich erledigt ... nein, nein, ich wollte dich nur etwas fragen, was eigentlich ein bisschen albern klingt."

Julius hielt gebannt den Atem an.

„Na ja, ich ... ich habe überlegt ... habe ich im 15. Jahrhundert mal in deinem Haus gelebt? So um 1490 oder 1491?" Marguerite wartete, hörte zu und fragte: „Martine?"

Julius ballte die Fäuste.

„Ja, ich weiß. Ich werde es dir erklären, wenn wir uns das nächste Mal sehen. Aber die Antwort ist mir wichtig und ..." Sie hielt inne und lauschte aufmerksam, dann wurde ihre Miene mit einem Mal ernst. Ob das etwas Gutes bedeutete, vermochte er nicht zu sagen, da er nicht hören konnte, was Martine zu ihr sagte.

„Tatsächlich?", fragte sie leise, schüttelte den Kopf und ließ ein „Nein" folgen.

Abermals hörte sie konzentriert zu, gleichzeitig fuhren Julius

Stiche durch die Brust, die er sich nicht erklären konnte ... bis ihm bewusst wurde, dass er noch immer den Atem anhielt und sein Körper nach frischer Luft verlangte. Behutsam holte er Luft und durchquerte sein Arbeitszimmer.

„Ich ... ich werde dich bald besuchen und es dir erklären. Ich kann nicht ... nein, nein, es ist alles ..." Sie unterbrach sich und sah Julius mit großen Augen an. Er vermutete, dass seine Miene sie erkennen ließ, wie er sich in diesem Moment fühlte – und er wusste, er fühlte sich gerade nicht sehr glücklich. Für ihn klang es, als habe Martine ihr soeben eine Lüge aufgetischt und alles abgestritten.

„Ich muss jetzt Schluss machen, Martine", erklärte sie rasch und legte den Hörer auf, dann griff sie besorgt nach seinem Arm. „Fühlst du dich nicht wohl?"

„Was hat sie gesagt?", warf Tiny ein, bevor Julius etwas erwidern konnte.

„Oh!" Sie sah den Sterblichen an und lächelte ihm zu. „Ja, ja, ich habe in ihrem Haus in York gewohnt."

Julius zwinkerte verdutzt. Er war davon überzeugt gewesen, dass Martine das abgestritten hatte.

„Martine sagt, ich hätte ihr eine Nachricht geschickt, ich sei in anderen Umständen und wolle ‚irgendeinen Italiener' heiraten, wie sie es formuliert hat. Aber kurz darauf erhielt sie einen Brief von Jean Claude, in dem er ihr schrieb, dass er entgegen der allgemeinen Annahme doch nicht tot sei. Ich hatte angeblich eine Fehlgeburt erlitten, und du hattest mich daraufhin verlassen, weshalb Jean Claude und ich wieder zusammenleben wollten. Er ließ sie wissen, das Ganze sei für mich ein sehr heikles Thema, und sie solle mich niemals darauf ansprechen."

„Dieser Drecksack!", zischte Tiny.

Julius musste sich auf die Tischkante setzen, da seine Beine unter ihm wegzuknicken drohten, obwohl es dazu jetzt eigentlich keinen Grund mehr gab. Martine hatte nicht gelogen, sondern seine Version der Ereignisse bestätigt.

„Ich schätze, die gute Neuigkeit ist die, dass Martine demzufolge keine von den dreien war", bemerkte Tiny nachdenklich.

„Keine von den dreien?", wiederholte sie verständnislos. „Was soll das heißen?"

„Mein Vater ist auf die Idee gekommen", erklärte Julius nach kurzem Zögern, „dass Jean Claude tatsächlich bei dir ein Drei-zu-eins durchgeführt haben könnte. Und da die beiden anderen alt und stark gewesen sein mussten, kamen seiner Ansicht nach Martine und Lucian infrage."

„Martine?", erwiderte Marguerite überrascht. „Nein, sie würde sich an so etwas niemals beteiligen. Wir sind Freundinnen. Außerdem haben die beiden zu viel Ehre im Leib, als dass sie bei so etwas mitmachen würden."

„Aber er war der Bruder der beiden", gab Julius zu bedenken.

„Das schon, trotzdem ..." Sie verzog den Mund und erwiderte: „Marcus ist für dich wie ein Bruder. Würdest du so etwas für ihn tun?"

Er schnaubte verächtlich, weil sie so etwas überhaupt in Erwägung zog. „Marcus würde das niemals von mir erwarten."

„Ja, aber ... ach, ist auch egal. Ich will nur sagen, die beiden hätten bei so etwas niemals mitgemacht. Außerdem ließ er Martine in dem Brief wissen, dass er doch nicht tot war. Und hast du nicht gesagt, dass Lucian mich ebenfalls für verwitwet gehalten hat?"

Als er nickte, zuckte Marguerite triumphierend mit den Schultern. „Dann hat Jean Claude ihnen diese Information also nicht anvertraut, nicht wahr? Wenn er ihnen in diesem Punkt schon nicht vertraut hat, hätte er sie wohl erst recht nicht in ein Drei-zu-eins hineingezogen. Und das aus gutem Grund, wie ich behaupten möchte. Lucian hat bis zu einem gewissen Punkt über Jean Claudes Fehlverhalten hinweggesehen, zum Beispiel, dass er Betrunkene gebissen hat, als es längst Blutbanken gab – jedoch nur so lange, wie er es nicht mit eigenen Augen zu sehen bekam. Er wusste oder ahnte zumindest, was Jean Claude trieb, aber er vermied es, diese Dinge persönlich mit anzusehen, weil er spätestens dann hätte einschreiten müssen. Das hat er mir selbst gesagt", gestand sie. „Aber so eine Sache?" Sie schüttelte den Kopf. „Daran hätte er sich nicht beteiligen und gleichzeitig die Augen davor verschließen können. Lucian und Martine hatten damit nichts zu tun", erklärte sie entschieden.

Julius sah sie schweigend an. Er war keineswegs so überzeugt wie sie, und wenn er ehrlich war, hielt er sie in diesem Punkt sogar für ein wenig naiv. Zwillinge funktionierten anders als normale Brüder. Er hatte es bei Dante und Tommaso beobachten können. Der eine musste nicht immer damit einverstanden sein, was der andere tat, doch sie standen sich so nahe wie niemand sonst, und einer würde für den anderen sein Leben geben.

Aber damit konnte er sich später immer noch befassen, denn jetzt zählte etwas anderes: Marguerite hatte das Gemälde und die Halskette gesehen, sie hatte mit Martine gesprochen und war von der Wahrheit überzeugt. Alles würde gut ausgehen. Solange sie bei ihm war und sich in Sicherheit befand, würde sich alles andere früher oder später ergeben und vielleicht sogar von selbst erledigen. Ja, davon war Julius überzeugt.

Lächelnd stand er vom Schreibtisch auf und hob Marguerite in seine Arme.

Sie erwiderte sein Lächeln und schlang die Arme um seinen Hals, während er sie zur Tür trug.

„Ich nehme an, wir reden nicht weiter über die Angelegenheit, richtig?", meinte Tiny ironisch, als er den beiden Platz machte.

„Nein", bestätigte Julius und ging mit Marguerite in den Flur. „Jedenfalls jetzt nicht. Später."

„Klar", gab der Detektiv zurück. „Ich schätze, ich werde dann mal nach Christian suchen, damit der mir den Rest des Hauses zeigt."

„Gute Idee", rief Julius ihm zu, als sie die Treppe erreichten.

Während er sie durch den Flur trug, sah Marguerite ihn an, begann zu lächeln, wurde jedoch gleich wieder ernst. „Es tut mir leid."

„Was?", fragte er erstaunt.

„Dass du mir erst beweisen musstest, dass du die Wahrheit gesagt hast", entgegnete sie. „Dass ich dir ohne Beweis kein Wort glauben wollte."

„Ich kann mich darüber wohl kaum beschweren. Hätte ich damals an dich geglaubt, dann hätte ich dich nicht so leicht entwischen lassen. Wäre ich der Sache nachgegangen, dann wäre mir aufgefallen, dass da etwas nicht stimmen konnte, und wir hätten die letzten fünfhundert Jahre gemeinsam verbracht."

„Genau das ist es ja", sagte sie leise. „Du hast mir von deinem ‚Traum' erzählt, aber das war eigentlich unsere gemeinsame Vergangenheit, richtig?" Als er nickte, fuhr sie fort: „Du sagst, dass jemand mit einer erlogenen Geschichte zu dir gekommen ist und du kein Vertrauen zu mir hattest, weshalb ich dir dann entglitten bin. Und ich habe dir gesagt, wir dürften nicht zulassen, dass das in Wirklichkeit auch passiert. Und dann habe ich dir trotzdem nicht glauben wollen."

„Marguerite, Vertrauen ist ..."

„Wichtig", erklärte sie und griff nach der Klinke, um die Tür zu seinem Zimmer zu öffnen, vor der er stehen geblieben war.

„Ja", stimmte er ihr zu, ging hinein und stieß mit dem Fuß die Tür hinter sich zu. „Aber Vertrauen ist auch etwas, das Zeit braucht, um sich zu entwickeln. Du hast gewusst, wir sind Lebensgefährten, oder zumindest hast du geglaubt, wir könnten es sein. Du hast dich mir bereitwillig hingegeben, obwohl wir uns aus deiner Sicht erst seit ein paar Tagen kannten. Damals hatte ich fast ein ganzes Jahr Zeit, um dich kennenzulernen, also eigentlich lange genug, um ein Gefühl dafür zu bekommen, wer du bist. Aber offenbar hat die Zeit nicht gereicht, denn als meine Liebe zu dir und mein Vertrauen zum ersten Mal auf die Probe gestellt wurden, da habe ich versagt. Ich habe die größere Sünde begangen, und dafür mussten wir beide bezahlen."

„Aber ...", wollte sie einwenden, doch sein Kuss brachte sie zum Schweigen.

„Kein *Aber*", gab er zurück, während er sie auf die Füße stellte. „Ich habe dich wiedergefunden, nur das zählt. Wollen wir hoffen, dass wir beide daraus gelernt haben. Und jetzt möchte ich, dass wir uns gegenseitig genießen."

Sie betrachtete ihn schweigend und drückte ihr Gesicht in seine Handfläche, als er ihr über die Wange strich. Plötzlich kam ihr Vitas Frage in den Sinn, und sie sagte: „Warum warst du nicht unfreundlich zu mir, als wir uns in London zum ersten Mal sahen? Du hättest mich doch dafür hassen müssen, dass ich dich verlassen hatte und Christians Tod gewollt habe."

„Ich könnte dich niemals hassen", versicherte er und grinste. „Na ja, in den ersten Hundert Jahren habe ich dich gehasst, aber als ich von Marcus erfuhr, dass jemand in deine Erinnerungen eingegriffen haben könnte, da war das für mich wie die Antwort auf ein Gebet. In dem Moment wusste ich, du selbst hast gar nichts von dem verbrochen, was man dir vorwarf, und ich wollte dich in mein Leben zurückholen. Ich war nicht unfreundlich zu dir, weil ich dich liebe", fuhr er völlig ernst fort. „Und weil ich ohne dich keine Seele besitze und das Leben nur eine Tortur ist. Aber mit dir ist es voll unerwarteter Freude."

„Ich glaube, ich muss dich damals geliebt haben", überlegte sie. „Auf dem Porträt sehe ich aus wie eine verliebte Frau, und die möchte ich gern wieder sein."

„Na, das ist doch schon mal ein Anfang", versicherte er und beugte den Kopf vor, um sie wieder zu küssen.

Ganz im Gegensatz zu der verrückten, ungezügelten Leidenschaft, die zuvor von ihnen Besitz ergriffen hatte, waren es diesmal sanfte, zärtliche Berührungen. Der Kuss wurde nur langsam intensiver, bis sie leise zu stöhnen begann und den Rücken durchdrückte, um sich enger an Julius zu schmiegen. Als er den Kuss unterbrach, öffnete sie verdutzt die Augen und sah, wie er sie anlächelte.

„Du kannst dir gar nicht vorstellen, wie oft ich morgens wach im Bett lag, an diesen Ausdruck auf deinem Gesicht dachte und mich danach sehnte, ihn noch einmal sehen zu dürfen", flüsterte er ihr zu, während seine Finger den Reißverschluss an ihrem pfirsichfarbenen Kleid aufzogen. „Ich habe jeden Morgen von deinem Duft geträumt, von deinen Berührungen und deinen Lippen, von deinem Atem auf meiner Haut, wenn ich dich nahm."

Marguerite ließ die Arme sinken, damit er das Kleid von ihren Schultern schieben konnte. Es begann prompt zu rutschen und landete auf dem Boden. Sie wollte sein Hemd aufknöpfen, doch Julius drückte sanft ihre Hände weg.

„Nein. In York habe ich nicht die Geduld besessen, um es langsam angehen zu lassen. Dafür war es zu lange her. Lass es mich so machen, wie ich es mir über die Jahrhunderte hinweg in meinen Träumen vorgestellt habe."

Abermals ließ sie die Arme sinken und sah Julius tief in die Augen.

„Als ich an dem ersten Tag in dein Hotelzimmer kam, da habe ich sofort deinen Duft wiedererkannt und mich wie im siebten Himmel gefühlt."

Ein Schauer lief ihr über den Rücken, und sie schloss die Augen, als er sich vorbeugte und an ihrem Hals schnupperte.

Er küsste sie dort, und sie legte die Hände um seine Hüften, während er ihren BH öffnete. Damit er ihn ihr ausziehen konnte, musste sie erneut die Arme herunternehmen.

„Du bist noch viel schöner, als ich dich in meinen Träumen in Erinnerung hatte."

Überrascht schlug sie die Augen auf, denn es war nicht das erste Mal, dass er sie nackt sah. Aber offenbar war es in York so hektisch zugegangen, dass er sich gar nicht die Zeit hatte nehmen können, um ihren Körper zu betrachten. Das holte er jetzt dafür umso ausgiebiger nach. Seine Augen loderten silbern, als sein Blick über ihre Haut glitt. Ihr Körper reagierte darauf, als würde er mit den Fingern darüberstreichen. Ihre Nippel verhärteten sich und richteten sich steil auf, eine wohlige Wärme regte sich zwischen ihren Schenkeln. Dann küsste er sie wieder, und er ließ seine Finger dort über ihre Haut wandern, wo sich eben noch der Stoff ihres Kleids befunden hatte. Er zeichnete den Schwung ihrer Taille nach, den flachen Bauch und glitt dann zu ihrer Brust.

Marguerite stieß ein kehliges Stöhnen aus und schob einmal mehr die Arme um seine Schultern. Sie keuchte, als sie ihre Brüste an seinem Hemd rieb. Julius hob sie auf seine Arme, trug sie zum Bett und legte sie dort ab. Als er sich aufrichtete, musste er zwangsläufig den Kuss unterbrechen, doch sie bekam keine Gelegenheit zu prostestieren, da sie seine Lippen im nächsten Moment an ihrem Hals spürte, dann am Schlüsselbein und schließlich auf ihrem Busen. Sie hielt seinen Kopf umfasst, während sie sich auf dem Bett wand, weil er an ihrem sensiblen Nippel nagte, ehe er mit seinen Lippen noch weiter nach unten wanderte.

Ihre Bauchmuskeln zuckten, als sein Mund über die zarte Haut strich, und dann war er am Bund ihres Höschens angelangt. Sie keuchte heftig, da er mit der Zunge am Rand des Spitzenstoffs entlangfuhr. Er schob die Finger unter den Bund und begann gemächlich, ihr den Slip herunterzuziehen.

Sie vergrub die Finger in seinen Haaren und versuchte, ihn dazu zu bewegen, dass er sich wieder zu ihr legte, damit sie ihn erneut küssen konnte. Doch er griff nach ihren Fingern, hielt sie fest und glitt mit seinen Lippen zwischen ihre Schenkel. Sie wand sich unter seinen Liebkosungen und rang nach Atem. Plötzlich stieß sie einen spitzen Schrei aus. Er hatte ihre empfindlichste Stelle gefunden. Sie bog den Rücken durch, ihre Hüften zuckten und ihre Finger verkrallten sich in den Laken.

Marguerite spürte, wie Julius ihre Schenkel fest umklammerte, und mit dem kleinen Rest Verstand, der ihr trotz der Ekstase noch geblieben war, begriff sie, dass es ihre Lust war, die er dabei empfand. Und ebendiese Lust half ihm auch zu erkennen, was er tun musste, um ihr Verlangen immer weiter zu steigern. Auf diese Weise brachte er sie beide wieder und wieder an den Rand des Höhepunkts, brach aber jedes Mal in letzter Sekunde ab und begann wieder von vorn.

Auf einmal hörte sie, wie Stoff riss, und als sie für einen Moment die Augen aufschlug, musste sie feststellen, dass sie fernab jeder Selbstkontrolle das Laken zerrissen hatte. Sie ließ den Stoff los und griff nach seinem Hemd, um es nach oben zu schieben. Julius hielt inne, damit sie es ihm über den Kopf ziehen konnte. Dann ließ er sich einfach wieder zwischen ihre Schenkel sinken und setzte seine köstliche Folter fort, bis Marguerite vor Verlangen zitterte und leise schluchzte. Erst dann schob er sich über sie, streifte seine Hose ab und drang in sie ein. Sie stöhnte laut und schlang die Beine um ihn, damit sie ihn tief in sich aufnehmen konnte. Während sie am ganzen Leib bebte, beugte er sich vor und küsste sie. Langsam und dann allmählich immer schneller stieß er tiefer und tiefer in sie, bis es für sie beide kein Zurück mehr gab und sie vom Strudel ihrer Ekstase mitgerissen wurden.

Als Marguerite einige Zeit später das Bewusstsein wiedererlangte, lag er neben ihr auf dem Rücken und hielt sie in den Armen. Das Bettlaken hatte er über sie beide ausgebreitet.

„Hatte ich schon erwähnt, dass ich dich einfach großartig finde?", fragte er sie leise.

Marguerite lächelte und gab ihm einen Kuss auf die Brust. „Ich finde, du bist auch großartig", erwiderte sie und hob den Kopf, um ihn anzusehen.

„Dann kann man wohl sagen, dass wir beide ein großartiges Paar abgeben", meinte er und küsste sie auf die Stirn.

„Hat Mr Großartig denn auch etwas zu essen für Mrs Großartig im Haus?", wollte sie wissen.

„Hmm, daran musste ich auch gerade denken", gestand er und begann zu lachen. „Genauso ist es beim letzten Mal mit uns auch abgelaufen: Wir haben uns geliebt, dann haben wir gegessen, danach haben wir uns wieder geliebt, dann wieder gegessen."

„Ich hoffe, wir haben damals zwischendurch auch mal Zeit für ein Bad gefunden", warf sie amüsiert ein.

„Oh, ganz oft sogar", versicherte er ihr. „Und ab und zu haben wir sogar getrennt gebadet."

Wieder musste sie lachen, ihre Gesichtszüge nahmen dabei einen sehr sanften Zug an.

„Ich liebe es, wenn du lachst."

„Und ich liebe es, wenn du mich so ansiehst", antwortete sie.

Einen Moment lang schauten sie sich nur an, dann küsste er sie noch einmal und war im nächsten Moment auch schon mit einem Satz aus dem Bett gesprungen.

„Essen", erklärte er, als er ihren fragenden Blick bemerkte. „Wir werden nichts im Haus haben. Christian hat seit Jahrhunderten nichts gegessen, und Vita und ich haben ja noch viel länger keine normale Nahrung mehr zu uns genommen."

„Vita?", wiederholte sie verwundert.

„Ja, sie übernachtet öfter hier", erwiderte er, während er nackt und unbekümmert ins Ankleidezimmer ging. Beiläufig redete er weiter und suchte nebenan seine Sachen zusammen. „Von hier aus hat sie es nicht so weit zum Büro, und wenn sie da viel zu tun hat, so wie letzte Woche, während ich in England war, dann quartiert sie sich üblicherweise bei mir ein. Morgen oder übermorgen wird sie vermutlich in ihr Haus zurückkehren."

„Lebt Christian auch hier?", fragte sie neugierig. Als sie angekommen waren, hatte er etwas davon gesagt, die Sachen in sein Zimmer zu bringen, und seitdem hatte sie überlegt, ob er wohl mit fünfhundert Jahren immer noch bei seinem Vater wohnte.

„Nein, er hat in der Stadt ein Apartment. Aber hier hat er auch ein Zimmer, damit er von Zeit zu Zeit bei mir übernachten kann." Julius kam in einem dunkelroten Morgenmantel aus dem Ankleidezimmer. Für sie hatte er einen flauschigen weißen mitgebracht, den er ihr aufhielt.

Sie stand auf und schlüpfte hinein.

„Wir müssen uns beeilen", sagte er und ging vor ihr zur Tür. „Wenn wir etwas zu essen haben wollen, müssen wir telefonisch bestellen, und es ist schon ziemlich spät."

An der Tür blieb Julius stehen und sah ihr lächelnd zu, wie sie zu ihm kam. „Diese Werbespots im Fernsehen haben mich schon immer fasziniert. Und jetzt kann ich endlich telefonisch Essen bestellen."

„Wir sollten auch Tiny fragen. Vermutlich ist er inzwischen längst halb verhungert."

Julius nickte und musste grinsen, während sie durch den Flur gingen. „Du denkst wie eine Mutter."

„Ich bin ja auch eine Mutter", betonte sie. „Sogar eine vierfache."

„Eine fünffache", korrigierte er sie sanft.

Abrupt blieb sie stehen und sah ihn beunruhigt an. „Oh ja,

natürlich. Ich …" Hilflos hielt sie inne und fühlte sich schrecklich, dass sie Christian nicht mitgerechnet hatte. Aber das war alles noch so neu.

„Schon gut, Marguerite. So etwas braucht seine Zeit", versicherte er und strich ihr beschwichtigend über den Rücken.

Zwar nickte sie, doch besser fühlte sie sich deswegen nicht. Christian Notte war ihr Sohn, und dennoch nahm sie ihn nach wie vor wie einen Fremden wahr.

„Marcus erzählte mir auf der Rückfahrt nach London, dass du nicht so recht weißt, wie du dich gegenüber Christian verhalten sollst."

Sie verzog mürrisch den Mund, als sie daran zurückdachte, wie der Mann ihre Gedanken gelesen hatte. Es war eine schlechte Angewohnheit, gegen die sie unbedingt eine Barriere errichten musste.

„Das wird sich legen, wenn ihr euch erst mal etwas besser kennengelernt und Zeit miteinander verbracht habt."

„Ja", pflichtete sie ihm mit sanfter Stimme bei. „Ja, ich sollte Zeit mit ihm verbringen, um ihn kennenzulernen."

„Das wird ihm sicher gefallen."

„Woran hat er denn Spaß?", wollte sie wissen.

„Hmm." Julius dachte über ihre Frage nach, während sie nach unten gingen. „Bogenschießen, Abfahrtslauf, Schwe…"

„Abfahrtslauf?", wiederholte sie verwundert. „Mitten in der Nacht?"

Schulterzuckend entgegnete er: „Er sagt, das macht es gerade zu einer Herausforderung und der Spaß ist noch größer."

„Das glaube ich ihm aufs Wort", meinte sie lachend. „Wie sieht es denn mit nicht ganz so sportlichen Hobbys aus?"

„Er liebt auf jeden Fall Musik." Voller Stolz ergänzte Julius dann: „Er beherrscht mehrere Instrumente und hat früher in verschiedenen Orchestern mitgespielt."

Doch auf einmal wich Julius' Lächeln einem eher unglücklichen Gesichtsausdruck. „Ich habe es ja bereits einmal erwähnt, aber seit Kurzem interessiert er sich für moderne Musik. *Hard Metal* oder *Alternative* oder wie er es nennt." Er zuckte mit den Schultern, da er offenbar immer noch nicht genau wusste, um welche Richtung es eigentlich ging. „An den Wochenenden tritt er meistens in der Stadt mit einer Band auf."

Marguerite musste sich auf die Lippe beißen, um nicht über seine unübersehbare Abneigung gegen diese Musik zu lachen.

„Wir drei könnten ein Konzert besuchen und ..." Julius hielt inne, als sie am Fuß der Treppe stehen blieb und eine Hand auf seine Brust legte. „Was ist?"

„Ich ... es wäre vielleicht besser, wenn *ich* etwas Zeit mit ihm verbringe, Julius. Nur ich mit ihm", sagte sie und erklärte hastig: „Wenn wir zu dritt unterwegs sind, würde mich deine Gegenwart wahrscheinlich zu sehr ablenken, und das ist ja nicht der Sinn der Sache."

Nervös wartete sie auf seine Antwort, da sie fürchtete, sie könnte ihn mit ihrem Vorschlag vor den Kopf gestoßen haben. Zu ihrer Erleichterung nickte er dann jedoch bedächtig. „Ja, damit hast du natürlich völlig recht."

Entspannt lächelte sie ihn an und schob ihren Arm um seine Taille, dann gingen sie weiter.

„Ich werde mit Dante oder Tommaso reden und sie fragen, was ihm gefallen würde, und anschließend die Eintrittskarten organisieren, wenn es dir recht ist."

„Das wäre sehr nett, vielen Dank!", antwortete Marguerite. „Und vielleicht können sie dir ja auch ein Café oder ein anderes Lokal in der Nähe empfehlen, damit wir uns nach dem Konzert noch irgendwo hinsetzen und reden können."

„Gute Idee." Er drückte sie an sich. „Du wirst ihn im Handumdrehen besser kennenlernen."

16

"Und wie hat es dir gefallen?"

Marguerite lächelte Christian an, als der sich zu ihr an den Tisch setzte. Es war der Abend, den sie gemeinsam verbringen wollten, doch anstatt irgendein Konzert zu besuchen, hatte sie sich entschlossen, sich einen Auftritt seiner Band anzusehen. Ihm schien diese Idee zunächst gar nicht zu gefallen, aber letztlich war er einverstanden und lud sie zum nächsten Termin ein, wenn er mit der Band in diesem Club auf der Bühne stand.

In der Zeit bis zu diesem Abend hatte sie immer wieder Ausschau gehalten nach kleinen Gemeinsamkeiten zwischen ihr und ihrem Sohn, und tatsächlich war sie auch fündig geworden. Während sein Vater schwarze Haare hatte, waren Christians so kastanienbraun wie ihre eigenen. Die Augenfarbe war mit der seines Vaters identisch, dafür besaßen seine Augen ihre Mandelform. Das Kinn kam nach Julius, die hohen Wangenknochen dagegen nach ihr. Es war schön, diese Ähnlichkeiten zu entdecken, dennoch fühlte sie sich dadurch in seiner Gegenwart noch immer nicht richtig behaglich. So gern sie ihren Sohn auch besser kennenlernen wollte, benahm sie sich in seiner Gegenwart doch verkrampft und gekünstelt.

Wieder und wieder versicherte Julius ihr, dass sich das alles noch einspielen würde und sie sich entspannen und ganz sie selbst sein solle. Doch sosehr sie sich auch bemühte, ihn so zu behandeln wie ihre anderen Söhne, war er nicht so wie die. Mit ihnen verbanden sie jahrhundertelange Erlebnisse, während sie Christian quasi erst seit ein paar Tagen kannte. Hinzu kam die

Tatsache, dass Schuldgefühle und Trauer ihr zu schaffen machten, da sie all die Jahre von ihrem Kind getrennt gewesen war.

Aber als sie beide im Konzert saßen, da war dieser Stress wenigstens teilweise von ihr abgefallen. Marguerite hatte Musik schon immer geliebt und als beruhigend empfunden, und als sie ihrem Sohn zugesehen hatte, wie er auf der Bühne stand und spielte, da war ihr deutlich geworden, dass sie mehr gemeinsam hatten als nur die Haarfarbe. Es gab ein Thema, über das sie sich mit ihm unterhalten konnte. Christian spielte in seiner Rockband Geige, und er spielte sie außerordentlich gut.

„Es war zum Weglaufen, richtig?", fragte Christian, nachdem sie so lange geschwiegen hatte.

Hastig schüttelte sie den Kopf. „Nein, überhaupt nicht. Es hat mir gefallen. Ich habe heute das erste Mal Rockmusik mit Geige live gehört, aber ich fand schon vorher, dass es eine interessante Kombination ist. Außerdem spielst du wirklich gut. Es hat mir gefallen, ehrlich."

Als er sie weiter zweifelnd ansah, beteuerte sie: „Du kannst es mir glauben. Es ist die Wahrheit. Ich vermute, deine musikalische Begabung hast du von mir. Dein Vater ist nämlich hoffnungslos unmusikalisch."

„Das kannst du laut sagen", stimmte er grinsend zu. „Spielst du auch ein Instrument?"

„Ja. Klavier, Geige, Gitarre, Schlagzeug …"

„Schlagzeug?", unterbrach er sie ungläubig.

„Oh ja", versicherte sie ihm. „Alles, womit man Musik machen kann, habe ich sicher auch ausprobiert. Musik habe ich schon immer geliebt, und sie ist ein angenehmer Zeitvertreib. Hausfrau zu sein ist eine äußerst langweilige Angelegenheit, vor allem wenn man Diener hat, die die eigentliche Arbeit erledigen", meinte sie ein wenig zynisch und seufzte dann. „Ich habe immer irgendein Instrument gespielt, nur nicht mehr so intensiv, seit

Jean Claude tot ist. Da war ich auf einmal frei und konnte tun und lassen, was ich wollte. Also bin ich mehr ausgegangen. Aber nachdem ich dich heute Abend auf der Bühne erlebt habe, möchte ich auch wieder spielen."

Christian sah zur Bühne, wo sich die nächste Band auf ihren Auftritt vorbereitete. „Die fangen jeden Moment an. Möchtest du noch irgendwo einen Kaffee trinken, wo es nicht so laut ist wie hier, bevor wir nach Hause gehen?"

Marguerite nickte zustimmend, weil sie wusste, dass es nur darum ging, sich noch länger zu unterhalten, da Christian nichts aß und nichts trank. Als sie merkte, dass sie ihren Sohn zum ersten Mal von Herzen anlächelte, entspannte sie sich ein wenig. Vielleicht hatte Julius ja recht, und alles würde doch noch gut ausgehen.

„Gleich um die Ecke gibt es einen Coffeeshop", sagte er, als sie den Club verlassen hatten und in die Nacht hinausgingen. „Ob der Laden etwas taugt, kann ich nicht beurteilen, aber er ist nahe genug, um ihn zu Fuß zu erreichen."

„Er wird bestimmt gut sein", meinte sie.

„Hallo, junge Frau, Ihnen ist da was runtergefallen!"

Marguerite und Christian drehten sich um und sahen einen Mann, der auf eine kleine Handtasche auf dem Gehweg zeigte.

„Ich hole sie", sagte Christian und ließ ihren Arm los.

„Aber ich habe doch gar keine …", begann sie verwundert ihren Widerspruch, dann jedoch verstummte sie, als sie im Augenwinkel eine Bewegung bemerkte. Abrupt fuhr sie herum und erkannte, dass sie sich auf der Höhe einer schmalen Gasse befanden, die von der Straße abging. Und aus dieser Gasse stürmten zwei vermummte Gestalten in schwarzer Kleidung auf sie zu!

Instinktiv wollte Marguerite fliehen, aber sie hatte keine Chance. Sie war noch keine zwei Schritte weit gekommen, da hatten die Angreifer sie schon eingeholt.

Fluchend setzte sie sich zur Wehr, doch ihre Gegner entpuppten sich als Unsterbliche, die beide deutlich größer und stärker waren als sie. Nach einem kurzen Gerangel hielt einer der Männer sie fest an sich gepresst und drückte ihr ein langes Messer an die Kehle. Einen Moment lang fürchtete Marguerite, er würde ihr auf der Stelle den Kopf abtrennen, doch er hielt die Klinge nur lange genug an ihren Hals, um ihre Haut anzuritzen, damit sie ihre Gegenwehr einstellte.

Sie atmete flach und versuchte sich nicht zu rühren, damit der Stahl nicht tiefer in ihr Fleisch eindrang. Christian war stehen geblieben, und als er sich zu ihr umdrehte, erstarrte er förmlich, da er sah, in welche Lage sie geraten war. Der Mann, der sie auf die Handtasche aufmerksam gemacht hatte, lief in die andere Richtung davon. Zweifellos war er bezahlt worden, um dieses Ablenkungsmanöver in die Wege zu leiten, und jetzt war seine Arbeit getan, und er konnte die Flucht ergreifen. Marguerite seufzte leise und sah zu Christian, der zornig die Szene betrachtete.

„Lauf!", befahl Marguerite ihm, ohne sich um das Messer an ihrem Hals zu kümmern. Als Christian sie nur stumm anschaute, wusste sie, er würde nicht auf sie hören. „Christian, tu gefälligst, was ich dir sage!", herrschte sie ihn an und stampfte energisch mit dem Fuß auf, ohne davon Notiz zu nehmen, dass die Klinge tiefer in ihren Hals schnitt. „Ich bin deine Mutter!"

„Ja, das bist du", erwiderte er, verzog den Mund langsam zu einem Lächeln und hob kapitulierend die Arme, während er näher kam.

„Verschwinde!", zischte ihm der Kerl hinter ihr zu, als Christian erst dicht vor der Gruppe stehen blieb.

Christian warf Marguerite einen zuversichtlichen Blick zu, dann fragte er gut gelaunt: „Und? Wohin soll's gehen?"

Anstatt zu antworten, trat der zweite Mann hinter ihn. Marguerite schrie auf, um Christian zu warnen, doch es war bereits zu spät, und der Mann trieb ihm eine Klinge in den Rücken. Während er das Messer herumdrehte und nach oben riss, begann Marguerite sich zu wehren, ohne darauf zu achten, welche Verletzungen sie selbst dabei davontrug. Sie hielt aber gleich wieder inne, als vom Eingang eines Restaurants ein erschrockener Ausruf ertönte.

Sie und die beiden Angreifer erstarrten mitten in der Bewegung, lediglich Christian sank auf die Knie. Vom Club her kamen Dante und Tommaso zu ihnen gelaufen, aber als der Mann, der Marguerite in seiner Gewalt hatte, ihnen etwas auf Italienisch zurief, blieben sie abrupt stehen.

Es überraschte sie nicht, die Zwillinge zu sehen. Julius hatte ihr gesagt, er werde sie von den beiden beschatten lassen, damit ihr nichts zustieß. Sie war damit einverstanden gewesen, solange die zwei auf Abstand blieben und sie sich ungestört mit Christian unterhalten konnte. Im Club hatten sie sich auf der anderen Seite des Raumes aufgehalten, und wegen des Gedränges waren sie nicht in der Lage gewesen, ihr und ihrem Sohn schnell genug zu folgen. Es wäre besser gewesen, in der Nähe der Tür auf die Zwillinge zu warten, anstatt einfach wegzugehen, dachte sie betrübt.

Als der Mann erneut etwas auf Italienisch sagte, nickte sein Komplize, hob Christian hoch und warf ihn über seine Schulter, dann kam er zu ihnen.

Marguerite stolperte und hätte sich dadurch um ein Haar selbst enthauptet, als ihr Angreifer sie plötzlich hinter sich her in die Gasse zog. Zum Glück bekam sie noch seinen Arm zu fassen und fand das Gleichgewicht wieder. Der Druck der Klinge gegen ihre Kehle ließ dabei aber nicht nach, und es folgten angespannte Augenblicke, als die Unbekannten sich mit ihnen beiden in die Gasse zurückzogen.

Dante und Tommaso folgten mit großem Abstand, jederzeit zum Angriff bereit, sobald sich eine Gelegenheit ergeben sollte – zu der es aber nicht kam. Marguerite wurde zu einem Transporter gezerrt und festgehalten, während der andere Mann die Seitentür aufschob und den bewusstlosen Christian auf die Ladefläche warf. Dann lief er um den Wagen herum, setzte sich hinters Steuer und startete den Motor. Marguerite wurde von ihrem Angreifer zu Christian gestoßen, dann knallte die Tür zu. Sofort robbte sie nach vorn, um nach ihrem Sohn zu sehen, doch sie kam nicht weit, weil im gleichen Moment ein brutaler Schmerz durch ihren Kopf jagte und sie das Bewusstsein verlor.

Julius stand in seinem Arbeitszimmer am Fenster und sah hinaus, den Blick auf die Sterne gerichtet. Irgendwo da draußen unter diesen Sternen hielten sich seine Lebensgefährtin und sein Sohn auf … und womöglich würde er keinen von beiden je wiedersehen.

Dieser Gedanke kreiste seit zwei Stunden unaufhörlich in seinem Kopf, seit Dante und Tommaso zurückgekehrt waren und ihm berichtet hatten, dass sie die Entführung der beiden nicht hatten verhindern können.

Am liebsten wäre Julius in dem Moment über seinen Schreibtisch gesprungen, um den zweien das Herz herauszureißen, doch inzwischen hatte er sich ein wenig beruhigt. Wenigstens gab er ihnen jetzt nicht mehr die Schuld an dem Zwischenfall. Sie hatten ihr Bestes gegeben. Die Schuld lag allein bei ihm. Er hätte nicht zustimmen dürfen, dass Marguerite das Haus verließ. Aber sie hatte sich so sehr darauf gefreut, ein wenig Zeit mit ihrem Sohn zu verbringen, und die bisherigen Angriffe hatten nur stattgefunden, solange sich kein anderer Unsterblicher in ihrer Nähe aufhielt, sodass Julius ernsthaft geglaubt hatte, ihr könne hier nichts passieren.

Das war ein Irrtum gewesen, für den er möglicherweise mit dem Leben der beiden würde bezahlen müssen. Dieser verdammte Jean Claude Argeneau! Er musste der Hintermann sein.

„Julius?"

Als er sich umdrehte, sah er Vita ins Arbeitszimmer kommen und hoffte, dass sie Neuigkeiten mitbrachte. Es machte ihn rasend, auf eine Lösegeldforderung zu warten, die doch niemals kommen würde. Marcus hatte veranlasst, dass jeder, der für sie arbeitete – Sterbliche ebenso wie Unsterbliche –, nach den beiden, nach dem Transporter und sogar nach Jean Claude Argeneau Ausschau hielt. Und falls trotzdem eine Lösegeldforderung einging, dann wollte er, Julius, zu Hause sein, um sie entgegenzunehmen.

Nach Marcus' Meinung konnte es durchaus sein, dass diese Entführung einen ganz anderen Hintergrund hatte. Schließlich hatte es sich zuvor jedes Mal um Mordanschläge gehandelt, die allein gegen Marguerite gerichtet gewesen waren. Zudem hatte es keinen erkennbaren Grund gegeben, warum Christian trotzdem noch verschleppt worden war, wenn er doch längst kampfunfähig am Boden gelegen hatte.

Julius war zwar nicht der Meinung, dass Marcus an seine eigenen Worte glaubte, dennoch hoffte er, der Mann möge damit richtigliegen.

„Was ist?", fragte er Vita, als sie am Schreibtisch angekommen war. „Gibt es Neuigkeiten?"

„Nein", antwortete sie bedauernd. „Ich wollte dir nur sagen, dass einige von Marguerites Angehörigen eingetroffen sind."

Überrascht hob er die Augenbrauen. „So? Wer denn?"

„Kann ich dir nicht so genau sagen", entgegnete sie. „Vorgestellt hat sich nur ein Mann, Bastien. Er ist einer von ihren Söhnen, nicht wahr?"

„Ja." Julius nickte. Bastien Argeneau war der Geschäftsführer von Argeneau Enterprises.

„Er wird von drei Leuten begleitet."

Seufzend kam er um den Schreibtisch herum und ging zur Tür.

„Das war ja ein lumpiger Trick."

Marguerite schlug die Augen auf und sah ihren Sohn an. Einige Momente zuvor war sie aufgewacht und hatte festgestellt, dass sie in einer Art Verlies eingesperrt waren. Man hatte ihnen Fußfesseln und Ketten angelegt, die in der Mauer befestigt waren. Die Arme konnten sie frei bewegen, und die Ketten waren lang genug, um ein wenig in der Zelle umhergehen zu können. Als Erstes hatte sie nach Christian gesehen.

Sein Zustand war besorgniserregend. Zwar heilte die Wunde, doch er hatte viel Blut verloren. Sie wusste, er würde die Schmerzen spüren, sobald er wach wurde, also hatte sie ihn schlafen lassen, während sie sich ihre Fußfessel genauer ansah.

Die Kettenglieder ließen keine Schwachstellen erkennen, die Kette selbst war fest in der Wand verankert, und die Fessel war von solider Machart, was einen Befreiungsversuch sinnlos machte.

Dann war Marguerite zu Christian zurückgekehrt, um seinen Kopf in ihren Schoß zu legen und im Flüsterton auf ihn einzureden. Als sie sein leises Stöhnen hörte, konnte sie gut mit ihm mitfühlen. Sie selbst verspürte auch Schmerzen, da der Schlag auf den Kopf offenbar brutaler gewesen war, als zunächst vermutet. Ihr Schädel pochte, und eine Gesichtshälfte war mit getrocknetem Blut verklebt. Ihr Körper schrie nach mehr Blut, damit alle Verletzungen heilen konnten. Nach ihrem Blutdurst zu urteilen, musste der Angreifer ihr regelrecht den Hinterkopf zertrümmert haben.

Sie befanden sich beide in schlechter Verfassung, was zweifellos auch die Absicht ihrer Angreifer gewesen war. In ihrem momentanen Zustand konnten sie keine Gegenwehr mehr leisten, und es war ihnen auch nicht möglich, die Ketten zu zerreißen.

Aus Angst um ihre Zukunft begann Marguerite, Christian ein Kinderlied vorzusingen, wie sie es früher bei ihren anderen Kindern gemacht hatte. Das schien auf Christian beruhigend zu wirken, da er wieder aufhörte zu stöhnen und friedlich weiterschlief. Sie sang, bis ihr die Stimme versagte, da ihre Kehle ausgedörrt war, dann verstummte sie und ließ vor Erschöpfung den Kopf sinken. Irgendwann schlief sie ein und wurde abrupt geweckt, als sie Christian hörte, wie der sich über seine Behandlung beklagte, obwohl er doch bereits kapituliert habe.

Mit einem erleichterten Lächeln auf den Lippen betrachtete sie ihren Sohn. Durch den Blutverlust war er bleich, und tiefe Falten zogen sich um Augen und Mund. Aber zumindest lebte er, und er war wach. Am liebsten hätte sie vor Erleichterung ihren Tränen freien Lauf gelassen.

„Ja, das war wirklich ein lumpiger Trick", stimmte sie ihm zu. „Und völlig unnötig, schließlich hattest du dich längst ergeben."

„Aber schlau", murmelte er, und als er ihren erstaunten Blick bemerkte, fügte er erklärend hinzu: „Ich hätte ja auch nur so tun können als ob."

Sie lächelte schwach und fuhr mit den Fingern durch sein langes Haar, das sich so weich und seidig anfühlte wie bei einem Baby. „Ich wünschte, ich hätte dich als kleinen Jungen erleben können", sagte sie ernst.

„Das wünschte ich auch", erwiderte er.

„Ich wette, du warst einfach bezaubernd."

„Ganz bestimmt war ich das", pflichtete er ihr voller Selbstironie bei.

Marguerite kniff die Augen zu, als ein Stich durch ihren Kopf schoss. Nachdem sich der Schmerz gelegt hatte, lächelte sie ihren Jungen aufmunternd an. „Erzähl mir von deiner Kindheit. Warst du glücklich?"

Nach kurzem Zögern wurde er wieder ernst und setzte sich langsam auf. „Ich glaube, wir sollten besser überlegen, wie wir hier rausko…" Er verstummte mitten im Satz, da er nach Luft schnappen musste, dann sank er zurück auf den Boden.

„Ich glaube, wir sind beide nicht bei Kräften, und du solltest besser liegen bleiben, bis du dich wieder bewegen kannst, ohne dass dir dabei übel wird", empfahl sie ihm.

„Na, dann wird mir eben übel, aber wenigstens ist mein Schädel nicht deformiert", sagte er in einem amüsierten Tonfall, doch seine Augen verrieten die Sorge um ihr Wohl. „Tut dir der Kopf sehr weh?"

„Ja", antwortete sie knapp und fügte sofort hinzu: „Und jetzt hör auf, das Thema zu wechseln, und erzähl mir von deiner Kindheit! Das lenkt uns beide von den Schmerzen ab. War sie glücklich?"

„Ja, sie war glücklich", wiederholte er nachdenklich. „Jedenfalls die meiste Zeit über. Vater war gut zu mir."

„Hast du ihn schon immer Vater genannt?"

„Nein, als ich klein war, habe ich Papa gesagt, doch so nach ungefähr hundert Jahren ist mir das irgendwie würdelos vorgekommen, und ich wechselte zu Vater." Marguerite lachte leise und lehnte sich gegen die Mauer, dann schloss sie die Augen und lauschte auf das, was er zu erzählen hatte. „Es hat mir nichts gefehlt, außer natürlich, dass du nicht da warst. Aber Gran und die Tanten haben mich nach allen Regeln der Kunst verwöhnt, um das wettzumachen. Natürlich habe ich das auch schamlos ausgenutzt."

„Ja, natürlich", erwiderte sie, während sie gegen die Schuldgefühle ankämpfte, dass sie nicht für ihn da gewesen war.

„Vater ist immer für mich da gewesen", ergänzte er. „Als ich klein war, hat er mit mir gespielt, und er hat mich selbst ausgebildet."

„Was hat er dir beigebracht?", fragte sie und versuchte, so zu klingen, als habe sie keine entsetzlichen Schmerzen.

„Kämpfen, Jagen, Trinken ..."

„Bist du ein guter Schüler gewesen?"

„Der beste", versicherte er. „Ich habe versucht, alles so zu machen, wie er es wollte, um ihn zum Lächeln zu bringen. Er kam mir immer so traurig vor. Ich dachte, wenn ich alles perfekt erledige, dann müsste doch die Traurigkeit aus seinen Augen weichen."

Marguerite schluckte schwer und hielt mit Mühe ihre Tränen zurück.

„Ich weiß noch, dass ich einmal Gran gefragt habe, warum Vater immer so traurig ist, und sie sagte, meine Mutter würde ihm fehlen, obwohl sie ihm schrecklich wehgetan habe. Mehr hat sie über dich nie gesagt, und sie hat dabei so wütend geklungen, dass ich lange Zeit keine Fragen mehr in Bezug auf dich gestellt habe. Aber je älter ich wurde, umso neugieriger wurde ich auch, und als Teenager habe ich mit meiner ständigen Fragerei alle in den Wahnsinn getrieben."

Nach einer kurzen Pause fuhr er fort: „Nicht, dass das irgendwas genutzt hätte. Ich bekam immer ihre Standardantwort zu hören: ,Deine Mutter ist tot, und mehr musst du über sie nicht wissen.' Aber das war nicht genug für mich. Ich wollte wissen, wie du warst. Ich dachte mir, du musst eine wundervolle Frau gewesen sein, wenn du Vater so schrecklich fehlst. Und ich war mir sicher, es wäre alles in Ordnung, wenn er dich wieder an seiner Seite hätte. Dann würde er lachen und glücklich sein, und ich hätte die lächelnde Frau auf dem Porträt als Mutter. Ich dachte mir, sie würde uns beide lieben und alles wieder richten."

Mit Mühe hielt Marguerite die Tränen zurück und sah Christian erschrocken an. Seine Ehrlichkeit hatte etwas Beängstigendes, weil sie ihr verriet, dass er nicht davon ausging, lebend aus dieser Situation herauszukommen. Ansonsten wäre er sicher nicht so offen gewesen. Zugegeben, sie hatte auch ihre Bedenken, was ihr Überleben anging. Bislang waren die Attacken auf sie zwar jedes Mal eindeutige Mordanschläge gewesen, doch sie zweifelte daran, dass die Angreifer in diesem Fall weniger Schlimmes im Sinn hatten, auch wenn sie diesmal Christian mitgenommen hatten. Dennoch durften sie die Hoffnung nicht aufgeben. Solange es Hoffnung gab, gab es auch eine Chance.

„Christian", sagte sie ruhig. „Wir stecken hier zwar in der Klemme, aber wir sind noch nicht am Ende. Sag nichts, was du später bereust, wenn wir hier wieder rauskommen!"

Er musterte sie eindringlich. „In den letzten fünfhundert Jahren habe ich mir eine Million Mal ausgemalt, was ich dir alles erzählen würde, wenn wir uns jemals begegnen sollten. Lass es mich jetzt sagen, denn ich bekomme vielleicht keine zweite Chance!"

Marguerite biss sich auf die Lippe und verkniff sich jedes Widerwort.

„Ich habe ihnen immer geglaubt, wenn sie mir sagten, dass du tot bist", fuhr er fort. „Sonst wärst du schließlich bei uns gewesen. Aber ich habe mir oft vorgestellt, dass du zu uns kommst und dass du stolz auf mich bist."

„Das wäre ich ganz sicher gewesen", beteuerte sie. „Und ich wünschte, ich …"

„Was?", hakte er nach, als sie ihren Satz nicht vollendete.

Für ihr Zögern gab es einen guten Grund. Sie hatte sagen wollen, dass sie gern für ihn da gewesen wäre und ihn so geliebt hätte, wie er es verdient hatte. Dass sie ihn gern großgezogen und gesehen hätte, wie er zum Mann heranwuchs. Aber sie konnte es nicht sagen, weil es ein Verrat an ihren anderen Kindern gewesen wäre. Hätte Jean Claude nicht diese schrecklichen Dinge getan und wäre sie bei Julius und Christian geblieben, dann wären Bastien, Etienne und Lissianna niemals geboren worden. Das konnte sie sich nicht wünschen, nicht mal für einen Augenblick. Marguerite liebte all ihre Kinder.

„Mutter?", flüsterte Christian.

Sie verspürte einen Kloß im Hals, als er sie so nannte, dennoch brachte sie ein flüchtiges Lächeln zustande. „Was ich mir wünsche, ist unmöglich zu erfüllen."

„Ich verstehe", versicherte er ihr ernst.

Sie verdrängte ihre düstere Laune, dann fragte sie amüsiert: „Du wurdest also von Gran und deinen Tanten verwöhnt?"

„Na klar", gab er im gleichen Tonfall zurück. „Ich bin ein Einzelkind. Einzelkinder werden immer verwöhnt. Jeder achtet nur auf sie, und sie bekommen alles, was sie haben wollen."

„Oh weh!", meinte Marguerite daraufhin.

„Oh weh?"

„Na ja, du bist jetzt kein Einzelkind mehr, Christian. Du hast drei Brüder und eine Schwester, und in Kürze wirst du Onkel sein."

Ein wenig erschrocken erwiderte er: „Daran hatte ich noch gar nicht gedacht. Das heißt, ich wusste zwar, dass du Kinder hast. Aber mir ist gar nicht in den Sinn gekommen ..." Er schüttelte verdutzt den Kopf. „Drei Brüder und eine Schwester."

„Sie werden dich mögen", versicherte sie ihm. „Bastien wird zwar erst ein wenig Theater machen, weil er in der Reihenfolge vom zweiten auf den dritten Sohn sinkt, aber sie werden dich alle mögen."

Christian reagierte auf ihre Beteuerung mit einem Schnauben. „Es ist wohl eher anzunehmen, dass sie mich hassen werden, wenn sie dich nach so langer Zeit auf einmal mit mir teilen müssen."

„Glaub mir, mein Lieber, sie werden sogar dankbar sein, dass es dich gibt. Damit habe ich schließlich ein Kind mehr, in dessen Leben ich mich einmischen kann. Ich habe die vier über Jahre hinweg mit meiner Art in den Wahnsinn getrieben, und es wird sie freuen, dass ich jetzt ein neues Opfer habe."

„Das glaube ich dir einfach nicht", widersprach Christian.

„Nicht?", fragte sie lachend. „Na, dann warte mal ab, bis ich die nette Kassiererin aus dem Supermarkt nach Hause einlade, damit du versuchen kannst, sie zu lesen." Sie schüttelte nachdrücklich den Kopf. „Nein, ich bin ganz sicher, dass sie froh darüber sind, Ruhe vor mir zu haben, solange ich in Europa unterwegs bin."

17

"Julius Notte?"

Julius blieb abrupt stehen, als sich auf einmal vier Männer in der Tür seines Arbeitszimmers drängten. Die Argeneaus.

"Tut mir leid, Julius." Vita stellte sich zu ihm. "Ich habe sie gebeten zu warten und ihnen gesagt, dass du zu ihnen kommen wirst."

Er winkte ab, um ihr zu zeigen, dass es nicht ihre Schuld sei, und warf den vier Eindringlingen einen fragenden Blick zu.

Der Mann, der die Gruppe anzuführen schien, trat vor und streckte ihm die Hand entgegen. "Bastien Argeneau", stellte er sich vor.

Julius nickte und schüttelte seine Hand.

"Ich bitte um Entschuldigung, dass wir nicht vorn gewartet haben." Sein Blick wanderte zwischen Julius und Vita hin und her, dann fügte er hinzu: "Aber wir konnten nicht warten. Wir sind alle in Sorge um Mutter. Während der ersten drei Wochen in England hat sie jeden Tag angerufen und uns wissen lassen, dass es ihr gut geht. Doch auf einmal kamen keine Anrufe mehr. Thomas flog nach England, um nach ihr zu suchen, und wir haben ihr Mobiltelefon orten lassen, damit wir herausfinden, wo sie ist. Aber dabei hat sich herausgestellt, dass wir jemandem gefolgt sind, der das Telefon gestohlen hatte."

"Ja, ihr ist vor dem *Dorchester* die Handtasche geraubt worden, gerade als wir ins *Claridge's* umziehen wollten", erklärte Julius, dem es so vorkam, als sei das alles eine Ewigkeit her. Dabei war seit dem Vorfall kaum eine Woche vergangen.

„Ach so", sagte Bastien. „Na ja, als Thomas sie dann schließlich doch ausfindig machen konnte, sind wir alle nach Europa gekommen. Als wir York nach ihr absuchten, erfuhren wir, dass sie mit Tante Martine telefoniert und Ihre Nummer hinterlassen hatte. Ich konnte die passende Adresse zur Telefonnummer herausfinden, und jetzt sind wir hier. Ist sie im Haus?"

Einen Moment lang zögerte Julius und wünschte, er könnte die Frage des jüngeren Unsterblichen bejahen und müsste ihm nicht berichten, was sich zugetragen hatte. Dann aber holte er tief Luft und antwortete: „Sie und unser Sohn sind heute Abend auf offener Straße entführt worden."

„Entführt?", rief Bastien, nachdem sie alle sekundenlang wie benommen geschwiegen hatten.

„*Unser Sohn?*", fragte ein anderer.

Julius wollte zu einer Erklärung ansetzen, aber die wäre so langwierig und verwickelt gewesen, dass ihm im Moment nicht der Sinn danach stand. Stattdessen nickte er nur. „Ja, entführt. Meine Leute suchen nach dem Transporter, mit dem sie weggebracht worden sind. Außerdem nach jedem Hinweis auf Jea… auf den Mann, den wir für den Drahtzieher halten", fuhr er fort und mied fürs Erste den Namen ihres Vaters. „Ich muss zu Hause bleiben, falls eine Lösegeldforderung eingeht."

Bastien kniff ein wenig die Augen zusammen, und Julius fühlte auf einmal Bewegung in seinen Gedanken. Er begriff, dass der Unsterbliche versuchte, ihn zu lesen, und errichtete sofort eine entsprechende Barriere, um das zu verhindern.

„Sie haben von ‚unserem Sohn' gesprochen."

Fragend sah er den Mann an, der diese Bemerkung gemacht hatte.

„Entschuldigen Sie", warf Bastien ein. „Das ist mein Bruder Lucern."

Julius nickte und gab ihm die Hand. „Marguerites ältester

Sohn. Der Autor." Und der, dem er nicht begegnet war, als er Marguerite zum ersten Mal geheiratet hatte.

„Und das ist unser Cousin Vincent", stellte Bastien ihm den nächsten Mann vor.

Eigentlich hatte Julius erwartet, dass es sich bei ihm um Marguerites jüngsten Sohn Etienne handelte, doch das musste dann wohl der Mann sein, der ganz hinten stand. Sie glichen alle ihrem Vater oder zumindest dessen Zwillingsbruder, war er selbst doch Jean Claude nie persönlich begegnet. Aber weil die anderen schwarzhaarig waren und der Mann im Hintergrund blonde Haare hatte, war bei ihm die Ähnlichkeit am deutlichsten.

Vincent hielt ihm die Hand und lenkte Julius' Aufmerksamkeit zurück auf sich. „Sie sind Marguerites Neffe", erinnerte sich Julius. „Sie produzieren Theaterstücke und spielen auch darin mit. Meine eigenen Neffen Neil und Stephano arbeiten für Sie."

„Ich dachte mir schon, dass da irgendein Verwandtschaftsverhältnis existiert, als ich den Nachnamen gehört habe", erwiderte Vincent.

„Ja, ich bin Christians Vater", bestätigte er.

„Christians Vater?" Vincent hob die Augenbrauen. „Aber es ist doch nicht Christian, der entführt worden ist, oder?"

„Leider ja", gab Julius betrübt zurück.

„Aber Sie haben gerade ‚unser Sohn' gesagt", brummte Lucern verwirrt. „Wer ist denn seine Mutter?"

Mit einer Hand fuhr er sich durchs Haar, da ihm klar wurde, dass er sich nicht länger vor einer Antwort würde drücken können. „Ihre Mutter."

Es folgte eine sekundenlange Totenstille, und alle drei rissen ungläubig die Augen auf. Nur der Mann im Hintergrund kniff die Augen ein wenig zusammen, was Julius zur gleichen Reaktion veranlasste. Auf einmal bekam er das Gefühl, dass er nicht Etienne Argeneau vor sich hatte. Ihm wurde klar, dieser Mann dort war deutlich älter. Er konnte ihm seine Macht und seine Stärke anmerken, und er hatte die Ausstrahlung eines erhabenen Königs.

„Unsere Mutter ist seine Mutter?", murmelte Bastien. „Verzeihen Sie, aber wir können da nicht so ganz folgen. Was …"

„Ihre Mutter und ich sind Lebensgefährten. Wir haben einen gemeinsamen Sohn", erwiderte Julius, während sein Interesse nach wie vor dem Mann im Hintergrund galt. Schließlich fragte er geradeheraus: „Und wer sind Sie?"

Arrogant hob der Mann eine Braue und knurrte: „Es ist zwar lange her, trotzdem überrascht es mich, dass du mich nicht mehr kennst. Ich hatte nicht erwartet, dass du unser Gespräch vergessen würdest."

„Lucian Argeneau", fauchte Julius und fühlte, wie Zorn in ihm aufstieg. Er hatte keine Ahnung, wer die dritte Person bei diesem Drei-zu-eins gewesen sein mochte, aber er war davon überzeugt, dass Lucian sich daran beteiligt hatte. Was ihn zu einem von nur drei Verdächtigen machte, die etwas mit den Überfällen auf Marguerite zu tun haben mussten. Er war nach wie vor der Meinung, dass Jean Claude der wahre Drahtzieher war, doch genauso war er davon überzeugt, dass Lucian in irgendeiner Form eingeweiht war. Immerhin waren die beiden Zwillinge.

„Ja." Lucian wollte zu einer Erwiderung ansetzen, aber dazu kam er nicht mehr, da Julius plötzlich einen Sprung auf ihn zumachte.

Der konnte allerdings keinen Treffer landen, da die anderen Männer schnell genug reagierten. Bastien und Lucern waren noch etwas schneller als ihr Cousin, und ehe Julius sich versah, hielten die Brüder seine zur Seite ausgestreckten Arme fest, als wollten sie ihn kreuzigen. Sie taten ihm damit zwar nicht weh, doch er konnte sich nicht mehr rühren, während er vor Lucian stand. „Was habt ihr zwei mit Marguerite und Christian gemacht, du und deine stinkende Missgeburt von einem Bruder?", spie er dem Mann entgegen.

„Was?", fragte Lucian verständnislos.

„Du hast mich genau verstanden!", knurrte Julius und versuchte erneut, Marguerites Söhne abzuschütteln, jedoch wieder erfolglos. Fast hätte er es geschafft, aber dann ging rasch Vincent dazwischen und umklammerte Julius' Oberkörper, damit er sich gar nicht mehr rühren konnte.

„Ich habe keine Ahnung, wovon du redest", meinte Lucian.

„Von wegen. Irgendetwas weißt du, schließlich ist er dein Zwillingsbruder."

„*Wer?*", warf ein ratloser Vincent ein.

„Jean Claude natürlich", presste Julius zornig hervor.

Einen Moment lang herrschte Schweigen, da die Männer sich untereinander ratlos ansahen und dann zu ihrem Onkel blickten. Der Mann musste etwas darüber wissen, was eigentlich los war. Das war Julius' einzige Hoffnung, da er nicht wusste, wo er sonst noch hätte suchen können. Und dann würde er sie verlieren. Alle beide! „Verdammt noch mal, du musst irgendwas wissen! Ich kann sie nicht schon wieder verlieren!"

„Wen verlieren? Unsere Mutter? Und was heißt ‚schon wieder'?", wollte Bastien wissen. „Und was hat das alles damit zu tun, dass Onkel Lucian der Zwillingsbruder unseres Vaters ist?"

Julius schnaubte frustriert, als er in die Gesichter der Männer blickte. Bastien und Vincent machten einen hoffnungslos verwirrten Eindruck, Lucern dagegen schaute nachdenklich drein, während Lucians Miene wie versteinert wirkte.

„Ich glaube, wir können Ihnen nicht folgen", räumte Vincent schließlich ein. „Wer hat Tante Marguerite entführt?"

„Fragen Sie ihn doch mal!", konterte Julius und deutete auf Lucian. „Er und sein Bruder stecken dahinter."

„Was redet er da, Onkel?", fragte Bastien, der nun seinerseits frustriert war.

Lucian schwieg und zuckte nur kurz mit den Schultern. „Ich habe keine Ahnung."

Julius schnaubte verächtlich. „So wie du auch keine Ahnung hattest, dass Jean Claude in Wahrheit noch lebte, als er für tot gehalten wurde, weil er zwanzig Jahre lang untergetaucht ist?"

„Was? Vater war verschwunden?", fragte Bastien erschrocken und sah seinen Bruder an. „Weißt du, was er da redet, Luc?"

„Das war vor deiner Zeit, Bastien", antwortete Lucern. „Er war zwanzig Jahre lang verschwunden. Morgan hat gesagt, er sei tot, während einer Schlacht enthauptet."

Mit einer Kopfbewegung deutete Julius auf das Oberhaupt des Argeneau-Clans. „Lucian hat die Wahrheit gekannt. Er wusste, dass Jean Claude noch lebte."

Als sich die drei zu ihm umwandten, beteuerte Lucian: „Ich habe ihn auch für tot gehalten. Jean Claude hat nicht mal *mich* eingeweiht. Er wollte auch nie darüber reden. Er hat nur gesagt, er habe die Zeit für sich benötigt."

„Ja, ganz bestimmt", konterte Julius sarkastisch. „Und als Nächstes wirst du mir sicher erzählen wollen, dass du nichts damit zu tun hast, dass er mir Marguerite weggenommen und ihre Erinnerung gelöscht hat, nicht wahr?"

„Wie bitte?" Das Oberhaupt des Argeneau-Clans warf ihm einen stechenden Blick zu.

„Das Drei-zu-eins. Du, Jean Claude und noch jemand, ihr habt gemeinsam Marguerites Erinnerung gelöscht", fuhr Julius fort. „Wir haben die Wahrheit herausgefunden. Wir wissen, dass nicht sie die Ermordung unseres Kindes angeordnet hatte. Sie ist kontrolliert worden, was nach einem Drei-zu-eins eine Leichtigkeit ist. Wir haben das alles durchschaut."

„Mir wurde gesagt, Marguerite habe das Kind verloren und

du hättest sie daraufhin verlassen. Du bist mit den Worten zitiert worden, sie könne nicht viel taugen, wenn sie nicht mal in der Lage sei, ein Kind lebend zur Welt zu bringen."

„Das ist eine Lüge!"

„Und warum hast du sie dann verlassen?", wollte Lucian wissen.

„Ich habe sie überhaupt nicht verlassen", brüllte Julius ihn an. „Ich musste mich an den Hof begeben. Als ich zurückkam, war Marguerite verschwunden. Und unser Kind ist nicht gestorben, doch das verdanken wir nicht Jean Claude. Der hat Marguerite kontrolliert, damit sie der Dienstmagd befiehlt, den Jungen zu töten. Aber stattdessen hat sie ihn zu mir gebracht."

„Redest du von Christian?", fragte Vincent sichtlich verwirrt.

Julius nickte. „Er ist unser Sohn."

„Lasst gefälligst meinen Sohn los!"

Julius schaute über Lucians Schulter und staunte nicht schlecht, als er im Flur das wütende Gesicht seines Vaters entdeckte. Nicodemus Notte war für sein ruhiges Wesen bekannt, und Julius konnte sich nicht daran erinnern, jemals erlebt zu haben, dass sein Vater die Beherrschung verlor … bis zu diesem Augenblick. Jetzt war er eindeutig nicht mehr die Ruhe selbst. Sein Gesicht ließ seine Entrüstung deutlich erkennen, und seine Augen loderten in silbernem Schwarz, nur seine Stimme war so kalt wie Stahl, als er fortfuhr: „Wenn die Herrschaften Marguerite noch einmal sehen möchten, rate ich euch, meinen Sohn loszulassen, mit ihm zusammenzuarbeiten und sich mit ihm zu beratschlagen. Ansonsten werden wir sie und Christian verlieren."

Es herrschte einen Moment lang Schweigen, da die Männer erst Nicodemus ansahen und dann untereinander Blicke tauschten. Als sie zu ihrem Onkel blickten, nickte der knapp, und Julius wurde sofort losgelassen.

„Sohn!", warnte Nicodemus ihn, als Julius Anzeichen erkennen ließ, dass er sich auf Lucian stürzen und die Antworten aus ihm herausprügeln wollte.

Zähneknirschend nahm Julius von seinem Vorhaben Abstand und zwang sich zur Ruhe.

Bastiens Blick wanderte von Nicodemus Notte zu Julius und weiter zu Lucian. „Dürfen wir auch erfahren, was hier los ist? Wo ist unsere Mutter? Und was hat es zu bedeuten, dass unser Vater jahrelang verschwunden war? Und ...", er machte eine hilflose Geste, „... was ist mit dem ganzen Rest?"

Julius warf Lucian einen warnenden Blick zu, er solle ja nicht auf die Idee kommen, irgendwelche Lügen zu verbreiten, aber der Mann starrte ihn nur wortlos an. Es war sein Vater, der schließlich zu reden begann: „Ich finde, wir sollten uns alle erst einmal hinsetzen. Julius, du erklärst alles von Anfang an, und dann können uns diese Herren verraten, was sie wissen. Und anschließend will ich hoffen, dass wir gemeinsam einen Weg finden, wie wir Marguerite und Christian finden können." Dann sah er an Julius vorbei und sagte: „Vita, lass meinen Fahrer bitte wissen, dass ich so bald doch nicht gehen werde!"

Überrascht drehte sich Julius um. Er hatte tatsächlich vergessen, dass seine Schwester den Raum gar nicht verlassen hatte. Jetzt sah er, wie sie nickte und sich auf den Weg machte, um die Bitte ihres Vaters zu erfüllen.

„Und mach uns bitte Kaffee", rief Nicodemus ihr nach, als sie das Zimmer verließ. „Diese Herren essen und trinken wie Sterbliche."

„Woher wissen Sie das?", fragte Vincent überrascht.

„Das kann ich riechen", antwortete er ruhig und sah zu Julius. „Ins Wohnzimmer?"

Der nickte seufzend und führte die Gruppe aus dem Arbeitszimmer.

„Es funktioniert nicht."

Marguerite ließ ihr Ende der Kette los und setzte sich hin, um sich neben Christian mit dem Rücken gegen die Mauer zu lehnen. Eine Zeit lang hatten sie sich unterhalten, während sie darauf warteten, dass die schlimmsten Verletzungen verheilten. Als sie sich endlich wieder bewegen konnten, ohne von schrecklichen Schmerzen heimgesucht zu werden, begannen sie damit, sich ein genaues Bild von ihrer Situation zu verschaffen. Sie versuchten auch, mit vereinten Kräften die Ketten zu zerreißen, doch genau das funktionierte nicht. Sie waren beide geschwächt, und Marguerite litt inzwischen sehr unter den hartnäckigen Krämpfen, weil ihr Körper Blut benötigte. Sie wusste, Christian musste es genauso ergehen, und indem sie an den Ketten zerrten, vergeudeten sie nur noch mehr Kraft, die sie eigentlich dringend benötigten.

„Wir müssen uns etwas anderes überlegen", murmelte Christian und sah sich wieder in der kleinen, feuchten Zelle um. Es gab keine Fenster in den Wänden, nur ein kleines, vergittertes in der Tür. Das Licht aus dem Korridor drang durch die schmale Scharte, was Christian stutzig werden ließ. „Dieser Ort kommt mir irgendwie vertraut vor."

„Hier sieht es aus wie in jedem Verlies, in dem ich jemals war", murmelte Marguerite voller Abscheu. Es hatte Zeiten gegeben, da hatten sie und die anderen Unsterblichen in solch düstern, feuchten Verliesen schlafen müssen, weil es im alten Zuhause zu viele kleine Risse und Spalte gab, durch die das Sonnenlicht ins Innere dringen konnten. „Vielleicht sollten wir uns überlegen, wie wir unsere Entführer überwältigen können, wenn sie sich hier blicken lassen."

„Warum sind sie eigentlich noch nicht aufgetaucht?", wunderte sich Christian.

Diese Frage hatte sich Marguerite auch schon gestellt. Eigentlich hatte sie bereits damit gerechnet, sofort getötet zu werden, kaum dass man sie in den Transporter geschafft hatte. Dass sie aber erst noch in einer kleinen, feuchten Zelle warten mussten, hatte sie nicht erwartet. In gewisser Weise war sie dankbar dafür, dass man sie eingesperrt hatte, weil sie und Christian sich in dieser Zeit deutlich besser kennengelernt hatten. Sie fühlte sich in seiner Nähe nicht länger unbehaglich, und ein paarmal hatte sie schon *Sohn* zu ihm gesagt, ohne dass es ihr seltsam vorgekommen war. Aber auf das alles hätte sie liebend gern verzichtet, wenn sie beide stattdessen irgendwo in Sicherheit gewesen wären.

„Du hättest weglaufen sollen, als ich dich dazu aufgefordert hatte", stellte sie mit einem leisen Seufzer fest.

Er sah sie von der Seite an, dann legte er zögernd seine Hand auf ihre und drückte sie vorsichtig. Schnell zog er sie wieder zurück, als fürchte er, er könne sie mit seiner Geste verärgern. Mit belegter Stimme sagte er: „Ich bin froh, dass ich das nicht gemacht habe. So konnte ich wenigstens meine Mutter kennenlernen."

„Das ist es wohl kaum wert, um dafür zu sterben", murmelte sie und sah auf ihre Hand, die er soeben berührt hatte. Sie wollte nach seiner Hand greifen und sie festhalten. Sie wollte die Arme um ihn legen und ihn wie einen kleinen Jungen an sich drücken, um ihn sanft zu wiegen und ihm zu versichern, alles werde gut ausgehen, doch ganz so wohl fühlte sie sich in seiner Nähe noch nicht. Außerdem war sie gar nicht so sehr davon überzeugt, dass tatsächlich alles gut ausgehen würde. Es stimmte sie traurig, aber nicht so sehr um ihrer selbst willen. Zwar bedauerte sie, dass sie nicht bei Julius sein konnte, um ihre Liebe zu genießen und mit ihm Kinder zu bekommen. Aber wenigstens hatte sie Kinder gehabt, und ihr war es zumindest für kurze Zeit vergönnt gewesen zu erleben, was es hieß, einen Lebensgefährten zu haben. Christian dagegen war das alles versagt geblieben. Sie hätte den Tod leichter ertragen, wenn sie gewusst hätte, dass ihr Sohn all diese Dinge noch erleben würde.

Ihre größte Sorge galt jedoch Julius, denn er würde sie erneut verlieren und darüber hinaus auch noch seinen Sohn. Von einem solchen Schicksalsschlag würde er sich so bald nicht erholen, daran gab es keinen Zweifel.

„Was bezweckt Jean Claude damit?", fragte Christian plötzlich frustriert. „Erst will er dich umbringen, und jetzt entführt er uns beide."

„Ich glaube nicht, dass Jean Claude dahintersteckt", erwiderte sie nachdenklich. Als er sie verwundert ansah, zuckte sie mit den Schultern. „Ich glaub es einfach nicht. Er ist tot. Er muss tot sein."

Mitleid zeichnete sich auf Christians Gesicht ab, als er die Verzweiflung in ihrer Stimme hörte. Seufzend suchte sie nach einer Begründung für ihre Ansicht.

„Warum sollte er mich töten?"

„Vielleicht will er verhindern, dass das alles herauskommt. Großvater sagt, das Drei-zu-eins wurde irgendwann im 16. Jahrhundert verboten, und heute steht darauf die Todesstrafe. Vielleicht sollte niemand erfahren, was er getan hat."

„Aber als er mich dieser Prozedur unterzogen hat, war sie noch nicht verboten. Ich glaube nicht, dass er dafür belangt werden kann. Außerdem bringt es nichts, nur mich zu töten. Dein Vater weiß es, Marcus weiß es, dein Großvater … Er müsste schon mehr oder weniger deine ganze Familie auslöschen, um diese Sache erfolgreich zu vertuschen."

„Vielleicht hat er das ja vor", überlegte Christian und verzog den Mund.

„Ich glaube nicht, dass er es ist", beharrte sie. „Wir haben Jean Claude beerdigt."

„Hast du die Leiche gesehen?", wollte er wissen.

Widerwillig schüttelte sie den Kopf. „Es hieß, er sei für eine Aufbahrung zu sehr entstellt gewesen."

Christian hob eine Augenbraue, dann versteifte er sich, da er, wie Marguerite, im selben Moment ein Klappern hörte. Ein Schlüssel wurde in das Schloss geschoben und umgedreht. Beide erhoben sich zögernd.

„Sieht so aus, als würden wir gleich wissen, wer es auf uns abgesehen hat", meinte Marguerite ahnungsvoll.

„Es ist nicht Jean Claude!"

Julius musterte Lucian argwöhnisch, als der diese Bemerkung machte. Er ergriff als Erster das Wort, nachdem Julius alles erklärt hatte, was es zu erklären gab.

„Bist du dir da sicher, Onkel?", fragte Vincent ernst.

„Er ist tot", beharrte Lucian.

„Aber alle haben ihn zuvor auch schon einmal für tot gehalten", warf Vincent sarkastisch ein und schüttelte den Kopf. „Mir hat nie gefallen, wie der alte Drecksack mit Tante Marguerite umgesprungen ist. Allerdings hätte ich nicht gedacht, dass er so tief sinken würde, ihre Erinnerung zu löschen, sie die Ermordung ihres Kindes anordnen und eine Dienstmagd töten zu lassen. Wenn die Dienstmagd schon sterben musste, dann hätte er wenigstens Manns genug sein sollen, sie selbst zu töten."

„Er ist tot", wiederholte Lucian entschieden. „Und er kann Marguerite nicht gezwungen haben, die Dienstmagd zu töten, weil er sie hätte sehen müssen, um sie zu kontrollieren."

„Er hat Marguerite auch dazu gebracht, das Stadthaus in York zu verlassen, ohne dass er sie sehen konnte."

Erschrocken drehte er sich um, als er Tinys Stimme hörte, und stand auf, doch der Detektiv winkte ab. Der Sterbliche und Marcus hatten sich gemeinsam auf die Suche nach dem Transporter gemacht, aber offenbar ohne Erfolg.

„Es tut mir leid, das ist wie die Suche nach der Nadel im Heuhaufen, Julius", sagte Tiny mürrisch, während Marcus das Zimmer betrat und ein Tablett mit Kaffee, Zucker und Milch hereintrug. „Wir fahren alle ziellos durch die Gegend und überprüfen jeden Transporter, ohne zu wissen, ob der Wagen nicht vielleicht längst in irgendeiner Halle steht. Marcus und ich sind zurückgekommen, um mit Ihnen zusammen zu überlegen, ob wir die Suche nicht irgendwie sinnvoller gestalten können."

„Vita hat mir das mitgegeben", erklärte Marcus beiläufig, als er das Tablett auf den Tisch stellte.

Julius nickte, war aber ganz auf Lucian konzentriert, als der sagte: „Wenn Marguerite in York von jemandem kontrolliert worden ist, damit sie das Haus verlässt, dann muss derjenige durchs Fenster geschaut haben. Oder er muss sie auf irgendeine andere Weise gesehen haben. Er kann zwar ihren Willen kontrollieren, aber er kann nicht sehen, was Marguerite sieht. Das wäre so, als würde man mit geschlossenen Augen einen Wagen lenken wollen."

„Richtig", stimmte Nicodemus ihm zu. „Das dachte ich auch. Aber als sie sagten, dass niemand sonst bei ihnen gewesen ist, habe ich überlegt, ob ich mich da nicht vielleicht irre."

„Also muss Jean Claude sie irgendwie gesehen haben, um sie aus dem Haus zu schicken?", vergewisserte sich Vincent, der offenbar von der Schuld des Mannes restlos überzeugt war. Bastien war dagegen unentschlossen, und Lucern zog einfach nur eine finstere Miene.

„Es war nicht Jean Claude", beharrte Lucian, doch niemand nahm von ihm Notiz.

„Haben Sie denn ganz sicher niemanden vor dem Haus gesehen, als Sie Marguerite nachgelaufen sind?", fragte Tiny an Julius gewandt.

„Da war niemand. Und niemand hat Jean Claude irgendwo

in der Nähe des Hauses gesehen, als Marguerite damals Magda getötet hat."

„Die Fenster in dem Stadthaus in York haben alle Vorhänge, aber nicht das Fenster in der Tür", warf Vincent plötzlich ein.

„Woher weißt du das?", fragte Julius.

„Wir hatten uns während der letzten Tage da einquartiert. Als Thomas nach England kam, um dort nach Tante Marguerite zu suchen, fand er heraus, dass jemand namens Notte ein Stadthaus in York angemietet hatte. Wir dachten, es handelt sich um Christian. Thomas hat das Haus gemietet, während sie in der Stadt nach Hinweisen auf Tante Marguerite gesucht haben. Wir waren alle da einquartiert."

Julius nickte. „Ja, du hast recht. Am Fenster an der Haustür gab es keinen Vorhang. Allerdings hätte Jean Claude nicht so schnell weglaufen können. Als ich nach draußen gestürmt bin, habe ich ihn nirgendwo entdecken können, und ich habe mich gründlich umgesehen. Da hat es nur so von entsetzt dreinblickenden Sterblichen gewimmelt."

„Er ist splitternackt auf die Straße gelaufen", fügte Tiny erklärend hinzu.

„Jean Claude könnte euch von einem Haus auf der anderen Straßenseite aus beobachtet haben", gab Vincent zu bedenken. „Mit einem Fernglas hätte er auf Abstand bleiben und sie trotzdem sehen können."

„Jean Claude ist tot", wiederholte Lucian gereizt.

Erneut überging Julius ihn und betonte: „Aber er konnte sie nicht oben in unserem Zimmer sehen, wo sie geschlafen hat, bevor sie nach unten gegangen ist."

„Aber sie hat nicht mehr im Bett gelegen", bemerkte Tiny. „Marguerite hat doch gesagt, dass sie aufgestanden ist, weil sie sich Blut holen wollte. Aufgewacht ist sie dann erst auf der Couch."

„Sie musste durch den Flur gehen, um in die Küche zu gelangen. Dabei hat er die Kontrolle über sie übernommen, als er sie durch das Fenster sehen konnte, und er hat sie aus dem Haus geschickt", folgerte Vincent. Er konnte nicht wissen, dass die Blutkonserven nicht in der Küche, sondern im zweiten Kühlschrank im Wohnzimmer aufbewahrt werden, doch das war auch egal, weil sie in jedem Fall durch den Flur gehen musste.

„Es war nicht Jean Claude", knurrte Lucian.

„So ähnlich muss es auch gewesen sein, als Magda ums Leben gekommen ist", erklärte Lucern und mischte sich in die Unterhaltung ein. „Denn ich garantiere euch, dass Mutter niemals die Dienstmagd getötet hätte. Sie wurde von der Frau angebetet. Vater muss an diesem Tag auch im Stadthaus gewesen sein."

Julius ließ den Mann nicht aus den Augen. Nach dessen Schweigen zu urteilen, war er zu der Ansicht gelangt, dass er ihm nichts von seinen Schilderungen geglaubt hatte. Doch jetzt erinnerte er sich daran, dass Lucern davon gewusst hatte, dass sein Vater als vermisst galt. Und er hatte von seiner Mutter einen Brief erhalten, in dem sie ihm von ihren Hochzeitsabsichten berichtete, ohne allerdings ihre Schwangerschaft zu erwähnen. Jetzt fragte sich Julius, was dem ältesten Argeneau-Jungen erzählt worden sein mochte, als er 1491 in York eintraf und feststellen musste, dass sein Vater von den Toten auferstanden war und seine Mutter wieder mit ihm zusammenlebte.

Er ließ diese Frage für den Augenblick auf sich beruhen und dachte stattdessen über Lucerns Worte nach. Schließlich sagte er: „Vita hat nichts davon erwähnt, dass sie Jean Claude zu der Zeit gesehen hat."

„Vita?", fragte sein Vater überrascht.

„Von ihr wusste ich, dass Marguerite wieder im Stadthaus war. Sie sagte, sie habe sie nach oben gehen sehen und sich gewundert, ob sie zu mir zurückgekehrt sei. Über Jean Claude war kein Wort gefallen, und ich bin mir sicher, sie hätte ihn erwähnt, wenn er dort gewesen wäre."

„Verdammt noch mal! Es war nicht Jean Claude!", brüllte Lucian in die Runde, und als sich alle verdutzt zu ihm umdrehten, fuhr er ruhiger, jedoch genauso mürrisch fort: „Ich kann nicht mit Sicherheit sagen, ob er 1491 dabei war oder nicht, aber mit den momentanen Ereignissen hat er nichts zu tun. Er ist tot."

„Das kannst du nicht mit Gewissheit sagen", hielt Vincent dagegen. „Keiner von uns kann das. Der Sarg war geschlossen."

„Onkel Lucian ist von Morgan herbeigerufen worden, als der aufwachte und feststellte, dass das Haus in Flammen stand und Vater tot war", erklärte Bastien leise. „Er ist hingegangen und hat sich um die Feuerwehrleute und die Polizisten gekümmert. Er hat ihn gesehen."

„Das schon, aber Jean Claude ist in den Flammen zu Asche verbrannt", wandte Vincent ein. „Darum war der Sarg ja auch geschlossen, weil es nichts mehr zu sehen gab. Nicht mal Lucian kann mit Gewissheit sagen, dass es Jean Claude war."

„Doch, das kann ich", beharrte das Oberhaupt des Argeneau-Clans.

„Und wie?", wollte Julius wissen. „Wenn nur noch Asche übrig war …"

„Er war nicht allein", gestand Lucian.

„Dann könnte er überlebt haben", meinte Vincent prompt. „Du könntest einen leeren Sarg beerdigt haben."

„Nein, so war es nicht."

„Da kannst du dir nicht sicher sein", widersprach Julius.

„Doch, das kann ich."

„Und wieso?"

Lucian zögerte, stützte die Ellbogen auf die Knie auf und legte den Kopf in die Hände. Dann rieb er seine Stirn, als würde sie schmerzen.

„Wenn Sie einen Beweis dafür haben, dass Jean Claude tot ist, sollten Sie ihn am besten mit uns teilen", empfahl Nicodemus. „Denn wenn er tatsächlich tot ist, vergeuden wir unsere Zeit mit der Suche nach dem Falschen."

Resigniert nickte Lucian. „Ich weiß, er ist tot, weil ... weil ich ihn persönlich enthauptet habe."

Niemand rührte sich, niemand sprach ein Wort. Und es hätte Julius nicht gewundert, wenn jeder von ihnen den Atem angehalten hätte. Sie saßen nur da und starrten Lucian verblüfft an.

„Wie Bastien ganz richtig gesagt hat, bin ich in der Nacht von Morgan gerufen worden", erklärte er. „Jean Claude hatte schwerste Verbrennungen erlitten, aber er war nicht tot. Er war von Kopf bis Fuß verkohlt, und sein Körper heilte nur sehr langsam. In seinen Adern floss nur das nutzlose Blut irgendeines Trinkers, und er wollte nichts von dem Blut trinken, das ich mitgebracht hatte. Stattdessen bat er mich, ihn zu töten, um seinem Leiden ein Ende zu bereiten. Er sagte, wie sehr er sich für das hasse, was er Marguerite und allen anderen angetan hatte. Er flehte mich an, ihn zu erlösen und ihm Frieden zu geben."

„Und daraufhin hast du ihn getötet?", fragte Julius ungläubig.

Lucian schüttelte den Kopf. „Ich konnte es nicht ... bis er zugab, dass er von Sterblichen getrunken und das Haus selbst angezündet hatte. Er wollte in den Flammen sterben, aber Morgan hat das verhindert, indem er ihn nach draußen geschafft hat."

Seufzend hob Lucian den Kopf. Sein Gesicht wirkte grau und eingefallen, als er Julius ansah. „Von Sterblichen zu trinken verstößt in Nordamerika gegen die Gesetze unseres Rates. Der Verstoß wird mit der Todesstrafe geahndet, die erst vollstreckt wird, wenn der Rat ein entsprechendes Urteil gefällt hat. Wer aber von einem Sterblichen trinkt und ihn dadurch umbringt, kann auf der Stelle getötet werden, ohne dass der Jäger sich erst an den Rat wenden muss." Er schüttelte den Kopf. „Aber Jean

Claude war mein Bruder. Ich hätte ihn vor den Rat gebracht, damit ein anderer die Strafe vollstreckt. Doch er flehte mich an, ich solle ihn töten, und er machte mir auch klar, wenn ich seinen Fall vor den Rat bringe, dann würde jeder davon erfahren. Er war der Meinung, dass er Marguerite und den Kindern schon genug angetan habe. Also sollte ich ihn töten und für eine Beerdigung im geschlossenen Sarg sorgen, weil niemand die Wahrheit erfahren sollte." Lucian zuckte hilflos mit den Schultern. „Und so bin ich seiner Bitte nachgekommen."

Julius ließ sich entsetzt zurücksinken – nicht etwa vor Abscheu über Lucians Tat, sondern weil er ihm glaubte. Der Schmerz und die Schuldgefühle waren dem Zwillingsbruder zu deutlich anzusehen gewesen, als dass Julius an seinen Worten hätte zweifeln wollen. Jean Claude war tot … und damit hatte Julius keine Ahnung, wer Marguerite und Christian entführt haben mochte.

Bastien räusperte sich. „Dann muss es einer der beiden anderen sein, der Mutter und Christian in seiner Gewalt hat."

Alle sahen sie Lucian an, und schließlich sprach Vincent die Frage aus, die ihnen allen auf der Zunge lag. „Onkel, hast du irgendeine Ahnung, wer diese beiden anderen sein könnten?"

Abrupt setzte er sich kerzengerade hin, und sein Gesicht nahm wieder den kalten, versteinerten Ausdruck an, während er sich zwang, über das aktuelle Problem nachzudenken. Diese Verwandlung hatte fast schon etwas Schockierendes, obwohl sie eigentlich wohl ganz normal war, überlegte Julius. Der Mann war ein Krieger und ein Jäger, und er tat, was getan werden musste.

„Morgan dürfte einer von ihnen gewesen sein", äußerte er plötzlich. „Im Gegensatz zu mir wusste Morgan damals, dass Jean Claude gar nicht tot war. Schließlich ist er derjenige gewesen, der die Geschichte verbreitet hat, Jean Claude sei in einer Schlacht geköpft worden."

Als Julius daraufhin eine hoffnungsvolle Miene aufsetzte, wandte sich Bastien an ihn: „Morgan ist tot. Er ist zum Abtrünnigen geworden, und Onkel Lucian hat ihn gejagt und gefasst, und der Rat hat ihn hingerichtet."

„Und wer noch?", fragte Vincent, setzte sich auf die Armlehne des Sofas und strich seinem Onkel tröstend über den Rücken.

Lucian schien von dieser Geste nichts mitzubekommen, da er völlig konzentriert dasaß und nachdachte. „Mir fällt sonst niemand ein", erklärte er kopfschüttelnd, „dem Jean Claude genügend vertraut hätte, um ihn in so etwas hineinzuziehen."

Alle im Zimmer reagierten mit tiefer Enttäuschung auf diese Äußerung.

„Also gut", warf Tiny entschieden ein. „Dann müssen wir eben überlegen, wer damals schon gelebt hat und jetzt Marguerite tot sehen möchte."

„Niemand möchte Mutter tot sehen", hielt Lucern dagegen. „Sie hat niemals Gelegenheit gehabt, sich Feinde zu machen. Sie musste ja immer zu Hause bleiben."

Tiny schüttelte fassungslos den Kopf, dann stutzte er.

„Woran denken Sie?", fragte Julius, der für jeden noch so absurden Vorschlag offen war.

Nach kurzem Zögern antwortete Tiny: „Mir kam nur gerade in den Sinn, dass wir vielleicht auf dem Holzweg sind."

„Wie meinen Sie das?", wollte Vincent wissen.

„Vielleicht", sagte der Sterbliche sehr bedächtig, „ist Marguerite gar nicht das Ziel."

„Was?", rief Julius verständnislos. „Aber sie ist doch jedes Mal angegriffen worden."

„Nicht jedes Mal. Am Anfang ist sie gezwungen worden, die Ermordung Ihres Sohns anzuordnen", stellte er klar und fragte dann in die Runde: „Warum?"

Julius sah ihn ratlos an.

„Überlegen Sie mal", fuhr er fort. „Es gab für Jean Claude keinen Grund, Christians Tod zu wollen. Er hatte Marguerite die Erinnerung an das Baby genommen. Es hätte doch genügt, Ihnen das Kind zu überlassen, verbunden mit der Botschaft, dass sie von keinem von Ihnen je wieder etwas hören wolle. Oder die Magd hätte das Kind Zigeunern überlassen können."

„Vielleicht war er auf Julius eifersüchtig", gab Vincent zu bedenken.

Tiny schüttelte den Kopf. „Eifersucht konnte nicht im Spiel sein. Immerhin ist er einfach untergetaucht und hat jeden in dem Glauben gelassen, er sei tot. Wenn er eifersüchtig gewesen wäre, hätte er wohl kaum zugelassen, dass sie in der Zwischenzeit mit Julius ein neues Leben beginnen würde."

„Und warum ist er dann zu ihr zurückgekommen?", fragte Vincent. „Zwanzig Jahre lang wurde er für tot gehalten. Warum ist er also plötzlich aufgetaucht?"

Wieder konnte Tiny nur mit einem Kopfschütteln reagieren. „Das weiß ich nicht, aber ich bin mir ziemlich sicher, dass er zurückgekommen ist, um Marguerite zu sich zu holen. Sie waren keine Lebensgefährten, und nach seinem Verhalten ihr gegenüber zu urteilen hat er sie nicht mal geliebt. Es muss einen anderen Grund für seine Rückkehr gegeben haben."

Als niemand sich dazu äußerte, fügte er hinzu: „Und jetzt ist Christian erneut darin verstrickt. Die Entführer hätten ihn zurücklassen können, um mit Marguerite zu verschwinden. Aber sie haben ihn mitgenommen."

Julius grübelte über diese Tatsache nach, als Tiny ihn ansah und mit ernster Miene verkündete: „Wenn Marguerite nicht das eigentliche Ziel ist, dann bleiben nur noch Sie übrig."

„Ich? Mir hat doch niemand etwas getan."

„Ganz im Gegenteil", beharrte der Detektiv. „Dass Marguerites Erinnerung an Ihre gemeinsame Zeit gelöscht wurde und dass Jean Claude sie Ihnen wieder weggenommen hat, tat nur Ihnen weh, aber nicht Marguerite. Sie konnte sich schließlich nicht mehr an Sie erinnern ... und an Christian ebenfalls nicht. Sein Tod hätte nur *Ihnen* Schmerzen zugefügt. Und nun sind Marguerite und Christian entführt worden, und Sie leiden darunter."

„Sie wollen sagen, dass mit allen diesen Aktionen nur Julius wehgetan werden sollte?", fragte Nicodemus bedächtig. „Und dass Marguerite und sein Sohn lediglich Mittel zum Zweck sind?"

Tiny zuckte mit den Schultern. „Ich weiß, es klingt unglaublich. Aber wenn Marguerite keine Feinde hat und wenn Jean Claude tot ist, dann kann sie nicht das Ziel der Angriffe sein. Julius ist der Einzige, der infrage kommt, dem dadurch Leid zugefügt werden kann."

„Aber uns auch", wandte Bastien entschieden ein.

„Ja, aber Sie haben damals noch nicht gelebt", betonte der Sterbliche.

„Lucern schon", lautete der nächste Einwand.

„Ihn würde Christians Entführung aber nicht berühren", warf Lucian ein und sah zu Julius. „Wer sind deine Feinde? Und wer von denen hat damals bereits gelebt?"

„Moment mal", hielt Julius dagegen. „Wenn mir jemand wehtun will, warum soll er fünfhundert Jahre lang damit warten? Warum hat er nicht schon früher versucht, Christian zu töten? Und warum greift er nicht mich direkt an? Warum dieser Umweg über Marguerite und Christian?"

„Vielleicht kann er dich nicht direkt angreifen, weil er sich dann zu erkennen geben müsste", überlegte Marcus. „Und vielleicht hat es ihm genügt, dich fünfhundert Jahre lang todunglücklich zu sehen."

Julius schüttelte ungläubig den Kopf, als er auf einmal seinen Vater seufzen hörte. Irritiert drehte er sich zu Nicodemus Notte um, der am Fenster stand und mit besorgter Miene in die Nacht hinaussah.

„Was ist, Vater?", fragte er ihn. „Ist dir jemand eingefallen, auf den das alles zutrifft?"

„Ja, ich glaube schon", antwortete Nicodemus leise.

18

„Tante Vita?"

In Christians Gesicht spiegelte sich maßlose Enttäuschung wider, als er die Frau anstarrte, die in der Tür stand und sich auf ein Schwert stützte. Vorsichtig streckte er den Arm zur Seite aus und tastete nach Marguerite. Sie drückte mitfühlend seine Hand, doch als sie ihn wieder loslassen wollte, hielt er sie gepackt und zog sie langsam zu sich heran.

Es war eine beschützende Geste, die zwar etwas Rührendes hatte, aber als Mutter war Marguerite diejenige, die sich vor ihren Sohn stellen wollte, nicht umgekehrt. Bis zu diesem Tag war sie praktisch so gut wie nie für ihn da gewesen, dann würde sie sich jetzt nicht auch noch hinter ihm vor einer Gefahr verstecken. Sie ließ seine Hand los und stellte sich demonstrativ vor Christian, während sie energisch fragte: „Was ist hier los, Vita?"

„Ja, ganz genau. Was ist hier los?", wiederholte Christian und zog Marguerite abrupt hinter sich, sodass die Rollen auf einmal vertauscht waren.

„Christian", raunte sie ihrem Sohn aufgebracht zu und stellte sich ihrerseits wieder vor ihn. „Ich bin deine Mutter, also lass mich das regeln!"

„Mutter", zischte er und zog sie abermals nach hinten, damit er zwischen den beiden Frauen stand. „Ich kenne Vita besser als du, außerdem bin ich der Mann."

Das letzte Wort endete in einem verdutzten Keuchen, da sich plötzlich sein ganzer Körper verkrampfte. Marguerite griff nach seinen Armen, dann jedoch überkam sie das nackte Grauen, als sie sah, dass eine Schwertspitze aus seiner Brust ragte.

Christian schrie auf, als die Klinge so jäh verschwand, wie sie aufgetaucht war, und er sackte in sich zusammen. Marguerite versuchte, ihn aufzufangen, doch bedingt durch seine Größe und sein Gewicht zog er sie mit sich und drehte sich mit ihr um, bis sie sich zwischen ihm und Vita befand. Letztlich verlor sie dennoch das Gleichgewicht und landete auf dem Hinterteil, aber zumindest schaffte sie es, Christians Kopf so zu halten, dass der nicht auf dem Steinboden aufschlug.

„Damit wäre ja wohl die Frage geklärt, wer sich hier schützend vor wen stellt, nicht wahr?", meinte Vita spöttisch. Als sich Marguerite zu ihr umdrehte, sah sie, dass Christians Tante das Schwert angehoben hatte und voller Interesse das Blut an der Klinge betrachtete. Dann schaute Vita Marguerite an. „Mich kotzt dieses Argument an, von wegen ‚Ich bin hier der Mann'. Das ist so was von sexistisch."

Marguerite sah zu Christian, der für einen Moment die Augen aufschlug und sie gleich wieder schloss, nachdem er kaum merklich den Kopf geschüttelt hatte. Da ihr Oberkörper sein Gesicht vor Vita verbarg, konnte die nicht wissen, dass er noch bei Bewusstsein war. Behutsam zog sie die Hand unter seinem Kopf fort, richtete sich auf und drehte sich dabei um. Die Kette an ihrem Fußgelenk rasselte, als sie sich langsam von Christian entfernte. „Ich nehme an, die kläglich gescheiterten Attentate in London und York gehen auf dein Konto, richtig?"

Sie hoffte, Vita mit den Worten „kläglich gescheitert" einen Stich zu versetzen und ihre Aufmerksamkeit ganz auf sich zu lenken. Zu ihrer großen Erleichterung hatte sie mit dieser Taktik Erfolg. Vita achtete nicht mehr auf Christian und warf stattdessen ihr einen zornigen Blick zu.

„Ich habe diese Anschläge geplant, und wenn ich sie selbst

ausgeführt hätte, dann wären sie auch nicht gescheitert", gab sie schnippisch zurück und verzog dabei missgelaunt das Gesicht. „Es stimmt, was man so sagt: Wenn man will, dass etwas richtig erledigt wird, muss man es schon selbst tun."

„Dann hat der Mann in England also für dich gearbeitet", entgegnete Marguerite.

„Mit der Betonung auf *hat*", bestätigte sie. „Er sollte auch deine Familie ablenken und von dir fernhalten, aber damit war er ebenfalls überfordert."

„Meine Familie?"

„Dein Neffe Thomas ist vor ein paar Tagen in London eingetroffen, um nach dir zu suchen. Zum Glück ist er von da nach Amsterdam weitergereist, aber leider hat dann der Mann versagt, der dafür sorgen sollte, dass Thomas nicht so bald nach England zurückkehrt." Sie schüttelte verärgert den Kopf. „Männer können ja manchmal so unglaublich nutzlos sein."

Als Marguerite darauf nichts sagte, zuckte Christians Tante nur mit den Schultern und fuhr fort: „Dein lieber Neffe ist zurück nach England gekommen und prompt nach York gefahren. Ich hatte schon befürchtet, er könnte deiner Fährte bis hier nach Italien folgen, und erst recht wollte ich nicht, dass sich der gesamte Argeneau-Clan einmischt. Also habe ich meinen Mann in York auf Thomas angesetzt, damit er ihn weiterverfolgt. Die Hauptsache war, dass er dich nicht findet."

„Was hat er mit Thomas gemacht?", wollte Marguerite wissen, obwohl sie sich vor der Antwort fürchtete. Sie hatte den Jungen großgezogen, er war für sie wie ein vierter Sohn ... ein fünfter Sohn, korrigierte sie sich. Beinah hätte sie Christian schon wieder vergessen.

„Gar nichts", spie Vita angewidert aus. „Natürlich musste er dabei auch versagen. Deine Söhne und dein Neffe haben ihn an eine Ratseskorte übergeben. Aber wenigstens haben die Männer etwas getaugt, die ich daraufhin auf ihn angesetzt habe. Sie hätten ihn töten können, noch bevor es irgendjemand gelungen war, Informationen aus ihm herauszuholen."

Marguerite wurde etwas ruhiger, als sie hörte, dass Thomas wohlauf war. Dann aber wurde sie stutzig. Julius und Marcus hatten sie fast restlos davon überzeugt, dass sie nicht so leicht zu lesen und zu kontrollieren war, wie sie fürchtete, und dass nur einer von jenen überhaupt dazu in der Lage war, der sich an dem Drei-zu-eins gegen sie beteiligt hatte. Doch wenn der Mann in York es gekonnt hatte …

„Wer hat mich in York kontrolliert? Etwa dieser Mann, den du auf mich angesetzt hast?", fragte sie widerwillig.

„Um Gottes willen, nein!" Vita lachte über diesen offenbar völlig absurden Gedanken. „Das war natürlich ich. Nachdem er in dem Restaurant gescheitert war, habe ich einen unserer Firmenjets genommen und bin nach England geflogen, um die Sache selbst in die Hand zu nehmen. Und wäre mir dieser Sterbliche nicht dazwischengekommen, hätte ich das Problem auch aus der Welt geschafft." Sie verzog amüsiert den Mund, als sie hinzufügte: „Ich habe in einem Haus gleich gegenüber von eurem gesessen, als Julius mich anrief, damit ich eine Maschine rüberschicke, die euch alle nach Italien bringt. Natürlich habe ich das sofort erledigt, und ich bin umgehend nach Hause geflogen."

„Dann warst du also eine von den dreien, die nach Christians Geburt meine Erinnerung gelöscht haben?"

„Ja. Ich, Jean Claude und Morgan."

„Morgan?" Marguerite reagierte erstaunt, als sie den Namen von Jean Claudes bestem Freund hörte. „Dass ich darauf nicht selbst gekommen bin!"

„Wir haben die zwanzig Jahre, dein Kind und deinen wahren Lebensgefährten aus deiner Erinnerung gelöscht", erklärte sie lächelnd. „Aber das war eigentlich nicht gegen dich gerichtet. Ich wollte Julius damit verletzen. Ich habe dir die Erinnerung an alles, was du geliebt hast, genommen, nur um ihm wehzutun. Und jetzt …", ihr Lächeln wurde breiter und gehässiger, „… jetzt nehme ich dich ihm noch einmal weg."

„Wieso hasst du ihn so sehr?", fragte Marguerite verwundert. Sie konnte sich nicht vorstellen, was er getan haben sollte, um so bestraft zu werden. Soweit sie das beurteilen konnte, behandelte er seine Schwester mit Respekt, doch Vita Notte schien ihren Bruder aus tiefstem Herzen zu hassen.

„Kannst du dir vorstellen, was es heißt, die älteste Notte-Tochter zu sein?", gab Vita zurück, kniff missbilligend die Lippen zusammen und ging langsam um Marguerite herum.

Die drehte sich wachsam mit, da sie fürchtete, Vita könne versuchen, noch einmal ihr Schwert in Christians Leib zu rammen. Doch sie ging einfach nur weiter um sie herum. „Ich bin tausend Jahre älter als Julius. Ich bin so alt wie Lucian. Aber Julius ist derjenige, der in unserer Familie die Machtposition innehat. Ihm wird Respekt entgegengebracht, mir nicht. Schließlich bin ich ja nur eine Frau." Sie ging in dem Kellerraum auf und ab, während sie fortfuhr: „Oh, anfangs war alles in bester Ordnung. In diesen ersten tausend Jahren bin ich dafür geschult worden, Verantwortung zu tragen und eine wichtige Position einzunehmen. Ich war diejenige, die von ihren Schwestern verehrt worden ist und an die man sich in Krisenzeiten gewendet hat, um ihren Rat einzuholen. Von mir wurde erwartet, dass ich das Sagen in der Familie habe. Bis auf einmal Julius geboren wurde."

Verbittert verzog sie den Mund. „Julius", knurrte sie. „Der ach so bedeutende männliche Erbe, den mein Vater sich immer gewünscht hatte. Er würde den Namen Notte fortführen. Ich war klug, aber er war klüger, weil er ja der Mann war. Ich war mit einem Mal gar nichts mehr. Du kannst dir gar nicht vorstellen, wie sehr ich ihn immer gehasst habe. Als er noch ein Baby war, habe ich versucht, ihn zu töten. Ich habe sein Kindermädchen fortgeschickt, um irgendeine Besorgung zu erledigen, und habe sein Zimmer in Brand gesteckt", gab sie freimütig zu. „Hätte ich ihm den Kopf abgetrennt, wäre klar gewesen, dass Mord im Spiel war, und das konnte ich nicht riskieren. Dummerweise ist sein Kindermädchen früher zurückgekommen als erwartet. Sie ist sofort ins Zimmer gerannt, um ihn zu retten. Es war wirklich sehr heldenhaft, zumal die Frau am nächsten Tag an ihren schweren Verbrennungen starb. Natürlich war er auch schwer verletzt worden, doch er war unsterblich und überlebte das Ganze. Wäre die Frau ein paar Minuten später gekommen, hätte mein Plan funktioniert …"

Sie schnaubte wütend. „Bevor sie starb, hat mein Vater noch mit ihr gesprochen. Ich glaube, sie hat ihm erzählt, dass ich sie weggeschickt und ihr versprochen hatte, auf den Jungen aufzupassen. Ganz sicher weiß ich das natürlich nicht, aber sie hat ihm irgendetwas gesagt, das ihn misstrauisch werden ließ. Er hat mich stundenlang ausgequetscht, damit ich ihm sage, was geschehen ist. Ich habe zugegeben, dass ich das Kindermädchen weggeschickt hatte, habe aber behauptet, nicht bei Julius geblieben zu sein, weil er fest geschlafen hat und weil ich dachte, es könne nichts passieren, wenn er ein paar Minuten lang allein in seinem Zimmer bleibt." Mit einem Seufzer fuhr sie nach einer kurzen Pause fort: „Als Vater mich dann in Ruhe ließ, dachte ich, dass ich mit einem blauen Auge davongekommen war. Doch mir wurde sehr bald klar, dass er mir kein Wort geglaubt hatte. Danach durfte ich nicht mehr in Julius' Nähe kommen. Plötzlich galt ich zu Hause als *persona non grata*. Ständig bin ich irgendwohin geschickt worden, um dies und jenes zu erledigen. Hauptsache, ich war so weit wie möglich weg von meinem Bruder. Von dem Tag an wurde er auch ständig von zwei Unsterblichen begleitet, die auf ihn aufpassten. Als er ein kleiner Junge war, haben sie sich immer in seiner Nähe aufgehalten, und als er sich als Heranwachsender darüber beklagte, dass er keinen Schritt allein machen könne, wurden sie dann abgezogen. Jedenfalls glaubt er das, denn in Wahrheit passen sie noch immer auf ihn auf. Sie halten jetzt bloß mehr Abstand zu ihm als früher."

„Weiß er, dass du versucht hast, ihn zu töten?", fragte Marguerite verwundert.

„Oh nein, natürlich nicht. Vater hat mit niemandem je darüber gesprochen. Und Julius glaubt, Vater sei nur so sehr um sein Wohl besorgt, weil er der einzige männliche Nachfahre ist."

An der Wand angekommen, blieb Vita stehen und kratzte mit den Fingernägeln über das dreckige Mauerwerk. „Danach war es mir nicht mehr möglich, ihm das Leben zu nehmen. Der kleine Prinz überlebte seine Jugend und nahm auf dem Familienthron Platz. Er hatte eine behütete Kindheit und bekam alles zugeschoben, was eigentlich für mich bestimmt gewesen war. Und als Erwachsener lebte er weiter genauso unbeschwert und von allen geliebt, wie es schon in seiner Kindheit der Fall gewesen war."

„Vita?", fragte Julius und legte die Stirn in Falten. „Aber sie hat sich mir gegenüber nie in irgendeiner Weise boshaft verhalten, und sie hat auch nie diese Eifersucht an den Tag gelegt, von der du sprichst."

„Deine Schwester versteht es meisterlich, ihre wahren Gefühle zu verbergen. Sie kann das so gut, dass ich mich oft frage, ob sie überhaupt zu irgendwelchen Gefühlen fähig ist ... natürlich jene Gefühle ausgenommen, die ihren eigenen Interessen dienen", antwortete Nicodemus. „Ich hätte sie damals zur Rechenschaft ziehen sollen, aber ich konnte ihr nichts nachweisen. Also blieb mir nur, gut auf dich aufzupassen und sie von dir fernzuhalten, so gut es eben möglich war." Seufzend fügte er hinzu: „Die Jahrhunderte verstrichen, und es gab keinen Zwischenfall, was mich zu der Überzeugung brachte, dass sie ihre Eifersucht überwunden und deine Rolle in der Familie akzeptiert hatte."

„Aber nicht restlos, sonst hättest du das Thema jetzt nicht zur Sprache gebracht", entgegnete Julius.

Sein Vater nickte zustimmend. „Als Jean Claude zurückkehrte und Marguerite dich verließ, war Vita mit einem Mal an deiner Seite. Im ersten Moment dachte ich, sie sei zur Besinnung gekommen und wolle dich trösten. Doch dann bemerkte ich wiederholt, dass ein boshaftes Grinsen über ihr Gesicht huschte, als würde sie sich an deinem Leid ergötzen. Aber dieser schadenfrohe Ausdruck war jedes Mal so schnell verschwunden, dass ich dachte, ich hätte ihn mir nur eingebildet." Wieder seufzte er betrübt. „Aber seit du nach England gereist bist, habe ich diesen Gesichtsausdruck erneut beobachten können."

„Vielleicht ist sie ja auch einfach nur froh, dass ich Marguerite wiedergefunden habe", überlegte Julius.

„Mag sein", räumte er ein. „Allerdings fing es an, als Dante und Tommaso zurückkehrten und berichteten, was sich in England zugetragen hatte. Sie erzählten, dass du dich über den Überfall auf Marguerite im Hotel schrecklich aufgeregt hattest und dass du diese Frau offenbar sehr liebst. Ich hätte schwören können, dass sich Vita über dein Unglück gefreut hat. Und heute konnte ich es erneut beobachten, als ich in dein Arbeitszimmer kam. Während du dich mit diesen Männern gestritten hast, stand sie abseits und genoss die Szene sichtlich. Und dann habe ich von dir auch noch erfahren, was Vita dir damals erzählt hat, nämlich dass sie Marguerite im Stadthaus gesehen hatte, kurz bevor du auf die tote Dienstmagd gestoßen warst. Davon war mir bis dahin nichts bekannt gewesen." Er wartete einen Moment lang, damit Julius das alles verarbeiten konnte, dann ergänzte er: „Aber den entscheidenden Anstoß hat Tiny mit seiner Überlegung gegeben, dass die Angriffe dir gelten könnten, dass der Angreifer sich aber nicht zu erkennen geben will. Wärst du nach dem missglückten Brandanschlag tot aufgefunden worden, hätte ich Vita sofort im Verdacht gehabt."

Eigentlich wollte Julius nicht mal in Erwägung ziehen, dass seine Schwester etwas damit zu tun haben könnte, doch nüchtern betrachtet, war es die einzige Spur, der sie überhaupt nachgehen konnten. Es würde sicherlich nicht schaden, wenn er mit ihr redete, um herauszufinden, ob ihr irgendetwas anzumerken war. Er richtete sich auf und sah sich um. „Wo ist Vita eigentlich? Sie wollte doch den Kaffee bringen."

„Den hat sie mir in die Hand gedrückt, als wir ins Haus kamen", sagte Marcus und deutete auf das Tablett auf dem Tisch. „Sie bat mich, euch den Kaffee zu bringen, weil sie dringend nach Hause wollte. Sie hat davon gesprochen, mehr Kleidung zu holen, weil sie wohl noch eine Weile hier bei dir bleiben müsse."

Die Blicke aller Argeneaus waren jetzt auf Julius gerichtet, doch der wollte nach wie vor nicht glauben, dass seine Schwester in diese Sache verstrickt war. Dass sie ihn derart verletzen wollte, war für ihn schlicht unvorstellbar. Sie war immer so gut zu ihm gewesen. Trotz allem war es die einzige Spur, der sie im Augenblick nachgehen konnten, und falls sein Vater recht hatte ...

Er stand auf und ging zur Tür. „Ich fahre sofort zu ihr und rede mit ihr."

„Aber nicht ohne mich", warf Lucian ein und sprang auf, um ihm zu folgen, während Julius bereits von Tiny und Marcus begleitet wurde.

„Wir kommen alle mit", erklärte Bastien, als sich auch Lucern und Vincent von ihren Plätzen erhoben. „Wir haben am Flughafen einen Kleinbus gemietet, da können alle mitfahren."

Als Julius stehen blieb und sich umdrehte, um zu erklären,

er wolle das lieber allein erledigen, klopfte ihm Vincent auf die Schulter und sagte grinsend: „Versuch gar nicht erst zu widersprechen! Diese Familie duldet nämlich keinen Widerspruch. Ach, übrigens, willkommen in der Familie ... Onkel!"

19

„Du hast es also nicht ertragen, dass Julius glücklich war", sagte Marguerite leise.

„Richtig. Ich habe ihm für den Rest seines Lebens alles Schlechte gewünscht", gab Vita mit finsterer Miene zu, doch dann fügte sie gehässig grinsend hinzu: „Und dann bist du plötzlich aufgetaucht ... die Antwort auf all meine Gebete."

„Ich?"

Vitas Lächeln hatte etwas ausgesprochen Unheilvolles an sich. „Natürlich du ... und Jean Claude."

Marguerite presste die Lippen zusammen und schwieg.

Vita lehnte sich gegen die Wand neben der Tür und machte einen über alle Maßen zufriedenen Eindruck. „Mir war im ersten Moment gar nicht bewusst, wie großartig es doch war, dass er dich gefunden hatte. Ich konnte nur daran denken, dass das Schicksal mir wieder eine Ohrfeige verpasst hatte, weil er seine Lebensgefährtin gefunden hatte, während ich als die viel ältere Schwester schon viel länger auf einen Lebensgefährten wartete. Ich gebe zu, ich war darüber verbittert."

Und das bist du jetzt immer noch, dachte Marguerite wütend.

„Julius war außer sich vor Freude, er hat den ganzen Tag nur dämlich vor sich hin gegrinst und ist im siebten Himmel geschwebt. Du warst sein Ein und Alles, seine Hoffnung, seine Zukunft, seine Lebensgefährtin." Sie verzog angeekelt den Mund. „Und du warst kein bisschen besser. Ihr zwei habt euch den ganzen Tag über wie zwei Turteltauben aufgeführt. Ich konnte das nicht mit ansehen. Jeden Tag und jede Minute musste ich gegen das Verlangen ankämpfen, euch beide einen Kopf kürzer zu machen. Aber natürlich durfte ich mich nicht dazu hinreißen lassen, schließlich hätte Vater sofort gewusst, dass das mein Werk war. Also habe ich stumm gelitten … doch als Julius dann berichtet hat, dass du von ihm ein Kind erwartest …"

Vita knirschte bei dieser Erinnerung so laut mit den Zähnen, dass Marguerite es deutlich hören konnte. „Fast hätte ich dich damals umgebracht, ohne Rücksicht auf die Konsequenzen. Dann aber habe ich etwas herausgefunden, das mich erkennen ließ, wie ich die ganze Sache viel eleganter lösen konnte. Ich konnte dafür sorgen, dass mein Bruder untröstlich und am Boden zerstört sein würde, ohne jemanden töten zu müssen und vor allem ohne einen Verdacht auf mich zu lenken." Sie lächelte und hob die Brauen. „Weißt du, was das war? Du solltest es eigentlich wissen, weil du es gelebt hast." Dann grinste sie und spottete. „Ach, stimmt ja! Du kannst dich nicht daran erinnern."

Nun war es Marguerite, die vor Wut mit den Zähnen knirschte.

„Jean Claude lebte noch", fuhr Vita schließlich fort. „Nachdem du dich zwanzig Jahre lang für eine Witwe gehalten hattest, stellte sich heraus, dass du es gar nicht warst." Plötzlich machte sie ein todernstes Gesicht. „Er hätte dich nie heiraten sollen. Es war eine Dummheit von ihm, da er doch wusste, dass er dich lesen und kontrollieren konnte. Aber wer könnte einer solchen Versuchung schon widerstehen?"

„Ja, wer wohl?", gab Marguerite zurück. Ganz sicher nicht Jean Claude. Anfangs hatte er es versucht, und in den ersten fünf Jahren war es ihm die meiste Zeit über sogar gelungen. Doch von da an ging es bergab. Ihr Leben hatte sich in einen Albtraum verwandelt, der ausschließlich von seinen Wünschen und Bedürfnissen geprägt war. Er konnte sie zu absolut allem zwingen. Sie hatte keine Lust auf Sex, er aber doch? Kein Problem, denn plötzlich hatte sie Lust … zumindest mit einem Teil ihres Verstandes. Der Rest dagegen wusste ganz genau, was er mit ihr machte, wofür sie ihn hasste. Sie war nur noch eine Marionette, die tat, was er wollte, wenn er im Haus war, und der es nie erlaubt war, ihr Missfallen oder gar ihre Wut offen zu zeigen. Falls mal ein Funke Verärgerung aufblitzte, übernahm er die Kontrolle über sie und erstickte diesen Funken. Ja, mein Ehemann, ich massiere dir liebend gern deine Schweißfüße. Ja, mein Ehemann, du darfst mit mir dies und das machen und auch noch alles andere, was dir gefällt.

„Natürlich hätte er dich nicht für alle Zeit kontrollieren können", unterbrach Vita ihre Gedanken. „Nach und nach entwickelte sich bei dir die Fähigkeit, deinen Geist abzuschirmen und Widerstand zu leisten."

„Tatsächlich?", fragte Marguerite überrascht, weil sie das Gefühl hatte, bis zum letzten Tag von ihm kontrolliert worden zu sein.

„Ja, er hat es mir mal erzählt, als er wieder betrunken war. Nachdem du Lucern zur Welt gebracht hattest, musste er dich berühren, um dich kontrollieren zu können. Und selbst das war keine Garantie mehr, dass es auch funktionierte. Er konnte dich zwar immer noch uneingeschränkt lesen, aber es gelang ihm nicht mehr, dich unter allen Umständen gefügig zu machen. Ab diesem Moment verlor er schnell das Interesse an dir." Vita sagte es auf eine Weise, als sei das eine zwangsläufige Folge. „Auch wenn du seiner geliebten Sabia wie aus dem Gesicht geschnitten warst, konnte er doch lesen, welcher Hass ihm von dir entgegenschlug. Und gleichzeitig war er nicht mehr in der Lage, dich seinem Willen zu unterwerfen. Also hat er sein Vergnügen anderswo gesucht. Für gewöhnlich hielt das immer nur ein paar Monate lang an. Er suchte sich eine andere Frau, hatte eine Weile seinen Spaß mit ihr, und sobald sie ihn zu langweilen begann, kehrte er zu dir zurück."

Marguerite stand reglos da. Etwas in dieser Richtung hatte sie schon immer vermutet, dennoch schmerzte es, den Verdacht bestätigt zu bekommen.

„Und dann begegnete Jean Claude einer wahren Lebensgefährtin", verriet Vita ihr. „Es war eine Sterbliche, die er weder lesen noch kontrollieren konnte. Sie faszinierte ihn. Er hat sie heimlich gewandelt und zwanzig Jahre lang mit ihr zusammengelebt, während alle anderen ihn für tot gehalten haben."

Marguerite riss die Augen auf. „Da hat er also diese zwanzig Jahre verbracht? Warum hat er sich nicht einfach von mir scheiden lassen? Dann wären wir beide frei gewesen. Ich hätte mit Julius zusammen sein können und er mit seiner Lebensgefährtin."

„Wie sollte er das anstellen?", gab Vita achselzuckend zurück. „Jeder von uns darf im Leben nur einen Sterblichen wandeln. Er hatte dich gewandelt. Wenn herausgekommen wäre, dass er eine weitere Sterbliche gewandelt hatte, hätte ihn das sein Leben gekostet." Sie schüttelte den Kopf. „Also ließ er uns alle zwanzig Jahre lang in dem Glauben, er sei tot. Wenn es nach ihm gegangen wäre, hätte er das Spiel wahrscheinlich fortgesetzt."

„Und was brachte ihn davon ab?", fragte Marguerite neugierig.

„Ich brauchte seine Hilfe", antwortete Vita. „Solange er zusammen mit seiner Lebensgefährtin irgendwo mitten im Nirgendwo in seiner kleinen Hütte saß, konnte mein Bruder in Frieden mit dir leben. Als ich durch meinen guten Freund Morgan erfuhr, dass Jean Claude gar nicht tot war, habe ich mich auf die Suche nach ihm gemacht. Natürlich war mir von vornherein klar, dass sich Jean Claude überhaupt nicht für dich interessieren würde. Solange er seine Lebensgefährtin hatte, kümmerte ihn nichts anderes."

„Also hast du sie umgebracht", folgerte Marguerite fassungslos.

„Richtig." Vita grinste fröhlich. „Es war einfach perfekt. Niemand hatte einen Grund, mich zu verdächtigen. Niemand wusste überhaupt, dass ich mich in der Gegend aufgehalten hatte. Und welchen Grund sollte es für mich geben, diese Frau zu töten?" Sie seufzte zufrieden. „Es lief so reibungslos ab, dass man hätte meinen können, es sei alles vorbestimmt gewesen. Aus irgendeinem Grund ritt Jean Claude in die Stadt, daraufhin ritt ich zur Hütte. Die Frau kam nach draußen, weil sie das Pferd gehört hatte, und damit ersparte sie mir sogar das Absitzen. Ich schlug ihr mit meinem Schwert ihren kleinen, nichtsahnenden Kopf ab, bevor sie überhaupt verstand, was mit ihr geschah. Dann machte ich mich umgehend auf die Rückreise nach England und rechnete damit, dass Jean Claude zu seiner Familie zurückkehren würde, sobald er seine tote Lebensgefährtin fand."

„Klingt so, als habe er dir diesen Gefallen nicht getan", murmelte Marguerite.

Vita schüttelte den Kopf. „Der Idiot hat seine Lebensgefährtin beerdigt und sich dann in einem Fass Ale verkrochen. Und zwar buchstäblich. Er hat nicht mal irgendwelche Trinker gebissen, sondern hat gleich selbst getrunken. Monate vergingen, und nichts geschah. Dein Bauch wurde von Tag zu Tag dicker, und alle wurden immer glücklicher und glücklicher ... nur ich nicht. Schließlich musste ich noch mal zu Jean Claude reisen, um ihn herzuholen." Sie verzog angewidert den Mund. „Es war kein Kinderspiel, das kann ich dir sagen. Jean Claude schien seinen Lebenswillen verloren zu haben. Ihn interessierte nur noch, woher er was zu trinken bekam, und er beklagte unablässig seinen tragischen Verlust. Ich musste ihm lange Zeit ins Gewissen reden, ehe ich ihn von einer Heimkehr überzeugen konnte."

„Und wie hast du das angestellt?"

„Ich gab ihm einen Grund, wieder leben zu wollen", antwortete sie. „Den Hass auf dich."

„Auf mich?" Marguerite verstand nicht, was das bedeuten sollte.

„Natürlich. Ich habe ihm klargemacht, wie schrecklich ungerecht es war, dass du mit Julius glücklich warst. Dabei war doch deine Existenz der eigentliche Grund, weshalb Jean Claude seine wahre Lebensgefährtin geheim halten musste. Und letztlich war es auch deine Schuld, dass seine Lebensgefährtin tot war."

„Deine Argumentationskünste sind schon bemerkenswert", meinte Marguerite beiläufig.

Vita stieß sich von der Wand ab und ging wieder langsam auf und ab. „Ich habe dann alles arrangiert und es so geplant, dass Julius nicht zu Hause sein würde. Dabei wurde es sogar noch äußerst knapp", gestand sie. „Julius hat an diesem Tag ziemlich getrödelt, weil er dich nicht allein zurücklassen wollte, und Jean Claude war etwas zu früh aufgebrochen. Auf dem Weg nach York sind die beiden tatsächlich aneinander vorbeigeritten. Aber es ist alles glattgegangen." Sie legte den Kopf schräg und musterte Marguerite mitleidlos. „Du warst gar nicht erfreut, Jean Claude wiederzusehen. Er sollte dir erklären, wo er sich herumgetrieben hatte, und er wurde von dir mit Flüchen und Verwünschungen überschüttet. Aber er konnte dich dazu überreden, ihn zu Martine zu begleiten und ihn anzuhören. Nachdem er dich erst mal dorthin gelockt hatte, hat er dich natürlich nicht mehr aus seinen Klauen gelassen."

Marguerite schüttelte den Kopf, da sie nicht verstand, wie sie so dumm gewesen sein konnte, ihn zu begleiten.

„Im achten Monat schwanger, und trotzdem kamst du auf die Idee, die Flucht zu ergreifen." Vita sah sie schweigend an. „Jean Claude war übrigens sehr aufgebracht über die Tatsache, dass du schwanger warst. Hatte ich erwähnt, dass seine Lebensgefährtin auch hochschwanger war, als ich ihr den Kopf abgeschlagen habe? Die beiden müssen sehr glücklich gewesen sein … zumindest bis zu dem Moment, als ich sie und ihr ungeborenes Kind umgebracht habe. Jedenfalls hast du gewartet, bis Jean Claude wieder sturzbetrunken war, und bist dann zum Stall gelaufen."

Sie hielt inne, und Marguerite wartete ungeduldig darauf, dass sie endlich fortfuhr.

„Glücklicherweise traf ich gerade ein, als du davonlaufen wolltest."

Marguerite fand, dass sich das Schicksal damals wirklich gegen sie verschworen haben musste.

„Es war ein Trauerspiel", fuhr Vita heiter fort. „Du hattest keine Ahnung, dass ich hinter dem Ganzen steckte, und warst überglücklich, ausgerechnet mir zu begegnen. Ich bin zu dir geritten und habe dir blankes Entsetzen vorgespielt, als ich von dir erfuhr, was sich zugetragen hatte. Dann habe ich dir meine Hand hingestreckt und dir geholfen, hinter mir aufzusitzen. *Vielen Dank, Vita!*, waren deine rührenden Worte. Und danach bin ich mit dir schnurstracks zu Martines Haus geritten, habe dich hineingezerrt und in deinem Zimmer eingeschlossen. Dann stellte ich noch einen Bewacher davor und wartete, bis Jean Claude nüchtern war. Stundenlang habe ich auf ihn eingeredet, um ihn davon zu überzeugen, dass wir etwas unternehmen müssen. Wir konnten keinen weiteren Fluchtversuch von dir riskieren, und ich habe ihm klargemacht, dass ein Drei-zu-eins erforderlich war, um deine Erinnerung zu löschen."

Marguerite kniff die Augen zu und wollte Jean Claude eigentlich verfluchen, dass er so ein Schwächling gewesen war. Aber in diesem Moment tat er ihr sogar leid, weil er von dieser Frau genauso benutzt worden war, wie er Marguerite benutzt hatte.

„Natürlich setzten wegen der Aufregung deine Wehen verfrüht ein, und Christian kam zur Welt. Aber damit hatten wir bereits gerechnet. Ich hatte sogar darauf gehofft, und ich habe Jean

Claude aufgefordert, das Kind gleich zu töten. Doch das brachte er nicht übers Herz. Und das Drei-zu-eins bereute er auch. Er bereute, dass seine eigene Verbitterung ihn dazu getrieben hatte, in dein Leben einzugreifen. Er gab mir das Kind und sagte, ich solle es weggeben, und dann stolperte er aus dem Zimmer, um sich wieder in sein Elend und seine Schuldgefühle zu stürzen. Ich glaube, davon hat er sich nie ganz erholt." Vita schnaubte verächtlich. „Ich hätte damals Christian auf der Stelle töten sollen. Aber ich wollte Julius lieber noch etwas mehr leiden lassen."

„Also hast du mich kontrolliert, damit ich der Dienstmagd den Befehl gebe, Christian zu töten."

Vita nickte. „Zusammen mit der Nachricht, dass du zu deiner ersten Liebe und deinem Lebensgefährten Jean Claude zurückgekehrt bist und Julius dich niemals wieder behelligen soll."

„Aber Magda hat den Befehl nicht ausgeführt", bemerkte Marguerite mit einem gewissen Triumph.

„Leider nein. Mein eigenes Dienstmädchen hätte mir gehorcht, weil ich es sonst getötet hätte. Deine Magda war nicht so folgsam, weil du offenbar bei deinem Personal nie für den nötigen Respekt dir gegenüber gesorgt hast. Als ich später an diesem Tag ins Stadthaus meines Bruders kam, hielt sich die Dienstmagd mit dem Kind im ersten Stock auf."

„Und was hat es mit dem Mord an Magda auf sich?", wollte Marguerite wissen.

„Ach, das." Vita machte eine wegwerfende Geste. „Ich konnte nicht riskieren, dass sie von meinem Besuch berichtete, also habe ich sie die Treppe hinuntergestoßen. Sie hat sich das Genick gebrochen, und ich habe dir die Schuld in die Schuhe geschoben. Zuerst habe ich behauptet, ich hätte dich im Haus gesehen, und dann habe ich ihr auch noch deine Haarspange in die Hand gedrückt. Meiner Ansicht nach war das ein Geniestreich", prahlte Vita. „Allerdings tat es mir schon weh, die Spange dafür herzugeben. Sie hatte mir schon immer gut gefallen, und deswegen habe ich sie mir aus deinem Schmuckkästchen genommen. Natürlich habe ich dich zuvor um Erlaubnis gefragt, und du hast mir den Wunsch nicht abgeschlagen. Wie auch? Schließlich warst du zu der Zeit noch völlig benommen." Sie musste schallend lachen.

Marguerite kochte vor Wut, wartete jedoch ab, dass Vita zum Ende kam.

„Auf jeden Fall", fuhr diese fort, nachdem sie aufgehört hatte zu lachen, „war Julius außer sich, weil du versucht hattest, dein eigenes Kind töten zu lassen. Bedauerlich war bei dem Ganzen nur, dass ich nicht auch irgendwie *seinen* Tod hatte arrangieren können. Aber ich stand unter Zeitdruck, und mir kam einfach keine Methode in den Sinn, ihn zu ermorden, ohne dabei den Verdacht automatisch auf mich zu lenken."

Betrübt schüttelte Vita den Kopf. „Julius nahm das Kind und verließ England. Jean Claude brach schnell mit dir nach Frankreich auf, solange du noch in diesem benommenen Zustand warst. Wir ersetzten deine gelöschten Erinnerungen durch Erinnerungen an eine Reise durch Europa, und dann zog er schließlich mit dir nach Kanada." Sie zuckte mit den Schultern. „Fünfhundert Jahre gingen ins Land. Du warst in einer Ehe gefangen, in der du deinem Mann willenlos ausgeliefert warst. Und Julius trauerte dir jeden Tag nach und bejammerte sein Elend." Lächelnd gab sie zu: „Ich habe mich an seinem Leid wirklich erfreut, aber ich fürchte, ich habe es etwas zu deutlich gezeigt."

Das Geständnis konnte Marguerite nicht schockieren. Allmählich hatte sie auch genug davon, dieser Frau zuzuhören, wie sie sich selbst dafür lobte, dass sie so viel Leid und Elend verbreitet hatte. „Und jetzt hast du vor, Julius noch mehr leiden zu lassen, indem du was tust? Indem du uns beide umbringst?"

„Euch beide und ihn ebenfalls", erklärte sie seelenruhig. „So unterhaltsam es auch war, Julius zu quälen, fange ich doch an, mich zu langweilen. Und nachdem jetzt alle fest davon überzeugt sind, dass Jean Claude hinter den Mordanschlägen auf dich steckt, wird mein Vater mich nicht verdächtigen, wenn Julius tot aufgefunden wird." Sie lächelte zufrieden. „Jetzt kann ich ihn endlich wie einen lästigen Käfer zerquetschen, und niemand wird darauf kommen, dass ich es war."

Marguerite erschrak, als sie sah, wie Vita auf Christian zuging.

Letzten Endes fuhren sie doch mit zwei Autos zu Vita. Als sie Julius' Haus verließen, trafen gerade Dante und Tommaso ein, und Nicodemus wies sie an, zu ihm in seine Limousine zu steigen. Julius, Marcus und Tiny fuhren bei den Argeneaus mit. Während der Fahrt war Julius außer sich vor Sorge, und nach dem beharrlichen Schweigen der anderen zu urteilen erging es ihnen nicht besser.

Eine finster dreinblickende Truppe kletterte aus dem Kleinbus, als sie vor Vitas Haus angekommen waren, einem jahrhundertealten Steinbau, den Vita bewohnte, solange Julius zurückdenken konnte. Er hatte ihn stets für düster und abweisend gehalten, und diesen Eindruck machte er auch jetzt auf ihn.

„Es brennt Licht", stellte Tiny fest, als er durch das Fenster neben der Tür spähte, da auf Julius' Klopfen niemand reagierte.

„Sie kann uns nicht hören, wenn sie im Keller ist", erklärte Julius. „In den Räumen im Untergeschoss hat sie früher Schwertkampf trainiert."

„Das macht sie heute immer noch", ließ Nicodemus ihn wissen und hielt ihm einen Schlüssel hin.

Das überraschte Julius nicht, da sein Vater für Notfälle von jedem Haus seiner Kinder einen Schlüssel besaß. Julius nahm ihn entgegen, schloss auf und betrat vor den anderen den Flur. Sein Instinkt sagte ihm, dass es besser war, nicht nach Vita zu rufen.

„Ich werde Julius allerdings noch ein paar Tage lang leiden lassen, um noch ein bisschen Spaß zu haben", sagte Vita, während sie auf Christians regloses Gesicht schaute. „Um der alten Zeiten willen."

„Ja, natürlich", stimmte Marguerite ihr zu und überlegte, wann genau Vita eigentlich den Verstand verloren hatte. So eine lange Zeit ohne einen Lebensgefährten verbringen zu müssen konnte bei einem Unsterblichen Wahnsinn auslösen, und in Vitas Fall war das offenbar geschehen. Die Frau wurde nur noch von Verbitterung, Zorn und Wahnsinn getrieben.

„Danach werde ich ihm einen Brief schicken, in dem steht, wo er euch beide finden kann. Ich dachte da an ein kleines Waldgebiet in der Nähe seines Hauses, aber ich habe mich noch nicht endgültig entschieden." Sie zuckte gelassen die Schultern. „Wenn er dort eintrifft, wird er eure Leichen vorfinden und am Boden zerstört sein. Ein paar Minuten lang werde ich mir das ansehen und es genießen, und dann werde ich seinem Elend ein Ende bereiten – und damit auch meinem." Vor Freude über diese Aussicht stieß sie einen leisen Seufzer aus.

„Und jetzt?", fragte Marguerite ruhig. „Lässt du uns hier unten ohne Blut eingesperrt, bis du bereit bist, uns zu töten?"

„Nein, ich glaube, das ist nicht nötig", erwiderte Vita. „Nachdem ich euch jetzt alles erzählt habe, wäre es viel zu riskant, euch am Leben zu lassen. Stell dir nur vor, euch gelingt die Flucht! Nein, ich halte es für besser, das sofort zu erledigen."

„Aber du willst doch Julius erst noch eine Weile quälen."

„Das werde ich auch tun", versicherte Vita ihr amüsiert und hob das Schwert, um es über ihrem Kopf kreisen zu lassen. „Hier unten ist es schön kühl. Nach zwei, drei Tagen werdet ihr auch als Leichen noch gut zu erkennen sein."

Plötzlich schlug Christian die Augen auf und rollte sich auf Vita zu, um ihr Bein zu packen. Doch im gleichen Moment hatte sich Marguerite bereits nach vorn geworfen, um den Schwerthieb einzustecken, der ihrem Sohn galt.

Dann geschahen drei Dinge gleichzeitig. Marguerite landete ächzend auf Christians Seite, Vitas Schwert fuhr über Marguerites Hinterteil, und Christian zog seiner Tante das Bein weg, sodass sie der Länge nach auf dem Boden landete.

„Marguerite!"

Sie machte die Augen auf und sah, wie sich Christian unter ihr drehte, ihre Arme fasste und sie ein Stück weit anhob. Trotz des brennenden Schmerzes an ihrem Gesäß brachte sie ein schwaches Lächeln zustande. „Du hörst dich genauso an wie dein Vater."

„Das *war* Vater", versicherte er ihr und schaute sie besorgt an. „Geht es dir gut? Warum hast du das getan?"

„Um dich zu beschützen. Mütter tun so was", erklärte sie und verzog das Gesicht, da ihr ganzer Po von dem Treffer schmerzte. „Hast du gerade gesagt, das *war* dein Vater?"

Christian nickte und sah zur Seite. Sie folgte seinem Blick und konnte beobachten, wie Julius Vita hochzog und an Dante und Tommaso übergab. Die Zwillinge zerrten sie auf der Stelle nach draußen, wohin Nicodemus Notte ihnen mit kalter, verschlossener Miene folgte. Auf Vita wartete jede Menge Ärger, und das geschah ihr auch recht. Niemand kam ungeschoren davon, wenn er versuchte, eines ihrer Kinder zu töten, dachte Marguerite.

„Geht es euch beiden gut? Marguerite, kannst du …" Julius hatte begonnen, ihr aufzuhelfen, um auch Christian zu befreien, doch er hielt gleich wieder inne, als er ihr lautes Stöhnen hörte. „Wo bist du verletzt, meine Liebe? Ich kann nicht erkennen, wo sie dich getroffen hat."

Marguerite schloss verlegen die Augen, während er sie von allen Seiten begutachtete. Es war so unglaublich peinlich! Offenbar verdeckte ihr schwarzer Rock die Verletzung, sodass auch kein Blut zu sehen war. Zudem schien durch den zu etlichen Falten gerafften Stoff nicht erkennbar zu sein, wo die Klinge ihn durchtrennt hatte, denn Julius tastete sie gründlich ab, ohne jedoch fündig zu werden. „Ich kann nichts entdecken, Marguerite. Aber sie hat dich doch getroffen, oder nicht?"

„Ja, das hat sie", erwiderte Marguerite und fügte seufzend hinzu: „Die nächsten paar Tage werde ich wohl nicht sitzen können."

Im gleichen Moment spürte sie, wie ihr Rock hochgehoben wurde, dann hörte sie Julius fluchen. Mit einem schiefen Lächeln auf den Lippen wandte sie sich an ihren Sohn: „Und was macht deine Verletzung?"

Als Antwort darauf lachte Christian leise und schüttelte nur den Kopf.

Ihr Rock wurde losgelassen, und Julius sagte: „Das wird jetzt ein bisschen wehtun." Dabei fasste er ihr unter die Arme und zog sie hoch.

Es gelang Marguerite, nicht laut aufzuschreien, obwohl sengender Schmerz durch ihren Hintern jagte. Als sie wieder auf eigenen Beinen stand, war ihr längst der kalte Schweiß ausgebrochen, und fast sofort knickten ihre Knie ein, was die Schmerzen nur noch schlimmer machte. Plötzlich tauchte jemand neben ihr auf und legte ihren Arm über seine Schultern, während Julius ihren anderen Arm festhielt.

„Lucian?", fragte Marguerite erstaunt, als sie ihren Helfer erkannte. „Was machst du denn hier?"

„Wir haben dich gesucht", antwortete er und fügte ironisch an. „Oder hast du geglaubt, wenn du von der Bildfläche verschwindest, kümmert das keinen von uns?"

„Wir?", wiederholte sie verwundert. Doch dann sah sie sich in dem Kellerraum um und entdeckte Bastien, Lucern, Vincent, Tiny und Marcus.

„Und du hast gesagt, sie sind froh, wenn sie dich mal eine Weile los sind", keuchte Christian, während er aufstand.

Marguerite lächelte schwach, stutzte jedoch, als sie sah, wie Bastien und Lucern ihm aufhelfen wollten, woraufhin er mit leiser Stimme beteuerte, er schaffe das schon allein. Sie wusste, er machte jetzt das Gleiche durch wie sie während der letzten Tage. Mit Unsicherheit und Unbehagen trat er einer Familie gegenüber, zu der er bis jetzt keinerlei Bezug gehabt hatte.

„Christian", sagte sie. „Lass dir von ihnen helfen! Dafür hat man schließlich Brüder."

Nach kurzem Zögern entspannte er sich ein wenig und nickte, sodass die beiden ihm aufhelfen konnten.

„Im Flur habe ich einen Schlüsselbund gefunden", verkündete Vincent und kam zu ihnen. „Mal sehen, ob ich damit eure Fesseln aufbekomme."

Während er vor ihr kniete und einen Schlüssel nach dem anderen ausprobierte, schaute sich Marguerite suchend um. „Wo sind denn die Mädchen?"

„Noch in York", antwortete Vincent, sah sie an und ergänzte: „Als wir auf Julius' Telefonnummer stießen, waren sie nicht bei uns, und wir wollten uns lieber sofort auf den Weg machen, anstatt noch mal zum Haus zu gehen und sie zu holen."

„Das wird Jackie aber gar nicht gefallen", bemerkte Tiny spöttisch. Gemeint war Vincents Frau Jackie Morrisey, die Eigentümerin der Morrisey Detective Agency, die üblicherweise gemeinsam mit Tiny ermittelte.

„Ich weiß", gab Vincent gut gelaunt zurück. Endlich hatte er den passenden Schlüssel gefunden, und im nächsten Moment löste sich die Fessel um Marguerites Knöchel.

Sie hob eine Augenbraue und sah zu, wie er sich als Nächstes um Christians Fessel kümmerte. „Das scheint dir aber keine Sorgen zu bereiten, wie?"

Schulterzuckend entgegnete er: „Sie wird sich aufregen und einen Wutanfall bekommen, dann spiele ich eine Weile den Zerknirschten, und danach gibt es dann Versöhnungssex." Er hob kurz den Kopf und grinste breit: „Und der wird großartig werden."

Als sie die anderen Argeneau-Männer musterte, fiel ihr auf, dass sie alle die gleiche erfreute Miene machten. Offenbar konnte jeder von ihnen nach seiner Rückkehr mit Versöhnungssex rechnen.

„Das wäre geschafft." Als Christians Fessel abfiel, richtete sich Vincent auf. „Im Wagen haben wir Blut. In kürzester Zeit seid ihr wieder in Topform."

„Blut", seufzte Christian. „Das hört sich gut an."

Marguerite sah zu, wie Bastien und Lucern Christian auf dem Weg zur Tür stützten.

„Sie werden ihn akzeptieren", versprach Lucian ihr.

„Ja, das werden sie. Es sind gute Jungs", erwiderte Marguerite überzeugt.

„Dich sollten wir jetzt auch zum Wagen bringen", sagte Julius und wollte sie mit sich ziehen. Als sie den ersten Schritt machte, keuchte sie auf, da ein stechender Schmerz bis in ihre Unterschenkel schoss.

Julius und Lucian sahen sich kurz an, dann gingen sie in die Hocke, damit Marguerite bei jedem von ihnen einen Arm über die Schultern legen konnte. Schließlich richteten sie sich wieder auf, und sie schwebte zwischen den beiden großen Männern ein Stück über dem Boden.

„So besser?", fragte Julius.

„Ja", antwortete Marguerite erleichtert. „Und jetzt sagt mir bitte, dass ich mich auf der Rückfahrt nicht hinsetzen muss." Als beide Männer daraufhin leise lachten, konnte sie nur das Gesicht verziehen.

Epilog

„Endlich", sagte Marguerite lächelnd, als Lissianna ihr ihre neugeborene Enkelin in die Arme legte.

Zwei Wochen waren vergangen, seit man sie und Christian aus Vitas Keller befreit hatte. Julius hatte sich die ganze Zeit über um sie gekümmert wie eine Glucke um ihr Küken, ihr einen Blutbeutel nach dem anderen gegeben und sie nach Strich und Faden verwöhnt, auch als ihre Verletzung längst verheilt war. In dieser Zeit hatte er ihr außerdem vieles von damals erzählt, als sie sich zum ersten Mal begegnet waren, da er hoffte, so vielleicht doch noch Erinnerungen bei ihr zu wecken.

Lucian, Lucern, Bastien und Vincent waren noch ein paar Tage lang in Julius' Haus in Italien geblieben, weil sie wissen wollten, welches Urteil der europäische Rat über Vita sprechen würde. Nachdem ihre Hinrichtung beschlossen und ausgeführt worden war, hatten sie sich auf den Rückweg nach York gemacht, um die Frauen abzuholen und nach Kanada weiterzufliegen. Marguerite hatte mit ihnen allen telefoniert, aber erst am Abend zuvor war sie selbst mit Julius, Christian, Dante, Tommaso und Marcus in Kanada eingetroffen.

Bastien und seine Lebensgefährtin Terri hatten sie am Flughafen abgeholt und nach Hause gefahren, sie danach jedoch in Ruhe gelassen, damit sie sich von dem Flug erholen konnte. Heute Abend dagegen waren alle bei Marguerite zusammengekommen, damit sich die beiden Familien miteinander bekannt machen konnten. Sogar Jackie, Vincent und Tiny waren mitgekommen, und es war schon deswegen ein ganz besonderer

Anlass, da ihre hübsche Enkelin zum ersten Mal allen Mitgliedern beider Familien vorgestellt wurde.

„Wir haben bei ihrem Namen an Onkel Lucian gedacht", erklärte Lissianna, während Marguerite mit einem Finger sanft über die Wange der Kleinen strich. „Sie heißt Luciana, aber wir werden sie Lucy rufen."

Nur mit Mühe konnte Marguerite ihren Blick von dem hübschen Baby nehmen, dann sah sie angesichts dieser Neuigkeit ihren Schwiegersohn besorgt an. Die beiden Männer hatten sich anfangs nicht gut verstanden, und es verwunderte sie, dass er diesem Namen zugestimmt hatte.

„Lucian und ich haben uns ausgesprochen", versicherte Greg ihr. „So wie die anderen Argeneau-Männer ist er gar nicht so übel, wenn man ihn erst mal näher kennt."

Marguerite lächelte beruhigt und sah zu Christian, der mit seinen Cousins und dem größten Teil des Argeneau-Clans zusammensaß und sich angeregt unterhielt. Er hatte während der letzten zwei Abende in Italien viel Zeit mit seinen Halbbrüdern, seinem neuen Cousin und seinem Onkel Lucian verbracht, und sie alle schienen sich inzwischen bestens zu verstehen. Aber etwas anderes hatte sie eigentlich auch nicht erwartet.

Ein glucksendes Lachen lenkte Marguerites Blick zurück zu ihrer reizenden Enkelin. „Ach, kleine Lucy, du bist einfach perfekt", flüsterte sie ihr zu.

„Ja, das ist sie wirklich", meinte Lucian, der plötzlich neben ihr aufgetaucht war. Er griff über Marguerites Schulter und hielt der Kleinen seinen Finger hin, den sie mit ihrer winzigen Hand umklammerte und in ihren Mund zu ziehen versuchte. „Und bald wird sie sogar einen Spielkameraden haben."

Überrascht sah Marguerite ihn an. „Einen Spielkameraden?"

Er grinste und zog eine zierliche Brünette an seine Seite. „Wir sind schwanger."

„Jetzt schon?", staunte Marguerite und strahlte die beiden an, während sie darüber nachdachte, wie glücklich Lucian wirkte. Es schien sich tatsächlich alles zum Guten zu wenden, wenn sogar ein Mann wie Lucian lächeln konnte. „Ich freue mich für euch."

„Danke!", sagte er ernst, zog seinen Finger aus Lucianas Umklammerung und legte die Hand auf Marguerites Schulter. Er räusperte sich und fuhr fort: „Ich wollte dich noch wissen lassen, dass ich damals wirklich keine Ahnung hatte, was los war. Ich dachte auch, Jean Claude sei tot. Nicht mal mit mir hat er in all den Jahren Kontakt aufgenommen, und er hat mir auch nie erklärt, warum er untergetaucht ist. Diese Zeit und sein Verhalten haben jahrhundertelang zwischen uns gestanden."

Marguerite machte eine ernste Miene, als sie den schmerzlichen Ausdruck in seinen Augen sah. Das jahrelange Schweigen seines Zwillingsbruders hatte er wie einen Verrat empfunden. „Er hätte es dir nicht sagen können, Lucian. Damit hätte er dich in eine Zwickmühle gebracht. Du warst zu der Zeit Mitglied des europäischen Rats. Du wärst gezwungen gewesen, deinen eigenen Bruder zu melden, sonst hättest du gegen einige der Gesetze verstoßen, die du selbst mit auf den Weg gebracht hast. Es war besser so. Ich weiß, es kann auch für ihn nicht leicht gewesen sein."

Zwar nickte Lucian, aber er hatte noch nicht alles gesagt, was ihm auf dem Herzen lag. „Ich habe mich damals wirklich gefreut, als du Julius kennengelernt hast. Für mich war es schon lange offensichtlich, dass du und Jean Claude keine echten Lebensgefährten wart und dass er einen Fehler gemacht hatte. Ich war froh, dass du mit Julius einen Lebensgefährten gefunden hattest, mit dem du glücklich sein konntest. Aber als dann Jean Claude zurückkehrte ..." Er hielt kurz inne und schüttelte den Kopf. „Er hat gesagt, ihr beiden wolltet euch aussprechen und doch zusammenbleiben. Das Gleiche hat er auch zu Lucern gesagt. Ich hatte keine Ahnung von diesem Drei-zu-eins …"

„Das weiß ich doch, Lucian", unterbrach Marguerite ihn leise. „Du bist ein viel zu ehrbarer Mann, als dass ich jemals glauben würde, du könntest in irgendeiner Weise daran beteiligt gewesen sein."

Lucian nickte und tätschelte ihre Hand, während sein Blick zu Thomas wanderte, der mit einer hübschen Dunkelhaarigen am Arm zu ihnen kam. „Wir gesellen uns dann mal zu den anderen. Thomas hat dir etwas zu sagen."

Erstaunt musterte sie das Paar, das sich ihr im Gleichschritt näherte. Ihr fiel auf, dass Thomas absichtlich kleinere Schritte machte, damit die Frau mit ihm mithalten konnte.

„Tante Marguerite, ich bin so froh, dass du in Sicherheit bist und dass du dich wieder besser fühlst", begrüßte er sie und beugte sich vor, um sie auf die Wange zu küssen.

Sie umarmte ihn vorsichtig, damit das Baby in ihrem Arm nicht zu fest gedrückt wurde, dann richtete er sich wieder auf, während Marguerite fragend die Frau an seiner Seite anschaute.

„Darf ich dir Inez Urso vorstellen?", erklärte er grinsend und zog seine Begleiterin an sich.

„Ich weiß, wer sie ist. Sie arbeitet für Bastien." Marguerite beugte sich vor und gab ihr die Hand. „Ich habe Inez kennengelernt, als sie nach ihrer Beförderung in die Zentrale nach New York eingeladen worden ist. Wie ich sehe, ist Bastien meiner Empfehlung gefolgt und hat euch beide miteinander bekannt gemacht", fügte sie zufrieden hinzu.

„Das hast du vorgeschlagen?", fragte Inez verblüfft.

„Ich fasse es nicht", murmelte Thomas, als sie nickte. Sein Blick wanderte zu Bastien, der sich mit anderen unterhielt und gerade ausgelassen lachte. „Ich dachte, ich hätte es als Erster geschafft, nicht von dir verkuppelt zu werden, und in Wahrheit hat er die ganze Zeit über gemeinsame Sache mit dir gemacht! Na, der kann was erleben!" Er nahm Inez' Hand und zog sie mit sich in Richtung Bastien, um ihm seine Meinung zu sagen, doch dann wurde ihm bewusst, dass er im Begriff gewesen war, seine Tante links liegen zu lassen.

Gerade wollte er mit Inez kehrtmachen, aber Marguerite winkte nur grinsend ab. „Lasst euch nicht aufhalten! Wir kommen gleich zu euch rüber."

„Oh, gib mir Lucy wieder, Mutter! Ich muss ihre Windel wechseln", sagte Lissianna leise, als das Baby auf einmal unruhig wurde.

Marguerite ließ Lissianna gewähren, sah ihr und Greg aber bedauernd nach, als sie sich in eine entlegene Ecke des Zimmers begaben. Ihr Blick wanderte zu den anderen, die es sich auf den Sofas und den Sesseln vor dem Kamin bequem gemacht hatten. Sie unterhielten sich untereinander so angeregt, als würden sie sich alle schon eine Ewigkeit kennen.

„Christian scheint sich mit seinen Brüdern und seiner Schwester gut zu verstehen", meinte Julius, als er sich auf die Armlehne des Sessels setzte, was er jetzt machen konnte, da sie nicht länger das Baby im Arm hielt.

„Darüber bin ich wirklich froh", erklärte Marguerite und betrachtete wehmütig den jungen Mann, der soeben über irgendetwas lachte.

„Was ist los, meine Liebe?", fragte Julius besorgt.

Marguerite zuckte mit den Schultern und räumte dann ein: „Ich bin nur traurig, weil mir langsam klar wird, wie viel von Christians Leben ich versäumt habe."

Er beugte sich vor, gab ihr einen Kuss auf die Stirn und schlug vor: „Wir könnten ja noch einen kleinen Christian bekommen, um das nachzuholen. Oder eine Christina."

„Würde dir das gefallen?", entgegnete sie und sah ihn hoffnungsvoll an.

„Ich könnte mir nichts Schöneres vorstellen, als mit dir noch ein Dutzend Bambinos zu haben, Marguerite", ließ er sie wissen. „Aber vielleicht erst in ein paar Jahren. Ich habe die letzten fünfhundert Jahre auf dich verzichten müssen, und ich möchte gern die verlorene Zeit nachholen." Dann wurde er ernst. „Es tut mir leid. Ich hätte wissen müssen, dass du all das nicht getan oder gesagt hast, und ich hätte dir folgen müssen, nachdem die Dienstmagd Christian zu mir gebracht hat."

„Ich hätte mich ja doch nicht an dich erinnert", erwiderte sie. „Nach dem zu urteilen, was Vita gesagt hat, war ich nach diesem Drei-zu-eins nicht mal richtig bei Bewusstsein und nicht ansprechbar."

„Aber ich hätte ..."

„... gar nichts tun können", erklärte sie. „Bitte, Julius, fühl dich wegen der letzten fünfhundert Jahre nicht schuldig. Wir haben alle nur getan, was in unserer Macht lag. Sogar Jean Claude. Ich habe ihn so lange und so intensiv gehasst, doch am Ende hat Vita auch ihm viel Leid zugefügt, indem sie seine schwangere Lebensgefährtin ermordete. Wenn ich heute zurückblicke, dann erkenne ich bei ihm einen Unterschied zwischen der Zeit vor der gelöschten Erinnerung und der Zeit danach. Er hat nie einen besonders guten Charakter gehabt, aber er hat sich zumindest Mühe gegeben. Danach war er dann nur noch von Wut und Verbitterung erfüllt, und ich habe nie gewusst, warum. Bis jetzt ..."

„Sein Verlust entschuldigt nicht, wie er sich dir gegenüber verhalten hat", wandte Julius ein.

„Nein, das nicht", stimmte sie ihm zu. „Aber wenigstens erklärt es sein Verhalten."

Er schüttelte den Kopf. „Ich denke immer noch, ich hätte irgendetwas unternehmen müssen."

„Dann hätte ich nie Bastien, Etienne und Lissianna bekommen", hielt sie dagegen.

In seinen Augen bemerkte sie ein kurzes Aufflackern, als er die Bedeutung ihrer Worte erfasste. Hätte er sie vor fünfhundert Jahren Jean Claude weggenommen, wären ihre drei jüngsten Kinder nie geboren worden. Und sie hätte auch nicht Thomas und Jeanne Louise großgezogen. So vieles ... *zu* vieles wäre nicht geschehen.

„Ich liebe dich, Julius", flüsterte sie. „Aber meine Kinder liebe ich auch. Alles in meinem Leben – die guten und die schlechten Dinge – hat mich zu diesem Punkt geführt, an dem ich heute bin und an dem ich euch alle haben kann. All diese Erfahrungen haben mich geformt, so wie ein Schmied ein Schwert." Sie blickte ihm tief in die Augen. „Mir gefällt, wer ich bin, und ich bin glücklich mit dem, was ich habe: meine fünf wundervollen Kinder und dich. Es war nicht immer leicht. Manchmal war es sehr schmerzhaft. Trotzdem würde ich nichts ändern wollen."

„Dann will ich das auch nicht, meine Liebe", erwiderte Julius und küsste sie.

Schallendes Gelächter von der Gruppe am Kamin brachte sie beide dazu, sich zu den anderen umzudrehen. „Unsere Kinder haben irgendwas vor", meinte Julius amüsiert.

Sie nickte lächelnd. *Unsere Kinder.* Das klang wunderschön. Julius öffnete seine Arme, um ihre Familie willkommen zu heißen. Das war ihr sehr wichtig, aber umgekehrt wollte sie auch, dass die Argeneaus seine Familie akzeptierten.

„Hat sie wohl!", beharrte Tiny gerade.

„Hat sie nicht", widersprach Christian.

„Doch, das hat sie, und bei dir wird sie es auch machen", versicherte Etienne seinem Halbbruder und klopfte ihm mitfühlend auf die Schulter.

„Nein", protestierte Christian und schaute sich besorgt um.

„Wer hat was gemacht oder nicht gemacht?", wollte Marguerite wissen, als sie mit Julius zu der Gruppe junger Leute stieß.

„Wir haben Christian gerade erzählt, wie du uns dabei ‚geholfen' hast, uns mit unseren Lebensgefährtinnen zusammenzubringen", antwortete Vincent.

„Bei dir und Jackie habe ich mich nie eingemischt", widersprach sie prompt. „Ich habe vielleicht ein wenig nachgeholfen, aber das war auch schon alles. Ich mische mich nie ein."

„Ach, komm schon, Mutter", warf Bastien lachend ein, der einen Arm um Terris Schultern gelegt hatte und gedankenverloren über ihren Arm rieb. „Du hast mir selbst gesagt, Lucian wäre deiner Meinung nach viel glücklicher, wenn er eine Lebensgefährtin an seiner Seite hätte, und du hast gesagt, du wolltest sehen, inwieweit du ihm dabei behilflich sein kannst. Und du hast mir vorgeschlagen, ich solle Thomas mit Inez bekannt machen. Das war mit ein Grund, weshalb ich sie gebeten hatte, sich um ihn zu kümmern, als er in England nach dir suchen wollte."

„Du bist nach New York geflogen und hast Kate überredet, zu mir zurückzukommen", ergänzte Lucern und griff nach der Hand seiner Frau.

Kate lächelte und schmiegte sich an ihn. „Und mich hast du nach England geschickt, um mit Terri zu reden, damit sie Bastien eine Chance gibt."

„Mich hast du für Etienne und Rachel Amor spielen lassen", steuerte Thomas bei.

„Und versuch gar nicht erst abzustreiten, dass du dich bei Greg und mir eingemischt hast", meldete sich Lissianna zu Wort, die sich mit Greg und der frisch gewickelten Lucy zu ihnen stellte.

„Bei uns hat sie sich nicht eingemischt", gab Lucian zufrieden bekannt und lehnte sich nach hinten, um Leigh an seine Brust drücken zu können. Sie hatte sich in Ermangelung freier Plätze auf seinen Schoß gesetzt.

„Um ehrlich zu sein ...", begann Thomas, woraufhin sich alle Blicke auf ihn richteten, „... an dem Tag, an dem du mit Leigh eingetroffen warst, sagte Tante Marguerite zu mir, ich solle mich eine Weile aus dem Staub machen und euch beide allein lassen ... weil sie ein gutes Gefühl hatte, was euch betraf."

„Wie bitte?" Lucian setzte sich so abrupt auf, dass Leigh fast den Halt verloren hätte. Er fing sie noch rechtzeitig auf, murmelte eine Entschuldigung und warf Marguerite einen finsteren Blick zu. „Du warst der Grund dafür, dass ich Thomas nicht erreichen konnte?"

Sie konterte mit einem genauso finsteren Blick. „Na und? Es ist doch was Gutes dabei herausgekommen, oder nicht?"

Schweigen machte sich breit, bis auf einmal Victor Argeneau fragte: „Eigentlich will ich das ja gar nicht wissen, aber ... hast du bei mir und Elvi auch die Finger im Spiel gehabt?"

Marguerite sah Lucian und Jean Claudes jüngeren Bruder an. Er war der Vater von Vincent, und sie hatte mit Erleichterung reagiert, als sie erfuhr, dass die beiden ihre Probleme beigelegt hatten und an einem guten Verhältnis zueinander arbeiteten.

„Marguerite hatte vorgeschlagen, ich solle dich auf diese Kleinanzeige antworten lassen, als die Gerüchte kursierten, dass in einer Kleinstadt eine Vampirin aktiv sei", brummte Lucian und schüttelte ungläubig den Kopf. „Allerdings kann sie zu der Zeit nichts über Elvis Situation in Port Henry gewusst haben. Der Rat hatte erst gut eine Woche zuvor von ihr erfahren."

„Hast du gerade Port Henry gesagt?", fragte Lissianna, die sofort hellhörig geworden war.

„Ja", antwortete Lucian zurückhaltend. „Wieso fragst du?"

Lissianna warf Marguerite einen forschenden Blick zu, dann drehte sie sich zu Greg um. „Hatte nicht Marguerite vorgeschlagen, dass wir in Port Henry Rast machen und etwas essen, als wir alle zusammen zu diesem Mennoniten-Laden fahren wollten, um für Lucy ein Kinderbett auszusuchen?"

„Ein Mennoniten-Geschäft?", fragte Leigh interessiert. „Ich liebe Lucys Kinderbett. Wir sollten hinfahren und uns den Laden ansehen, Lucian."

„Es ist wirklich wundervoll", versicherte Lissianna ihr. „Die Verarbeitung ist erstklassig. Mom hatte es in dem Laden entdeckt. Ein paar Wochen bevor sie nach Europa abflog, sind wir dort gewesen und haben es bestellt. Genau eine Woche vor Lucys Geburt ist es dann geliefert worden."

„Ja, genau", erinnerte sich Greg plötzlich. „Als wir aus dem Geschäft kamen, hattest du Hunger, und dann haben wir an einem kleinen mexikanischen Restaurant angehalten. Wie hieß das Lokal noch gleich? Bella ... irgendwas."

„Bella Black's?", fragte Victor entsetzt.

„Ja, richtig!", rief Lissianna.

„Das ist mein Restaurant", erklärte Elvi erstaunt.

Lissianna begann zu grübeln. „Mom hat einige Zeit mit der Eigentümerin gesprochen, aber das warst nicht du."

„Das muss Mabel gewesen sein", erwiderte Elvi und musterte Marguerite voller Neugier. „Doch wenn ich jetzt so darüber nachdenke, kommst du mir bekannt vor."

„Du bist dazugekommen, um Mabel etwas zu fragen, während ich sie ... während ich mich mit ihr unterhalten habe", korrigierte sich Marguerite schnell. „Aber das hat nur eine Minute gedauert."

„Lange genug, um Elvi zu lesen und zu entscheiden, Victor zu ihr zu schicken, nicht wahr?", gab Lucian zu bedenken.

Marguerite ignorierte ihn.

„Soll das heißen, bei jedem von euch hat Marg... Mutter in irgendeiner Form nachgeholfen?", fragte Christian verwundert.

Sie sahen sich gegenseitig an, dann sagte Victor. „Vielleicht nicht bei DJ und Mabel."

„Oh!" Marguerites Augen leuchteten auf. „Wie schön! Ich konnte Mabel gut leiden, und DJ ist so ein Goldstück!"

Tiny stieß Christian an. „Und jetzt sind Sie an der Reihe. Marguerite wird Ihnen eine Lebensgefährtin suchen."

Marguerite sah den Sterblichen finster an, als sie den besorgten Gesichtsausdruck ihres Sohns bemerkte. „Weißt du, Tiny, ich habe überlegt, dass du für eine nette Unsterbliche sicher ein guter Ehemann wärst."

Während der Detektiv die Augen vor Entsetzen weit aufriss, stellte Marguerite zu ihrer Beruhigung fest, dass sich Christian etwas zu entspannen schien – jedoch nur ein wenig. Sie wollte auf keinen Fall, dass ihr eigener Sohn ihr mit Skepsis begegnete, nur weil er fürchtete, von ihr verkuppelt zu werden.

Julius nahm ihre Befürchtung wahr und drückte sie sanft, dann legte er die Arme um ihre Taille und zog sie fester an sich.

„Verratet mir doch mal eins", unterbrach er lautstark, als auf einmal alle gleichzeitig zu reden begannen. Alle verstummten und sahen ihn an. „Wäre es einem von euch lieber gewesen, sie hätte sich nicht eingemischt?"

Stille trat ein, da die Paare sich gegenseitig anblickten. Dann reagierten alle gleichzeitig mit einem entschiedenen „Nein!", und jeder schüttelte bekräftigend den Kopf.

„Na, bitte!" Er drehte sich zu Christian um. „Das ist etwas, worauf du dich freuen kannst." Der zweifelnde Gesichtsausdruck seines Sohnes brachte ihn zum Lächeln, dann wandte er sich an Marcus und die Zwillinge. „Genau genommen könnt ihr euch vermutlich freuen, dass Marguerite da ist, um euer Leben zu managen. Genießt es!"

„Willkommen in der Familie!", sagte Thomas vergnügt, als die vier Männer sich beunruhigt ansahen.

Julius drehte sich mit Marguerite von der Gruppe weg und führte sie zur Tür.

Auch wenn ihn offenbar amüsierte, was er eben herausgefunden hatte, konnte Marguerite nicht anders und murmelte besorgt: „Ich mische mich eigentlich nicht ein, Julius. Und ich habe auch nicht die Absicht, gleich morgen früh nach einer Lebensgefährtin für Christian zu suchen."

„Du mischst dich doch nicht ein, wenn du dafür sorgst, dass jemand glücklich ist, Marguerite", versicherte er ihr.

„Ich möchte, dass er glücklich ist. Aber ich möchte ihn auch erst besser kennenlernen. Und ich möchte Zeit mit dir verbringen."

„Das werden wir auch." Im Flur angekommen, blieb er stehen und drehte sich zu ihr um. „Wir werden uns wieder ganz von Neuem kennenlernen. Und du wirst auch unseren Sohn kennenlernen. Jetzt haben wir die Zeit dafür. Wenn wir eines im Überfluss haben, dann ist es Zeit. Und Liebe."

„Zeit und Liebe", stimmte Marguerite ihm zu, und dann küssten sie sich.